Confiance aveugle

Ce livre est également disponible
au format numérique

CJ Lyons

Confiance aveugle

Traduit de l'anglais (États-Unis) par Lena Tanant

DELPIERRE

Direction d'ouvrage : Claire Deslandes

Titre original : *Blind Faith*

ISBN : 978-2-37072-005-4

Éditions Delpierre
60-62, rue d'Hauteville, 75010 Paris
info@editionsdelpierre.com

Sans mes fidèles lecteurs, ce livre n'aurait jamais abouti.
Il est pour vous, les amis !

Remerciements :

Merci aux agents des forces de l'ordre et du FBI qui m'ont aidée dans l'élaboration de *Confiance aveugle*, ainsi qu'aux membres du Crimescene Writers' Group, parmi lesquels Steve Brown, Robin Burcell, Wally Lynd, et Lee Lofland. Je voudrais également remercier les remarquables agents du FBI de l'Agence locale de Washington et leur école de formation à Quantico, pour m'avoir autorisée à visiter leurs établissements, à utiliser leurs armes à feu et à poser des milliers de questions.

Joe Collins a apporté son expertise en explosifs et mes partenaires critiques, Toni McGee Causey, Kendel Flaum, Carolyn Flames et Debra Webb, m'ont permis de rester à peu près saine d'esprit. Ma merveilleuse agente, Barbara Poelle, les agents des droits étrangers, Heather Baror-Shapiro et Dany Baror, et toute l'équipe d'étonnants professionnels de St. Martins, dont Kelley Ragland, Andy Martin, Matthew Shear, et Sarah Melnyk entre autres, ont fait de la magie en coulisse pour que *Confiance aveugle* passe à l'étape supérieure. Sans leur savoir-faire et leurs conseils, j'aurais été perdue.

Tout en essayant d'être aussi réaliste que possible, il est évident que j'ai écrit ici une œuvre de fiction et que mon travail est de divertir. Tout écart vis-à-vis des véritables procédures policières est donc de mon fait, et non la faute de ceux qui m'ont conseillée. Comme toujours, les personnages sont entièrement inventés et le fruit de l'imagination d'un écrivain de romans à suspense à l'esprit tordu par dix-sept années de travail aux urgences auprès de victimes de crimes violents.

Merci pour votre lecture !

CJ

P.S. : Pour plus d'informations sur l'histoire de *Confiance aveugle*, vous pouvez visiter mon site Internet sur www.CJLyons.net (en anglais).

6 JUIN 2007

Unité carcérale de Walls,

Huntsville, Texas

I

Les rideaux vichy au bleu passé s'ouvrirent bruyamment. Sarah Durandt tressaillit en découvrant le prisonnier attaché à sa civière.

L'une des femmes derrière elle retint son souffle. Sarah se pencha en avant, la main à plat sur la vitre qui les séparait d'un monstre. Elle devait ouvrir la bouche pour respirer. C'était le seul moyen de faire passer par sa gorge nouée l'air lourd piégé entre les quatre murs de ciment de la petite pièce.

Tous les témoins se trouvaient derrière une vitre si épaisse qu'un halo entourait les objets de la salle d'exécution carrelée de blanc, de l'autre côté. Une vitre pare-balles. Qu'imaginaient-ils ? Qui pourrait bien tirer ? Le condamné, que les sédatifs avaient déjà assommé, ou ceux qui étaient venus le regarder mourir ?

Sarah croisa les mains sur ses genoux pour les maintenir immobiles, frissonnant sous le courant d'air glacé de la climatisation. Onze autres personnes remplissaient la pièce, les familles des autres victimes. Elle ne leur prêtait que peu d'attention. Ils étaient là pour tourner la page. Elle avait besoin de réponses.

Elle ne voyait que le prisonnier derrière la vitre et l'observait avec une intensité extrême. Il avait les bras tendus, des aiguilles glissées dans les veines. Sept lanières de cuir lui entouraient le torse et les membres, le maintenant dans une position sinistre, semblable à une crucifixion. Mais cet homme n'était pas le Messie.

Cet homme était le diable incarné.

Damian Wright était de taille moyenne, quelqu'un qui passerait inaperçu dans une foule, au visage anonyme et aux traits plus anonymes encore.

Mais Sarah savait qu'il ne fallait pas se fier aux apparences. Elle savait que c'était un homme fourbe. Derrière cette normalité de façade couvait un désir pervers de torturer et de mutiler. Même là, sur son lit de mort, il continuait à la faire souffrir. À lui refuser la moindre forme de réconfort ou d'apaisement.

Elle n'était pas certaine de savoir pourquoi, de toutes les victimes, c'était elle que Damian avait mise au cœur de ses jeux de manipulation tordus. Elle n'avait rien de spécial. Simple enseignante, elle vivait dans un village de moins de cinq cents âmes au nord de l'État de New York. Elle attachait habituellement ses cheveux châtains en queue-de-cheval et ne s'en préoccupait plus, ne les laissant tomber sur ses épaules que pour les grandes occasions comme celle d'aujourd'hui… L'exécution d'un tueur en série.

La peau de Damian était couverte de sueur et brillait à la lumière d'une lampe opératoire, grande et circulaire. Il gardait les yeux fermés sous l'éclat implacable. Le gardien adressa un signe de tête à un homme vêtu de noir, qui portait une petite croix argentée au revers de sa veste. L'homme tendit la main et abaissa un micro noir. Son alliance scintilla en passant sous le rai de lumière. Sarah passa les doigts sur son propre annulaire, caressant le jonc lisse que Sam y avait mis six ans plus tôt.

Le micro se déroula comme un cobra, se balançant de manière hypnotique au-dessus des lèvres de Damian. Un bruit semblable à un coup de feu étouffé résonna dans la salle des témoins lorsque le gardien alluma l'interphone. Le son crépitant de la respiration de Damian remplit la pièce.

Sarah se surprit à caler son souffle sur le sien. Elle pouvait presque sentir l'antiseptique, le sparadrap et l'odeur nauséabonde de sueur et de nervosité provenant de derrière la vitre. Alan Easton, assis à côté d'elle, lui serra la main pour la réconforter.

— Ça va ? lui demanda-t-il, plus à la manière d'un ami que d'un avocat.

Elle était la seule à pouvoir représenter Sam et Josh. La seule famille que Sam avait eue. Et Josh, comment aurait-elle pu ne pas être là pour son fils ?

Elle acquiesça, son attention fixée sur ce qui se déroulait devant elle. Il n'y avait que trois hommes dans la salle d'exécution : le gardien dans son costume bleu marine, sa chemise blanche immaculée et son nœud de cravate étriqué, le pasteur tout de noir vêtu, et Damian Wright, l'homme qui avait détruit sa vie.

Si Sarah avait dû décrire le quartier des condamnés à mort à ses élèves de dix ans, elle leur aurait dit que l'atmosphère de la pièce, et de l'ensemble du bâtiment situé bien à l'écart des quartiers de détention, se résumait en un mot : réclusion.

Rien ne devait jamais s'échapper de ce petit bâtiment aux murs de ciment peints d'un vert institutionnel. Rien, dans la salle d'exécution derrière la vitre la séparant des visiteurs, n'était fait pour dissimuler son usage. Une table d'opération horizontale, ses bras largement dépliés, boulonnée au sol, constituait le seul meuble de la pièce.

– Un dernier mot ? demanda le gardien au condamné.

Sarah était en alerte. Une mouche s'introduisit dans le déroulement des procédures sacrilèges et se cogna en vrombissant contre la cage abritant deux ampoules à fluorescence clignotantes. Damian Wright, déclaré coupable de meurtre et de viol sur enfant, ouvrit ses paupières humides et la regarda droit dans les yeux. Sarah arracha sa main à l'étreinte d'Alan et serra le poing.

Parle-moi. Dis quelque chose. Donne-moi un indice.

Ses prières ne furent pas entendues. Damian resta silencieux, les muscles relâchés, ne luttant pas contre ses liens. Seule sa poitrine bougeait, se soulevant et s'abaissant comme s'il comptait jusqu'à son dernier souffle. Les poumons de Sarah se resserrèrent, la pression menaçant de les faire éclater. Damian la fixait du regard, des rides de sourire au coin des yeux.

Elle cilla la première, capitulant sans états d'âme : elle était prête à n'importe quoi si cela pouvait l'aider à trouver Sam et Josh.

Le sourire de Damian s'élargit. Mais il garda le silence.

La colère noua les entrailles de Sarah. Pourquoi la tourmenter ? Pourquoi lui refuser la conclusion dont elle avait tant besoin ? Était-ce parce qu'elle s'était rendue à cette maudite journée de formation obligatoire quand il avait kidnappé Josh ? Ou bien parce que, de tous les petits garçons qu'il avait assassinés, Josh avait été le seul à avoir un père prêt à se battre, à mourir pour lui ?

Alan disait que c'était probablement parce que Sam avait interrompu le rituel de Damian avec Josh, parce qu'il l'avait forcé à se détourner de son fantasme pervers et malsain pour tuer Sam avant de revenir vers Josh.

Le pasteur commença à lire sa Bible d'une voix monocorde, ne quittant pas une fois les écrits des yeux pour contempler l'âme damnée pour laquelle il priait.

Les Psaumes, qui auraient apporté à Sarah réconfort et sérénité vingt-deux mois plus tôt, n'étaient plus maintenant qu'un bavardage insignifiant, sans plus d'importance que le bourdonnement de cette mouche. Elle plaqua sa main contre la vitre froide, cherchant d'avantage à soutirer à Damian les réponses qu'il lui fallait, qu'à écouter la parole de Dieu.

Elle avait passé sa vie à L'écouter. Où était Dieu lorsqu'elle avait eu le plus besoin de Lui ? Où était-Il quand son mari et son fils avaient besoin de Lui ?

– Je suis navré de ne pas avoir pu retarder l'exécution, murmura Alan. Je sais à quel point tu espérais…

Elle l'ignora d'un haussement d'épaules, son univers tout entier se réduisant au regard fixe d'un tueur. L'homme qui avait avoué avoir tué Sam et Josh… mais qui refusait de lui dire où ils étaient enterrés.

Pendant une année et demie, elle s'était battue. Battue contre le silence de Damian Wright et son refus de la voir. Contre la nouvelle loi du Texas qui permettait aux exécutions de devenir « prioritaires » et d'être menées avec une efficacité sans précédent. Contre son propre désir de voir Damian mourir. Un désir que seul son besoin de trouver son fils et son mari pouvait surpasser.

Le gardien fit un pas en avant, et lut un document d'une voix atone, qui se maintint à la périphérie de la conscience de Sarah.

Où sont-ils, espèce de fils de pute ?

Sarah essaya de faire passer tout son ressentiment et toute sa haine dans ses yeux, espérant délier la langue de Damian dans le temps qu'il lui restait, ses dernières secondes sur cette Terre. Elle donna un coup de poing contre l'épaisse vitre, qui ne fit qu'un minuscule bruit sourd et étouffé.

Le meurtrier ne tressaillit pas ni ne fuit son regard. Il ne dit rien non plus. Au lieu de cela, son expression se mua en ce qui ressemblait à de la pitié. Comme si c'était elle qui était condamnée, et non lui.

Le gardien termina sa lecture et retira ses lunettes, adressant un léger signe de tête vers la cabine de l'exécuteur. Sarah s'était renseignée sur la procédure. Derrière la vitre teintée, un homme à l'abri des regards fit basculer un interrupteur. Des substances médicamenteuses se répandirent dans les veines de Damian. Des sédatifs pour commencer, puis un paralytique, et enfin le chlorure de potassium pour arrêter son cœur.

Le temps se figea. Sarah ne cilla pas. Damian non plus.

Trois minutes plus tard, le pasteur s'écarta pour laisser un homme en blouse blanche s'avancer et écouter dans son stéthoscope. Il se redressa, mit une main sur le visage de Damian et baissa les paupières du meurtrier.

Les stores se refermèrent en claquant.

Les autres témoins soupirèrent à l'unisson, tandis qu'ils s'agitaient sur leur siège. À travers le brouillard qui voilait son regard, Sarah entendit plusieurs femmes et un homme sangloter, les sentit se déplacer alors qu'ils quittaient la pièce. Elle ne pouvait pas bouger, ni fermer les yeux, ni les empêcher de brûler.

Alan posa la main sur son coude, éloigna son poing de la vitre et la hissa sur ses jambes flageolantes.

– Il faut y aller, maintenant, murmura-t-il.

Sarah se tordit le cou pour regarder jusqu'au dernier moment la vitre désormais obscurcie. Alan l'emmena finalement à l'extérieur sous le soleil étincelant, la chaleur et l'humidité du Texas lui paraissant aussi lourdes qu'un camion de quinze tonnes.

L'espace d'un instant, ce fut elle qui étouffa, les poumons paralysés. Sa poitrine se serra. Pendant une seconde, même son cœur s'arrêta.

Elle cligna des yeux, et la douleur revint. Comme un pic à glace fiché derrière ses yeux, son fidèle compagnon depuis vingt-deux mois. Une souffrance qu'aucun sédatif ne pouvait atténuer, à laquelle elle n'avait aucune chance d'échapper. À la différence de Damian Wright.

Elle était en vie. Du moins, son corps l'était. Son esprit l'était. Mais son âme… Celle-ci était enterrée quelque part dans une tombe anonyme, sur Snakehead Mountain.

Aux côtés de Sam et Josh.

C'est fini, c'est fini, c'est fini… Les mots se frayaient un chemin dans l'esprit de Sarah, tissant un cocon qui la protégeait de toute émotion, lui donnant un endroit doux et sûr où se cacher. Un endroit où elle n'avait pas à réfléchir, agir ou réagir à quoi que ce soit. Où elle n'avait pas à exister. *C'est fini, c'est fini, c'est fini…*

Sarah resserra ses bras autour d'elle et s'appuya contre la vitre de la voiture, se détournant d'Alan tandis qu'il les conduisait loin de la prison. Elle s'était fait la promesse que, quoi qu'il arrive, elle ne craquerait pas, du moins pas devant n'importe qui.

Mais Alan n'était pas n'importe qui. Alan comprenait : il avait vécu la même chose. Sa femme avait été tuée par un toxicomane qui avait fait irruption dans leur maison à la recherche d'argent. C'était la raison pour laquelle il avait quitté son cabinet d'avocat d'affaires pour se diriger vers le droit des victimes, pour aider des gens comme Sarah.

Comment aurait-elle tenu le coup ces deux dernières années sans Alan ?

La voiture roulant à toute vitesse sur l'autoroute l'éloignait de Damian Wright, de sa dernière chance de trouver Sam et Josh. *C'est fini, c'est fini, c'est fini…*

Son corps s'affaissa contre la portière, sa main droite cherchant par automatisme la seule bague sur sa main de gauche. Elle ne portait pas de bague de fiançailles. Mais Sam lui avait donné ce qu'il avait de plus précieux, un médiator utilisé par le célèbre Stevie Ray Vaughan, et lui avait promis que, lorsqu'il vendrait sa première chanson, il le remplacerait par un diamant. Sept ans plus tard, le médiator se trouvait toujours dans sa boîte à bijoux en velours noir sur sa commode.

Sa main était froide, mais son alliance dégageait de la chaleur, comme si elle touchait Sam. Elle tourna la bague au rythme des mots qui se tissaient dans son âme, l'incitant à se rendre. *C'est fini, c'est fini, c'est fini…*

Non ! Ce n'est pas possible ! Pas comme ça !

Des larmes brûlantes se pressèrent contre ses paupières fermées, tentant de s'échapper. Les doigts de Sarah se resserrèrent sur l'anneau lisse et doré. La dernière chose qui la reliait à Sam et, à travers lui, à Josh. Elle était fatiguée, tellement fatiguée. Il valait mieux qu'elle abandonne. Que pouvait-elle faire de plus ?

Après tout, elle devait vivre sa vie. Sam voudrait qu'elle soit heureuse. Un jour. Un soupir tremblant lui déchira la poitrine et elle sentit Alan remuer à côté d'elle. Alan… Pouvait-elle s'imaginer un avenir avec un homme comme lui ? Un homme qui avait dédié presque deux années de sa vie à la guider dans ce marais de souffrance et de chagrin, qui l'avait ramenée vers la lumière, qui lui avait donné cette dernière chance.

Une dernière chance. Un dernier espoir. Une dernière étape. *C'est fini, c'est fini, c'est fini.*

Sarah se redressa, ouvrit les yeux et fut éblouie par l'implacable soleil du Texas. Elle déplia les jambes et lissa le coton doux de sa robe bleu marine. Elle refusait de porter du noir. Pas tant que Sam et Josh ne reposeraient pas en paix. L'autoroute sombre se déroulait, hypnotique, vers l'avenir.

Le regard d'Alan quitta la route pour se fixer longuement sur elle.

– Ça va ?

Un sourire triste étira les lèvres de Sarah.

– Oui, ça va.

C'est fini, c'est fini, c'est fini… Les mots résonnaient sous son crâne, à tue-tête, comme hurlés par un enfant en colère. Josh en avait piqué quelques-unes en son temps, de ces crises de rage, allant jusqu'à se jeter face contre terre quand il n'avait pas ce qu'il désirait. Puis il avait compris que ce ne serait pas ainsi qu'il obtiendrait ce qu'il voulait.

C'est fini, c'est fini, c'est fini !

Sarah secoua légèrement la tête : le seul avertissement dont Josh avait besoin. Elle secouait sa tête, souriait, et il arrêtait de geindre, lui prenait la main et se blottissait contre elle. *Désolé, Maman. J'avais oublié.*

Mais moi, non.

C'est fini, c'est fini, c'est fini… Non, ça ne l'est pas.

Ça ne fait que commencer.

MERCREDI 20 JUIN

Deux semaines plus tard

2

L'agent spécial Caitlyn Tierney ne leva pas les yeux lorsqu'on frappa timidement à la porte ouverte. Elle leva une main, la paume en avant, un geste qui signifie universellement « Attendez », et continua à lire le rapport sur son écran d'ordinateur. Ses agents aspirants avaient entamé leur dernière semaine de stage avant la remise du diplôme de Quantico. Sur les nerfs – bientôt, leurs affectations leur seraient communiquées –, ils avaient déjà interrompu la matinée de Caitlyn à plusieurs reprises.

Elle finit de lire les notes de ses A.A. sur leur cas d'étude d'incident critique et acquiesça, satisfaite. Ils s'en étaient aussi bien sortis qu'elle l'avait espéré. Même le réservé et passionné Santos, âgé de vingt-six ans, arrivé après un cursus en physique des particules, avait réussi à se faire une place dans l'équipe. Caitlyn referma son ordinateur portable et leva les yeux vers son visiteur, s'attendant presque à voir Santos lui-même.

Au lieu de cela, elle découvrit l'un des geeks du labo. Oh, bon sang ! c'était quoi, son nom, déjà ? Il travaillait dans la génétique. Pas Rogers, non, mais quelque chose de similaire. Elle sourit, maintenant sur son visage une expression accueillante et aimable tandis qu'elle bousculait son cerveau le long de son parcours sinueux pour associer un nom au visage de l'homme devant elle.

Enfin, le déclic. Mais cela lui avait pris au moins deux fois plus de temps qu'il ne lui en aurait fallu deux ans plus tôt, avant son accident. Une chose qu'elle n'avouerait jamais à personne.

– Salut, Clemens, dit-elle chaleureusement, invitant le technicien à s'asseoir sur l'une des deux chaises en bois à côté de sa bibliothèque débordante. Qu'est-ce qui vous amène à Jefferson ? Vous donnez un cours ?

Il secoua la tête.

– J'ai pensé que ce serait plus simple que de vous demander de faire le voyage jusqu'au labo.

Il avait raison : le centre d'analyses médico-légales était plus protégé que Fort Knox. Même les agents du FBI tels que Caitlyn avaient besoin d'une invitation et d'une autorisation spéciale pour obtenir un laissez-passer. Clemens jeta un coup d'œil à la porte ouverte et gigota sur sa chaise. Elle n'était peut-être plus aussi douée qu'avant avec les noms, mais Caitlyn était toujours une pro quand il s'agissait de communication non verbale. Elle se leva, rangea ses lunettes de lecture, et ferma nonchalamment la porte alors qu'elle traversait la pièce pour venir s'asseoir à côté de lui.

– Quoi de neuf? lui demanda-t-elle en se penchant en avant pour engager un contact visuel direct avec lui.

Il sortit maladroitement une chemise de sa mallette. Elle n'était pas marquée « Top secret », ni même « Confidentiel ». Pourquoi faisait-il tant de mystère ? Puis elle vit le nom sur le dossier. Damian Wright.

Sa première mission après avoir repris le travail, deux ans plus tôt. Elle avait absolument tout détesté dans cette affaire : les crimes, le voyage, les migraines atroces qui embrumaient son esprit et l'incapacitaient presque, la souffrance et les nausées continuelles et, plus que tout, elle avait détesté son abruti d'enfoiré de patron, l'agent spécial adjoint responsable Jack Logan. Logan avait fondu sur l'affaire et s'en était emparé sans prévenir ni s'expliquer, du jamais vu. Ce type d'agents commandaient depuis leur bureau par le biais de notes et de directives. Ils ne s'aventuraient jamais sur le terrain.

– Damian Wright est mort. Vous êtes au courant ? demanda-t-elle au technicien de labo. Il a été exécuté au Texas. (Elle jeta un coup d'œil au calendrier.) Il y a deux semaines.

– Je sais, dit-il d'une voix lugubre. Je suis désolé.

Le dos de Caitlyn se raidit. Des éclairs de lumière étincelaient à la lisière de son champ de vision périphérique.

– Désolé ? Ne me dites pas que vous avez trouvé quoi que ce soit qui le disculpe ?

Caitlyn était de l'avis de la plupart des agents des forces de l'ordre : la mort était trop bonne pour nombre de ces malades… mais c'était la meilleure punition dont ils disposaient. Cela ne voulait pas dire que, comme d'autres agents, elle ne vivait pas aussi dans la peur d'envoyer un innocent dans le couloir de la mort.

C'était la raison pour laquelle elle avait revu elle-même les preuves du Texas contre Wright, bien qu'elle n'ait plus été chargée de l'affaire lorsque le Texas avait pris la main. Leur dossier était solide comme le roc. Non seulement Wright avait été surpris en plein massacre avec le corps de sa dernière victime encore chaud, mais il avait tout avoué, refusé que le moindre recours soit fait en son nom, et était devenu la première personne à être exécutée « en priorité », selon la nouvelle loi du Texas. Vingt et un mois de l'arrestation à la mise à mort, un nouveau record.

Clemens hocha la tête de gauche à droite.

– Non, Wright a bien tué ces garçons dans le Texas, le Vermont, le Tennessee et en Oklahoma.

Il s'interrompit. Caitlyn inspira profondément, forçant les éclairs de lumière à disparaître.

– C'est celui de l'État de New York qui me laisse dubitatif.

– Hopewell, New York. Josh Durandt et son père. Juste avant le passage de Katrina, se rappela Caitlyn.

Aucun corps n'avait été retrouvé dans cette affaire. La scène de crime était à flanc de montagne. Elle assistait à la cérémonie commémorative à la mémoire du second garçon du Vermont quand on était venu la chercher. Elle portait une jupe. Logan avait ri, sans lui laisser le temps de passer une tenue plus appropriée et ne lui accordant aucun répit quand la migraine l'avait rendue malade sur la route. Après qu'elle eut vomi ses tripes sur le bas-côté, il avait plaisanté et lui avait demandé si elle était enceinte, ajoutant que c'était le problème avec « le FBI d'aujourd'hui ». Il n'avait jamais eu à se soucier qu'un de ses hommes ne le laisse tomber à cause des « hormones ».

– Je passais en revue les dossiers en souffrance et j'ai trouvé ces échantillons dans la pile des choses à jeter, dit Clemens d'un ton hésitant, en remuant sur son siège, de toute évidence en proie au doute. Vous connaissez les protocoles du nouveau directeur. Vérification de toutes les preuves avant destruction, même en ce qui concerne les affaires classées. Il s'avère que les résultats pour Hopewell n'ont jamais été enregistrés. Nulle part. Dans une affaire comme celle-là, ils auraient dû être de première importance. Au lieu de cela, ils ont failli finir à la poubelle. S'il n'y avait pas eu les nouvelles règles…

– Qu'avez-vous trouvé ? demanda-t-elle, cueillant le dossier dans sa main et l'ouvrant sur ses genoux.

Elle reconnut les lignes sombres d'une analyse ADN couvrant la première page.

– L'ADN provenant de la scène de crime d'Hopewell… Ce n'est pas celui de Wright.

– On a trouvé deux groupes sanguins, non ? Celui du père et un autre. On a supposé que c'était celui de Wright, puisque la trousse d'analyse nous a indiqué que c'était son groupe sanguin et qu'il y avait ses empreintes sur la carte mémoire qu'on a trouvée là-bas.

– Oui, c'étaient ses empreintes, et la carte venait de son appareil photo. On peut voir le reflet de Wright sur certains clichés. C'est assurément lui qui les a prises.

– Qui était avec lui sur la scène de crime ? Vous suggérez qu'il avait un complice ? Il n'y en avait trace sur aucune des autres scènes de crime.

Elle passa sa main dans ses cheveux mi-longs, frottant sans y penser la peau plissée au-dessus de son oreille gauche. Ses cheveux n'avaient même pas encore repoussé quand elle était allée à Hopewell. À l'époque, ils étaient si courts qu'ils ne couvraient qu'à peine la cicatrice laissée par l'opération.

Clemens poussa un profond soupir.

– C'est là que ça devient bizarre.

Caitlyn se redressa. Cela n'augurait rien de bon quand un gars du labo parlait de bizarrerie.

– Bizarre comment ?

– Comme une théorie du complot, comme de la dissimulation. Comme la Zone 51, comme un suicide politique. (Il grimaça.) J'ai tout revu une dizaine de fois. Les données sont correctes. Ce sont les faits qui les entourent qui sont faux.

– Vous voulez dire *mes* faits, *mon* enquête ?

Il baissa les yeux sur ses vieilles Adidas et acquiesça.

– Ouais. (Il releva la tête, écarta ses cheveux quand ils retombèrent sur son front.) Enfin, la vôtre et celle de l'agent spécial adjoint responsable Logan. C'était lui, l'agent en charge des rapports. Son nom est sur tous les documents. Mais comme il est parti à la retraite, je me suis dit qu'il valait mieux que je vienne vous voir. (Il lui sourit avec hésitation.) Vous pourrez peut-être me dire ce que je dois faire.

Le regard de Caitlyn se fixa derrière lui, par-delà la petite fenêtre ouvrant sur l'étendue de forêt qui abritait la Yellow Brick Road, le célèbre parcours d'obstacles de l'Académie. Le soleil baignait la pièce, réveillant sa migraine. Elle avait toujours eu le sentiment que Logan cachait quelque chose. Il l'avait écartée de l'affaire Wright le plus vite possible, assurant qu'on avait besoin d'elle pour aider les équipes de secours de Katrina. Elle avait passé des semaines avec le Centre national pour les enfants disparus et exploités, à identifier plus de quatre mille huit cents enfants et à les ramener dans leur famille. Un domaine plus adapté au savoir-faire d'une femme, selon les termes de Logan. Puisqu'ils avaient indéniablement prouvé l'implication de Wright dans les autres meurtres, elle avait laissé tomber.

Elle se tourna vers Clemens.

– Dites-moi tout.

3

6 septembre 2005

Cher Sam,

La Mort et la Destruction sont sur tous les écrans. Les recherches pour vous trouver ont bel et bien pris fin alors que tous les yeux se tournent vers le Sud, la dévastation et le chaos de Katrina. Tous les yeux sauf les miens, bien sûr. Oh mon Dieu ! je parle comme un de ces commentateurs de CNN. *Je ne sais pas du tout comment m'y prendre. Tout ce que je sais, c'est que j'ai besoin de toi, j'ai besoin de te parler. C'est la seule manière pour moi d'y comprendre quoi que ce soit.*

La femme du colonel vient tous les jours. Elle dit que parler de toi, qu'écrire ce journal est la meilleure façon pour moi de guérir, de comprendre que le Seigneur a un plan qui dépasse ma compréhension de mortelle et que je dois vous laisser partir, Josh et toi, accepter que vous soyez dans un monde meilleur et tenir bon. Tu sais comment elle peut être. Aujourd'hui, pour la première fois, je lui ai parlé. Je lui ai dit ce que je pensais vraiment. Je lui ai dit qu'elle et son bon Seigneur pouvaient aller au diable.

Le colonel l'a fichue dehors plus vite que l'éclair, et elle continuait à me cracher que si je ne la respectais pas en tant que chrétienne, je devais au moins la respecter en tant que belle-mère.

Parfois, je mettrais ma main au feu que le colonel ne l'a épousée après la mort de Maman que parce qu'elle prépare la meilleure tarte aux pommes caramélisées du comté, et sait faire un lit avec les coins aussi soignés qu'à l'hôpital. À quoi pensait-il, bon sang ? Ne réponds pas. Je peux presque t'entendre murmurer l'air de cette chanson que tu as écrite sur elle, « Requiem pour les Supérieurs d'Esprit et les Éprouvés de Caractère ». De toute façon, elle ne traînera plus dans mes pattes, ni dans ma maison, donc tout est pour le mieux.

Le docteur Hedeger tient à peu près le même discours que la femme du colonel, à part que lui me sert du Xanax avec son baratin assommant. Il dit qu'extérioriser mon chagrin et ma colère est la meilleure façon de « désamorcer mon traumatisme ».

Désamorcer. Comme si j'étais une bombe à retardement prête à exploser à la moindre secousse ou bousculade. Tic-tac, tic-tac… boum !

C'est exactement ce que j'éprouve. Une perpétuelle bobine de rage inflammable s'entortille dans mon ventre comme une vipère sur le point de mordre. Je suis coincée dans une boîte en plomb. Ils me demandent d'extérioriser ce que je ressens, mais ils n'en ont pas vraiment envie. Dieu sait que moi non plus. Si je le faisais, je pourrais ne plus jamais m'arrêter de crier…

Donc voilà, c'est à peu près comme ça que je vais. Comment vont les choses, là-bas ? Tu gardes un œil sur Josh ? Je sais que oui… Putain, même Damian Wright le savait. C'est pour ça qu'il t'a suivi dans les bois. Il savait qu'il n'aurait jamais une meilleure chance de te prendre par surprise et d'avoir Josh.

Je t'ai dit que la police a trouvé une de ses cartes mémoire ? Pendant qu'on nous serinait, à quelques autres professeurs et à moi, « pas d'enfant laissé pour compte », ce monstre espionnait Josh. La carte est remplie de clichés de Josh et toi au parc, de vous rentrant à la maison, il y en a même un de Josh et toi chahutant par terre dans le salon. Oh! il a espionné d'autres petits garçons, mais il les a vite abandonnés pour se focaliser sur Josh.

Notre beau petit garçon. Je ne t'en veux pas. La police a dit que, d'après la quantité de sang qu'ils ont trouvée sur le sentier, tu t'étais sacrément bien battu. Le chef Waverly a qualifié ça d'héroïque.

Ils ont aussi trouvé du sang qui devait être celui de Damian. Tant que ce n'était pas celui de Josh, ça m'allait. Quelle idiote! Mais à l'époque, j'étais prête à croire à n'importe quoi, je me raccrochais à la moindre lueur d'espoir.

Putain, je suis si furieuse! De ne pas avoir été là, comme si j'aurais pu empêcher d'une façon ou d'une autre ce qui s'est passé. Furieuse contre le gouvernement qui perd du temps et de l'argent pour une loi stupide au nom accrocheur et qui condamne nos enfants à la médiocrité... Excuse-moi, je radote, là, pas vrai?

Mais surtout, je suis furieuse contre Dieu. Comment a-t-Il pu laisser faire ça? À ces deux garçons du Vermont? À celui qu'ils ont trouvé dans le Tennessee après qu'ils ont eu perdu la trace de Damian ici?

Et la femme du FBI: tu te serais foutu d'elle, une rousse avec une coiffure de camionneuse, une jupe mal coupée, de grosses godasses, et ses mains toujours sur les hanches comme si elle n'arrivait pas à choisir entre se comporter comme une femme ou jouer les caïds. Je l'ai entendue dire au chef Waverly que le mode opératoire de Damian était de capturer et d'emmener sa proie. Qu'il les tuait rapidement, brutalement, à mains nues. Utiliser ses mains, sentir sa peau contre la leur pendant qu'ils

mouraient… Ça lui donnait l'impression d'être Dieu. Comment pouvait-elle bien le savoir ?
C'est à ce moment que Hal Waverly m'a vue et l'a fait taire. Il m'a prise par l'épaule et m'a entraînée vers son équipe, m'a trouvé quelque chose de chaud à boire pour que j'arrête de claquer des dents. Puis il m'a parlé du sang qu'ils avaient trouvé dans une clairière à côté du sentier. Il m'a dit qu'ils avaient découvert le Tigrou de Josh en pièces. Qu'ils avaient suspendu les recherches à cause de l'ouragan qui approchait. Qu'une fois que le temps se serait amélioré, ils sortiraient les chiens pour chercher les corps.
Il m'a dit qu'il fallait que j'accepte le pire. Imbécile. Comme si c'était possible. Sans vous voir, Josh et toi. Comment pourrais-je vous abandonner si facilement ?
La semaine dernière me fait l'effet d'une vie antérieure. Les équipes de recherche et de sauvetage et les chiens limiers de Saranac sont tous dans le Mississipi et à la *Nouvelle Orléans, à présent. Le FBI est venu et reparti, mais les bandes en plastique jaune interdisent toujours l'accès à la chambre du Locust Inn à Merrill, où Damian Wright a séjourné. D'après les infos, ils l'ont manqué de peu, dans le Tennessee : aux trousses d'un meurtrier.*
Si j'étais Damian, je me rendrais au Texas. Je me ferais passer pour un réfugié, je me fondrais dans la masse. Je me demande si la police y a pensé, s'ils le recherchent là-bas ? Il paraît qu'il se dirigeait vers le Sud. Cette mère du Tennessee peut au moins enterrer un corps : deux chasseurs ont interrompu Damian avant qu'il ait pu finir de cacher celui-là. Il s'appelait Nelson. Un mignon petit garçon, d'après les photos dans les journaux. Des boucles brunes, de grands yeux sombres, un large sourire. Tout comme Josh et toi. Je sais que Josh doit être avec toi. Il l'est forcément. Je l'espère. C'est la dernière chose qui m'empêche de devenir folle. Vous savoir ensemble.

Je vous retrouverai. Bientôt. Je vous le promets. Peut-être que la pluie vous libérera de la terre. Si Damian ne vous a pas enfouis trop profondément. Mais alors les animaux… Je ne peux pas m'empêcher de penser à ce qu'ils pourraient être en train de faire, avec leurs dents et leurs griffes. Les images qui me viennent à l'esprit… ce que Damian a fait à Josh après en avoir fini avec toi…
Excuse-moi, me revoilà. Parfois, je suis obligée de m'enfermer dans la salle de bains, tous les robinets ouverts au maximum, et je crie encore et encore jusqu'à ce que ma voix s'éteigne. La salle de bains est pleine de vapeur d'eau, et j'imagine ton reflet dans le miroir et Josh qui dort juste derrière la porte fermée. Je retiens ma respiration jusqu'à ce que les volutes s'évanouissent et je suis seule, de nouveau. Seule avec ma raison, mes pensées, mes peurs, ma rage et mon désespoir… Vous me manquez tant tous les deux qu'il n'y a pas de mots assez forts pour l'exprimer.
Hal Waverly a été ma boussole. Bien sûr, en tant que chef de la police, il en a vu d'autres… Et lui-même a perdu quelqu'un, il comprend donc mieux que quiconque. Il reste dans son coin, plus ou moins à l'arrière-plan, me rendant visite entre deux missions, s'assurant qu'il y a à manger dans la maison, que je ne porte pas les mêmes vêtements pendant trois jours. Mais, surtout, il ne me juge pas quand j'ai besoin de m'échapper (généralement dans la pluie et le brouillard qui ont essayé de nous noyer cette semaine).
Tous les autres pincent les lèvres, en se demandant si j'ai perdu la tête… ou si cette bombe à retardement a finalement explosé. Pas Hal.
Je n'aime pas l'admettre, mais même la femme du colonel m'a aidée. Elle écarte tout le monde, nettoie la maison et, après un bain chaud, m'envoie au lit avec une tasse de sa tisane à la cannelle qui a le goût d'un câlin de

grand-mère. Je n'arrête pas de la mettre dehors, mais elle voit cela comme une mission, comme si elle était la seule à pouvoir me sauver. Navrée, mais c'est une perte de temps. J'ai la tête dans le vague. Le colonel a dû mettre un autre Xanax dans mon thé. Ou peut-être un Prozac. Ou les deux. Il rôde autour de moi comme le brouillard autour de la montagne. Ils me surveillent tous : le colonel, sa femme, Hal Waverly, le docteur Hedeger, tout le monde à l'école. Toute la ville retient son souffle, attendant que j'explose. Tic-tac, tic-tac, boum.

Ils pensent que je suis prête à me tuer, ou au moins à *me blesser. Mais je n'en serais jamais capable. Pas avant de vous avoir trouvés.*

Après, nous verrons. Je n'arrive pas à voir aussi loin.

Pour le moment, serre Josh fort, dis-lui de ne pas avoir peur, dis-lui que Maman l'aime trèèèès fort. Dis-lui que je vous retrouverai. Tous les deux. Quoi qu'il arrive, quoi qu'il faille faire, un jour.

Je vous aime. Mon dieu! *comme je vous aime. Pourquoi n'étais-je pas* là ? *Pourquoi pas moi ?*

Je dors les rideaux ouverts pour voir la montagne au-dessus du brouillard. Ça me donne l'impression que vous me voyez de quelque part là-haut dans le noir. Et si je laisse la lumière allumée, alors peut-être que Josh et toi retrouverez la maison…

4

Sarah prit son courage à deux mains et ouvrit la porte du *Rockslide Café*, d'où s'échappa le bourdonnement des conversations mêlé au parfum du café frais et des petits pains à la cannelle. Le colonel se trouvait derrière le comptoir, à son poste comme d'habitude lors de la ruée du matin, assurant le service et retournant les pancakes sans jamais arrêter de parler. Il n'allait pas apprécier ce qu'elle avait prévu pour ses vacances d'été. Mais elle était habituée à sa désapprobation.

Elle resta un moment à l'entrée. Le *diner* semblait sorti des années cinquante, tout en chrome et vinyle rouge, et décoré de photos que le colonel avait jugées dignes d'attention. Dont une de Sarah, les dents couvertes de bagues, prise lors de la cérémonie de remise des diplômes au lycée, et une autre d'elle, sans les bagues, recevant son diplôme universitaire. Un jour, l'année passée, sans crier gare, le colonel en avait ajouté une de Sam et Josh en place d'honneur. Josh brandissait un brochet, presque aussi grand que lui à trois ans, et Sam le maintenait en équilibre dans ses bras. Le sourire de Sam était plus grand encore que celui de Josh, et ses yeux, étincelants de fierté.

Accrocher ce cliché parmi ceux immortalisant les grands moments de la carrière militaire du colonel, les trophées des membres de la famille, et ses frères d'armes, était sans doute la chose la plus touchante que Sarah ait jamais vu faire son père. Elle était venue plus souvent, après ça. Non pas qu'ils discutaient beaucoup…

mais parfois, les mots n'exprimaient pas vraiment ce que l'on avait besoin de dire, de toute façon.

– Eh, gamine ! aboya-t-il en lui faisant une place libre au comptoir. George ici-présent pense que les Martiens débarquent.

– Je n'ai pas parlé de gens venus de l'espace, protesta George Dolan, faisant déborder sa tasse de café en y trempant son petit pain à la cannelle.

Il mordit dedans, essuya le café sur son menton, et poursuivit :

– J'ai dit que ces lumières pouvaient venir d'hommes venus d'ailleurs, comme des *clandestins*.

D'une main experte, le colonel déposa la pâte sur la plaque, formant des pancakes au diamètre réglementaire – huit centimètres – et à la symétrie parfaite.

– Qu'est-ce que des clandestins pourraient bien venir faire par ici ?

– Ils pourraient se cacher dans les grottes de Snakehead. Comme au Vietnam.

Silencieux, le colonel se retourna et regarda fixement George un long moment. Celui-ci eut la décence de rougir et de baisser les yeux sur sa tasse de café.

– Tu n'y connais rien à rien. Tu as trop regardé de films de SF, c'est tout.

Le colonel se retourna pour finir les pancakes de Sarah, les jetant sur une assiette et la faisant glisser devant elle en un seul mouvement fluide.

– Ouais, p'têt. Mais vous n'avez pas vu ces lumières. Elles allaient et venaient le long du barrage, puis ont disparu comme ça.

– Tu es sûr que c'était des gens ? Peut-être qu'il s'agissait d'un phénomène naturel. (Sarah arrosa sa petite pile de sirop d'érable récolté dans la forêt derrière sa maison.) Snakehead est bien connu pour ses brouillards et ses brumes, surtout en cette période de l'année.

Hal Waverly entra et s'assit à côté d'elle, dépliant son journal et saluant le colonel d'un signe de tête pendant que celui-ci lui versait son café. Sarah et lui avaient grandi ensemble à Hopewell, étaient amis depuis leurs huit ans. Mais ces deux dernières années, depuis que Sam et Josh étaient morts, elle avait perdu le contact. Il était toujours là, toujours prêt à l'aider, pourtant elle n'avait pas remarqué les rides qui s'étaient creusées aux coins de ses yeux ni les cernes sombres qui les soulignaient.

Elle détourna le regard, assaillie par la culpabilité. Que s'était-il passé d'autre sous ses yeux au cours de ces deux dernières années sans qu'elle le voie ?

– Tu veux dire, comme des feux follets ou ces aurores boréales qu'on a vues l'année dernière ? dit George, continuant son histoire d'étranges lumières. Non, monsieur, c'était près du sol. Et ça se déplaçait. Hal, quand est-ce que tu vas envoyer quelqu'un là-haut pour jeter un coup d'œil ? T'es si bien payé à quoi faire, d'ailleurs ?

Hal ferma son journal d'un coup sec.

– Demande au colonel. C'est lui le président du conseil municipal. Quand va-t-on me donner assez d'argent pour engager un homme en plus ? Pour le moment...

– Ah ! Hal, ne recommence pas avec ça. On t'a donné le nouveau centre gouvernemental, pas vrai ?

La voix du colonel avait quelque chose de brutal, un mordant qui, dans sa vie antérieure, aurait capté en un instant l'attention de ses hommes.

George et Sarah reculèrent tous les deux, s'éloignant de la ligne de tir. Le nouveau centre gouvernemental était au cœur de la dernière controverse qui secouait Hopewell. D'une façon ou d'une autre, la femme du colonel avait convaincu le gouvernement que le village d'Hopewell, dans l'État de New York, avec ses quatre cent soixante-huit habitants, méritait qu'on lui rende son propre code postal, mais aussi que, puisque le barrage de Snakehead était une cible terroriste de premier choix, il pouvait prétendre au financement par l'État de la reconstruction d'un bureau de poste et de police après que les inondations de 2005 eurent détruit l'ancien.

– C'est qu'il nous est sacrément utile, sans personne pour y assurer de permanences. Mes hommes et moi, on patrouille à plein temps. Si le centre de communication du comté ne s'occupait pas des appels, et sans le pacte d'assistance mutuelle passé avec Merrill, on n'en aurait même pas le temps.

On pouvait percevoir dans sa voix une pointe de frustration. Depuis des années, il se battait en vain contre le conseil municipal et ses coupes budgétaires. Sarah était navrée pour lui. Hal travaillait dur et ne voulait que le meilleur pour Hopewell. L'air vaincu, il prit une gorgée de café et replongea dans son journal.

– Tu fais quoi de beau, aujourd'hui, Sarah ? demanda le colonel.

– Je vais aller quelques jours sur Snakehead, faire un peu de randonnée.

Le silence accueillit sa déclaration. Même Hal posa son journal, la jaugeant du regard.

– Je ne suis pas sûr que ce soit une bonne idée. Pourquoi ne vas-tu pas plutôt à Lake Placid ? dit le colonel en alignant les salières, les poivrières et le sucrier en parfaite parade militaire.

– Oui. Sinon, j'ai entendu qu'il y avait une superbe exposition à Montréal, dit soudain George.

Sarah pivota sur son tabouret pour dévisager George. Le camionneur n'était pas réputé pour son amour des Beaux-Arts.

– Qu'est-ce que tu en sais ? lui demanda le colonel.

Les joues de George prirent des couleurs mais il ne se démonta pas.

– Parce que j'y suis allé. J'y ai emmené Mary. C'était un de ces impressionnistes français, beaucoup de tourbillons et de couleurs… Plutôt joli. (Son visage s'éclaira et il sourit à Sarah.) C'est parfait pour des vacances reposantes. Mieux que d'aller piétiner là-haut.

Il indiqua la montagne au-dessus d'eux d'un coup de menton.

Sarah ouvrit la bouche, puis changea d'avis et y fourra un morceau de pancake avant de dire quelque chose qu'elle pourrait regretter. Ils n'avaient pas peur qu'elle se blesse : elle avait chassé ou fait partie des équipes de sauvetage avec chacun d'entre eux à un moment ou un autre. Ils s'inquiétaient pour sa santé mentale. Comme si, presque deux ans plus tard, elle pouvait encore trouver quelque chose sur Snakehead susceptible de lui faire perdre la tête.

C'était adorable, vraiment. Mais elle devait le faire. Elle devait trouver Sam et Josh. Ou aller de l'avant, d'une manière ou d'une autre. Affronter la montagne était la meilleure façon qu'elle ait trouvée d'y parvenir.

– On a annoncé un temps radieux. Pourquoi rester enfermée avec un tas de vieilles toiles ?

– Non. C'est trop dangereux. Que fais-tu de ces gens louches qui rôdent dans la montagne la nuit ? dit le colonel.

Sarah contint sa colère et s'efforça de rester calme et logique. Elle avait déjà passé beaucoup de nuits seule dans la montagne, mais pas une depuis de la disparition de Sam et Josh.

– Tes hommes venus d'ailleurs ? Ne t'inquiète pas, je ne m'approcherai pas du barrage.

– Où comptes-tu aller ? (Hal plia son journal et l'observa d'un air sérieux.) Tu ne devrais pas partir seule.

– Tout se passera bien. Mais j'aimerais bien t'emprunter un de tes talkie-walkie, juste au cas où.

– Pas de problème. S'il y a bien une chose dont nous ne manquons pas, c'est de talkie-walkie. Tu vas sur le flanc ouest ?

– Je pensais partir de la cabane du colonel et descendre en me promenant. Ça fait longtemps que je n'ai pas passé une nuit sur la montagne.

Deux ans, pour être précise. Depuis la dernière fois que Sam et elle avaient emmené Josh à la cabane. Ses voisins se concentrèrent sur leur nourriture. Le sourire de Sarah s'évanouit.

– En tout cas, ce sera agréable de faire une pause.

Les lèvres du colonel se plissèrent en une moue de désapprobation. Elle savait qu'il était à deux doigts de lui ordonner d'y renoncer, elle arqua donc un sourcil en frappe préventive. Il leva une main en reddition, et se retira pour refaire du café.

– Fais juste attention à ces hommes venus d'ailleurs, dit George. Qui sait ce qu'ils veulent.

5

Caitlyn et Clemens se rendirent au seul endroit de la base encore plus sécurisé que les labos : les tables de pique-nique en face du deli *Hogan's Alley*. À un pâté de maisons de la banque la plus braquée au monde (haut lieu des exercices d'entraînement hebdomadaires), ils étaient entourés d'arbres, et pouvaient voir approcher n'importe qui sans aucun risque d'être entendus, si ce n'était par la biche et les écureuils apprivoisés qui peuplaient les bois. À l'occasion, un ordre vociféré par un officier instructeur dirigeant un exercice dans la rue adjacente brisait le silence.

Sur le chemin, en parlant de tout sauf du contenu explosif des dossiers que Clemens transportait dans sa mallette, Caitlyn avait réuni des informations sur le technicien. Il l'avait informée avec enthousiasme qu'il venait de Pittsburgh, une maîtrise de l'université de Carnegie Mellon et un doctorat de Pitt en poche, qu'il adorait travailler à Quantico, et que sa fiancée gérait une boutique de vêtements à Fairfax. Rien de tout cela n'avait éveillé sa méfiance. Le visage de Clemens était ouvert et franc, il avait même rougi en mentionnant sa fiancée, leur mariage et leur lune de miel à venir.

Elle attendit qu'il ait fini de manger avant de le ramener à l'affaire Hopewell. Craignant de réveiller prématurément sa migraine, elle n'avait quasiment pas touché à son assiette. Clemens n'avait pas l'air d'en avoir conscience.

Les maux de tête n'étaient qu'une des facettes de sa nouvelle vie, une qu'elle avait appris à gérer. De retour dans son bureau, elle engloutirait quelques Naproxène. S'ils ne suffisaient pas, elle s'en occuperait en rentrant chez elle : se flanquerait un coup de Sumaltipan, avalerait quelques Fioricet, et se roulerait en boule dans le noir.

Ce soir, promit-elle à sa silencieuse mais fidèle compagne. *Ce soir, je serai toute à toi.*

À Hopkins, les médecins avaient appelé ça un syndrome post-commotionnel. Une lésion cérébrale traumatique. LCT. Caitlyn appelait ça l'enfer sur terre.

Puisqu'elle avait subi un véritable traumatisme crânien (une fracture du crâne et un caillot sanguin dans le cerveau) dans le cadre de ses fonctions, elle aurait pu demander une pension d'invalidité. Mais Caitlyn n'admettrait jamais qu'elle était d'une quelconque façon invalide. Pas à elle-même, et encore moins au Bureau. Elle imaginait très bien ce que Jack Logan et d'autres comme lui diraient. *Et puis quoi encore ?* se moqueraient-ils. *Un arrêt maladie pour syndrome prémenstruel ?*

Non, elle n'était pas invalide. Juste désavantagée. Après l'opération visant à ôter le caillot et réparer les vaisseaux sanguins déchirés de son cerveau, elle avait dû tout réapprendre. Comment associer noms et visages plutôt que les mémoriser, comment lire même si certaines lettres paraissaient toujours embrouillées, surtout sur un écran d'ordinateur, comment supporter ses migraines et les symptômes qui les accompagnaient.

Rien de tout cela ne l'empêchait de faire son travail… et il était hors de question que ça change.

– À qui était l'ADN dans la montagne ? demanda-t-elle à Clemens tandis qu'il essuyait des traces de pépites de chocolat sur ses lèvres.

– C'est le problème.

Il sortit une pile de dossiers, écarta les assiettes en carton et posa deux profils ADN l'un à côté de l'autre. Même elle pouvait voir qu'ils n'étaient pas similaires.

– Celui-ci est à Wright. Et celui-là est l'échantillon de Durandt recueilli chez lui. (Il sortit du dossier une autre photocopie de bandes ADN, identiques à celles de Durandt.) Voici le premier échantillon de la scène de crime. Je l'ai trouvé avec les autres dans le lot qui devait être détruit.

Il regarda longuement les trois profils ADN, puis s'éclaircit la voix avant d'y ajouter un quatrième.

– C'est l'ADN du second échantillon de sang trouvé sur la scène de crime.

Caitlyn se pencha en avant, examinant les lignes grises. Le dernier profil ADN ne correspondait pas à celui de Durandt, ce qui était logique, puisqu'il était d'un groupe sanguin différent. Mais il ne correspondait pas à celui de Wright non plus.

– Vous voulez dire que l'ADN sur la scène de crime n'était pas celui de Wright ?

Il haussa les épaules sans conviction. Il ne s'engageait à rien.

– Quand j'ai découvert qu'il n'y avait pas de correspondance avec l'ADN de Wright, j'ai entré une seconde fois celui de Durandt dans le système. Je me disais que les numéros des échantillons avaient peut-être été mélangés ou qu'il y avait eu une erreur de saisie. Mais je n'ai rien trouvé.

– Comment ça ? C'est une victime. Son ADN était forcément dans la base de données.

Il secoua la tête.

– Vous voyez ce que je veux dire ? Cette affaire est carrément bizarre ! Samuel Durandt n'était dans *aucune* de nos archives. Comme si quelqu'un en avait effacé toute trace. Si je n'avais pas regardé ces échantillons avant qu'ils soient détruits, il aurait disparu, comme s'il n'avait jamais existé !

– Qui pourrait faire ça ?

– À vous de me le dire. Mais par contre… (Il hésita à nouveau avant de glisser une analyse ADN supplémentaire hors de ses dossiers.) J'ai trouvé ça.

Elle fronça les sourcils, lui prit le profil ADN des mains et le posa à côté des autres. Trois profils ADN identiques.

– Et alors où est le problème ? Vous avez dû trouver son dossier quelque part… Durandt correspond à Durandt qui correspond à Durandt.

– Sauf que celui-ci n'est *pas* celui de Sam Durandt. Et ça ne peut pas servir de preuve. Je l'ai trouvé dans une base de données de donneur de moelle osseuse.

– Pardon ?

– Je sais, je sais. Je n'avais pas d'ordonnance judiciaire. Mais comprenez-moi : ce genre de chose n'arrive jamais. Absolument jamais. Il y a des protocoles, et des contrôles, et des vérifications… (Il se tut un instant et tapota du doigt le profil ADN.) De plus, quand je commence à travailler sur un problème, je ne peux simplement plus…

– … vous arrêter avant d'en trouver la solution, finit-elle pour lui.

Elle le savait, parce qu'elle était faite du même bois. Têtue, lui disait son père, souvent avec un sourire. Obstinée, disait le reste de la famille, sans jamais sourire. Sa plus grande force… et sa plus grande faiblesse. Ne pas pouvoir laisser tomber quoi que ce soit une fois que sa curiosité était émoustillée.

– Alors, à qui cet ADN irrecevable et obtenu illégalement appartient-il ?

– À quelqu'un du nom de Stanley Diamontes.

– Et qui peut bien être ce Stanley Diamontes ? lui demanda-t-elle, une main massant le point de pression à la base de son pouce, avec la certitude qu'elle n'allait pas aimer la réponse.

– Eh bien, à moins que Sam Durandt ait un frère jumeau, Stanley *est* Sam. Et attendez. Il y a pire.

Il sortit un nouveau profil ADN et le posa sur le second profil ADN de la scène de crime. Le profil qu'ils avaient supposé être celui du meurtrier, Damian Wright. Il correspondait.

– Notre sujet inconnu a un nom. J'ai envie de savoir qui c'est ?

– Non, mais je vais vous le dire quand même. Leo Richland, membre des US Marshals. Richland a été porté disparu il y a deux ans. Il a été vu pour la dernière fois à Fairfax, en Virginie, une journée avant que Josh et Sam, ou Stan, Durandt ne soient présumés assassinés par Damian Wright.

Caitlyn siffla entre ses dents quand les éclairs de lumière l'assaillirent de plus belle, accompagnés d'une nausée qui lui tordit l'estomac. Les lignes grises et noires de l'analyse ADN devinrent floues sous ses yeux.

– C'est tout ce que j'ai trouvé. Je me suis dit que, Logan parti à la retraite, c'était redevenu votre affaire, donc…

Sa voix s'éteignit. Il referma la chemise et la fit glisser devant elle, de l'autre côté de la table de pique-nique.

Sam Durandt n'était pas Sam Durandt ? Et au lieu d'avoir été tué avec son fils par Damian Wright, il l'avait été par un US Marshal ? Un marshal qui avait disparu dans de mystérieuses circonstances et qui n'avait aucune raison au monde d'avoir été où que ce soit dans les environs d'Hopewell, État de New York, le jour où Sam et Josh avaient été tués.

Éblouie par le soleil se réverbérant sur la chemise blanche de papier glacé, elle chaussa d'une main tremblante ses lunettes de soleil et réussit, tant bien que mal, à ne pas se crever un œil. Elle ne laissait jamais ses migraines l'atteindre au travail, elle était toujours capable de les bloquer, de les garder à distance. Mais celle-ci s'était glissée sous sa garde.

– Merci, Clemens.

Elle essaya de ne pas laisser poindre dans sa voix la douleur de l'étau qui se resserrait derrière ses yeux.

– Ne me remerciez pas, répondit-il. Je crois que je viens de vous donner l'équivalent d'une bombe à retardement.

Il balaya les miettes sur ses genoux et se leva, attrapant sa mallette.

– Bonne chance, Caitlyn.

Elle fixa le dossier du regard, le blason du FBI sur sa couverture. Un vent frais éparpilla leurs assiettes en carton, poussant les détritus dans l'herbe. Caitlyn les ignora, laissant Clemens courir après. Elle se battait pour contenir la migraine avant qu'elle la paralyse complètement. Elle se concentra sur sa respiration, utilisant le blason du FBI comme point focal. Fidélité, Bravoure et Intégrité, pouvait-on lire en dessous.

Quand, enfin, elle eut obligé les vagues de douleur à se retirer, elle parvint à se lever sans tituber. La chemise en papier glacé agrippée dans une main, elle se dirigea vers le Jefferson Hall.

Seigneur, Logan ! dans quoi m'as-tu fourrée ?

6

15 septembre 2005

Ils l'ont attrapé. Oh mon dieu ! ma main tremble tellement que j'arrive à peine à écrire.
Ils l'ont attrapé ! Damian Wright. Il était au Texas. Caché dans un abri communal pour les réfugiés de Katrina. Tous ces petits garçons… Il a dû se dire que Katrina et le désespoir d'un million de personnes ayant tout quitté pour sauver leur vie était comme un cadeau, une offrande impie à ses perversions malsaines.
Un soldat de la garde nationale l'a surpris avec un garçon. Felix Martinique. Le corps était encore chaud, Damian était couvert de son sang. Je ne pouvais penser à rien d'autre que Josh. J'ai passé le reste de la journée à hurler, enfermée dans la salle de bains, où personne ne pouvait me voir ni m'entendre, à imaginer ce monstre et notre petit garçon…
Il a avoué pour les deux garçons du Vermont, celui du Tennessee, un autre dans l'Oklahoma. Mais pas pour toi ou Josh. Pourquoi ? Je ne connais pas cet homme, pourquoi essaie-t-il d'anéantir le peu de vie qu'il me reste ? Pourquoi ne peut-il pas m'accorder le moindre apaisement ?
Pourquoi ne peut-il pas te ramener à moi ?
Le docteur Hedeger dit qu'il m'enverra à l'hôpital si je ne me mets pas à manger ou dormir. Il demande à tout le monde de me surveiller, comme si j'étais une

prisonnière dans ma propre maison. Il a fallu un accident au Rockslide *pour que la femme du colonel me laisse tranquille (de la graisse a pris feu quand le colonel a essayé de se faire un sandwich au saucisson frit en douce). J'ai la maison à moi toute seule aujourd'hui. Personne n'a l'air de comprendre. Sur cette montagne, sur le sentier que Josh et toi avez emprunté, quand je suis vos pas, j'entends presque le rire de Josh, je le vois presque, juste derrière le prochain virage, qui m'appelle... C'est l'unique moment où je me sens vivante.*

Le reste du temps, je suis morte, je ne sens rien, je suis lourde comme du plomb, trop lourde pour bouger, ne serait-ce que pour fermer les yeux et dormir.

Si seulement je pouvais vous trouver... Vous me cherchez, vous aussi ? Josh appelle-t-il sa maman en pleurant ?

J'espère que non. Je veux croire qu'il est heureux, qu'il a oublié l'horreur...

Un avocat est venu me voir aujourd'hui, quand la femme du colonel a eu tourné les talons. Un type sympa. Il travaille sur un projet de défense et assistance aux victimes. Il a entendu parler de nous et se propose de nous aider, autant que faire se peut.

*Je lui ai presque claqué la porte au nez. Presque dit que la seule chose dont j'avais besoin, c'*était *le retour de mon mari et de mon fils à la maison, à leur place. Mais il n'avait pas l'air de redouter que je perde les pédales. Ne m'a pas dévisagée en attendant que je m'effondre, que je tombe en morceaux, tic-tac, boum.*

Il est resté assis et a écouté. Pour la première fois depuis que tu es parti, j'ai été capable de faire passer des mots à travers ce nœud dans ma gorge qui m'étrangle. Je lui ai parlé. Encore et encore.

Le pauvre homme a sans doute cru que j'étais folle. Mais il n'est pas parti en courant. Il a écouté.

Je lui ai même montré la chambre de Josh, ton piano, les chansons sur lesquelles tu travaillais. Je lui ai raconté comment nous nous sommes rencontrés, je lui ai montré des photos. Toi tenant Josh dans tes bras après que le médecin te l'a eu donné, l'air effrayé, manquant d'assurance, surpris et ravi, tout à la fois. Celle de Josh endormi, en couche, sur ton torse nu, quand nous étions tous les deux trop épuisés pour faire la lessive. Le premier anniversaire de Josh, où nous sommes tant couverts de gâteau que nous avons dû nous rincer au tuyau d'arrosage.

Alan, c'est son nom. Alan Easton. Il a souri et même ri. Comme personne ne l'a fait depuis seize jours… comme si c'était interdit par la loi de rire devant une mère et épouse en deuil.

Je pense que tu l'aurais bien aimé. Tu sais pourquoi ? Parce qu'une fois que son rire a eu brisé l'effroyable silence étouffant notre maison, je me suis mise à sourire. À bavarder. Il s'est assis à ton piano et mon cœur s'est tellement serré que j'ai cru qu'il allait exploser de douleur, mais ensuite il a pris ton dernier chef-d'œuvre. Tu sais : « Tes yeux me rappellent le ciel la nuit, tes lèvres me promettent une chance dans la vie. » Celle-là.

Alan a essayé de la chanter et, crois-le ou non, il était encore pire que toi ! Je n'ai pas pu me contenir. Une étincelle de rire est née en moi et est montée, comme la mousse dans une bouteille de bière qui a été trop secouée. Je n'ai pas pu l'empêcher de déborder.

J'ai tellement ri que j'en ai pleuré. Et une fois que les larmes se sont mises à couler… Tu te souviens comment j'étais, durant les premiers mois où j'attendais Josh ? Comme ça, mais pire.

Alan n'a pas eu cet air, les yeux écarquillés d'horreur, qu'ils ont tous avec moi. Il est resté, et m'a tenu la main pendant que je versais assez de larmes pour inonder le Sahara. Puis il est parti, m'a promis de faire des recherches et de revenir demain.

Je suis restée assise seule dans le salon, dans notre maison, pour la première fois en seize jours. Elle me semblait surpeuplée et vide en même temps. Maintenant, je comprends ce que signifie l'expression « un silence assourdissant ».

Notre maison, toujours si pleine de bruit et d'amour. Ta musique, ta voix effroyablement fausse quand tu étais inspiré (tu es le seul compositeur que je connaisse qui ne sache pas chanter juste la moindre note), les petits pas de course de Josh, le martèlement du sèche-linge bancal, le rire de Josh, le tien, il n'y avait rien de tout ça.

Juste le coassement des grenouilles dehors, les grincements et les soupirs d'une vieille maison vide.

Je suis restée assise là un bon moment, incertaine de ce que je ressentais. Mais c'était déjà cela, une émotion.

J'ai même mangé un peu du poulet que la femme du colonel a apporté hier soir. Pour la première fois depuis des semaines, j'ai vraiment pu en sentir le goût.

J'ai pris une douche puis un bon bain brûlant. Il n'est même pas cinq heures, mais je suis épuisée. Je t'ai emprunté un tee-shirt pour dormir. Un du linge sale, pour mieux sentir ton odeur, pour être avec toi cette nuit. J'ai dû sortir tes vêtements et ceux de Josh du panier et les cacher dans un sac sous mon lit avant que la femme du colonel fasse la lessive et efface à tout jamais votre existence.

Je vais dormir, maintenant, mais je vais laisser une fenêtre ouverte et la lumière allumée pour toi. Dès que Damian Wright me dira où te trouver, nous serons de nouveau ensemble. Je te le promets.

Embrasse Josh pour moi. Bonne nuit, mes chéris…

7

Sarah mit au point son plan d'attaque avec plus de soin qu'un général aux prises avec un ennemi supérieur en nombre. Elle s'était promis de se jeter tout entière dans la bataille, de passer l'été entier à chercher Sam et Josh s'il le fallait.

Et ensuite… Elle s'immobilisa, les doigts dansant sur la carte d'images satellites de Snakehead Mountain qu'elle venait de photocopier. Si elle les trouvait alors, peut-être, peut-être enfin, pourrait-elle leur dire au revoir.

Elle utilisait le bureau de Sam comme quartier général de sa campagne. C'était une pièce lumineuse et chaleureuse à l'arrière de la maison et, à dire vrai, Sam y avait écrit davantage de chansons que de polices d'assurance. Sarah avait scotché ses cartes topographiques et ses photos satellites sur les posters des héros de Sam : John Lee Hooker, Stevie Ray Vaughan, Bob Dylan, Eric Clapton. Elle n'avait jamais compris pourquoi il avait choisi Hopewell pour lancer sa propre agence d'assurances. Il n'évoquait jamais sa vie d'avant, si ce n'était pour dire qu'il n'avait plus de famille et que rien ne le retenait plus dans sa ville natale. Il avait toujours un air triste quand il parlait de son passé, même s'il ne s'était jamais confié à elle en détail. Elle avait appris à ne pas le pousser, se disait qu'il lui raconterait tout quand il serait prêt.

Un toussotement interrompit le cours de ses pensées. Elle leva les yeux et découvrit Hal sur le pas de la porte, un Motorola à la main.

– J'ai frappé…

– Désolée, j'avais lancé la photocopieuse. Merci d'avoir apporté le talkie.

– Pas de problème.

Il la rejoignit à la table à dessin que Sam utilisait comme bureau. Se penchant en avant, il examina la carte topographique qu'elle avait dépliée. Du orange fluo y marquait les endroits où le sang de Sam avait été trouvé, le lieu où le Tigrou de Josh avait été abandonné presque un kilomètre plus loin, les zones qui avaient été fouillées deux ans plus tôt. Il siffla entre ses dents.

– Tu as une sacrée portion de terrain à couvrir. Sans garantie de succès. Ces montagnes ne révèlent pas leurs secrets si facilement.

À côté de lui, elle serrait et desserrait la main, le regard rivé sur la vaste zone de nature sauvage illustrée sur la carte.

– Je sais.

– Je veux juste que tu ne sois pas déçue. Une fois de plus.

Un silence. Ils savaient tous les deux comment Sarah avait passé l'été précédent. Au Texas, dans une chambre de motel aux alentours de Huntsville, pendant qu'Alan tentait en vain de lui obtenir une audience avec Damian Wright. L'homme avait enfin avoué avoir tué Sam et Josh, mais il refusait toujours de lui dire ce qu'elle avait besoin de savoir. Puis, une fois rentrée à la maison…

Hal lui prit le bras, semblant suivre naturellement le cours de ses pensées. Pourquoi pas ? Il savait mieux que quiconque ce qu'elle traversait. Il s'en voulait toujours de ne pas avoir été là la nuit où sa femme s'était suicidée. Il inclina la tête, la regarda dans les yeux.

– Tu es sûre de savoir ce que tu fais, Sarah ? Parfois, il vaut mieux laisser les choses telles qu'elles sont.

– J'en ai besoin, Hal. (Elle se força à sourire, et lui prit la main pour le rassurer.) Ne t'en fais pas, je ne vais pas replonger, j'ai dépassé ça.

– Il y a des choses qu'on n'arrive jamais à dépasser, dit-il d'une voix grave, laissant son regard s'arrêter sur le seul coin du bureau de Sam qui n'était pas couvert de photos d'elle et Josh. Il y a des choses avec lesquelles on apprend juste à vivre. (Il se tut un moment.) Il faut trouver une motivation, Sarah. Quelque chose... quelqu'un... qui vaille la peine de vivre.

Ils avaient le même âge, avaient grandi ensemble, été meilleurs amis pendant des dizaines d'années, mais il lui sembla d'un coup bien plus vieux et plus sage. Comme si perdre Lily lui avait révélé une vérité qui échappait encore à Sarah. Elle recula, se retournant pour rassembler les agrandissements qu'elle venait de faire sur la photocopieuse. Ces derniers temps, la vieille Xerox de Sam faisait vraiment beaucoup d'exercice.

Hal saisit la feuille sur le haut de la pile.

– C'est là que tu vas? (Il fit glisser son doigt le long de la crête entre le sommet de la montagne et les Hautes Chutes.) C'est un terrain accidenté... Surtout après les séries de gel-dégel de ce printemps. Il y a eu plusieurs glissements de terrain sur le flanc est, du côté de Snakebelly et du Coude du Diable.

Le Coude du Diable: l'endroit où la rivière et la gorge prenaient un virage à quatre-vingt-dix degrés, puis faisaient un bond vertigineux, créant les Hautes Chutes. Plusieurs crevasses profondes marquaient les murs du ravin non loin de là, dont le redouté Snakebelly, le cimetière de la rivière. Toutes sortes de débris flottants étaient invariablement emportés par le courant dans le gouffre, passant généralement inaperçus jusqu'à ce qu'un glissement de terrain ou une avalanche ne les libère, ainsi que ce qui se trouvait derrière.

– Je m'en sortirai très bien. J'ai fait de l'escalade dans ce coin toute ma vie.

Hal acquiesça, suivant toujours des yeux son doigt qui parcourait les lignes entassées les unes contre les autres sur la carte topographique.

– Tu ne devrais peut-être pas y aller toute seule.

La lumière se reflétait sur un cercle de peau pâle, là où il portait auparavant son alliance.

Quand avait-il cessé de la mettre? se demanda-t-elle, tournicotant l'anneau de Sam sur son propre doigt. Lily était morte peu de temps avant Sam. Si Hal était prêt à aller de l'avant, pensait-il qu'elle devrait l'être également ?

Non. Pas avant d'avoir les réponses dont elle avait besoin.

Le bras de Hal effleura le sien et Sarah se raidit. Il ne pouvait pas... Il ne le pensait pas... Non. Ils étaient amis. Avaient été amis bien trop longtemps pour qu'il ressente *ce* genre de chose pour elle. Après tout, ils n'étaient plus des enfants.

– Tu te souviens de notre bal de promo en dernière année ? la surprit-il en suivant à nouveau le fil de ses pensées. Ça m'a pris une éternité pour trouver le courage de te demander d'y aller avec moi et, alors, c'était trop tard. Tu y es allée avec Tommy Hopkins.

Sarah lui arracha la carte et se mit à la plier, ses doigts écrasant sans merci le papier. La main de Hal resta en suspens. Une expression blessée était apparue sur son visage. Elle tenta de faire passer sa réaction brutale pour une plaisanterie.

– Hal Waverly, serais-tu en train de me draguer ?

Il s'écarta soudainement, les mains levées.

– Moi, non. Alan.

– Alan ?

Elle se concentra sur la carte dans sa main, perturbée. C'était comme si son esprit était enrobé dans un cocon dont elle se libérait lentement, se débarrassant du poids de deux années d'insensibilité causée par le chagrin. Voyant enfin les choses clairement, mais ayant du mal à les replacer dans leur contexte.

Réveillez-vous avec l'odeur du café, chanta la voix de Sam dans son esprit, un autre de ces jingles mièvres qu'il n'avait jamais été capable de vendre.

Dieu merci, Hal passa outre ce soudain malaise et glissa ses paumes à l'arrière de son jean, comme pour balayer la tension entre eux.

– Cet homme est dingue de toi, Sarah. N'importe quel idiot peut le voir. Abandonner son agence en ville pour emménager ici...

– C'était juste pour l'affaire Damian Wright. Alan essayait de mettre en place des précédents pour le droit des victimes avec mes recours. Ça n'avait rien à voir avec moi.

– Vraiment ? Alors que fait-il encore ici ? À tourner en rond comme un gamin trop timide pour demander à une fille de danser avec lui.

Elle agita la main pour le faire taire. Il l'ignora, et s'assit au bord du bureau.

– Il a l'air bien, pour toi. Quand tu es avec lui, tu as l'air, enfin, heureuse.

– Hal. Je t'en prie. Tu me décris comme une veuve éplorée qui traîne dans ses voiles noirs. Ces deux années ont été difficiles, mais je m'en sors très bien.

– C'est vrai. Et je pense qu'Alan y est pour quelque chose. Il n'est pas le seul à vouloir te voir heureuse, Sarah. J'ai entendu le colonel lui demander quelles étaient ses intentions.

Elle se redressa et se retourna brusquement, le sang lui montant aux joues sous le coup de la gêne.

– Il n'a pas le droit… C'est ma vie et je la mènerai comme je le voudrai !

– C'est tout le problème, non ? (Hal lui adressa un demi-sourire.) Sarah, tu n'es pas morte sur cette montagne. Ne gâche pas ta vie parce qu'un fou furieux a tué Josh et Sam.

Si n'importe qui d'autre lui avait dit cela, elle aurait craqué, serait entrée dans une colère noire et l'aurait jeté à la porte. Mais ce n'était pas n'importe qui. C'était Hal. Qui disait ce que Sarah savait dans son cœur être la vérité.

Après la mort de Lily, Hal avait fait face à la même dure vérité. Mais ce n'était pas une vérité que Sarah était prête à affronter. Pas encore. Sans doute jamais.

– J'ai besoin d'un peu plus de temps. (Elle fourra la carte dans la poche de sa veste Gore-Tex.) Si Alan me comprend, il attendra. (Elle leva enfin la tête, le regarda dans les yeux.) Juste un peu plus longtemps.

– Tu dois lui dire ce que tu ressens d'une manière ou d'une autre, au moins pour mettre fin aux souffrances de ce pauvre gars.

– Ça va, j'ai compris. Bon, maintenant, tu n'as pas des escrocs à mettre derrière les barreaux ou un truc du genre ?

– J'ai fini mon service à midi, officiellement, je ne reprends pas avant demain matin. (Il désigna d'un geste de la main son téléphone portable, son bipeur et sa radio accrochés à sa ceinture.) Bien sûr, ça ne veut pas dire qu'ils ne me rappelleront pas avant.

Il poussa un soupir. Des cernes bleus soulignaient ses yeux. De nouvelles rides creusaient son visage et sa mâchoire n'arrêtait pas de se contracter.

– Je devrais sans doute rentrer, me reposer un peu.

Ça semblait une bonne idée. Il avait l'air sur le point de s'effondrer de fatigue ou au bord de la dépression, et la saison touristique, la période de l'année la plus chargée pour Hal, venait tout juste de commencer. Une fois de plus, elle s'en voulut de ne pas avoir prêté plus d'attention à ses amis. Qu'avait-elle manqué d'autre durant ces deux années, obnubilée par ses propres malheurs ?

– Pourquoi tu ne profites pas un peu de la vie ? Tu n'as pas posé de congés depuis une éternité. Prends des vacances, va quelque part, trouve une jolie fille, et brise-lui le cœur comme tu as brisé le mien au lycée.

Cela le fit sourire.

– J'ai trente-deux ans. Si je me mets à courir après les filles, je devrai me mettre moi-même les menottes aux poignets. (Son regard passa au-dessus de son épaule pour se planter sur les montagnes encadrées par la fenêtre.) De plus, toi et moi, on est attachés à cet endroit.

Il lui donna le talkie et une batterie de rechange. Elle le raccompagna à la porte. Ils s'arrêtèrent tous les deux sur le palier, dans l'ombre de Snakehead qui se dressait au-dessus d'eux.

– Tu comptes rester là-haut combien de temps ?

– Quelques jours. Après je reviendrai, pour me réapprovisionner.

Une ride lui plissa le front.

– Et si tu me donnais une date de retour précise, pour que je n'aie pas à envoyer des gens à ta recherche ? Reviens avant vendredi après-midi, ça te va ? Après, laisse Alan t'emmener à cette exposition d'art à Montréal pendant le week-end. Voir comment ça fait, de vivre loin de tout ça.

Hal avait son air buté, celui qui ne tolérait aucun refus. Apparemment, toute la ville avait comploté pour la faire tomber dans les bras d'Alan. Mais partir un week-end et pouvoir parler d'autre chose que d'un meurtre était une idée attrayante.

Elle rendit les armes.

– D'accord, mais à une condition. Que tu prennes des vacances aussi. Va-t'en, amuse-toi, laisse Hopewell se débrouiller un jour ou deux.

Un sourire éclaira son visage mais ses yeux restèrent sombres.

– Marché conclu. Vendredi, Alan et toi, vous allez à Montréal et moi, je partirai officiellement pour une terre inconnue.

– Mais ne te fais pas arrêter, chef.

Elle eut droit à un sourire ironique, comme s'il songeait à une blague qu'il ne comptait pas partager.

– Bonne chance, Sarah. Et sois prudente. (Il descendit d'un pas nonchalant l'allée au bout de laquelle était garé son 4x4 GMC.) Appelle-moi si tu as besoin de quoi que ce soit.

– Je m'en sortirai sans toi. Rentre, repose-toi.

Il lui fit un signe de la main en montant dans son tout-terrain, donna un coup de klaxon, et engagea une rapide marche arrière pour faire demi-tour, faisant crisser le gravier. Les tsuga au bord de son allée se balancèrent dans le vent, semblant se refermer derrière lui. Le silence tomba en même temps que la poussière.

Sarah inspira profondément, emplissant ses poumons comme si elle se préparait à un long siège sous-marin. Elle hocha la tête en observant Snakehead, relevant son défi silencieux, et retourna à l'intérieur récupérer le reste de ses affaires.

La cabane de chasse du colonel était proche du sommet, le dernier refuge accessible par la piste de terre qui faisait office de route. Son plan était de conduire jusqu'en haut, de garer sa voiture, puis de redescendre à pied. Pas besoin de tente, le temps était clément. Tout ce dont elle avait besoin était son sac de couchage et un tapis de sol. Si la météo se gâtait, ce qui était susceptible d'arriver dans les hauteurs, elle pourrait toujours s'abriter dans la cabane.

Bien sûr, la femme du colonel désapprouverait fermement qu'une femme reste seule dans une cabane sans eau ni électricité, plus encore qu'elle condamnerait une nuit passée à la belle étoile. Sarah sourit à cette pensée.

Ce n'était pas qu'elle n'aimait pas la femme du colonel ou avait l'impression que personne ne pourrait jamais remplacer sa mère. Bon, d'accord, ce n'était pas *seulement* qu'elle n'aimait pas la femme du colonel. Mais Victoria n'avait jamais donné à Sarah une chance de la connaître, encore moins de l'apprécier, avant d'emménager et de commencer à diriger la vie du colonel à sa place.

Cet homme avait été à la tête de deux cents hommes durant la guerre du Vietnam, et Sarah était surprise de le voir, à l'évidence, apprécier sa nouvelle captivité. Ou du moins sa geôlière.

Sarah balançait la tête au rythme d'un air qu'elle fredonnait en rangeant ses affaires. Une des petites chansonnettes de Sam, pendant sa période country-western. Il l'avait appelée « Blues d'un Jour de Pluie Sans Soleil, Pris dans la Boue. »

J'arrive les garçons. Ne vous inquiétez pas, je vais vous trouver.

JD Dolan pédalait avec acharnement sur son vélo Diamondback, s'efforçant de prendre l'élan nécessaire pour monter la dernière colline avant la Grand-Rue. La vieille maison victorienne violette du Docteur Hedeger n'était qu'une tache floue sur sa gauche lorsqu'il prit le virage. Il y eut un crissement de pneus, un coup de klaxon, mais JD les ignora. Il passa à toute vitesse devant la poste, un bâtiment carré en brique rouge tellement moche qu'il avait quasiment fait naître une guerre civile. Tout du moins ce qui, à Hopewell, ressemblait le plus à une guerre civile, ou à une quelconque manifestation.

JD avait couvert les manifestations pour le journal du lycée d'Hopewell. Madame Durandt avait inscrit un de ses reportages à une compétition et il était arrivé deuxième de l'État de New York. Madame Durandt avait été si impressionnée qu'elle avait accepté d'aider JD à postuler pour un stage à une chaîne de télévision à Washington. Si le documentaire qu'il réalisait cet été était assez bon, il pourrait avoir une subvention pour aller à Washington et tout apprendre sur le journalisme l'été suivant, au lieu de livrer des appareils ménagers avec son père.

– Ralentis ! Espèce de voyou ! hurla Victoria, la femme du colonel, alors que le vélo de JD dérapait sur l'allée de gravier du bureau de poste, arrosant de cailloux son trottoir fraîchement balayé. Je vais demander au chef Waverly de s'occuper de toi ! Tu vas voir !

JD sourit en réponse, penché encore davantage sur son guidon. Il était presque arrivé en haut, un nouveau record mondial de vitesse sur le point d'être battu. Dans les dents, Lance Armstrong ! Il n'avait pas peur de Hal Waverly. Le chef devait être en patrouille, sans doute en train d'aider des touristes égarés à changer un pneu crevé. Hal était toujours en train d'aider quelqu'un quelque part. Il passait encore moins de temps chez lui que dans son effroyable nouveau bureau.

JD savait tout sur tout le monde… et eux savaient tout sur lui.

Ou, en tout cas, pensaient tout savoir. Son sourire s'élargit jusqu'à ses oreilles quand il atteignit le sommet de la colline, et il leva ses mains en signe de victoire. Il se laissa descendre de l'autre côté, le long de la Grand-Rue, passant devant des maisons dont il pouvait nommer chaque habitant, y compris leurs chiens, chats, canaris, et même gerbilles et hamsters. Il esquiva la camionnette de la boulangerie, au moment même où Monsieur Harris sortait du parking, pile lorsque la cloche de Saint-Andrews sonna l'heure.

Prévisible. Ennuyeux. C'était Hopewell.

C'était le dernier été que JD pouvait passer en liberté. Il savoura le mot. Il lui faisait du bien. L'année prochaine, il aurait seize ans et passerait le reste de ses étés à travailler. Il espérait gagner assez d'argent pour aller à l'université. Et après l'université, encore plus de travail. Mais les prochains soixante-douze jours lui appartenaient.

Une silhouette familière s'adossait au poteau du réverbère, devant le *Rockslide*. JD respira un grand coup comme s'il avait besoin de plus d'oxygène et écrasa ses freins. Il s'arrêta en un crissement de pneus, prenant un air nonchalant, même s'il était hors d'haleine et peinait à retrouver son souffle.

– Salut JD, dit Julia Petrino avec un sourire qui lui serra la poitrine.

Elle portait un short découpé dans un jean, deux débardeurs l'un sur l'autre, un rouge et un violet, qui parvenaient à ne pas jurer et ne collaient pas à son corps parfait. Ses longs cheveux châtain clair ondulaient dans la brise, et il vit ses tétons pointer à travers le coton.

Trop bon. Il se souviendrait de cet été. Pour le restant de ses jours.

– Je me disais que tu avais peut-être oublié notre rendez-vous, poursuivit Julia, sans réagir au fait qu'il ne parvenait pas à détacher son regard de ses seins.

Elle lança la jambe par-dessus son vélo, lui offrant la vue, plus captivante encore, de son postérieur, des fils en denim délavé caressant l'arrière de ses douces cuisses bronzées.

– Euh, non.

Les mots étaient sortis en un croassement. JD s'éclaircit la voix et s'y essaya à nouveau, tenant plus fermement son guidon pour cacher ses paumes moites.

– Par où voulais-tu qu'on commence ?

Elle haussa les épaules, un élégant mouvement qui fit onduler ses cheveux et assécha la bouche de JD.

– On a toute la journée. J'ai pris un peu de poulet frit au *Rockslide*. (JD remarqua la pochette attachée sur le porte-bagages arrière de son vélo.) Tu veux qu'on aille sur le flanc est ? Aux Basses Chutes, peut-être ?

Il la regarda en haussant un sourcil, en équilibre sur les deux pédales de son vélo.

– La pente est vachement raide. Tu es sûre de pouvoir aller jusqu'au bout ?

Le sourire de Julia était plein d'assurance.

– Si tu peux le faire, j'en suis capable aussi. On fait la course.

Elle s'élança, debout sur les pédales, se laissant descendre le long de la petite portion de route jusqu'en bas de la colline. Puis elle se mit à pédaler fort en tournant à droite, se dirigeant vers le Pic Rattlesnake. Il la laissa prendre de l'avance, profitant de la vue et certain de pouvoir la rattraper.

JD se passa la langue sur les lèvres et la suivit, respirant à pleins poumons le parfum enivrant de son dernier été de liberté.

8

Peu après le départ de Hal, Sarah hissa son sac à dos sur ses épaules et laissa la porte claquer derrière elle. Elle n'avait pas besoin de fermer à clé. Plus rien ne pouvait lui être encore volé.

Elle leva le menton pour regarder la montagne se dressant au-dessus d'elle. D'ici, il était impossible d'en voir le sommet. La forêt, aux feuilles encore en bourgeons, se balançait dans le vent, l'invitant à la rejoindre. Deux aigles tournoyèrent puis s'évanouirent, petits points noirs à peine visibles dans le soleil d'après-midi.

Elle remit son sac en place d'un coup d'épaule et commença à remonter le sentier. La route serait plus longue à pied, mais elle préférait cela. Elle avait l'impression de suivre les pas que son cœur entendait chaque nuit… du moins, les nuits où elle trouvait le sommeil.

La piste s'incurvait à flanc du mont Snakehead, jusqu'à une clairière d'où l'on pouvait voir les Basses Chutes, au loin. Un an s'était écoulé depuis son dernier passage, et son instinct lui cria de détaler. Peut-être pourrait-elle y abandonner ses souvenirs derrière elle.

Sarah s'enjoignit au calme. Les arbres et buissons étaient serrés les uns contre les autres, comme s'ils lui tendaient une embuscade. Les battements de son cœur s'accélérèrent quand la clairière se referma autour d'elle. C'était là. C'était là que Damian Wright les avait rattrapés. C'était là qu'elle avait tout perdu.

Son cœur battait si fort qu'elle dut fermer les yeux un moment, respirer profondément. Lorsqu'elle les rouvrit, elle tourna le dos à la clairière, incapable d'affronter ses émotions. Le paysage familier la réconforta. Du bord du ravin, elle pouvait voir en amont aussi loin que les Basses Chutes et la maison de Hal, et en aval jusqu'au barrage, au réservoir et Hopewell : un pêle-mêle de murs chaulés, de bardeaux d'asphalte et de briques pointant entre les arbres. Seul point de repère : le clocher de Saint-Andrews s'élevant vers les cieux.

Le silence régnait. Le bourdonnement des moucherons et des moustiques avait disparu. De douces aiguilles vertes étouffaient ses pas et emplissaient l'air du parfum sucré et humide des pins. Elle n'entendait que son souffle. Même le fracas des chutes était atténué. Comme si cet endroit était un lieu saint, sacré.

Rassemblant tout son courage, elle fit demi-tour, l'esprit soudain occupé par les détails que deux années avaient effacés. Le massif de laurier des montagnes éclaboussé du sang de Sam, la terre sous le chêne rouge transformée en un petit étang carmin, à l'endroit où il avait dû tomber, les feuilles déchiquetées là où il avait essayé de combattre Wright, répandant un peu de sang du meurtrier, le tsuga où la carte mémoire avait été trouvée...

Elle cligna des yeux et la clairière piquetée de lumière se transforma en photo de scène de crime. Elle cligna à nouveau et la réalité revint. Sarah déglutit avec peine et se surprit à respirer par la bouche, comme pour tenir à distance l'odeur de la mort.

Elle agrippa les bretelles de son sac si fort que le nylon mordit sa peau. Très souvent, emmaillotée dans le brouillard de la montagne, elle s'était enfuie ici au beau milieu de la nuit, pour passer de l'autre côté, communier avec les ténèbres.

Une nuit, l'année passée, elle y était presque parvenue. La nuit où elle avait laissé tomber, où elle avait décidé de quitter ce monde et de s'abandonner à l'autre.

30 avril 2006

Ce sera sans doute la dernière fois que j'écrirai dans ce journal... Qui a besoin de mots puisque nous serons bientôt ensemble? Pardon si c'est difficile à lire. Je suis assise sous un chêne dans la clairière au-dessus du barrage. Tu connais cet endroit. C'est là où tu es mort.

En tout cas, c'est ce que les experts ont finalement décrété. La pluie est arrivée trop vite pour qu'ils puissent faire une analyse complète, mais ils ont déduit des photos que Hal a prises, que tu as essayé de sauver Josh, t'es battu contre Damian Wright, et as réussi à le blesser légèrement avant qu'il te tue. Ils ont trouvé quelques traces d'un homme qui se déplaçait lentement, portant probablement un objet lourd, et ont pensé que, pour une raison ou une autre, Wright t'avait emmené avant de revenir prendre Josh.

Hal ne sait pas que j'ai lu les rapports du médecin légiste. Il garde ses copies sous clé, et refuse de me laisser les voir. Mais Alan a finalement pu se fournir un exemplaire du rapport du FBI… Ça s'appelle la Loi pour la Liberté d'Information.

Ça, pour sûr, ça m'a libérée. Même si Damian refuse de me parler, de me regarder dans les yeux ou de vous rendre à moi, eh bien… Maintenant, je sais.

Un an aujourd'hui. 365 jours. Et nuits. Seigneur, j'en suis venue à détester ces maudites nuits solitaires, à me retourner dans des draps froids, mes pieds glissant de ton côté du lit, recherchant de la chaleur et n'en trouvant jamais.

Des nuits qui s'étirent, trop longues et vides pour qu'aucun cœur humain puisse le supporter. Des nuits qui laissent trop tôt place à un nouveau jour, où je me réveille l'estomac serré dans une maison trop silencieuse, trop calme, sachant qu'il me faut affronter un jour de plus et faire semblant de vivre quand je me sens en réalité déjà morte.

C'était plus facile quand il y avait école. Je restais tard, me portais volontaire pour toutes les activités extrascolaires auxquelles je pouvais participer, en évitant à tout prix le couloir où se trouvent la crèche et les petites classes, préparant mon trajet pour échapper aux rires des enfants de l'âge de Josh comme si je traversais un champ de mine. Et j'ai passé cet été à rentrer et sortir de voitures brûlantes, de salles de tribunal trop froides, de chambres de motel moisies. À une époque, j'ai cru pouvoir vous trouver là-bas, dans la chaleur du Texas où j'ai passé chaque instant à chercher le courage d'affronter Damian.

Mais j'ai échoué. Voilà où j'en suis maintenant. Profondément enfouie dans le brouillard nocturne pour lequel Snakehead est réputé. Un brouillard à couper à la machette, comme tu disais toujours. Désormais, je ne fais plus qu'un avec le brouillard. Et si je ne peux pas voir clairement ce qui bouge derrière, qui peut vraiment dire que je ne vous y trouverai pas, toi et Josh ?

C'est le vin qui parle. Tu me connais : un verre et je raconte des bêtises. Ce soir, j'ai presque bu une bouteille entière, je n'ai laissé que de quoi avaler mes médicaments.

Un an. C'est censé être la durée du deuil. Une année, c'est tout ce qu'ils te donnent. Eux. Qui sont-ils, eux, de toute façon ? On les emmerde.

On dirait que j'ai gaspillé mon année pour pas grand-chose. Ça fait toujours aussi mal aujourd'hui que cette première nuit… Peut-être même plus. À l'époque, je ne pouvais rien ressentir, j'étais dans le déni, en état de choc. Maintenant, je suis éveillée, consciente… seule.

Même Alan a l'air de croire que je ne pense plus à vous. J'ai l'impression d'être une toxicomane qui dissimule sa drogue préférée. Mélancolie, c'est le nom qu'on donnait aux souffrances des grands auteurs. Poe, Joyce, Hemingway. Ils utilisaient leur désespoir pour créer des œuvres d'art. Et moi, qu'ai-je créé ?

Pire, si j'abandonne, si je vous abandonne, si je m'autorise à « aller de l'avant », que me reste-t-il ?
Tu n'imagines pas à quel point j'étais populaire aujourd'hui. Tout le monde en ville m'a demandé comment j'allais, si j'avais quelque chose de prévu pour la soirée. Même la femme du colonel m'a invitée à dîner, le visage déformé par un sourire de commisération forcé. Je leur ai dit à tous que j'avais quelque chose de prévu avec Alan. J'ai dit à Alan que j'avais quelque chose de prévu avec le colonel.
Alors qu'en fait, j'ai quelque chose de prévu avec Josh et toi. C'est la dernière pilule. À plus tard, mes chéris…

9

Les rayons du soleil perçaient la canopée et dansaient sur le chemin devant elle. Sarah les laissa l'abrutir et traversa la clairière. Cet endroit avait déjà été fouillé à de nombreuses reprises, elle n'y trouverait rien.

La dernière fois qu'elle était montée jusque-là, elle s'était réveillée à l'arrière d'une ambulance. Frissonnante, ses vêtements ouverts d'un coup de ciseaux, trempés de vomi, un masque à oxygène qui sentait le vieux pneu autour du visage, un urgentiste lui piquant le bras pour lui administrer une intraveineuse. Alan était à ses côtés et lui tenait la main. La lumière des gyrophares du 4x4 GMC qui transportait Hal et le colonel baignait l'arrière de l'ambulance.

Alan lui avait serré la main, le visage fermé et l'air blessé, sa peau pâle sous la vive lumière. Il lui avait dit avoir appelé le colonel et qu'ils étaient passés chez elle en voiture, avaient trouvé sa maison vide et sorti Hal de son lit pour les aider à la chercher. Quand ils l'avaient trouvée, elle était glacée, elle ne respirait presque plus, mais elle avait apparemment vomi la plupart des pilules qu'elle avait prises.

Ses mots étaient passés devant elle comme les brumes de la montagne, sans qu'elle y comprenne rien, si ce n'était qu'elle n'avait pas rejoint Sam et Josh. Elle avait échoué.

Les deux jours suivants avaient été une succession vague d'intraveineuses, de charbon forcé dans sa gorge qu'elle vomissait en une bouillie noire sur ses draps d'hôpital, d'assistants sociaux et de conseillers, et le colonel (mais, Dieu merci pour cette petite faveur, pas sa femme), le docteur Hedeger, Hal, Alan, et beaucoup d'autres gens venus piquer et sonder son corps et sa conscience.

Le troisième jour, elle avait été transférée dans l'aile psychiatrique. Le psychiatre semblait trop jeune pour savoir quoi que ce soit des secrets de l'âme humaine. Il s'était assis confortablement, passant distraitement ses doigts sur son bouc à la mode, et lui avait souri.

– Vous ne serez pas là très longtemps, lui avait-il dit avec assurance, avant qu'elle ait prononcé le moindre mot. J'ai lu votre dossier. Ce n'était pas une vraie tentative de suicide, n'est-ce pas, Sarah ? C'était ce que nous appelons un appel. Un appel au secours symbolique. Une demande d'attention.

Elle s'était recroquevillée un peu plus sur sa chaise, les genoux remontés sous son menton, et l'avait dévisagé. Il n'avait pas la trentaine, quelques années de moins qu'elle à peine, et pourtant elle se sentait vénérable face à lui. Il venait certainement de finir son internat, la tête encore farcie de livres appris par cœur et de la singulière forme de paternalisme qu'entretenait le système de formation hospitalier.

Ils se trouvaient dans une petite pièce silencieuse, où le moindre bruit était étouffé par les panneaux isolants couvrant murs et plafond. Il était assis sur une chaise en tweed conçue pour être confortable tout en étant trop lourde pour être utilisée comme une arme, en tous points identique à celle sur laquelle elle se tenait recroquevillée, sa main caressant le tissu rêche tandis qu'elle tentait de se rappeler pourquoi elle était toujours vivante et pourquoi cela avait de l'importance.

Elle avait inspiré une bouffée d'air conditionné, débarrassée de toute forme de vie et parfumée à la vanille artificielle, et dévisagé l'homme qui voulait tant la soigner et la renvoyer dans le monde réel. Il ne la connaissait pas, il ne savait rien du monde réel.

– Après tout, avait-il continué comme elle ne répondait pas, une femme aussi intelligente que vous aurait fait des recherches sur les médicaments qu'elle allait prendre, si elle avait vraiment voulu se tuer. Elle aurait alors su que boire autant d'alcool sans rien dans l'estomac aurait un effet émétique avant que les médicaments agissent. Et elle se serait rendue compte que la clairière où son mari et son fils étaient morts serait le premier endroit où d'éventuels sauveurs iraient la chercher.

Il lui avait souri, l'air suffisant et supérieur, satisfait de savoir tout sur tout. D'avoir réponse à tout.

– Dites-moi ce qui vous tracasse réellement, dites-moi ce que vous voulez, avait-il dit, en ouvrant un petit carnet de notes.

Il l'avait posé sur son genou, prêt à y inscrire sa réponse. Il avait l'air satisfait de pouvoir déjà la comptabiliser dans ses succès, comme si une entité invisible avait compté les points.

– On va régler votre problème, vous faire sortir d'ici et vous renvoyer à votre vie.

Réalisant que c'était la clé de sa liberté, Sarah avait répondu à ses questions, mentant et s'accordant à ses théories prétentieuses quand il en avait besoin. Elle était prête à tout pour sortir de là.

Mais elle avait appris trois leçons importantes de son jeune docteur qui se prenait pour Freud.

La première : faire des recherches, faire des recherches, faire des recherches.

La deuxième : d'abord les médicaments, puis l'alcool.

La dernière : aller plus loin dans les bois. Où personne ne peut vous trouver avant qu'il soit trop tard.

10

La nuit était presque tombée, le temps que Caitlyn fasse la route jusqu'à son appartement à Manassas, mais elle avait gardé ses lunettes de soleil. La migraine cognait furieusement, grognant comme une bête qui ne supporte pas qu'on lui refuse sa proie.

Elle donna un coup de volant, gara sa Subaru à la diable sur son emplacement, saisit son sac, et faillit s'évanouir quand sa portière claqua derrière elle. *Respirer, tu dois simplement respirer,* se dit-elle, pliée en deux contre le capot encore chaud et cliquetant.

Elle s'écarta de la voiture, refusant de s'effondrer là, où sa propriétaire pouvait la voir, et tituba jusqu'à l'escalier qui menait à son appartement, au premier étage d'une maison victorienne restaurée avec amour. Elle se hissa au sommet des douze marches, agrippée des deux mains à la rampe, son sac cognant contre sa hanche et des écailles de peinture se détachant sous ses doigts. Elle parvint finalement à atteindre sa porte.

La clé tremblait dans sa main. Son champ de vision était presque entièrement obscurci. Le martèlement sous son crâne étouffait tout. Si elle avait crié, elle ne l'aurait pas entendu.

La clé finit par tourner et elle poussa la porte. Elle se précipita à l'intérieur, laissa tomber son sac, referma d'un coup de pied, courut dans la salle de bains et y parvint juste à temps pour y vomir. Une puanteur de chair brûlée la submergea : le signe sans équivoque que cette migraine serait des plus pénibles. Comme si elle avait eu besoin de preuves supplémentaires.

Ses plans, tombés à l'eau. Après avoir passé l'après-midi à plancher sur l'affaire Hopewell, elle avait espéré tromper le mal de tête en prenant un peu d'Imitrex à son bureau. Ces puissantes injections ne l'avaient jamais déçue. Jamais.

Jusque-là. Elle se laissa glisser sur le sol, la joue posée sur le carrelage à côté des toilettes, un bras toujours aggripé à la cuvette, et rendit les armes. La souffrance l'envahit comme une unité des forces spéciales prend possession d'un bâtiment : des impacts de balles assez puissants pour faire exploser des portes en acier, des grenades éblouissantes, des explosions de lumière aveuglante si intenses qu'elles vous secouent jusqu'à l'os, le tonnerre des coups de feu.

Et, contrairement à un raid d'assaut d'urgence, la migraine poursuivit en combat rapproché, chargeant lentement à travers son cerveau, son corps, son esprit.

Caitlyn resta allongée là, en proie aux frissons, convulsions, son corps ne lui répondant plus. La nausée lui tordit le ventre, l'acide lui brûla la gorge. Son bras fourmillait. Elle le laissa glisser au sol et ce petit mouvement suffit à dégoupiller une nouvelle grenade de souffrance.

Ses Imitrex et Fioricet se trouvaient dans la pharmacie au-dessus du lavabo. À des années-lumière. Et à côté d'eux était posé le Phenergan que le médecin lui avait prescrit au cas où la nausée devenait trop insupportable… Trop tard pour ça aussi.

Ses armes. Toutes hors de portée et inutiles à présent.

Elle poussa un cri, qui rebondit contre les murs carrelés et sous son crâne. Dans les ténèbres, elle avança la main sur le sol, centimètre par centimètre. Elle ferma les yeux pour bloquer la douleur et la vision de sa main serrant son Glock, pressant la détente, la balle tournoyant au ralenti vers sa boîte crânienne.

Même une migraine démoniaque ne pouvait survivre à une balle de calibre 40 tirée à bout portant, se dit-elle avec satisfaction, contente d'avoir échafaudé une stratégie plus maligne que celle de son adversaire. Tel père, telle fille.

Pourquoi pas ? Les médecins lui avaient dit que, si les migraines empiraient, cela pouvait signifier deux choses. Dans de rares cas, que le cerveau guérissait, les maux de tête empirant avant de se résorber. Plus souvent, que les tissus cicatriciels dans son cerveau amplifiaient les dommages, les séquelles, et que les choses n'iraient que de mal en pis. Si la cicatrice affaiblissait un vaisseau sanguin et qu'il éclatait, elle pouvait mourir.

Non. Elle ne baisserait pas les bras. Ce n'était qu'une migraine. Une fois n'est pas coutume. Un nouveau cri étranglé s'échappa d'entre ses mâchoires serrées alors que ses doigts trouvaient leur but.

Pas son Glock. Il était dans son sac, dans le salon, heureusement hors de portée. Ses doigts se refermèrent sur le chiffon encore humide qu'elle avait laissé sur le bord de la baignoire ce matin. Elle l'agrippa et s'essuya le visage, inspira son parfum de lavande... Rien n'était pire que la puanteur acide de son vomi.

La migraine recula, momentanément, puis la frappa par surprise, un coup vicieux qui lui coupa le souffle. Caitlyn enfonça le torchon dans sa bouche et serra les dents pour étouffer un cri.

Elle était sans défense, à sa merci, sans autre arme que sa volonté de fer.

Réfléchis, concentre-toi, pense à autre chose. Repousse-la.

Le visage d'une femme lui vint à l'esprit. Sarah Durandt, les traits tordus par une expression d'incrédulité indignée. Son déni, sa colère à l'idée que personne ne cherche son fils et son mari disparus, ses gémissements de douleur quand on lui avait apporté la preuve que Wright avait emmené son fils et tué son mari. Sarah Durandt s'était écroulée sur le bras du chef de la police locale, mais n'avait pas mis genou en terre.

Au lieu de cela, elle avait relevé la tête, son regard brûlant tourné vers Caitlyn, et lui avait dit : « Trouvez mon fils. Trouvez Josh et Sam. Je ne peux pas laisser ce monstre les garder. Faites tout ce qu'il faut, trouvez-les. »

À l'époque, Caitlyn avait à la fois admiré et plaint cette mère pour sa force. Elle savait d'expérience que le chagrin détruisait souvent les proches qui survivaient.

Mais si Sarah lui avait parlé, ses mots n'avaient pas été destinés à Caitlyn. Ils étaient pour elle-même. Caitlyn n'aurait de toute façon rien pu faire pour l'aider. Sa mission était d'attraper les meurtriers avant qu'ils frappent de nouveau, pas de rechercher les corps. Et les événements l'avaient vite éloignée de Snakehead Mountain, d'Hopewell, et de la tragédie publique de Sarah Durandt.

À présent, ils l'y avaient ramenée.

La migraine relâcha légèrement son étreinte. Elle maintint ses pensées focalisées sur les nouvelles énigmes que Clemens lui avait apportées. Un marshal, un mari et un fils portés disparus, et une sacrée quantité de sang appartenant à chacun des deux hommes sur la scène de crime. Que fallait-il en conclure ?

Pour trouver une réponse, elle s'était tournée vers l'autre identité de Durandt, Stanley Diamontes. Son dossier, comme celui de Durandt, avait été entièrement effacé du système. Ce n'était que grâce à une recherche juridique sur LexisNexis qu'elle avait pu reconstituer un scénario. Béni soit Internet.

Stan était impliqué dans une affaire de blanchiment d'argent au compte d'un Russe nommé Korsakov. Stan, regrettant ses erreurs (ou plus sûrement pour sauver son cul et s'éviter la prison), avait donné au FBI suffisamment d'informations pour arrêter Korsakov. Puis Stan s'était immédiatement évaporé.

Ce qui voulait dire qu'il avait intégré un programme de protection des témoins. Et où mieux planquer un surfeur de Malibu que dans le massif montagnard d'Adirondacks ? Ce qui pouvait expliquer l'implication de Richland.

Si ce n'était le fait que Richland n'avait jamais travaillé à la protection des témoins. Sa courte et banale carrière en tant que marshal s'était limitée à la recherche de fugitifs.

Ses doigts et ses orteils finirent par se décrisper, alors même que ses sensations revenaient. Elle cracha son bâillon improvisé.

Si Durandt avait bien bénéficié de la protection des témoins, quelqu'un en avait dissimulé toute trace. Caitlyn n'avait pas pu trouver la moindre mention de Stan Diamontes, à l'exception de l'unique échantillon ADN sur lequel Clemens était tombé, prélevé quinze ans plus tôt à l'occasion d'une campagne de don de moelle osseuse à Stanford. Tout le reste avait été effacé. Même ses empreintes digitales avaient été retirées du système de reconnaissance automatique.

Elle roula sur le dos, le souffle revenu, sa migraine réduite à un simple tambourinement. Ouvrant les yeux sur les ténèbres, elle songea aux hommes qui avaient le pouvoir d'effacer des dossiers classifiés du Département de Justice.

C'était peut-être une histoire d'espionnage. La NSA, la CIA, une agence du pays des acronymes ? Nan, ils n'auraient pas eu besoin d'un petit comptable de seconde zone. Et pourquoi Richland s'en serait-il mêlé ?

Peut-être Richland n'était-il pas du côté des gentils ? Ses recherches avaient révélé un dossier médiocre. Plus que médiocre, pour quelqu'un qui savait interpréter les expressions bureaucratiques de ses rapports d'aptitude. Et un élément curieux : il avait fait partie de l'équipe d'intervention qui s'était chargée de Korsakov avec son ancien patron, Jack Logan, du temps où ils étaient tous les deux agents de terrain.

Caitlyn cilla et ce fut presque indolore. Rien qu'une poignée de Toradol ne pouvait régler.

Elle s'assit, respira à fond quand le sang lui monta à la tête, puis, sa vue redevenue claire, s'appuya sur les toilettes et se hissa lentement sur ses pieds. Elle laissa les lumières éteintes, tâtonnant parmi les seringues et les fioles de médicaments. Il lui fallait une nouvelle injection d'Imitrex, bien que le médecin lui ait conseillé de ne pas s'en servir trop souvent. Elle ne pouvait prendre le risque de voir sa migraine revenir.

Pas maintenant, pas avec le travail qui l'attendait.

Elle utilisa la seringue automatique, la douleur de l'aiguille dans sa cuisse ne pouvant se mesurer aux vestiges de sa migraine.

Ou à l'idée que c'était peut-être sa dernière affaire au FBI. Si ses migraines continuaient à se manifester ainsi, elle ne pourrait jamais rester dans le service actif ni garder son arme. Elle grimaça et ouvrit le robinet d'eau froide. Le bruit de l'eau était apaisant, un son joyeux, qui apporta l'éclair d'un souvenir : son père et elle au bord d'une rivière, ses bras autour d'elle, guidant sa canne à pêche alors qu'elle lançait la ligne.

Après avoir passé un peu d'eau sur son visage, s'être rincé la bouche, la nausée toujours sous contrôle, elle put avaler quelques cachets de Toledanol. Si elle ne mangeait rien, ils finiraient par lui trouer l'estomac, mais l'idée d'ingurgiter quoi que ce soit lui collait des sueurs froides.

Elle se concentra à nouveau sur l'affaire Hopewell avant que la nausée ait une chance d'empirer. Une chose était sûre, la personne qui voulait effacer toute trace de Diamontes avait de l'argent. Beaucoup d'argent. Car la seule personne ayant la main sur les fichiers et les codes de sécurité nécessaires pour les faire disparaître était Jack Logan.

Et Jack Logan vénérait deux uniques choses : l'argent et le pouvoir.

Ses doigts gourds tremblaient encore quand elle ôta ses vêtements trempés de sueur. Elle se tint au lavabo pour garder l'équilibre, rejeta ses ballerines de cuir d'un coup de pied et fit glisser maladroitement son pantalon kaki, son sweat sans manches et ses sous-vêtements. Totalement nue, elle gagna sa chambre et se laissa tomber sur son lit, releva ses couvertures au-dessus de sa tête et s'isola du monde.

Sarah Durandt, le visage marqué par la souffrance et l'espoir, fut la dernière chose que vit Caitlyn avant de s'évader dans le sommeil.

11

JD était en sueur et complètement mort de faim quand ils arrivèrent au panorama surplombant les Basses Chutes, en bas de la route menant chez Hal Waverly. Aucune voiture n'y était garée, tous les touristes de la journée étant repartis depuis longtemps. Ils rataient le meilleur, se dit JD. Être là, la terre sous ses pieds tremblant sous la force de l'eau rugissante en contrebas, le soleil se couchant sur les montagnes devant eux, le ciel rayé de bandes rouges et or et, mieux encore, avoir une jolie fille à côté de lui.

Julia monta le trépied de l'appareil réflexe de son père pendant que JD utilisait sa petite caméra numérique pour la filmer. Tandis qu'elle dépliait un plaid et déposait des serviettes en papier, il sortit la nourriture de son sac et y préleva une cuisse de poulet à se mettre sous la dent.

– Où est-ce qu'elles ont été vues pour la dernière fois ?

Il essuya ses doigts graisseux sur son jean et déplia sa carte. Ils avaient pris note de toutes les apparitions des étranges lumières au cours des derniers mois et, maintenant que les cours étaient terminés, ils avaient enfin une chance de filmer le phénomène eux-mêmes.

– Mon père les a repérées hier soir. Au barrage et le long du bord est du réservoir. Il a dit les avoir vues à 21 h 45 et encore une fois une heure plus tard, environ.

– Et il y a deux nuits, c'est Madame Patterson qui les a vues le long de Rattlesnake Pike, juste en contrebas d'ici.

– Oui. Et il y a ce bus d'enfants de chœur de Merrill qui m'ont envoyé un mail pour me dire qu'ils en avaient aussi aperçu du côté du Coude du Diable, à côté des Hautes Chutes. Mais personne n'a pu me donner de détails précis, donc je ne suis pas sûr qu'on devrait les compter.

Il releva les yeux. Il adorait sa façon de plisser les lèvres, et la petite fossette se creusant sur son menton quand elle réfléchissait intensément à quelque chose. Julia était la seule personne qui prenait son projet au sérieux. Même son père, qui avait réellement vu les lumières, ne pensait pas qu'elles valaient qu'il perde son été à mener l'enquête, et encore moins à réaliser un documentaire à leur sujet.

Julia s'assit en tailleur devant lui. Comment faisait-elle ça ? Une seconde, elle était debout, et la suivante, elle était là, les jambes croisées naturellement, comme si elle avait lévité jusqu'à lui. Son genou effleura le sien quand elle se pencha pour saisir un morceau de poulet. Elle y mordit à pleines dents, sans façon, fascinante.

– À mon avis, dit-elle en s'essuyant la bouche avec une serviette, on devrait se trouver un chronomètre ou un détecteur de mouvement. Les apparitions ont lieu dans tous les coins. On ne peut pas passer tout notre temps à les guetter.

Si, il le pouvait… si ça voulait dire passer de longues nuits d'été accroché à la caméra à côté de Julia. Mais elle avait raison. Jusqu'alors, ils avaient traqué des heures durant ces étranges lumières, sans succès. Son documentaire n'avait pas une chance de voir le jour s'ils ne filmaient pas de vraies images.

– On dirait qu'on a toujours un train de retard, dit-il.

Il dévora un autre morceau de poulet en scrutant la carte des apparitions.

– Elles sont toutes de ce côté de la gorge, mais pas moyen de trouver un bon point de vue. Demain, on devrait peut-être aller de l'autre côté. Il y en a un, là-bas.

Julia était allongée sur le dos, le regard tourné au nord, vers le sommet de Snakehead.

– Ça nous prendrait toute la journée de monter là-haut à vélo.

Plongée dans ses réflexions, elle fronça les sourcils. JD, plus que tout au monde, aurait voulu lisser sa peau du bout des doigts, en chasser les ridules.)

– Pourquoi ne pas camper dans l'ancienne cabane du garde-chasse, à côté du barrage, plutôt ? ajouta-t-elle.

– Le brouillard se concentre là-bas, au pied du barrage, mais on pourrait voir quelque chose. Et c'est là qu'il y a eu le plus d'apparitions. (Il y réfléchit, commençant à aimer son idée.) C'est peut-être le barrage, la cible.

JD se perdit un moment en rêveries : il se voyait arrêter une bande de terroristes aux yeux fous, la fierté rayonnant dans le regard de son père, les acclamations de toute la ville alors qu'on lui remettait une médaille, Julia à son côté.

– Je parierais plutôt pour des gosses qui font un bain de minuit dans le réservoir. (Julia sauta sur ses pieds et balaya les brins d'herbe sur son short.) Il commence à faire nuit, je vais prendre le premier quart.

Les mots pour protester manquaient à JD, tandis qu'il la regardait, penchée sur le viseur de l'appareil. Les ténèbres s'épaissirent autour d'eux, mais la nuit était chaude, et les étoiles brillaient. Ils avaient tous les deux des dynamos sur leur vélo et la permission de minuit, et la route pour descendre de la montagne était beaucoup plus facile que la montée. De plus, personne n'empruntait de nuit la route de Rattlesnake Pike. La piste de terre était bien assez dangereuse de jour et la seule personne qui vivait si haut dans la montagne était Hal Waverly, qui serait au travail, comme toujours.

Pour le moment, il n'y avait que JD, Julia et la montagne. Un sourire s'étira sur son visage, accompagné d'un tiraillement chaud sous sa ceinture. Il n'avait pas encore trouvé le courage d'embrasser Julia. Elle était spéciale. Il devait avancer pas à pas, s'y prendre correctement. Ce n'était pas un problème. Il avait tout l'été.

– Hé ! (La voix de Julia s'envola dans l'air nocturne, plus claire que le son d'une cloche.) Je pense que je les vois !

Quand Sarah s'arrêta, la nuit était tombée. Randonner de nuit ne la gênait pas, pas avec la pleine lune pour la guider. Mais son corps se rebellait, au bord de l'épuisement. Elle avait gravi la montagne comme un zombie, ne s'arrêtant ni pour manger ni pour boire ou dormir. Elle regarda autour d'elle, reconnaissant l'endroit où ses pas l'avaient immanquablement menée.

Au sommet de Snakebelly. La première fois qu'elle avait emmené Sam camper, c'était ici. C'était ici qu'ils avaient fait l'amour pour la première fois, sous le ciel nocturne scintillant des étoiles qui tombaient en cascades de la Voie Lactée. Elle se souvenait à quel point Sam avait eu peur lorsqu'elle avait sauté du bord de la falaise, pour descendre en rappel dans le ravin. Son visage était plus blanc que neige et ruisselant de sueur quand il s'était fait violence pour regarder par-dessus le bord.

Elle n'avait pas eu conscience à l'époque du courage que ça lui avait demandé. Elle avait joué le long des falaises de cette montagne toute son enfance, n'avait jamais eu peur, ni rencontré quelqu'un qui avait le vertige. Mais Sam était différent.

Quand elle eut réalisé ce que ça lui avait coûté de la voir se balancer joyeusement au bord de la crevasse, peu importe qu'elle ait été encordée, elle avait découvert qu'elle avait rencontré quelqu'un qui comptait plus pour elle que la montagne, son premier amour. Elle avait remisé son équipement d'escalade, et ne l'avait plus utilisé que lors des opérations de recherche et de sauvetage.

Sous cette saillie de granit se trouvait Snakebelly, la crevasse dans laquelle le dernier corps trouvé sur Snakehead avait été découvert. Lily Waverly, la femme de Hal.

Snakebelly était l'endroit où la rivière déposait tous ses morts, même si elle les séquestrait souvent un certain temps, parfois des années, des décennies ou même des siècles. Quand Sarah avait dix ans, des chasseurs avaient trouvé des restes, que les chercheurs du Smithsonian avaient identifiés comme ceux de deux Amérindiens du XXIIe siècle.

Un homme et une femme. Un pacte de suicide ? Les chercheurs en avaient discuté. Roméo et Juliette, version amérindienne ? Ou ceux qui avaient inspiré le mythe iroquois d'Ahweyoh et du dieu Tonnerre à qui elle avait sacrifié sa vie ?

Sarah avait parlé à Sam de ces antiques ossements lors de la première nuit qu'ils avaient passée là. Une fraîche nuit d'automne, un froid juste assez piquant pour requérir un feu et la chaleur de ses bras.

Même Sam avait dû reconnaître que la voûte des arbres et la situation de cette saillie battue par les vents au premier rang du paradis en faisaient l'un des endroits les plus romantiques au monde. Tant qu'on ne regardait pas en bas.

Le son de l'eau se précipitant du ravin avait été clair et réjouissant, une mélodie accompagnant leur exploration mutuelle. Ils étaient déjà amoureux (même s'ils ne se connaissaient que depuis quelques semaines), mais ni l'un ni l'autre n'était vraiment prêt à l'admettre. Pas encore.

– Alors, parle-moi de cette princesse indienne, avait demandé Sam après avoir reposé sa guitare.

Sarah s'était allongée dans ses bras, savourant le moment alors qu'il caressait de ses doigts la peau au creux de son poignet, comme s'il tirait un air de sa guitare.

– Tu es sûr de vouloir l'entendre ? La plupart des versions ne finissent pas bien.

– Peut-être que j'écrirai une chanson à son sujet. Je ferai en sorte que ça finisse bien.

– Ce n'était pas une princesse. Juste une jeune fille qui vivait parmi le peuple de la rivière. Mais elle refusait de se marier, contre la volonté de sa famille. Ahweyoh préféra prendre un amant. C'était un étranger, qui effrayait le peuple d'Ahweyoh avec ses larges épaules et le grondement de sa voix qui réveillait d'anciens souvenirs de guerres entre les dieux et les êtres maléfiques. Ils ne voulaient rien avoir à faire avec ces anciennes légendes. Ces histoires, pourtant, faisaient partie de leur héritage et coulaient dans leurs veines. Tout ce qu'ils voulaient, c'était la paix et le calme, vivre au bord de leur rivière, pêcher le poisson qu'elle prodiguait, cultiver leurs champs.

– Ha ! avait dit Sam en gloussant. Je parie que ça n'a pas arrêté deux adolescents amoureux bourrés d'hormones.

Sarah lui avait donné un petit coup de coude et poursuivi.

– Ahweyoh fut mise au ban par le peuple de la rivière et exilée. Elle mit ses affaires dans son canoë et s'aventura plus loin qu'aucun membre de son peuple n'était jamais allé. Un grand brouillard l'enveloppa, des vents tempétueux la bousculèrent, mais elle descendit avec le courant et garda son cap. Lorsque les nuages se dissipèrent, He-noh, son amant, l'attendait. Il lui révéla sa forme réelle : c'était le dieu Tonnerre. Il l'invita à l'épouser et à le rejoindre dans sa maison dans les nuages.

– Et ils vécurent heureux pour toujours, l'avait interrompu Sam, frottant son visage dans son cou en laissant ses mains vagabonder sous sa chemise.

– Pas si vite, Monsieur le musicien. He-noh raconta à Ahweyoh une ancienne prophétie. Un démon serpent maléfique attaquerait et tuerait le peuple de la rivière. Elle renonça à l'immortalité pour revenir à sa terre natale et les avertir. Ils se moquèrent et rirent d'elle, pensant que le dieu l'avait rejetée après en avoir fini avec elle. Et le démon des eaux attaqua. Ahweyoh fit appel à son dieu Tonnerre pour l'aider et, ensemble, ils combattirent le serpent. Elle pagaya le long de la rivière sur son canoë, faisant diversion pendant qu'He-noh lançait un éclair dans l'œil du démon.

Sam s'était tortillé, serrant ses bras autour d'elle, et Sarah avait compris qu'il était désormais captivé. Typique : il fallait du sang et des entrailles pour capter son attention.

– Le corps du serpent creusa le ravin, muant la rivière jadis paisible en une succession traîtresse de rapides et de chutes d'eau. Alors que le serpent s'enroulait, prêt à bondir sur Ahweyoh, le dieu Tonnerre surgit de la brume et lui trancha la tête, qui roula sur la rive. Ainsi, Snakehead Mountain fut créée. Le corps du serpent forma les autres montagnes à l'est et au sud.

Sarah avait ouvert les bras, indiquant les courbes sinueuses des montagnes cachées dans les ténèbres. Sam, plongeant sous son bras, l'avait fait rouler sur le dos pour l'embrasser passionnément.

– Tu vois, ça finit bien, lui avait-il dit en reprenant son souffle.

Sarah avait laissé là son histoire pour s'abandonner à la passion de Sam. Mais elle savait la vérité: la plupart des légendes ne finissent bien pour aucun des amants.

L'ancien mythe se déroulait à présent dans l'esprit de Sarah tandis qu'elle étalait son tapis de sol et buvait un peu d'eau. Sa bouche était sèche, ses muscles tremblaient quand elle s'assit sur le rebord, le regard tourné vers le sud du ravin. Les lumières d'Hopewell étaient hors de vue, derrière la paroi d'une crête de la montagne et trop loin à l'ouest.

Ses seuls compagnons étaient un hibou en chasse, dont la silhouette se découpait sur la lune, les rochers de granit au bord de la saillie, quelques chênes robustes, des tsugas assez audacieux pour plonger leurs racines dans le sol rocheux, et la légende de la jeune Iroquoise défunte.

Comme beaucoup de héros, Ahweyoh n'avait pas été très bien reçue après avoir sauvé la vie de son peuple. Leur village et leurs maisons avaient été détruits, et c'était sa faute. Après tout, leur vie était paisible avant qu'elle ne les implique dans les batailles entre les dieux et les monstres.

Prisonnière entre deux mondes, dans l'incapacité de rejoindre son amant après avoir refusé le cadeau d'immortalité des dieux, Ahweyoh plaça tous ses espoirs en une chose: son amour pour He-noh.

Tard dans la nuit, sous la pleine lune, elle mena son canoë dans les rapides qui bouillonnaient désormais dans sa rivière autrefois calme. Puis elle posa calmement sa pagaie, levant les bras alors que la puissance du courant l'entraînait vers les Hautes Chutes. Elle appela le nom de son amant, certaine qu'il descendrait des cieux et l'emmènerait en sûreté. Là, dans les brumes qui envahissaient la montagne la nuit, ils pourraient vivre pour toujours, entre le monde nuageux des dieux et les rochers et la poussière des mortels.

Sarah s'étendit, laissant les boucles de brouillard qui venaient de la forêt derrière elle l'engloutir, regrettant qu'elles ne soient pas aussi chaudes et solides que l'avaient été les bras de Sam. La lune apparut brièvement puis disparut à nouveau. Le hibou ulula en signe de victoire, le bruit d'un battement d'ailes parcourant l'air au-dessus du ravin. Elle se tint immobile, la terre solide et l'air doux de la nuit disparaissant dans la brume. Comme si elle laissait son corps derrière elle, et pénétrait un monde transitoire, les limbes où Ahweyoh et He-noh pouvaient être réunis.

La légende avait plusieurs versions. Les deux amants étaient ensemble à la fin de l'une, leurs esprits destinés à l'immortalité, revenant à la vie chaque nuit dans les brumes de la montagne, bien que leurs corps aient connu une issue de mortels, écrasés contre les rochers au bas des chutes.

À la fin d'une autre, le dieu Tonnerre fut piégé par ses frères divins avant de pouvoir atteindre Ahweyoh. Ils le capturèrent, l'enchaînèrent aux nuages, lui interdisant de s'échapper sur Terre et de les laisser sans sa force et sa protection. Ses cris résonnèrent dans le ravin, assourdissant toute créature vivante, quand il vit avec horreur Ahweyoh et son canoë voler dans les airs et s'écraser, battus encore et encore dans les rapides et les rochers.

Un frisson parcourut le corps de Sarah, lui rappelant qu'elle n'était qu'humaine. Elle battit des paupières, s'étira et tendit le bras vers son sac. Elle ne s'embêterait pas avec un feu, pas ce soir. Elle dévora une barre énergétique et s'enroula dans sa polaire.

Même si elle apprenait toutes les versions de l'ancienne légende à ses élèves, Sarah préférait de loin la troisième fin. Elle avait eu sa faveur depuis qu'elle l'avait entendue pour la première fois, petite fille.

Dans celle-ci, les dieux reconnurent le courage d'Ahweyoh de les avoir aidés à combattre le démon serpent. Quand elle se laissa tomber des Hautes Chutes, les brumes se séparèrent et un rayon de clair de lune scintilla dans la nuit, créant un passage pour revenir vers le monde des nuages et son dieu Tonnerre. Il l'attendait sur le rayon de lune, lui prenant la main quand elle chavira, avant qu'elle tombe.

Et bien sûr, ensemble, ils vécurent heureux pour toujours.

Sarah roula en boule l'emballage de son dîner improvisé et le fourra dans son sac.

Elle s'enroula dans son duvet pour ne pas se réveiller couverte de rosée et ferma les yeux sur le monde mystique tournoyant autour d'elle.

Elle était trop grande pour croire aux contes de fées. Surtout ceux qui finissaient bien.

JEUDI 21 JUIN

12

Sarah se réveilla l'esprit embrouillé, sonnée. Elle s'assit, les yeux secs, et fut prise de vertiges. Déshydratée. Quelle idiote. Elle le savait, pourtant. Elle aurait dû boire davantage lors de son ascension la veille.

Elle s'essuya le visage et se força à boire un litre d'eau avant d'avaler une autre barre énergétique. Après s'être passé les doigts dans les cheveux et les avoir rattachés, elle se sentit plus humaine.

La seule humaine. La saillie de granit se jetant au-dessus de Snakebelly avait l'air suspendue aussi bien dans le temps que dans l'espace. De l'autre côté du ravin, les sommets houleux des montagnes au sud s'étendaient comme des vagues sur un océan de brouillard bleu-gris. Dans le ciel, plusieurs aigles tournoyaient, disparaissant dans le soleil qui couronnait le flanc est de Snakehead. On n'entendait que le bruissement du vent dans les branches et le grondement distant de l'eau dans le ravin.

L'air froid qui lui cisaillait les poumons la revivifia. La journée de la veille lui paraissait floue, mais ce jour était né clair et brillant.

Elle rangea les vestiges de son petit camp et sortit ses jumelles de son sac. Après avoir pris un moment pour profiter des acrobaties des aigles, elle avança vers la saillie et glissa sur le ventre jusqu'au bord. Elle scruta les ombres qui s'accrochaient aux rochers de granit cinquante mètres plus bas.

Le soleil se reflétait dans les remous du courant de la rivière serpentant entre les rochers. L'eau avait creusé une niche au fil des millénaires, un piège invisible aux yeux inattentifs. Bien sûr, rien ni personne ne pouvait survivre aux chutes cinq cents mètres en amont.

Sarah observa le bras de rivière qui s'insinuait sournoisement dans la falaise. Des troncs d'arbres entremêlés perçaient la surface çà et là, comme le squelette d'une forêt. Quelque chose de clair, blanc et brillant attira son regard.

Correction. Une forêt de squelettes.

En tout cas, un morceau. Elle zooma, tentant de déterminer si l'os était rattaché à quoi que ce soit d'humain. Hal avait raison : il y avait eu des glissements de terrain, récemment. Le sol était parsemé de roches éboulées.

Peut-être était-ce un cerf. Les carcasses d'animaux remontaient parfois à la surface. Elle sentit sa gorge s'assécher. Était-il possible qu'elle ait trouvé Sam ? Après tout ce temps ?

Son doigt glissa sur la roulette d'ajustement, ses paumes moites accrochées aux jumelles. Les os qu'elle voyait, deux à présent, étaient longs et fins. Ils disparaissaient sous un amas de branches d'arbres piégées dans le courant de la rivière.

C'était probablement un cerf. Elle relâcha son souffle, qu'elle n'avait pas eu conscience de retenir.

Un éclat argenté étincela dans la lumière du soleil.

Les cerfs ne portaient pas de montres.

13

Enfin sortie du District de Columbia et du maquis désertique de routes nationales qui l'entourait, Caitlyn avait la place de conduire la Subaru comme elle l'entendait. Elle roulait sur la voie de gauche et incitait, sans grande subtilité, tous ceux qui se traînaient à moins de cent vingt kilomètres à l'heure à foutre le camp de son chemin.

Porter un badge avait ses avantages, et c'était là son préféré. Comme l'affaire n'était pas officielle, Caitlyn conduisait son propre véhicule. Pour le moment, ça allait. Les flics devant lesquels elle était passée avaient semblé se soucier davantage de la fluidité du trafic que des excès de vitesse.

Elle laissait East Brunswick derrière elle quand son téléphone mobile se fit entendre. Elle pressa le bouton « mains libres ».

– Tierney à l'appareil.

Une voix nappée de soleil californien se fit entendre.

– Caitlyn, qu'est-ce que tu deviens, ma jolie ?

– Salut, Royal, merci d'avoir rappelé.

Royal Hassam était un procureur fédéral adjoint basé à Los Angeles, un vieil ami, et la personne sur qui elle comptait pour débusquer tout ce qu'il fallait savoir sur l'implication de Stan Diamontes dans l'affaire Korsakov.

– Alors, quand viens-tu passer une semaine à la plage avec moi ? On pourrait aller à Big Sur, prendre l'air, le soleil, voir la mer, et oublier les intrigues de bureau.

– Tu me donnerais presque envie. Mais je dois résoudre cette affaire d'abord. Tu as pu trouver quelque chose à propos de Korsakov ou Diamontes ?

– Oui, cap'taine. C'est une drôle de coïncidence, d'ailleurs. Korsakov doit passer en jugement aujourd'hui. Mon patron est au bord de la crise cardiaque.

– Comment ça ?

Caitlyn aperçut une aire de repos à proximité et se déporta sur la bretelle de sortie. Elle ralentit et s'arrêta, toute son attention sur le téléphone.

– Sa condamnation est en cassation pour un détail de procédure. On ne peut pas le juger de nouveau sans le témoignage de Diamontes. Et bien sûr, on ne peut pas l'avoir, vu que Diamontes est mort.

– Alors Diamontes est réellement Sam Durandt.

– Ma chérie, bien sûr que oui. Tu aurais dû le savoir : ton ancien patron, Jack Logan, c'est lui qui s'est chargé de cette partie de l'affaire. C'est lui qui a mis Diamontes dans le programme de protection des témoins il y a sept ans.

Caitlyn arrondit les lèvres en un sifflement silencieux. Elle avait essayé de contacter Logan mais soit il était indisponible, soit il ignorait ses appels. Elle penchait pour la seconde hypothèse.

– J'imagine qu'il a oublié de le mentionner lorsque nous étions sur l'affaire Durandt.

– Et dire que je pensais que nos relations de bureau étaient pourries. On joue à ça avec les procureurs d'États et locaux, mais dans la famille, on ne se baise pas.

– Reste poli, Royal.

On ne savait jamais qui pouvait être en train d'écouter. Elle n'avait pas besoin que Royal se colle le cul dans une catapulte à cause d'elle… ou que des nouvelles de leur conversation remontent jusqu'à Quantico et aux gros bonnets. Elle n'avait pas officiellement rouvert le dossier. Pour le moment, elle n'avait pas de preuve qu'il y ait eu le moindre crime. Juste un sale paquet de soupçons.

– Ça va. Je t'appelle de mon portable. Je fais du jogging sur la plage, pour tout te dire. Tiens, écoute l'océan.

Il y eut des bruits parasites pendant qu'il tenait sans doute le téléphone en l'air. Caitlyn passa ses mains sur son pantalon en lin, se cambra et s'étira sur son siège. La voix de Royal fut vite de retour.

– Le décalage horaire, ça te dit quelque chose ? Il est à peine six heures ici, beaucoup trop tôt pour qu'aucun patron soit réveillé.

– Quand même, c'est un sujet délicat. Tu devrais sans doute faire profil bas, ne laisser personne savoir que tu as posé des questions sur Diamontes.

Elle risquait déjà sa propre carrière en mettant son nez dans cette histoire, inutile de ruiner aussi celle de Royal.

– Ne t'en fais pas. Ici, tout le monde parle de Korsakov. Tu n'as pas idée du genre de choses que ce type a faites. J'ai travaillé dans la lutte contre le crime organisé à Jersey et ça m'a quand même retourné l'estomac. Ce mec-là est vraiment timbré.

– Il n'a été condamné que pour blanchiment d'argent. Les accusations pour meurtres n'ont pas tenu.

De maigres informations glanées lors de ses recherches sur NexisLexis la veille au soir.

– Parce que le grand jury n'a pas voulu le condamner sur la seule base du témoignage non corroboré de Diamontes.

– Laisse-moi deviner : tous les autres témoins sont morts.

– Ou portés disparus. Ceux dont les corps ont été retrouvés, eh bien, disons juste qu'ils ne sont pas morts paisiblement dans leur lit. Les rapports d'autopsie ressemblent au script d'un film de massacre à la tronçonneuse sous stéroïdes.

– Et la police scientifique ?

– Rien. Notre ami russe est rusé comme un renard, pouffa Royal.

– À part les minutes du procès, tu as des informations à me donner sur Stan Diamontes ?

– Je t'enverrai par e-mail la seule photo que j'ai pu trouver. Elle a été prise il y a presque dix ans. Il a trente-cinq ans, maintenant. C'est le cadet de quatre fils, le père était banquier, la mère femme au foyer. Il a eu quelques anicroches avec la police locale.

– Il a un casier judiciaire ?

– C'est pas Scarface, hein. Il aime le surf, et se fiche de savoir à qui la plage appartient. Il a été arrêté une demi-douzaine de fois pour être entré sur une propriété privée, jamais condamné. Il a fait ses études à Stanford, a eu des notes médiocres, une licence en comptabilité. Ah oui, et il suivait des cours de composition musicale. Je peux essayer de contacter d'anciens amis ou des connaissances pour voir si quelqu'un a entendu parler de lui, si tu veux. Mais si j'avais un monstre du genre de Korsakov à ma poursuite, je me foutrais de la durée de sa peine : je me creuserais un trou en Chine et j'y resterais bien planqué.

Caitlyn pianotait sur son volant. Sa migraine n'était qu'un simple tambourinement. Elle pouvait remercier la double dose de médicaments qu'elle avait avalée. Deux précautions valaient mieux qu'une.

– Non. Envoie-moi la liste par e-mail et, si besoin, je m'entretiendrai avec eux. Je ne veux pas que tu te fasses remarquer plus que nécessaire. Pourrais-tu me tenir au courant de l'audience de Korsakov ?

– Bien sûr, tout ce que tu voudras. Tu me promets de m'expliquer ce que tout ça veut dire une fois que tu auras les mains libres ?

– Bien sûr. Merci, Royal.

– Aucun problème. Oh, et si jamais tu as besoin d'un avocat…

– Tu seras la dernière personne que j'appellerai. Prends soin de toi.

– Je ne fais que ça, non ?

Elle raccrocha et attrapa sa vieille carte routière. Elle avait horreur des systèmes de navigation et de leurs incessants « calculs en cours » quand elle s'écartait de la route conseillée. Un détour à Hartford ne prendrait que quelques heures. Elle passa la première. Elle rendrait directement visite à Logan, et essaierait de le déstabiliser un peu pour qu'il lui révèle quelque chose. Elle serait quand même à Hopewell avant la fin de l'après-midi. La chaussée murmura sous ses pneus, et elle écrasa l'accélérateur. *Le temps presse*, lui soufflait son instinct.

14

Sarah avala une grande goulée d'air, roula sur le dos, le ciel s'ouvrant au-dessus d'elle en une vue vertigineuse d'un bleu céruléen. Elle se concentra sur sa respiration. Ça n'aurait pas dû être si difficile, elle l'avait fait toute sa vie, mais l'air ne passait plus le nœud dans sa gorge.

Sam était en bas. Ce qui signifiait qu'il était mort, vraiment mort. Et s'il était parti, alors Josh l'était aussi.

Elle l'avait su. Mais jamais cru, vraiment cru, avant cet instant. Elle plissa les paupières contre le soleil trop radieux et ses larmes brûlantes.

Peut-être n'était-ce pas Sam ? Qui pouvait en être sûr, d'aussi loin ?

Le bon sens lui disait de cesser ces idioties, de se rendre à l'évidence. Sam était le seul adulte porté disparu à Snakehead Mountain ces dernières années, le seul à n'avoir jamais été retrouvé. Sarah s'assit, sa vue s'éclaircissant. Elle lâcha les jumelles, saisit le talkie-walkie que lui avait prêté Hal et parla dans le petit combiné.

– Hal ? C'est Sarah, est-ce que tu me reçois ?

Pendant un long moment, elle n'entendit que de la friture. Puis la voix de Hal s'éleva, rassurante et calme.

– Tout va bien, Sarah ?

– Ça va. J'ai, euh… j'ai trouvé quelque chose ici qu'il faudrait que tu voies.

Il y eut une autre longue pause. On pouvait entendre un cliquetis de couverts et des hommes rire derrière lui. Il était sans doute au *Rockslide*, en train de prendre son petit-déjeuner.

– Qu'est-ce qu'il y a ?

– Je suis en haut de Snakebelly. Il y a un homme en bas.

– Tu veux que j'appelle l'équipe de sauvetage ?

Son ton était joyeux, un peu distrait. Il n'avait pas saisi la signification de ce qu'elle venait de lui dire.

Elle déglutit avec difficulté. C'était peut-être de Sam qu'ils étaient en train de parler. Elle espérait que le colonel ne pouvait pas les entendre.

– Non, je pense que tu ferais mieux d'appeler le coroner.

Il bredouilla, comme s'il avait commencé à dire quelque chose puis avait retiré son doigt de l'interrupteur. Finalement, sa voix se fit entendre à nouveau. Plus lente, plus lugubre. Le fond sonore, disparu.

– J'arrive.

Elle posa le talkie et s'accroupit. Gerald Merton, le fils aîné et héritier incontesté des pompes funèbres Merton à Merrill, était le coroner du comté. Il s'occupait des examens préliminaires au funérarium et emballait les restes pour que la police d'État les emporte à leurs labos, où un véritable médecin légiste procédait à une autopsie complète.

Hal mettrait une bonne heure pour aller chercher Gerald et monter à Snakehead en voiture. De là, il leur faudrait encore une heure environ pour la rejoindre s'ils venaient par le sentier. Ils arriveraient plus rapidement si Hal se garait au Pic de Rattlesnake et laissait son pick-up au bord de la route. Après, il ne leur resterait que dix petites minutes de marche, mais il leur faudrait ouvrir une voie à travers une forêt dense et des buissons.

Hal n'aurait aucun problème, il y était habitué. Mais Gerald était un homme d'une quarantaine d'années au teint blafard et en surpoids, avec une bedaine de bière qui le faisait ressembler davantage au Père Noël qu'à un croque-mort. Et ils auraient les bras chargés de matériel : une civière, des cordes, des sacs mortuaires, etc.

Quoi qu'ils fassent, elle avait une longue attente devant elle. Sarah n'avait jamais été très douée pour attendre. Encore moins maintenant. Pas quand les réponses qu'elle avait tant désirées étaient si proches.

Elle s'approcha à pas prudents du bord du ravin et pencha la tête au-dessus du vide, prenant la mesure des dégâts causés à la façade rocheuse par la fonte des neiges et les glissements de terrain. Pas tant que ça. C'était faisable. Elle pouvait descendre en rappel, préparer le corps (ou ce qu'il en restait) à être transporté, leur faire gagner du temps.

Elle l'avait déjà fait. La plupart des adultes d'Hopewell faisaient partie de l'équipe de sauvetage. Trop de sentiers demeuraient inconnus, trop de murs de granit tentaient l'innocent, trop de grottes ne figuraient pas sur les cartes de Snakehead. On les appelait à plusieurs occasions chaque année pour rechercher des chasseurs égarés, des randonneurs, des alpinistes ou des spéléologues disparus.

La dernière fois qu'elle était venue récupérer un corps, ç'avait été précisément ici. Le dernier corps qu'elle avait aidé à remonter de Snakebelly était celui de Lily, la femme de Hal. Deux ans plus tôt, quasiment au jour près, Lily s'était précipitée vers sa mort en sautant des Hautes Chutes. Son corps et son esprit étaient ravagés par le cancer, elle souffrait en permanence et beaucoup virent là une bénédiction, mais sa mort avait laissé Hal dévasté.

Cela l'aida à se décider. Autant faire en sorte que Hal passe le moins de temps possible dans le ravin. Et lui épargner, au moins, ces douloureux souvenirs.

Et puis, elle avait besoin de savoir si c'était bien Sam, en bas, au fond du ravin.

Sarah eut vite fait d'assurer sa corde de sécurité, une corde de onze millimètres traitée contre l'humidité, à un rocher et de passer son harnais. Elle n'avait pas son habituel équipement de secours : pas de gants de protection ou de Vicks pour atténuer l'odeur de décomposition. Mais à en juger par ce qu'elle avait pu distinguer jusque-là, il ne restait pas grand-chose à sentir sur ce corps.

Elle vida son sac, n'y laissant que son appareil photo, son tapis de sol, du ruban adhésif, sa lampe torche, et un assortiment de sacs plastiques. Elle attacha son couteau et son équipement d'escalade à son harnais. Pas de casque. Le colonel péterait un câble, c'était contre le règlement.

Sarah sourit à cette pensée. Enfreindre le règlement était un de ses passe-temps favoris. C'était, avant tout, ce qui les avait réunis, Sam et elle.

Le soleil, désormais haut et chaud, se reflétait sur la surface de granit. Sarah se mit en position, vérifia une dernière fois son ancrage, et fit un pas dans le vide.

15

Moins de deux heures plus tard, Caitlyn parvint sur les lieux du nouveau boulot de Logan : un gratte-ciel étincelant promettant une vue magnifique sur le centre-ville de Hartford. Conseiller en sécurité pour une société d'assurance multinationale payait incontestablement mieux qu'un job au gouvernement fédéral, se dit-elle en contemplant son bureau placé dans l'angle de l'immeuble aux murs de verre, orné de photos vaniteuses de Logan serrant des mains ou jouant au golf avec toute une flopée de célébrités. Des stars à qui il avait sans doute sauvé la vie.

Elle émit un léger ricanement. Le travail de Logan lui correspondait bien, tout comme son bureau : un énorme tas de bons gros mensonges. Il suffisait de gratter le vernis pour voir que Logan n'était rien d'autre qu'un agent de voyage qui se vantait et se donnait de l'importance.

Cinq minutes pile après que sa secrétaire l'eut précipitée dans le nouveau sanctuaire de Logan, celui-ci passa la porte comme un boulet de canon et se précipita sur son bureau, trop occupé, et trop vaniteux, pour lui accorder un regard.

– Caitlyn, ça fait plaisir de te voir. Je suis navré, j'étais retenu. Un cheikh arabe, dans le pétrole, voulait une nouvelle inspection de sécurité de ses biens familiaux à Paris, Genève et Milan. (Il balança une mallette en cuir d'autruche sur son bureau et finit par lever la tête vers elle.) Eh bien, tu as bonne mine. On dirait que le travail de bureau te convient. J'ai toujours trouvé que tu n'étais pas faite pour travailler sur le terrain.

Caitlyn n'aurait pas qualifié sa promotion et son affectation à l'académie de Quantico de travail de bureau. Logan était peut-être un trou du cul, mais il connaissait son affaire. Frapper le premier, pousser le suspect dans ses retranchements, lui faire perdre ses moyens. La tactique d'interrogatoire de la vieille école.

Malheureusement pour Logan, Caitlyn était de la nouvelle. En dépit de sa vantardise, il ne pouvait pas cacher la fine pellicule de sueur sur sa lèvre supérieure ni le tressaillement de sa paupière lorsqu'il avait mentionné Quantico. Elle avança jusqu'à son immense bureau en verre et métal et s'installa sur l'une des inconfortables chaises tubulaires qui se trouvaient devant. Elle étendit les jambes et les croisa aux chevilles. Elle avait mis son tailleur pantalon bleu (la nuance bleuet faisait ressortir ses yeux) et une tunique sans manches boutonnée dans le dos, dont la soie épousait ses courbes. Elle s'était changée dans sa voiture, substituant des escarpins à talons à ses raisonnables chaussures de marche. Ils révélaient juste ce qu'il fallait de cheville et de jambe.

Des jambes que Logan détaillait désormais, son regard remontant lentement le long de son corps. Caitlyn sourit. En parlant de vieille école, sa tactique de distraction datait de Mata Hari. Elle resta silencieuse, le laissant s'enfoncer plus profondément.

Il s'installa sur le coin de son bureau, juste devant elle, son pied se balançant le long d'une courbe se rapprochant de plus en plus de son mollet.

– Alors, qu'est-ce qui t'amène ? Besoin d'aide dans une affaire ? Je suis toujours conseiller pour le Bureau, mais ce sera cher, bien sûr.

Il rit doucement, redressant sa cravate de soie et secouant sa montre sertie de diamants de telle sorte qu'elle reflète la lumière du soleil.

– Je voulais simplement t'avertir.

Il était temps de le mettre sur la défensive à son tour. Si elle connaissait bien Logan, il était plus susceptible de faire une erreur en essayant d'assurer ses arrières s'il pensait qu'elle avait une piste.

– Je vais rouvrir l'affaire Durandt.

Sa cheville tressaillit et heurta le pied du bureau.

– Vraiment ? (Sa voix ne laissait rien transparaître.) Je pensais qu'on en avait fini avec lui. Ils n'ont pas déjà exécuté quelqu'un ? Comment il s'appelait…

– Damian Wright, finit Caitlyn pour lui. Il y a des éléments nouveaux. Des preuves. Wright pourrait ne pas être coupable des meurtres d'Hopewell.

– Quel genre de preuves ? demanda Logan, le regard posé sur un point au-dessus de son épaule comme s'il s'ennuyait ou ne posait la question que par politesse.

Caitlyn sourit.

– Désolée, Jack. Tu connais les règles.

Il la dévisagea, imitant son sourire.

– Tu n'as pas fait toute cette route pour m'informer qu'une vieille affaire allait être rouverte. Tu attends quelque chose de moi. De quoi s'agit-il réellement, Caitlyn ?

Elle resta silencieuse et l'observa attentivement. Il avait changé de ton. Les petites rides au coin de ses yeux, que le Botox n'avait pas complètement comblées, se creusèrent. Elle avait incontestablement touché un point sensible.

Si ce qu'elle suspectait était vrai, elle n'était pas surprise.

– Je ne peux pas t'aider sans en savoir plus, poursuivit-il d'un ton aimable.

Le mentor aguerri montrant les ficelles à la nouvelle. Des rôles qui ne leur convenaient plus.

Qui ne leur convenaient plus depuis un moment. Pas depuis qu'il avait failli la faire tuer, deux ans et demi auparavant.

Son regard s'attarda par la fenêtre sur le soleil de cette fin de matinée, sa cheville se balançant de nouveau.

– Voyons voir, Hopewell. Ah, je m'en souviens maintenant. La nuit où tu as été malade sur la route. Puis tu t'es mis à dos le chef de la police locale et as failli coller une dépression nerveuse à la mère de la victime. (Il lui adressa un nouveau sourire de travers.) Pas vraiment ton heure de gloire, Caitlyn.

Et la sienne ? Quand il avait annulé l'envoi des renforts, laissant Caitlyn et son partenaire seuls dans leur combat contre la mort ? Les carreaux brisés, l'air terrorisé de Santore alors qu'ils plongeaient tous les deux par la fenêtre, la sensation de chute libre lui retournant l'estomac, la souffrance lorsqu'elle avait heurté le sol : tout traversa son esprit avec la soudaineté d'un coup de fouet. Elle soutint son regard sans effort, la voix et le visage impassibles.

– C'est peut-être pour cela que je veux mettre les choses en ordre.

– Hmpf. Je me souviens de la scène de crime. Il pleuvait des cordes et il a fallu gravir la moitié d'une montagne. Les ploucs du coin avaient essayé de préserver l'endroit du mieux qu'ils avaient pu, mais le vent et la pluie ne nous avaient laissé que des miettes. On a quand même relevé un échantillon de sang du suspect.

Caitlyn secoua la tête.

– Encore faux, Jack. Le sang de ce suspect non identifié ne correspond pas à celui de Damian Wright.

Il sursauta à ces mots, prit l'air stupéfait, bouche bée. Mais son front ne se creusa pas, et Caitlyn ne distingua aucun autre signe de surprise.

– Sérieusement ? C'est pas vrai ! À qui était ce sang, alors ?

Caitlyn choisit de le laisser croire qu'elle ne savait rien de l'implication de Richland. Après tout, Logan et lui avaient tous les deux travaillé dans l'équipe d'intervention qui s'était chargée de Korsakov.

– À un type du nom de Stanley Diamontes. Ça te dit quelque chose ?

Il fit une moue de profonde réflexion, les sourcils froncés.

– Peut-être, peut-être.

– Il a témoigné contre un Russe nommé Korsakov. Après ça, on a perdu sa trace. C'est un miracle qu'on ait trouvé une correspondance ADN.

– Korsakov, oui, je me souviens très bien de lui. Qui pourrait oublier ? Un enfoiré de taré. Il avait deux passions : faire des films et torturer des gens. Je ne suis pas vraiment surpris qu'un témoin se soit enfui pour se perdre dans les montagnes avec un nouveau nom. (Il se redressa.) Alors, mystère résolu. Je peux essayer de retrouver mes anciennes notes sur Korsakov si tu veux. Gratuitement, au nom du bon vieux temps.

Il se laissa glisser du bureau et se dirigea vers la porte, s'attendant à l'évidence à ce qu'elle le suive.

– Je suis navré de ne pas avoir plus de temps à t'accorder, Caitlyn.

Elle ne se pressa pas ni ne se leva de sa chaise avant qu'il ait atteint la porte et l'ait ouverte. Alors seulement, elle avança vers lui, s'arrêtant sur le seuil.

– Merci, Jack. Je savais que tu aurais les réponses dont j'avais besoin. J'aimerais énormément étudier ces dossiers. D'autant plus que Korsakov sort de prison aujourd'hui.

Il écarquilla les yeux et de minuscules gouttelettes de sueur perlèrent sur son front avant qu'il ait réussi à la repousser hors de la pièce.

– Très bien. Aucun souci. Je demanderai à Margery de te les faxer à Quantico avant la fin de la journée.

Il voulut fermer la porte, mais elle l'en empêcha.

– Je préférerais qu'on les scanne et qu'on me les envoie par mail, Jack. Je vais à Hopewell.

Elle fit volte-face et avait quitté la zone de réception avant qu'il ait pu répondre. Il claqua la porte de verre derrière elle et se passa la main sur le front. L'imbécile était si habitué aux beaux murs de verre qu'il les avait oubliés. Elle l'observa dans le miroir au-dessus des boutons d'appel de l'ascenseur. Il sauta sur le téléphone de son bureau et se mit à pianoter furieusement.

Un tintement annonça l'arrivée de l'ascenseur. Caitlyn y entra et leva les yeux sur son ancien patron, courbé sur son téléphone, le visage rouge. Son regard croisa le sien et il se redressa, surpris, le combiné coincé entre sa joue et son épaule. Elle lui sourit et lui adressa un signe de la main.

Les portes se refermèrent en glissant et elle saisit son téléphone portable.

– Clemens ? Salut, c'est Caitlyn. Pourriez-vous demander à l'un des gars du service de surveillance de mettre un téléphone sur écoute pour moi ?

Sarah descendait le long de la falaise, l'esprit inondé par un flot de souvenirs. Elle et Sam, Sam et elle : complices, rebelles.

Leur rencontre avait eu lieu à l'école. Il était entré sans autorisation, faisait des claquettes le long du couloir désert, sifflait en ouvrant les portes des salles de classe, regardait à l'intérieur avant de les refermer.

– Puis-je vous aider ? avait demandé Sarah en prenant sa voix de prof, celle qui voulait dire « J'ai des yeux derrière la tête, donc pas la peine d'essayer. »

La nonchalance avec laquelle il s'était redressé, avait ôté ses lunettes de soleil et lui avait adressé un long regard appréciateur, l'avait profondément agacée.

Il s'était approché et lui avait décoché un sourire d'un millier de watts.

– Je cherche la salle de musique. Ou l'auditorium. Il me faut un piano.

– Il vous faut un piano ? avait-elle répété, doutant d'avoir correctement entendu. Pardonnez-moi, mais avez-vous un enfant inscrit ici, monsieur…

Son regard se figea un instant, vide, puis il rit doucement.

– Non, madame. Je n'ai pas d'enfant. Est-ce un problème ?

– Vous n'avez pas le droit d'être ici. Voilà le problème…

– Ce n'était pas le dernier jour de d'école, aujourd'hui ? Les enfants sont tous partis, non ?

– Ça ne change rien.

Sarah l'avait attentivement observé. Il était très bronzé, ce qui donnait un air exotique à ses yeux et cheveux sombres. Il n'était assurément pas du coin. L'accent qu'il avait (ou plutôt, celui qui lui manquait) lui évoqua la côte ouest. Il était mince, assez musclé, un mètre quatre-vingt tout au plus, et portait un polo blanc et un jean qui le moulait comme… Son regard avait dévié, s'était attardé un instant de trop. Il s'était tordu le cou pour regarder par-dessus son épaule.

– Qu'est-ce qu'il y a ? Je me suis assis sur quelque chose ?

Sarah s'était raidie, sentant la chaleur lui monter aux joues sous l'effet combiné de la gêne et de l'amusement contenu. Ailleurs, elle aurait assumé ce regard déplacé, elle en aurait plaisanté. Et le haussement de sourcil, le regard appuyé qu'il lui avait envoyés lui assuraient qu'il n'était pas dupe.

– Recommençons depuis le début. Je m'appelle Sarah Godwin.

Elle avait tendu la main.

Il l'avait serrée d'une forte poigne, ne s'était pas attardé trop longtemps. Même si elle avait vu son sourire s'élargir, et lui plisser le coin de ses yeux.

– Sam. Sam Durandt.

– Sam Durandt. Qui a désespérément besoin d'un piano ?

– En effet. Vous voyez, mon clavier n'est pas encore arrivé. J'ai besoin (il toqua contre sa tempe avec son poing) de faire sortir cette chanson de ma tête avant qu'elle me rende dingue.

– Oh. Vous êtes compositeur, n'est-ce pas ?

– Non, pas compositeur. Enfin, je ne fais pas que de la musique. J'écris des chansons.

Sarah avait fait une moue dubitative. Ce mec était-il sérieux ?

– Je pourrais en connaître ?

Il se balança sur ses talons, baissa les yeux.

– Non, pas encore. (Son visage s'éclaira, rayonnant vers elle.) Mais peut-être que celle-là, c'est la bonne. *Si* vous me montrez où trouver un piano.

Elle avait hésité. Elle était seule dans le bâtiment jusqu'à ce que Monsieur Cole vienne nettoyer. Il avait l'air assez amical, mais…

– Je vous le loue, avait-il lâché, alors que le silence s'étirait.

– Le louer ?

– Oui. Je n'ai pas beaucoup d'argent, mais si vous me laissez travailler ma chanson, j'en écrirai une juste pour vous. (Il leva le regard vers elle, ses longs cils noirs encadrant ses yeux plus noirs, plus grands encore.) Pitié, c'est une question de vie ou de mort.

Sarah avait ri. Il était pire que ses élèves.

– Bon d'accord. Suivez-moi, Monsieur le musicien.

Son pied glissa sur la surface de granit et Sarah tomba, la corde filant entre ses mains plus vite qu'elle l'avait voulu. Elle tira dessus et son harnais se resserra d'un coup autour de ses hanches. Elle finit par s'arrêter à environ un mètre au-dessus d'un gros bloc de roche.

Elle avait horreur de penser à ce premier jour. Elle en avait horreur parce que ce souvenir en amenait invariablement d'autres, suivis d'idées traîtresses.

Si elle n'avait pas rencontré Sam, alors peut-être aurait-elle rencontré quelqu'un d'autre, et ce quelqu'un serait encore en vie, et s'il était en vie, alors Josh le serait aussi, sauf que ce ne serait pas Josh puisque Sam n'aurait pas été son père, mais elle aurait au moins l'un d'entre eux…

Elle se pencha en arrière sur sa corde, grimaça sous le soleil éblouissant, et se maudit d'avoir oublié ses lunettes de soleil. Clignant des yeux pour retenir ses larmes, elle se laissa descendre jusqu'au rocher partiellement submergé. L'eau lécha ses chaussures de marche, tentant de la déstabiliser.

Tomber à cet endroit vous laisserait mal en point.

Mais n'était-ce pas ce qui lui était déjà arrivé ? Tomber amoureuse et en payer le prix ? Battue, ravagée, brisée.

Les mots tourbillonnaient en elle, à un rythme saccadé, son pouls tambourinant dans ses tempes en écho. Sam en aurait fait une chanson. Mais pas une ritournelle ou une blague, comme l'étaient tant de ses chansons.

Une ballade, un chant funèbre. Une chanson vraiment, vraiment triste. Une chanson qui tirerait les larmes des cœurs de pierre les plus secs.

Elle battit des cils, prétendant pour elle-même que ce n'était que le reflet du soleil sur le granit humide, brillant comme un miroir. Elle tendit le bras vers les longs os blancs et brillants visibles au-dessus de l'eau.

Non. Elle recula la main d'un coup. *Les photos d'abord. Répertorie le lieu.*

Tout paraissait plus distant, impersonnel, à travers le viseur de l'appareil photo. Comme si tout cela n'avait pas vraiment lieu, comme si ce n'était pas vraiment Sam, et si ce n'était pas vraiment Sam, alors peut-être que Josh n'était pas vraiment…

Son pied se déroba sous elle. Elle parvint à retrouver l'équilibre avant de s'empaler sur les branches qui jaillissaient de la paroi rocheuse.

Sois attentive. Alors qu'elle reprenait son souffle, le pouls affolé par la catastrophe évitée de justesse, elle se rassit et vérifia les photos sur l'écran numérique. Certaines étaient un peu floues. À cause des éclaboussures des rapides ou parce que tout son corps tremblait ? Peu importait, elles conviendraient.

Les mains fébriles, elle rangea l'appareil photo. Et avança les doigts vers les os.

Radius et cubitus. Elle se souvenait de ses cours d'anatomie. Elle démêla délicatement une couche de feuilles mortes et de débris pour dévoiler les restes de trois doigts et les os les reliant à l'avant-bras. Révélés, sur leur matelas de tsugas morts, ils étaient tendus vers elle, accusateurs.

Sa respiration s'accéléra, comme s'il n'y avait plus assez d'air, malgré la dose d'ozone dégagée par l'eau bouillonnant autour d'elle.

C'était la main droite d'un homme. Sam portait toujours sa montre au poignet gauche, non ?

Ou voulait-elle juste y croire ?

Elle prit d'autres photos. De près, on pouvait voir de minuscules traces de dents sur les os. Avec précaution, elle déplaça le long tapis de débris entremêlés à l'autre bout du bras.

La tête d'un homme, grotesque, enflée, jaune, surgit de l'eau, déchirant la surface, sa bouche ouverte en une grimace bée.

Sarah perdit pied. Glissant sur le rocher, incapable de retrouver l'équilibre, elle bascula. Des feuilles mortes et des brindilles s'éparpillèrent. Elle heurta la falaise de plein fouet, la tête en avant. Un de ses pieds s'enfonça dans l'eau, dans la végétation en décomposition gluante qui tenta de l'aspirer.

Sa corde l'empêcha de tomber complètement à l'eau, où elle aurait été à la merci du courant. Elle resta ainsi, la jambe gauche tordue contre le rocher, la droite immergée jusqu'au genou, l'eau glacée s'engouffrant dans sa chaussure, le sang martelant à ses tempes, des flashs de lumière obscurcissant sa vision. Le souffle coupé, comme si tout l'oxygène avait été aspiré hors d'elle et que ses poumons s'étaient effondrés.

Elle se força à prendre une longue, profonde gorgée d'air frais et pétillant qui lui brûla les poumons. Les muscles le long de son flanc droit protestèrent vivement et elle sut qu'elle y trouverait des hématomes le lendemain matin. Au moins serait-elle encore en vie, le lendemain matin.

La rivière ricana en lui éclaboussant le visage, l'avertissant qu'elle était toujours là, prête, et n'attendait qu'un nouveau faux pas. Sarah prit une seconde grande inspiration et saisit la corde pour se stabiliser, tirant sa jambe gorgée d'eau du bourbier. Sa chaussure resta en place, dieu merci.

Elle retourna sur son rocher et se concentra sur sa macabre découverte. Son sac à dos avait heurté de plein fouet le rocher quand elle était tombée, mais son appareil photo semblait en état de marche.

La tête était difforme, gonflée. La mâchoire inférieure ne tenait plus que d'un côté. La chair, les yeux, et la langue avaient disparu, quelques dents également, laissant un trou béant à leur place. L'os était exposé à quelques endroits épars, mais le reste du crâne était couvert de tissu adipeux jaune-brun et d'algues entremêlées à des mèches de cheveux.

Les vêtements de l'homme étaient intacts, ce qui expliquait pourquoi ses restes ne s'étaient pas entièrement disloqués et dispersés sous les assauts de la rivière. Sous un coupe-vent noir, il portait ce qui avait un jour été une chemise bleu clair avec un col boutonné.

Sam avait-il eu une chemise comme ça ? Peut-être, sans doute. C'était le genre de chemise que tous les hommes avaient dans leur armoire, même un père qui travaillait chez lui tel que Sam.

Son estomac se serra, l'acide lui brûlant l'arrière de la gorge tandis qu'elle respirait par la bouche. Pas à cause de l'odeur, même si elle avait remué suffisamment de débris pour dégager une écœurante puanteur douceâtre. Sa vision s'assombrit et elle prit conscience qu'elle hyperventilait.

Elle détourna le regard et se força à se concentrer sur la rivière. Ici, juste à hauteur de surface, celle-ci avait un air innocent, joueur, trompeur. De l'écume blanche passa devant elle à toute vitesse, se brisant contre le rocher qu'elle avait revendiqué, puis se redirigea vers le cœur du courant. La paroi du gouffre l'empêchait de voir les chutes, mais elle pouvait les entendre, les sentir gronder.

Sa respiration sous contrôle, elle se pencha en avant, le visage à quelques centimètres de la montre dansant à la surface de l'eau.

Elle avait un cadran bleu foncé et des chiffres romains. Celle de Sam n'avait-elle pas des chiffres arabes et un cadran blanc ?

Ses mains tremblèrent quand elle glissa les os de la main dans un sac plastique et le scella pour que rien ne soit perdu pendant le déplacement. Elle n'était pas sûre de ce qui l'effrayait le plus : que ce ne soit pas vraiment Sam ou que ce le soit, et ce malgré le barrage permanent d'illusions que son esprit dressait pour la convaincre du contraire.

Avait-elle complètement perdu la tête ? Enfin, après deux années à envisager cette idée, son esprit avait-il craqué sous le poids du chagrin et du désespoir ?

Ce ne pouvait être que Sam. Il n'y avait pas le moindre doute possible. Il était le seul homme porté disparu sur Snakehead Mountain.

Elle se passa la langue sur les lèvres, mais elle avait la bouche trop sèche pour que cela change quoi que ce soit. Un corbeau poussa un cri rauque, qui se réverbéra en échos tonitruants dans l'étroite crevasse rocheuse. Elle glissa un doigt sous le bracelet-montre argenté, le libérant de la brindille qui l'avait accroché.

Puis elle retourna la montre. Les deux os qu'elle entourait frottèrent l'un contre l'autre, produisant un grincement contre-nature qui la fit sursauter. Ils se tordaient de façon absolument inhumaine.

L'envers du cadran était couvert d'algues vertes couleur de bile. De l'ongle, elle les gratta, et une inscription gravée apparut lentement.

LR. Elle continua à frotter, espérant en révéler davantage. Mais c'était tout. Juste ces deux lettres.

Sarah se redressa, la rivière s'écoulant devant elle comme si elle riait d'une blague qu'elle était seule à comprendre. Sarah ne savait pas si sa découverte devait la faire rire ou pleurer.

Bonne nouvelle. Elle n'était pas folle.

Mauvaise nouvelle. Sam était toujours quelque part dans les environs. Tout comme Josh.

Qui pouvait bien être ce LR, et pourquoi n'avait-il pas été porté disparu ?

16

Il s'arrêta au bord de la clairière comme il le faisait toujours quand il venait du haut de la montagne. D'habitude, il ne prenait le risque de descendre qu'à la nuit tombée. C'était étrange de venir ici à la lumière du jour. L'endroit où Sam Durandt était mort.

Il y avait eu de bons moments, ici. Bien longtemps auparavant… Le rire d'un petit garçon s'envola à la poursuite des rayons du soleil, faisant frémir les jeunes feuilles vertes avant de s'évaporer dans sa mémoire. Se souvenir faisait mal. Chaque voyage qui le ramenait ici, qui le ramenait vers elle, lui donnait la sensation d'être déchiré. Il désirait plus que tout être avec elle, et pourtant il devait tous les protéger en restant à l'écart.

Il était terrorisé à l'idée d'échouer. Le prix à payer serait bien plus élevé que sa seule mort.

– Papa, ne t'en va pas. Je ne veux pas que tu t'en ailles, lui avait dit Josh la veille au soir, en serrant les paupières pour retenir ses larmes.

En deux ans, le gamin avait eu beaucoup d'occasions de pleurer, mais avait aussi découvert à quel point les larmes étaient inutiles. Cet air sur le visage de Josh, quand il essayait si fort d'être courageux, suffisait presque à briser le cœur de Sam en mille morceaux.

Il s'était accroupi pour se mettre au niveau du petit garçon de cinq ans. Josh avait eu une poussée de croissance au printemps et n'était plus que coudes et genoux dégingandés. Sam l'avait serré très fort dans ses bras. Il avait inhalé le parfum de son shampoing.

Plus de larmes. Josh n'avait plus vraiment besoin de ce shampoing pour bébé, maintenant qu'il prenait des douches et se lavait lui-même les cheveux, mais Sam voulait préserver ce souvenir de Sarah, des beaux jours, quand Josh était petit, quand ils étaient ensemble.

Sam avait reniflé, ayant lui-même du mal à se retenir. Plus de larmes. Josh s'était tortillé dans ses bras.

– Papa, tu m'écrases.

– Ah bon ? avait demandé Sam en se relevant, Josh coincé dans son étreinte de telle sorte que ses pieds pendaient au-dessus du sol. Et comme ça ?

Il avait élevé Josh dans ses bras, soufflé contre sur la peau de son ventre au-dessus de son bas de pyjama, et avait été instantanément récompensé par les gloussements de son petit garçon. Il avait alors jeté Josh sur son lit, et l'avait laissé prendre sa revanche. Josh avait bondi sur son père et l'avait cloué sur le matelas.

– J'ai gagné ! avait crié Josh en le libérant.

Sam s'était assis à côté de lui sur le lit.

– C'est vrai, champion, avait-il répondu pendant qu'il calait Josh sur ses oreillers et remontait sa couverture avant de lui planter un baiser sur le front. Souviens-toi de ce qu'on s'est dit. Et sois sage avec Madame Beaucouers.

Josh l'avait regardé d'un air solennel, bien trop mature pour un petit garçon. Il avait froncé les sourcils, s'était mordu la lèvre et avait acquiescé.

– Quand tu reviendras à la maison avec maman, tu rechanteras des chansons joyeuses ? Des chansons qui font rire comme *Oscar la grenouille violette avec une verrue sur la langue.*

– Encore mieux, on fera chanter maman. Elle a la voix d'un ange.

Les yeux de Josh s'étaient fermés fort alors qu'il essayait de se souvenir.

– J'ai l'impression de l'entendre, dans le noir et le silence. (Il avait rouvert les yeux.) Mais après je me réveille et ce n'était qu'un rêve.

Sam avait ébouriffé les cheveux encore humides de son fils.

– Je vois ce que tu veux dire, champion. Ça me le fait, à moi aussi. Je pense que ça arrive à tout le monde quand quelqu'un qu'on aime et à qui on tient beaucoup est très loin. Ça nous rapproche d'eux. Je parie que ta maman t'entend aussi quand elle rêve.

– Mais j'étais un bébé. Je connaissais pas de vraies chansons.

– Ça ne change rien.

– Tu crois qu'elle se souvient encore de moi ? Est-ce qu'elle va me reconnaître ?

Le front de Josh s'était plissé en une profonde ride.

– Bien sûr qu'elle te reconnaîtra.

– Peut-être que ça, ça l'aidera.

Josh avait alors sorti une photo d'identité de sous son oreiller. Sam l'avait prise solennellement, espérant que Josh ne remarquerait pas les larmes qu'il ne parvenait pas à retenir. Josh avait découpé la photo en forme de cœur et l'avait collée sur un cœur de feutrine rouge, une grande épingle nourrice cousue à l'arrière.

– Pour que tu puisses lui montrer comment je suis devenu grand.

– Et beau.

– Oh papa ! tu lui montreras ?

– Bien sûr. (Sam l'avait serré fort une fois encore, et en avait profité pour essuyer ses larmes sur sa manche, puis l'avait embrassé à nouveau.) Celui-là était de la part de maman.

Josh avait poussé le plus triste des soupirs qu'un garçon de cinq ans puisse jamais pousser.

– Tu vas la ramener, pas vrai ? Tu promets ?

Sam avait regardé son fils dans les yeux, la photo de Josh dans la paume de sa main contre sa poitrine.

– Oui, capitaine. Quand je reviendrai, maman sera avec moi. Je te le promets.

Si je reviens.

Sam avait éteint les lumières et fermé la porte derrière lui. Il avait mis son étui à guitare sur son épaule, tout le reste étant déjà dans le coffre de la voiture, et avait descendu les marches grinçantes de l'escalier jusqu'au rez-de-chaussée de la vieille ferme. Madame Beaucouers, leur propriétaire et grand-mère de substitution ces deux dernières années, l'attendait. Âgée de soixante-sept ans, elle était encore assez coriace pour faire craindre le Jugement dernier à quiconque lui tenait tête.

Mais plus que tout, elle était dévouée à Josh. Prête à tout pour le garder en sécurité.

Elle se tenait droite, son front plissé d'inquiétude.

– Je n'aime pas ça, Samuel. Il doit y avoir un autre moyen.

– Je suis désolé, Madame B., il n'y en a aucun.

Il avait fait un pas vers la porte, mais elle s'était mise en travers de son chemin. Il s'était arrêté net et avait pris ses mains dans les siennes.

– Je vous ai laissé tous les papiers importants, tout ce dont vous pourriez avoir besoin si jamais… (Il n'était pas parvenu à finir, avait tenté à nouveau.) Tout est dans le coffre-fort, vous avez la clé.

Elle lui avait serré les mains, sa poigne durcie par le travail presque aussi forte que la sienne.

– Mais Josh…

– Vous prendrez soin de lui.

Elle avait acquiescé. Il s'était penché vers elle, l'avait embrassée sur les deux joues.

– Merci, Madame B. Vous êtes un ange.

Elle avait rougi et retiré ses mains, les occupant à tournicoter les coins de son tablier. C'était la seule femme que Sam ait jamais vue – en dehors des films – réellement porter un tablier, mais ça faisait partie de son uniforme. Madame B. n'aurait tout simplement pas été Madame B. sans son tablier, ou son chapeau du dimanche pour aller à l'église, noir avec une discrète voilette de veuve, ou son imperméable jaune vif et ses bottes Wellington qu'elle sortait pendant les ouragans ou les tempêtes nordiques. Elle était le dernier spécimen d'une race de femmes raffinées en voie de disparition.

Si Korsakov la trouvait un jour, elle ou Josh, il les tuerait tous les deux sans ciller.

– Très bien, dans ce cas, avait-elle dit d'un ton froid qui signifiait « pas de bêtises ». Plus vite vous serez parti, plus vite vous serez revenu auprès de votre fils.

Sam avait dégluti difficilement et acquiescé. Il avait ouvert la porte mais n'avait pu s'empêcher de regarder une dernière fois par-dessus son épaule, dans l'escalier.

– Vous…

– Tout ira bien, Samuel, je vous le promets.

C'était à présent au tour de Sam de soupirer. Il avait tenté un sourire, qu'il avait senti se crisper sur son visage. Il avait cligné des yeux pour chasser le flou du paysage, lâché à regret la poignée de la porte et s'était avancé dans les ténèbres.

C'est le seul moyen. Il avait grimpé dans la Ford Ranger rouillée, posé son étui à guitare derrière son siège et mis le contact. Le moteur avait démarré avec son habituel grognement. La Ranger ne ressemblait à rien, mais leur vie en dépendait, et Sam la gardait en parfait état de marche. Il avait posé le bras le long de la banquette avant, s'était tourné pour regarder par le pare-brise arrière alors qu'il faisait marche arrière dans les courbes familières de l'allée de gravier.

Arrivé sur la route, il s'était arrêté. Pas la moindre circulation, seule la ferme qu'il venait de quitter projetait son éclat doré. Un phare dans la nuit. Il espérait être bientôt de retour.

Protégez-moi, Seigneur. Cette histoire de prières le mettait toujours mal à l'aise. Il avait commencé quand Josh était né, et cela avait été davantage des conversations à sens unique avec Quiconque Était Là-Haut que de réelles prières. Après ces deux dernières années, il ne se contentait plus de défendre son cas ou essayer de négocier avec le Tout-Puissant.

Qu'ils en aient réchappé était un miracle. À présent, avec Korsakov en liberté, il leur faudrait plus qu'un miracle pour rester en vie. Il leur faudrait une intervention divine.

Sam en aurait ri huit ans plus tôt, quand il était encore Stan Diamontes, adepte de la plage/surfer/compositeur et, quand il fallait payer les factures, comptable pour un producteur de films indépendants/mafieux russe. Mais un homme pouvait changer en huit ans, il pouvait apprendre à aimer, à se soucier de quelqu'un d'autre plus que de lui-même, il pouvait même trouver la foi.

Il avait roulé toute la nuit et était arrivé à la cabane du colonel au moment même où l'aurore déroulait ses boucles d'or hésitantes à travers le ciel étoilé. Dès qu'il entra dans la forêt, le soleil disparut de nouveau, laissant derrière lui l'espoir qu'il avait apporté. Un dernier jour. Une dernière chance.

Dans le noir et le silence qui l'accompagnaient alors qu'il descendait le flanc de la montagne, il ne pouvait s'empêcher de penser aux années qu'il avait perdues avant de comprendre ce que c'était d'avoir de véritables rêves.

De véritables rêves. Pas les fantasmes d'adolescence qui l'avaient mu bien plus longtemps qu'il n'est raisonnable. Prendre la vague, réussir dans le monde de la musique, faire un carton. Il avait perdu tout ce temps avec des idées aussi intangibles que de la barbe à papa, des idées douces à évoquer, mais qui n'étayaient pas une vie. Pour lesquelles on ne pouvait pas vivre. Ou mourir.

Pas comme Sarah ou Josh.

Une succession d'images le submergea. Le visage de Sarah la première fois qu'ils avaient fait l'amour, les yeux grands ouverts, fiévreux, tandis que leurs corps s'écrasaient l'un sur l'autre. Sarah, tel un ange le jour de leur mariage, sereine et radieuse, alors que Sam était certain de craquer, son estomac plus agité encore que les vagues à Point Arguello. Jusqu'à ce qu'elle lui prenne la main. Après cela, tout s'était bien passé.

Sarah, le visage cramoisi de douleur, les joues gonflées alors qu'elle s'efforçait de pousser-pousser-pousser. Il lui avait tenu la main, planté là, tandis que le docteur Hedeger et l'infirmière hurlaient « Poussez ! » Il s'était senti plus bas que terre. Elle souffrait, il était incapable de faire quoi que ce soit pour l'aider, et c'était sa faute…

Puis son visage s'était détendu. Un cri gargouillant avait empli la pièce. Il avait baissé les yeux sur une boule rose, bras et jambes, cheveux couverts de substance gluante, et de grands yeux bleus qui le dévisageaient. Le visage de Sarah rayonnait de joie. Elle riait tellement qu'elle en pleurait. C'était la seule fois qu'il l'avait vue pleurer.

Sam avait pleuré lui aussi, incapable de couper le cordon quand le docteur Hedeger le lui avait proposé tant ses mains tremblaient.

Sarah avait posé leur bébé sur sa poitrine et pris le bras de Sam, guidant sa main pour l'aider à le tenir. Cette incroyable, mystérieuse chose qu'ils avaient créée. Ensemble. En mettant ses bras autour d'eux, Sam avait entendu son cerveau rugir, plus fort qu'une vague qui vous submerge, que le courant qui vous écrase, vous tire vers le fond, fait disparaître la notion même de surface, et vous laisse penser… *Je ne vais peut-être plus jamais revoir le soleil, je ne vais peut-être pas pouvoir remonter* à l'air libre.

Je vais peut-être mourir.

Le rugissement que Sam avait éprouvé en embrassant sa famille était plus puissant que cela. Il remplissait son esprit, lui courbait les épaules comme un homme de Néandertal. Un réflexe primitif de protection. Il s'interposerait entre les siens et le reste du monde. Pour toujours. À jamais.

Il se souvint avoir inspiré profondément, senti la transpiration de Sarah teintée de douleur, de peur et de joie, senti le sang et l'innocence. C'était sa famille et il ne laisserait jamais, jamais rien leur arriver.

Du moins, c'était ce que Sam s'était promis cinq ans auparavant. À présent, il se tenait à l'endroit où tout avait commencé. Où tout avait fini.

Sa main effleura la cicatrice sur son flanc alors qu'il la posait sur le pistolet qu'il avait rangé dans le creux de son dos. Il n'était qu'un fils de pute lâche et bouffi d'orgueil. Il le savait désormais, y songeait depuis deux ans. Il regrettait seulement d'avoir dû perdre la meilleure partie de lui-même pour le découvrir. Il était plus que temps de payer le diable à qui il avait vendu son âme huit ans plus tôt.

Sauf que Sarah et Josh ne faisaient pas partie du contrat.

Il aimait penser qu'il n'était plus l'imbécile qu'il avait été huit ans auparavant, mais en traversant la clairière, silencieuse si ce n'étaient ses soupirs, il avait compris qu'il n'était pas un héros.

Pas un héros. Juste un imbécile prêt mourir pour la femme qu'il aimait.

Plus encore. Un imbécile prêt à tuer.

17

– Sarah !

La voix de Hal résonna entre les parois étroites de la gorge.

– Tout va bien en bas ?

Sarah protégea d'une main ses yeux du soleil et releva la tête. En l'attendant, elle avait réussi à dégager le reste du torse et à envelopper la tête dans un sac-poubelle pour qu'elle ne se détache pas du corps. Cela avait été un travail lent et méticuleux, mais puisqu'elle savait que ce n'était pas Sam, le temps avait filé.

Hal se pencha par-dessus le bord de la falaise, une corde enroulée à la main.

– Ça va ! répondit Sarah. Tu peux descendre !

Il disparut. La corde voltigea, se dénouant au-dessus d'elle, puis décrivit une courbe pour claquer contre la façade rocheuse à environ un mètre de Sarah. Hal sauta dans le vide et descendit rapidement en rappel. Il portait une combinaison de plongée sous son harnais. Toujours respectueux du règlement, il avait mis un casque d'escalade. Il se balança au-dessus d'elle, puis finit par choisir de se poser sur un rocher en face du squelette.

Cela faisait longtemps qu'ils n'avaient pas travaillé ensemble comme ça. Deux ans… Quand ils avaient perdu Lily, la femme de Hal. Le souvenir fit son chemin, et la gifla. Deux ans demain. Merde. Comment avait-elle pu être aussi stupide ? Le faire venir ici pour récupérer un corps !

Hal était silencieux, attentif à l'organisation de son équipement et évaluant la situation.

D'une certaine manière, Sarah avait toujours songé à la mort de Lily comme si elle s'était déroulée longtemps – un an au moins – avant celle de Sam et Josh. Dans son esprit, ces deux mois qu'elle avait eus avec Sam et Josh étaient une éternité à laquelle elle s'accrochait, en en revivant la moindre seconde. Mais en réalité, les deux événements n'étaient séparés que d'une courte période de soixante-dix jours.

C'était étrange qu'elle n'y ait jamais pensé auparavant. Le sac de Hal bascula sur le côté et elle le stabilisa d'une main fermement plaquée contre son dos.

– Je suis désolée, dit-elle d'une voix à peine audible par-dessus le bruit des rapides. J'aurais dû appeler quelqu'un d'autre.

Il ne se tourna pas vers elle, ses épaules tendues, dressées contre le monde. Ou les souvenirs.

– Qui aurais-tu appelé ? Il n'y a personne d'autre.

Sarah aurait voulu trouver un moyen de soulager la résignation et la fatigue qu'elle pouvait entendre dans sa voix. Elle irait parler au colonel, il était président du conseil municipal. Ils pouvaient sûrement trouver des fonds pour embaucher de l'aide. Peut-être fallait-il envoyer la femme du colonel chercher une autre de ces subventions gouvernementales.

Hal étala un sac mortuaire sur le rocher et le maintint en place sous son pied. Le courant en lécha le bout, essayant de l'emporter.

– Tu es sûre que ça va ? demanda-t-il d'une voix douce, la regardant enfin dans les yeux, attentivement. Je peux le faire seul.

– Ce n'est pas Sam.

Il releva des yeux surpris vers elle.

– Tu en es sûre ?

– La montre. Ce n'est pas la sienne.

Il arrondit les lèvres en un sifflement silencieux.

– On dirait qu'on a un mystère sur les bras, alors. Une idée de qui ça pourrait être ?

– Un mec dont les initiales sont LR, d'après les inscriptions sur la montre.

Il lui tendit une paire de gants en latex et en enfila une paire lui-même. Il se mit ensuite à genoux et se pencha, saisissant le corps par les épaules. Il tira avec délicatesse. Le corps sortit de l'eau de quelques centimètres, puis s'arrêta.

– Je pense que son pied est coincé sous les rochers, dit Sarah. Je n'ai pas osé être trop agressive.

– Il paraît plutôt fragile. (Hal tâta le torse de l'homme sans ouvrir ni la chemise ni la veste.) Un sac d'os. (Il le relâcha et s'assit.) Tout est répertorié ?

– Tout ce qui est au-dessus de la surface. Comment tu veux qu'on s'y prenne ?

Malgré l'eau froide, Sarah gardait ses mains immergées, espérant se débarrasser un maximum de la graisse et de la matière visqueuse qui les couvraient. Même si, selon le règlement, elle devait porter ses gants en latex, ils ne feraient désormais que permettre à la matière visqueuse de pénétrer dans sa peau. Il lui faudrait des jours pour complètement en chasser l'odeur acide et douceâtre de la matière organique en décomposition.

Hal restait impassible. Il pencha la tête sur le côté pour examiner l'angle des éboulis, la profondeur de l'eau et la force du courant.

– Je vais plonger, essayer de le libérer. Ensuite, on le glissera dans le sac, si possible en un seul morceau.

Il assura sa corde de sécurité et se laissa rouler dans le courant.

Sarah se tenait les jambes écartées sur son rocher pour le sécuriser, un pied calé dans une crevasse. Bien que l'eau ne soit pas profonde, à hauteur de taille, le courant était traître. Le fond de Snakebelly était plein de débris en décomposition depuis des siècles, de rochers acérés tombés de la falaise, et de troncs d'arbres tordus couverts d'algues visqueuses et de boue. Le vrai danger était que Hal finisse piégé là-dessous, bloqué et incapable de remonter.

Il se maintint debout un moment, testant son équilibre, une main appuyée contre le mur de pierre.

– Ça descend, juste là, dit-il en désignant d'un coup de menton un endroit cinquante centimètres devant lui.

Il fit un pas en avant, puis un autre. L'eau l'aspira. Sarah retint sa respiration, surveillant les eaux troubles avec inquiétude. On n'y voyait pas à trente centimètres. Le seul signe de Hal était le tourbillon de débris remontant à la surface alors qu'il le libérait.

Sa poitrine se resserra, ses poumons brûlant du manque d'oxygène. *Vingt secondes*, se dit-elle en commençant à compter à rebours dans sa tête. *S'il n'est pas remonté dans vingt secondes, dix-neuf, dix-huit…*

Hal fendit la surface dans une gerbe d'eau. Il se hissa sur son rocher et s'y allongea, les vagues se brisant contre son dos alors qu'il reprenait sa respiration. L'eau coulait de son casque et glissait sur ses joues.

– Je pense que c'est bon. Tu prends le haut, je prends le bas. On va le faire flotter, puis le faire rouler sur le sac.

– Entendu.

Sarah plongea dans les rapides son pied encore sec et l'appuya sur un tronc d'arbre submergé. L'eau glacée remplit sa chaussure, lui pinça cruellement la peau. Son équilibre était précaire alors qu'elle se débattait contre le courant. Hal prenait de profondes inspirations, se préparant à replonger, quand une voix l'appela d'en haut.

– Hey, chef !

Le hurlement de Gerald Merton rebondit sur la paroi rocheuse.

– Quoi ? lui hurla à son tour Hal.

Gerald tendit une radio par-dessus le bord de la falaise et l'agita.

– Il y a une femme en ligne. Elle dit qu'elle doit vous parler tout de suite.

– Putain de…, postillonna Hal, le visage crispé. Je suis un peu occupé, là, Gerald !

– Je le lui ai dit. Elle dit que c'est important.

– Ça devra attendre, hurla Hal, sa voix adoptant un ton énervé que Sarah n'avait jamais entendu auparavant.

Le Hal qu'elle connaissait ne perdait jamais son sang-froid. Les muscles de sa mâchoire se nouèrent.

– Elle dit qu'elle est du FBI.

Alan Easton faisait le même rêve depuis un an. Depuis qu'il avait failli la perdre. Sarah descendait l'allée jusqu'à l'autel, radieuse, toute de blanc vêtue. Toute la population d'Hopewell était rassemblée autour d'eux, les félicitant et les applaudissant. Exactement comme dans la scène de *La Vie est Belle.*

Mais alors qu'ils s'entassaient dans le taxi, les fleurs de Sarah lui chatouillant le nez, sa robe se gonflant de frou-frous blancs remplissant la banquette arrière, Stan était au volant. Le même Stan qu'il avait rencontré lors de sa première année à l'université. Les cheveux trop longs, un rubis à l'oreille, un tee-shirt Nirvana miteux et un short de bain délavé, les pieds nus couverts de sable.

– Où est-ce que vous allez ? demandait joyeusement Stan alors qu'il les conduisait le long de la route qui descendait de la montagne à la sortie d'Hopewell.

– Aux Îles Caïmans, claironnait Sarah. C'est notre lune de miel.

– Aux Caïmans, Stan acquiesçait d'un air pensif. C'est drôle. C'est là que j'ai emmené ma femme en lune de miel. C'est un bon endroit où planquer de l'argent. (Il éclatait de rire.) Alors comme ça, vous vous êtes passés la bague au doigt. Aimer, honorer, la mort qui vous sépare. Combien de temps ça va prendre, à votre avis ?

Il regardait Alan dans le rétroviseur arrière et, d'un coup, ce n'était plus Stan qui conduisait, mais Korsakov. Le Russe ne disait rien. Il n'en avait pas besoin. Pas avec ses yeux aux reflets rouges comme le diable, qui transperçaient Alan, qui savaient tout.

– Je peux vous rendre votre argent. Vous n'avez pas besoin de la tuer, bafouillait Alan.

Sarah hurlait. Alan se tournait vers elle, au ralenti comme on le fait dans les rêves, le mouvement lui prenant une éternité alors qu'il n'était qu'à quelques centimètres d'elle. Sa robe de mariage était couverte de sang. Stan était maintenant à la place du mort.

– Tu n'aurais jamais dû l'impliquer là-dedans, Alan.

– Je voulais juste la même chose que toi. Ç'avait l'air tellement… (Alan étouffait ses larmes, le sang de Sarah lui couvrant les mains.) Agréable. C'est trop demander ? Une maison agréable, une famille agréable, une ville agréable où les gens me respectent, pensent que je suis quelqu'un de spécial. Tu avais tout…

– J'ai tout perdu. (Le trou d'une balle apparaissait au milieu du front de Stan.) À cause de toi.

Korsakov le chauffeur de taxi disait alors quelque chose en les faisant tous passer par-dessus le bord de la route de montagne. Son rire était la dernière chose qu'Alan entendait.

Les vibrations de son téléphone portable réveillèrent Alan en sursaut. Il grogna et poussa la blonde de son bras engourdi. Ils avaient fini il ne savait trop comment allongés dans la largeur du lit, son pantalon roulé en un oreiller improvisé.

– Laisse-le, chéri, ronronna-t-elle, passant un doigt sur ses lèvres.

Il l'ignora et attrapa son téléphone. Il ne pouvait pas souvent sortir d'Hopewell pour s'accorder une pause dans le rôle qu'il jouait depuis deux ans, qui semblait désormais plus réel que sa vraie vie. Parfois, lorsqu'il était seul avec Sarah, il préférait même cette vie à celle qu'il avait à Los Angeles. Ça lui donnait des idées dangereuses. Stan avait peut-être eu raison de venir là, de s'installer. Peut-être pouvait-il lui aussi *vraiment* tout avoir : Sarah, une famille, un foyer et l'argent.

Il finit par extraire son téléphone de la soie italienne et vérifia l'identité de l'émetteur. Logan. Que pouvait-il bien vouloir ?

– Je n'ai pas le temps, Jack.

– Non, mon ami, en effet. Tic-tac, tic-tac…

– Qu'est-ce que tu veux ?

Alan appelait de ses vœux le solde de leur accord. Enfin, il pourrait couper tous les ponts avec l'ancien agent du FBI. Définitivement. Mais, même à la retraite, Jack Logan avait les connexions dont Alan avait besoin, et ce dernier le considérait comme un mal nécessaire.

– Mes charges d'intermédiaire pour commencer. Ça fait deux semaines maintenant que Wright est mort, tu as joué ton coup ?

Alan se retourna, dos à la blonde.

– Non. Mais je vais le faire, bientôt. Ce n'est pas si simple.

– Comment ça ? Le juge a signé la déclaration de décès de Durandt, pas vrai ? Qu'est-ce qui te retient ? Tu avais dit que sa femme aurait accès à tous les comptes à sa mort, non ? Tu épouses la salope et tu choppes l'argent une fois qu'elle est morte. C'est simple comme bonjour.

Alan se leva du lit et se dirigea vers la salle de bains. La blonde le suivit. Il lui ferma la porte au nez. Le plateau du service de chambre était sur la coiffeuse, une assiette à moitié pleine de fruits et deux flûtes à champagne vides. Il prit un morceau de melon et s'assit sur le siège des toilettes.

– Pourquoi es-tu si pressé ? De toute façon, je dois attendre que les choses se tassent après le mariage pour toucher à l'argent, tu le sais bien. Je ne lui ai même pas encore demandé sa main.

– Vous feriez mieux de prévoir une petite escapade en amoureux, Don Juan, répondit Logan.

Alan fronça les sourcils. Il pouvait deviner le sourire hautain de l'homme au-delà des ondes de téléphone.

– Kosakov sort de prison.

Alan avala de travers le morceau de fruit et bondit.

– C'est pas vrai ! Tu es sûr ?

– Sûr et certain ! Il semblerait qu'une cour d'appel se soit finalement prononcée en sa faveur, ils ont cassé sa condamnation sur un détail technique. Sans le témoin principal du gouvernement pour faire sa déclaration, il va être remis en liberté.

– Quand ?

Alan déglutit, s'efforçant de faire descendre le fruit en ignorant la brûlure dans son œsophage. Mourir étouffé dans une chambre d'hôtel de seconde zone à Albany était le dernier de ses soucis.

– L'audience est pour ce matin. À moins que l'avocat fédéral ne sorte une carte de sa manche, il sera dehors dans l'après-midi.

Alan fit les cent pas dans l'espace clos, sa main se crispant sur le téléphone qu'il plaquait contre son oreille.

– OK, pas de raison de paniquer. Pour autant qu'il en sache, Stan est mort sur cette montagne il y a deux ans.

– Putain, pour autant qu'*on* en sache, c'est ce qui s'est passé. Mis à part le détail négligeable que Leo Richland a disparu lui aussi.

Alan suspectait Logan d'en savoir plus sur la disparition de Richland qu'il ne l'avait laissé paraître. L'agent du FBI était arrivé sacrément vite quand ils avaient retrouvé Stan et commencé à mettre en place l'entourloupe de Wright. Et si Logan avait été dans les parages avant son « arrivée » officielle avec cette femme du FBI ? Peut-être même depuis assez longtemps pour s'assurer du silence de leur complice.

Mais dans ce cas, qu'est-ce que Logan avait foutu de Stan et du gamin ? Il avait autant à perdre qu'Alan s'ils ressortaient maintenant. Avec la disparition de Richland, il avait dû prendre en considération le fait qu'ils étaient peut-être toujours vivants. Quelque part. C'était la raison pour laquelle il avait demandé à Logan d'équiper la maison de Sarah, son ordinateur et son téléphone portable avec le matériel de surveillance le plus sophistiqué du marché. Elle ne pouvait pas éternuer sans qu'Alan le sache.

Heureusement, parce qu'elle était son billet de passage jusqu'aux quarante-deux millions que Stan avait dérobés à Korsakov. Sarah ne savait même pas que, Stan déclaré mort, elle était plus riche de quarante-deux millions. Une fois qu'Alan l'aurait séduite et épousée, l'argent lui tomberait dans la poche. En fait, la seule faille dans leur plan était qu'ils allaient devoir la tuer pour l'empêcher de les vendre au Russe.

À moins qu'elle n'accepte de collaborer. Une vraie partenaire. Quelqu'un à qui il pourrait faire confiance. Plus de mensonges. Des vestiges de son rêve, son sourire quand ils descendaient l'allée nuptiale, lui traversèrent l'esprit.

– Pourquoi Korsakov viendrait-il ici ? demanda Alan, retournant la question dans sa tête. Il n'est pas au courant, pour l'argent.

Stan avait bien couvert ses traces : seul le hasard avait permis à Alan de découvrir l'entourloupe après l'incarcération de Korsakov. Jamais il n'aurait jamais cru que Stan aurait les couilles d'arnaquer le Russe de cette façon.

– Peut-être pour rendre visite à un vieil ami, son ancien avocat. Qui par coïncidence s'est mis à fréquenter la veuve de l'homme qui l'a trahi, l'a envoyé en prison, lui a volé sept années de sa vie. Ou peut-être pour se venger de Stan en tuant sa gonzesse. Qui sait ? Mais, d'une façon ou d'une autre, il faut qu'on agisse vite.

– Tu es sûr qu'il vient ici ?

– Il a un ticket en première classe en vol de nuit pour l'aéroport JFK, ce soir. Je ne pense pas qu'il vienne rendre visite à de la famille à Brighton Beach.

– Merde. Comment il a su où j'étais ? Je ne lui ai pas parlé depuis des années.

Logan avait-il cafté ? Ce serait bien son genre, de jouer dans les deux camps, de balancer Alan pour de l'argent ou d'autres faveurs de la part de Korsakov.

– Il a des relations. Même en prison, il ne peut pas ne pas avoir entendu parler de la mort de Stan. Pas avec toute la couverture médiatique qu'a eue Wright. Et il a une bonne mémoire, tu connais les Russes. Ils pourraient apprendre une ou deux choses à Machiavel sur la vengeance.

– Oui, oui. Qu'est-ce qu'on va faire ?

– Tu vas voir la femme, trouver une excuse. Puis je vais la chercher, pour la mettre hors d'atteinte de Korsakov.

Alan sentit son radar à conneries s'emballer. Quand Alan avait engagé Logan pour retrouver Stan quatre ans plus tôt, Logan avait suivi sa piste, remontant jusqu'à l'argent tout comme il l'avait fait. Logan était la seule autre personne à savoir que Sarah était la clé pour s'approprier le butin. Logan lui tendait-il un piège pour mettre la main sur Sarah et l'utiliser pour son propre compte ?

Il jeta un coup d'œil à son reflet dans le miroir. Il remarqua les rides et l'inquiétude sur son front, ses épaules tombantes. Il se redressa immédiatement, rentra le ventre, fit rouler ses épaules vers l'arrière. Il s'envoya un sourire de flambeur. Logan avait de la cervelle, mais pas assez pour tromper Alan.

– Je te retrouve à Hopewell, l'endroit habituel.

La cabane abandonnée du garde-chasse en bas du barrage était isolée et rarement utilisée : un endroit parfait pour des rencontres clandestines. Ou des meurtres. Ce qui pouvait très bien arriver si Logan essayait quoi que ce soit.

– Je t'appellerai en arrivant. Amène la femme.

Alan referma sèchement le téléphone sans répondre. Sûrement pas ! Il n'allait pas quitter Sarah des yeux jusqu'à ce qu'ils soient mariés et dans un avion pour les Îles Caïmans.

Putain de timing, quand même. C'était sa première journée de congé depuis des semaines, et il avait bien compté s'amuser. Être si proche de Sarah, jouer l'imbécile amoureux alors qu'ils ne s'étaient même pas encore embrassés, ça le rendait fou. Comme deux jours plus tôt, quand il lui avait fait la surprise de l'emmener pique-niquer.

Il se revit remonter l'allée, l'apercevant agenouillée dans le jardin, son petit cul ferme se balançant d'avant en arrière alors qu'elle arrachait les mauvaises herbes. Il n'avait eu qu'une seule idée en tête : l'allonger sur l'herbe et lui faire l'amour jusqu'à ce qu'elle oublie complètement Stan.

Puis il avait compris pourquoi elle se penchait d'avant en arrière. Elle pleurait. À cause de Stan et du gosse. Encore.

Le temps qu'elle se tourne vers lui, elle avait essuyé ses larmes. Sarah ne montrait jamais ses larmes, en tout cas pas à lui. Ni ses vrais sentiments. Il fallait qu'il les lise dans son putain de journal. Encore une chose qu'elle ne partageait qu'avec Stan, même mort. Alan était plus que fatigué de devoir rivaliser avec un cadavre.

Il ferma les yeux, se rappelant Sarah dans la robe de mariée de ses rêves, puis se visualisa en train de la porter à l'intérieur de sa maison et dans la chambre. Elle ne cessait de lui sourire alors qu'il lui ôtait ses vêtements, sa peau pressée contre la sienne avec passion, jusqu'à ce qu'elle lève finalement des yeux emplis de larmes de joie vers lui et le supplie de faire plus.

Il baissa la tête, admirant l'érection que ses fantasmes avaient forgée. Inutile de gâcher un si bon bout de bois dur. Pas avec une femme achetée et payée pour ça de l'autre côté de la porte. Une femme à qui il pouvait ordonner de pleurer.

Il jeta un coup d'œil à sa montre. Il lui restait juste assez de temps pour finir de s'amuser ici, se laver, prendre la bague de fiançailles qu'il avait attendu le bon moment de pouvoir offrir, et de bercer de mots doux sa future mariée avant qu'ils ne s'échappent sur une île exotique des Caraïbes.

Il battrait Korsakov et Logan à leur propre jeu. S'il s'y prenait correctement, ils s'entre-tueraient le temps qu'il revienne avec l'argent. Il pourrait garder Sarah pour lui tout seul. Et tout avoir.

18

Sam observa dans ses jumelles la maison qui avait été la sienne. Il recula un peu plus dans l'ombre du chêne à épingles, l'écorce de l'arbre rugueuse contre sa peau. La nuit dernière, il avait hésité à conduire jusqu'en ville pour emmener Sarah et s'enfuir aussi loin et aussi vite qu'ils le pouvaient, mais c'était peine perdue. Il n'aurait pas pu faire cela sans être vu.

Même une ville endormie comme Hopewell remarquerait le retour d'un mort.

Il passa la main sur son crâne rasé, en chassa la sueur due davantage à la nervosité qu'à la chaleur ou à l'humidité. Il n'aurait qu'une seule chance d'arranger les choses, et Dieu savait que ses états de service ne jouaient pas en sa faveur.

La maison était vide. Il remit ses jumelles dans son sac et sortit son détecteur de caméra espion. Il savait qu'Alan surveillait toutes les pièces, à part le grenier et les salles de bains. Sam espérait qu'il n'avait pas décidé d'investir dans des caméras supplémentaires à détecteur de mouvement.

La colère se roula en un poing serré, son souffle précipité à la pensée qu'Alan surveillait Sarah, d'Alan dans sa maison… leur maison. Le poing de colère se logea dans sa gorge, bloquant sa respiration alors qu'il imaginait Alan en train d'essayer de séduire Sarah.

Au début, Sam pensait qu'Alan espionnait Sarah pour le Russe, voulant voir si Sam était toujours en vie ou si elle savait quoi que ce soit à propos de l'argent. Alors, pour la première fois, il n'avait pas regretté de lui avoir menti, de l'avoir maintenue dans l'ignorance. Mais ensuite, alors que les semaines se faisaient mois, Sam avait compris qu'Alan avait de plus grandes ambitions en tête : se servir de Sarah pour s'approprier l'argent.

Il devait l'admettre, c'était un bon plan, bien que chronophage. Attendre que Sam soit déclaré mort, épouser Sarah, l'emmener à la banque des îles Caïmans où elle était la bénéficiaire des comptes de Sam, des comptes dont elle ne soupçonnait même pas l'existence, et puis… Non. Alan n'atteindrait jamais l'étape du « et puis ». Sam allait sortir Sarah de là aujourd'hui.

De plus, il pouvait compter sur Sarah. Elle accordait facilement sa confiance, mais pas son cœur. Jamais Alan ne pourrait la convaincre de l'épouser. Jamais.

Il hissa son sac sur ses épaules et glissa dans le feuillage pour rejoindre la maison par l'arrière. C'était toujours aussi douloureux, revenir à la maison sans pouvoir parler à Sarah, la laisser derrière lui. Mais c'était trop dangereux. Il devait penser à Josh.

Désormais, avec la libération de Korsakov, il n'avait plus le luxe de jouer la carte de la prudence.

Une grande pelouse s'étendait entre la forêt et la fenêtre de la salle de bains qu'il visait.

Il resta immobile, l'oreille tendue. Aucune voiture n'approchait. Il courut jusqu'à la rangée de lilas devant la fenêtre de leur chambre. Des fleurs mortes pendaient aux branches. Il en frotta une entre ses doigts, respirant profondément. Sarah dormait toujours avec la fenêtre ouverte, elle aimait sentir les lilas au printemps, les pivoines et les roses en été.

Sam avança courbé le long du mur de la maison, jusqu'à la fenêtre de la salle de bains. Il activa le petit détecteur de surveillance de la taille de la paume de la main. L'écran devint vert. Il pouvait y aller. Il détacha la moustiquaire et fit coulisser la fenêtre vers le haut. Le sac à dos passa en premier, puis Sam le suivit, les jambes d'abord. Du pied, il referma le battant des toilettes, grimaçant quand le bruit de porcelaine claqua dans la maison vide. Rien.

Personne ne vint. La maison était silencieuse. Il finit de se faufiler à l'intérieur.

À cause des caméras de surveillance d'Alan, Sam était confiné à la salle de bains. Même là, dans cette petite pièce surchargée, il sentait toujours la présence de Sarah. Le carrelage bleu cobalt qu'ils avaient choisi et posé ensemble, l'odeur de son shampoing, au miel et aux amandes, la façon dont son peignoir était accroché à la porte, l'invitant comme un vieil ami.

Il ne put y résister, et plongea profondément son visage dans les plis doux du tissu, imaginant que c'était Sarah qui le caressait. *Bientôt, bientôt,* se promit-il.

La vieille horloge de l'entrée sonna. 15 heures. Josh était en train de descendre du bus du centre de loisirs et, pour la première fois depuis des lustres, Sam ne serait pas là pour l'accueillir.

Il soupira de frustration. Cela en valait la peine. Bientôt, Josh et Sarah seraient réunis. Il se pencha en avant, se servit un verre d'eau au robinet du petit lavabo à pied. La brosse à dents de Sarah était toujours blottie contre la sienne dans la tasse en porcelaine sous le miroir. La sienne. Pas celle d'Alan.

Dans le creux de ses reins, le pistolet se pressa contre lui, lui soufflant qu'Alan n'était dans la vie de Sarah qu'à cause de ses propres coups foireux. Des erreurs pour lesquelles elle avait payé le prix fort.

Le crissement du gravier l'avertit qu'une voiture arrivait. Il se rendit à la fenêtre, aux aguets. Le garage était de l'autre côté de la maison. Il guetta des pas sur le palier, se dirigeant vers la porte de la cuisine que Sarah utilisait toujours. Rien.

– Sarah ! aboya une voix d'homme dans le salon.

Sam sursauta, manquant s'étouffer avec l'eau. Il reposa doucement le verre sur le lavabo, sa main tremblant de rage. Alan.

Il sortit son pistolet. Il détestait sentir le poids du semi-automatique dans sa main, mais au moins ne se sentait-il plus malhabile. Il lui avait fallu du temps et de la patience, et verser quelques gouttes de sang, pour apprendre à faire glisser la sécurité sans y coincer la peau entre son pouce et son index, mais il avait fini par devenir un tireur à peu près convenable. Il était encore très loin d'être aussi doué que Sarah ou le colonel, mais il pouvait parfaitement tirer dans une botte de foin à vingt mètres.

Poussant la porte pour l'entrouvrir, il garda le pistolet prêt, l'odeur acide du solvant de nettoyage supplantant le parfum de Sarah à ses narines. Alan appela de nouveau Sarah et ouvrit la porte de la chambre. Ses pas résonnèrent sur les lattes de chêne. Puis Sam vit l'homme en personne.

Il grinça des dents, presque étonné qu'Alan ne l'entende pas d'où il se tenait, à deux mètres à peine. Alan se regarda dans la glace de la coiffeuse de Sarah, passa une main dans ses cheveux, puis s'assit sur le lit. Sam l'observa, son doigt caressant la sécurité de la détente. Alan glissa une main sous l'oreiller de Sarah et en sortit un petit journal couvert de velours.

Les pensées les plus intimes de Sarah, des pensées que Sam n'avait jamais osé violer, et Alan en tournait les pages comme si elles n'avaient aucune importance. Alan expédia le journal de l'autre côté de la pièce, jusqu'à la coiffeuse. Il tomba sur le sol dans un bruit sourd, à quelques centimètres de la porte de la salle de bains.

– Tu es censée penser à moi. Pas à Sam. C'est moi, l'homme ici, sous tes yeux. Qu'est-ce que tu fous ? Tu es où, là ?

À la surprise de Sam, Alan s'affaissa en avant, au risque de froisser son costume de tailleur italien, les mains pendant entre ses genoux. Presque comme s'il tenait à Sarah. Non. La seule personne dont Alan avait quelque chose à foutre, c'était lui-même. Il soupira, secoua la tête, puis se pencha en arrière et prit le téléphone sur la table de nuit.

– Colonel Godwin ? Salut, c'est Alan. Oui je sais, je n'étais pas censé rentrer avant ma réunion de demain, mais Sarah me manquait tellement, que…

Les accents de sincérité dans sa voix firent grimacer Sam. Putain, même lui y aurait cru… s'il n'avait pas connu le véritable

Alan. C'était parfois difficile de se rappeler que, bien longtemps auparavant, Alan et lui avaient été meilleurs amis, et même colocataires à l'université. Avant qu'Alan n'envoie un assassin tuer Sam et son fils.

Ça n'avait pu être qu'Alan. Pour cet argent de merde. Parce que le Russe, lui, ne se serait jamais arrêté. Pas avant que chaque chose et chaque personne qui comptaient pour Sam ne soient détruites.

– Elle est où ? Dans la montagne et elle a trouvé un corps ? Qui est-ce ? (Alan se redressa et se leva du lit.) Non, ne lui dites pas que j'ai appelé. Je veux lui faire la surprise. Oui, c'est peut-être le grand soir. Merci, monsieur, ça me touche.

Il raccrocha et se dirigea vers la salle de bains. Sam se tendit, retenant sa respiration. Il savait qu'il devrait arrêter de regarder par la porte entrouverte, se détourner pour éviter d'être repéré. Mais l'envie de se confronter à l'homme qui avait détruit sa vie, d'avoir une occasion de le tuer, était trop forte.

Alan s'avança. Sam saisit la poignée, prêt à bondir. Si Alan faisait un pas de plus, s'il tendait la main vers la porte, s'il levait la tête et voyait l'œil de Sam dans la minuscule fente, en train de l'observer…

Les scénarii se bousculaient dans la tête de Sam, plus vite que ne battait son pouls. Une perle de sueur glissa de son front à son œil, brûlante. Il cligna fort, son regard ne quittant jamais la fine fente qu'était son champ de vision dans la chambre. Juste un pas de plus.

Alan se sauva la mise en s'arrêtant devant le miroir, s'adressant à son public préféré, son propre reflet.

– Fils de pute. D'abord j'ai Korsakov sur le dos, et maintenant, si c'est Leo Richland qu'ils ont retrouvé, il va y avoir des flics partout.

Il ouvrit la porte d'un coup et sortit de la chambre à grands pas avant que Sam puisse en entendre davantage.

Leo Richland était mort ? Quand ? Comment ? Sam s'assit sur les toilettes et regarda son pistolet. Alan l'avait sûrement tué. Il leva l'arme, visant les roses qui couvraient le rideau de douche. Il n'était pas trop tard pour tuer Alan, une personne de moins dont il aurait à se soucier. Il se retrouverait sur les enregistrements des caméras, mais quelle importance si ça permettait de protéger Sarah et Josh ?

Sa main eut un mouvement de recul, comme si une balle était réellement sortie en tourbillonnant du canon. Non, il ne pouvait pas tuer Alan, pas avant d'avoir mis Sarah en sécurité. Cela soulèverait trop de questions et alerterait Korsakov.

Mais il fallait qu'il lui envoie un message, et il ne pouvait pas prendre le risque qu'Alan lui tombe dessus pendant qu'il était coincé ici dans la salle de bains. Il regarda autour de lui, cherchant un moyen de laisser un message qu'Alan ne verrait pas. Puis son regard s'arrêta sur le miroir. Quand il était petit, il laissait ainsi de vilains mots à ses sœurs qu'elles découvraient en sortant de la douche.

C'était une farce idiote de gamin, mais une farce qui avait peut-être une chance de marcher. Sarah aimait prendre une douche après une randonnée, et elle en prenait toujours une avant de se coucher.

Il se leva et se pencha au-dessus du lavabo, pour souffler contre le miroir. Ce n'était pas ainsi qu'il avait imaginé la contacter mais, après tout, rien ces deux dernières années ne s'était déroulé comme prévu.

19

Sarah aida Hal à faire franchir les buissons à l'encombrant sac de restes en décomposition et à le porter jusqu'à la route. Gerald Merton était à la traîne, la respiration sifflante, chargé du reste de leur équipement, couinant chaque fois qu'une branche lui revenait dans le visage.

– Si tu te bougeais, tu les attraperais, cria Hal par-dessus son épaule d'un ton dur.

Sarah s'arrêta net, le pied du sac mortuaire en vinyle manquant lui glisser des mains. Ça ne ressemblait pas à Hal de s'en prendre à quelqu'un comme ça.

Hal ne dit rien, dirigeant simplement son regard foudroyant de Gerald vers elle. Son visage était rouge, la transpiration coulant à grosses gouttes de son nez et de son front. Il grommela de dégoût quand Gerald trébucha sur une racine, puis reprit sa marche le long du sentier, la tirant derrière lui tandis qu'elle essayait de ne pas disperser leur fragile cargaison.

Si Sarah n'appréciait pas vraiment sa sinistre tâche, même en étant désormais certaine que le corps n'était pas celui de Sam, Hal était plus perturbé qu'elle ne l'avait jamais vu auparavant. Pas seulement perturbé. Énervé. Comme si ce cadavre avait choisi un moment tout particulièrement inadéquat pour refaire surface. Et en effet, à la veille de l'anniversaire de la mort de Lily, on pouvait considérer que c'était le cas.

Ils mirent le sac à l'arrière de la Ford Excursion de Gerald, qui protesta mollement au sujet de l'odeur et de l'eau. Hal y coupa court en s'éloignant d'un pas lourd pour troquer sa combinaison mouillée contre un jean et sa chemise d'uniforme.

– Il a trouvé un serpent à sonnette dans ses céréales ce matin ? demanda Gerald à Sarah tandis qu'ils calaient le cadavre avec des couvertures roulées pour l'empêcher de glisser au fond de la Ford. Je ne l'ai jamais vu aussi nerveux. Même pas quand…

Il ne finit pas sa phrase, son regard passant soudainement du sac mortuaire à Sarah.

– Quand il a remonté Lily du Snakebelly, conclut-elle à sa place, la voix grave et solennelle.

Le corps de Lily avait été tellement malmené par la rivière qu'il s'était retourné à l'intérieur du sac mortuaire comme une poupée désarticulée. Ils avaient fait descendre un des brancards de grillage de l'équipe de recherche et de sauvetage et y avaient attaché Lily, de peur de faire davantage de dégâts en la remontant. Mais Hal avait quand même insisté pour ouvrir la fermeture Éclair du sac, déballer le suaire en plastique et la voir de ses propres yeux.

Sarah frissonna en se rappelant le cri inhumain de désespoir, le seul son que Hal avait été capable d'émettre, et regarda par-dessus son épaule. Hal était derrière son tout-terrain, un bras levé en l'air alors qu'il tirait son tee-shirt par-dessus sa tête. Elle était heureuse qu'ils aient laissé sa propre corde derrière eux, au cas où il aurait fallu fouiller davantage. Elle ferait tout son possible pour que Hal n'ait pas à y retourner.

Rien d'étonnant à ce qu'il agisse si bizarrement. Il avait peut-être retiré son alliance, mais il était évident qu'il se sentait toujours coupable d'avoir perdu son temps à secourir de stupides adolescents à poil dans le réservoir, au lieu d'être chez lui, avec Lily, la nuit où elle s'était tuée.

– Lily. Oui, c'est vrai, marmonna Gerald en claquant la portière sur le mort anonyme et leur conversation. Dis-lui que je me charge de tout préparer et que je le retrouverai en bas.

Il démarra, appuya trop fort sur l'accélérateur du gros SUV et dérapa sur la route de terre défoncée. Sarah observa le nuage de poussière dans son sillage puis se tourna vers le 4x4 de Hal quand il ouvrit la portière.

– Tu viens ? l'appela-t-il par-dessus le grondement du moteur.

Elle saisit son sac à dos et sauta sur le siège passager. Ils s'engagèrent sur la petite route de terre sinueuse.

– Je te dépose chez toi ?

– Non, au *Rockslide*, ça ira très bien.

– Comme tu veux.

Ils se laissèrent secouer par la route pendant plusieurs minutes, silencieux. Hal ne conduisait pas à son habituelle allure mesurée. Il était inattentif, imprudent, prenait de trop grands virages, une roue mordant presque sur le précipice à plusieurs reprises. Sarah s'agrippait au bord de son siège et pressait une pédale de frein imaginaire.

– Si tu m'avais écouté, tu serais déjà à Montréal avec Alan, et pas en train de crapahuter avec des restes en décomposition, dit-il d'un ton acerbe.

Elle se raidit. Il était vraiment en colère. Contre elle ?

– Il fallait que je…

– Non. (Le mot s'abattit entre eux comme une lame.) Non. Il faut que tu ailles de l'avant. C'est ce que Sam aurait voulu. Tu le sais, Sarah. Ne fais pas les mêmes erreurs que moi.

Elle le fixa du regard. Ça lui ressemblait si peu, de dire à quelqu'un ce qu'il devait faire, comment mener sa vie.

– Je suis désolée de t'avoir appelé. J'aurais dû me souvenir que demain, c'est l'anniversaire…

Les mots s'étouffèrent dans sa gorge quand il se tourna pour la foudroyer du regard, ignorant le virage en épingle devant eux. Ils faillirent sortir de la route avant qu'il corrige sèchement leur trajectoire. Sarah fut projetée sur la plage avant et s'y retint des deux mains.

– Ça n'a rien à voir avec Lily. (Il poussa un soupir.) D'accord. Peut-être que si. C'est pour ça que j'ai besoin que tu t'en ailles. Ce soir. Partez en voyage, Alan et toi, tirez-vous pour le week-end.

– Pourquoi ce soir ? demanda-t-elle.

– Je vais demander au colonel une réunion extraordinaire du conseil municipal. Il est grand temps qu'ils sachent ce que je pense vraiment de la façon dont ils gèrent les choses ici, depuis un moment.

Il se replia sur le volant comme s'il était prêt à l'arracher du tableau de bord.

– Hal, attends un jour de plus. Pas demain.

Il hocha la tête, le regard rivé sur la route devant eux.

– Non. Il faut que je le fasse. Mais je ne veux pas que tu te retrouves au milieu de tout ça. Ça pourrait être mauvais. Très mauvais. (Sa pomme d'Adam pointa quand il déglutit avec difficulté, deux fois.) Il y a deux ans, après Lily… Au début, j'étais en colère. Quand Sam est venu me dire que l'assurance ne verserait rien, que j'allais perdre la maison malgré tout…

– Ce n'était pas sa faute, protesta Sarah. Aucune compagnie ne paierait pour un… quand quelqu'un décide de s'ôter la vie. Il a essayé de t'aider.

– Je n'ai pas besoin de charité !

Les mots la fusillèrent. Ça ne ressemblait pas à Hal, l'homme qui ne haussait jamais le ton, qui évitait toujours d'attirer l'attention, qui faisait juste son boulot sans se vanter ni se plaindre. Sarah l'observa avec inquiétude. Elle s'était tellement enterrée dans son propre chagrin qu'elle n'avait pas vu ce qui avait changé chez son ami. Qu'avait-elle raté d'autre ?

– Je n'ai jamais eu besoin de charité. Ni maintenant, ni à l'époque. Ce dont j'ai besoin (il poussa un soupir tremblant et baissa la voix), c'est que les gens m'écoutent et me laissent faire ce qu'il faut pour sécuriser cette ville à nouveau.

– À nouveau ? (Il voulait dire après Damian Wright.) Hal, tu ne peux pas te reprocher…

– Ferme-la, Sarah. Tu n'as pas la moindre idée de ce dont tu parles.

Elle le regarda, abasourdie.

– Je n'en ai pas la moindre idée ? Comment peux-tu dire ça ?

– Tu n'étais pas là. Ce n'est pas toi qui es responsable, qui aurais dû tout empêcher.

– Hal…

Elle pesa ses mots, comprenant sa souffrance et son sentiment de culpabilité. Elle ne pouvait que les comprendre. Elle les partageait. Si seulement elle avait été là quand Damian Wright…

– Tu n'es pas responsable. Mais tu as raison. Peut-être que cette ville ne t'apprécie pas à ta juste valeur. Peut-être que tu devrais démissionner.

Elle détestait avoir à le suggérer. Que deviendrait-elle si Hal n'était plus là pour la soutenir ? Que deviendrait la ville ?

Mais il était grand temps qu'il pense à lui, pour changer.

– Démissionner ? (Il eut un bref ricanement.) Ce serait peut-être mieux. Mais tant que je me fais du souci pour toi, c'est hors de question.

Elle s'enfonça dans son siège, enroulant un bras autour de l'accoudoir alors qu'ils bondissaient sur la route pavée qui menait à la ville. Il freina brutalement, donnant un coup de volant pour se garer devant le *Rockslide*.

– Hal. (Elle s'arrêta, elle n'était pas sûre de ce qu'elle devait dire pour l'aider.) Souviens-toi de ta promesse. De prendre du temps pour toi.

Elle ouvrit sa portière, et se laissa glisser du siège passager.

Il se tourna vers elle, se penchant pour la regarder dans les yeux par la portière ouverte.

– Tiens ta promesse et je tiendrai la mienne. Alan et toi, partez pour le week-end. Ne revenez pas avant lundi. Marché conclu ?

Hal ne demandait jamais rien. Elle pouvait bien lui accorder cela.

– Marché conclu !

Il lui envoya un sourire de triste espoir avant de redémarrer.

Le bruit des bottes d'un homme claquant sur le linoléum réveilla Caitlyn en sursaut. Elle se frotta les yeux, inspira, tentant de retrouver ses repères. Son cœur refusait d'entendre raison. Au lieu de cela, le claquement en accéléra les pulsations, comme il l'avait fait chaque jour de sa vie jusqu'à ses neuf ans.

Ce son ne signifiait qu'une seule chose : que son père était rentré. Chaque jour, elle écoutait ses pas tandis qu'il remontait l'allée, traversait la cuisine et entrait dans le salon où elle l'attendait. Elle lâchait tout pour traverser la pièce en courant et bondir, certaine qu'il la rattraperait quelle que soit la hauteur à laquelle elle volerait.

Ces quelques instants dans ses bras étaient toujours les meilleurs de la journée. Jamais elle ne sentirait tant en sécurité, au chaud, aimée.

Elle maudit ses souvenirs erratiques. *Imbécile. Cela signifie juste que le chef de la police porte des bottes de cow-boy. Comme de très nombreux ploucs dans le coin.*

Elle se redressa sur son siège derrière le seul bureau de la pièce spartiate. Quand elle avait téléphoné depuis la station-service à la sortie d'Albany, on lui avait dit que le chef de la police d'Hopewell ne lui accorderait pas d'audience avant plusieurs heures. Elle avait poursuivi sur la sinueuse route de montagne à une vitesse tranquille, mais était tout de même arrivée avant le chef Waverly.

Elle l'avait averti de l'arrivée du FBI pour lui donner une chance de mettre les choses en ordre, peut-être même de sortir les dossiers de l'affaire Durandt pour qu'elle ne perde pas de temps. Au lieu de quoi, elle avait été reçue par une vieille mégère caquetante en guise de réceptionniste, qui avait refusé de la laisser entrer dans le bureau du chef.

Comme si cela pouvait l'arrêter. Elle n'avait pas vraiment eu besoin de sortir son arme, mais les braillements de la vieille dame lui en avaient presque donné envie. Après avoir convaincu la réceptionniste, dont le nom était Victoria, que oui, elle était bien un véritable agent du gouvernement fédéral, Caitlyn s'était mise à l'aise dans le fauteuil du chef pendant que Victoria poursuivait son monologue à propos d'activité terroriste, de subventions de la Sûreté Intérieure, d'étranges allées et venues au barrage, et de l'urgence que le gouvernement envoie « vraiment » quelqu'un pour enquêter à leur sujet.

Finalement, des clients de la poste avaient requis son attention. Caitlyn avait profité du calme relatif pour allumer son ordinateur et revoir ses dossiers.

Et sombrer dans le sommeil. Elle regardait à présent par la porte ouverte qui séparait le bureau de poste du poste de police. L'homme se tenait à contre-jour, dans le soleil de l'après-midi. Sa silhouette était svelte, lui évoquant Gary Cooper. Il n'avait pas ôté son chapeau de cow-boy, qui maintenait son visage dans l'ombre. Sa démarche était celle d'un homme habitué à assumer le poids de lourdes responsabilités et celui d'un pistolet sur sa hanche.

Il portait un jean et une chemise kaki, avec un petit blason cousu sur la manche. Pas d'autre insigne. Une paire de lunettes de soleil aviateur pendait au col de son tee-shirt blanc, visible entre les premiers boutons défaits de sa chemise. Il s'arrêta devant son bureau, leva le menton, révélant enfin son visage alors qu'il la dévisageait d'un regard d'aigle. Il avait des pommettes saillantes, de grands yeux bleus, un nez fin cassé au moins une fois. Un muscle se contracta au coin de sa mâchoire tandis qu'il la regardait de haut, un long moment, en silence.

– Agent Tierney, dit-il d'une voix traînante, articulant son nom comme s'il le savourait. Content de vous revoir. Vous avez repris du poids. Ça vous va bien.

Caitlyn le regarda dans les yeux et vit l'amusement y remplacer l'agacement. Un sourire étira ses lèvres et elle le lui rendit.

– Chef Waverly. C'est un plaisir de vous voir pour moi aussi. On dirait que vous avez perdu du poids. Trop de travail ?

Ils continuèrent à s'affronter du regard et, pendant plusieurs secondes, ni l'un ni l'autre ne s'avoua vaincu. Habituellement, Caitlyn aurait rendu à un officier de la police locale la pleine possession de son bureau, de son territoire : un petit geste de courtoisie pour les convaincre de pleinement coopérer.

Mais Waverly déclenchait quelque chose en elle. Lui laissait une impression différente de la dernière fois qu'ils s'étaient vus. À cette époque, elle revenait tout juste de son congé maladie. Son cerveau lui jouait des tours, poussé à bout par son travail acharné pour résoudre l'affaire et ses tentatives pour échapper à la surveillance de Logan. Elle était terrifiée à l'idée de ne plus être capable d'assumer son job.

Dans les yeux de Waverly, à la façon dont son regard s'attarda juste un instant de trop sur ses lèvres, et ses courbes, elle percevait de l'intérêt. Elle sentit avec étonnement son corps réagir prestement avec une étincelle de désir. Elle remua sur son siège. Non, c'était plus qu'une étincelle.

Et c'était plus qu'elle n'avait senti depuis un long moment. Mais elle ne le lui laisserait pas savoir. Elle avait une tâche à accomplir.

Une tâche qui aurait dû la pousser à bondir de son fauteuil, déblatérer des excuses pour être entrée sans autorisation dans son espace, et le remercier poliment de son aide. Au lieu de cela, elle ne bougea pas de la place qu'elle occupait, où il aurait dû être assis, et contesta son autorité en lui opposant son regard.

Il émit un rire bas qui résonna dans le petit bureau, brisant le silence. Il se retourna pour jeter son chapeau sur une des patères à côté de la porte, attrapa une chaise en métal et s'y assit en étendant ses grandes jambes musclées devant lui, croisées au niveau des chevilles.

– Qu'est-ce qui vous amène à Hopewell ? Ça a quelque chose à voir avec le corps que je viens de sortir de la rivière ?

– En fait, je viens à propos de l'affaire Durandt.

Son sourire s'effaça en même temps qu'il se redressait, une paupière se contractant à la mention de Sam Durandt.

– J'ai trouvé quelques incohérences.

L'étincelle s'éteignit alors que son regard filait vers la porte.

– Dans ce cas, vous feriez mieux de venir avec moi.

Elle se releva à toute vitesse et attrapa son sac, lui emboîtant le pas en hâte. Il sortit à grandes enjambées sans lui tenir la porte ouverte. *Wow, un mot sur Sam Durandt et d'un coup, il a le feu aux fesses.* Même si elle devait admettre que c'étaient d'assez belles fesses. Elle le rattrapa alors qu'il tournait au coin de la rue principale.

– Où va-t-on ?

– Vous avez déjà mangé ? Je meurs de faim.

– Vous voulez déjeuner ? Il est presque 16 h 30. Oui, j'ai déjà mangé.

– Eh bien dans ce cas, vous pourrez parler avec Sarah pendant que je mange. (Il s'arrêta devant le *Rockslide Café* et, cette fois, il lui tint la porte, comme un vrai gentleman.) Vu que c'est elle qui a trouvé le corps ce matin.

Caitlyn posa la main sur son bras, l'arrêtant sur le seuil.

– Sarah Durandt ? demanda-t-elle à voix basse. Elle a trouvé un corps dans la montagne ? Ce matin ?

– Ouais. Et à première vue, il devait y être depuis un bout de temps. Au moins deux ans. Je ne suis pas sûr que ça vous aidera beaucoup. Elle dit que ça ne peut pas être Sam.

Il lui donna un léger coup de coude pour passer devant elle, hélant l'homme derrière le comptoir pour demander un cheeseburger au bacon.

Caitlyn resta là un moment, à tenter de rassembler les pièces du puzzle. Quand elle releva les yeux, tous les regards étaient tournés vers elle. L'homme derrière le comptoir, qu'elle se souvenait être le père de Sarah Durandt, sans parvenir à se remémorer son nom, tenait sa spatule en l'air comme s'il s'agissait d'une arme. Le regard de Hal semblait fatigué et perplexe. Il s'assit à côté d'une femme âgée, Victoria, la réceptionniste qui l'avait presque poussée à commettre un délit d'agression un peu plus tôt.

Victoria pencha sa tête sur le côté et lança à Caitlyn un regard brûlant.

Caitlyn entra, la porte se fermant derrière elle avec un son de clochette. Sarah Durandt était assise seule dans un box, le visage rougi par le soleil, devant un grand verre de limonade. Elle croisa le regard de Caitlyn sans même tressaillir, mais ses lèvres se pincèrent et pâlirent quand elle la reconnut.

– Vous vous souvenez tous de l'agent Tierney, pas vrai ? dit Waverly en guise de présentation. Du FBI ?

– Ce n'est pas le moment…, commença le père de Sarah en quittant son poste à la plaque de cuisson malgré l'épaisse tranche de bacon qui fumait derrière lui.

Sarah leva la main, lui indiquant de se taire. Caitlyn était impressionnée par le calme de la jeune femme. Quand les doigts de Sarah se resserrèrent autour de son verre, Caitlyn eut une idée de ce que lui coûtait sa maîtrise d'elle-même. Ah, une âme sœur : sauver les apparences aux yeux du monde extérieur, même si à l'intérieur vous êtes sur le point d'éclater en mille morceaux.

– Madame Durandt, dit Caitlyn en faisant les deux pas qui la séparaient du box de Sarah.

Elle ignora les autres, tout en étant consciente qu'ils écoutaient attentivement.

– Je vous dois des excuses, je crois.

Sarah leva les yeux, la surprise passant fugacement sur son visage avant d'être remplacée par un sourire faux, du genre que l'on réserve aux étrangers qui débarquent au milieu d'une conversation privée.

– Des excuses ?

– Quand nous nous sommes rencontrées il y a deux ans, je crains de ne pas avoir été aussi attentive à vos besoins que j'aurais dû l'être. J'avais… (Caitlyn s'interrompit, cherchant les bons mots pour expliquer tout ce qui l'avait assaillie durant l'enquête Wright.) … des circonstances atténuantes.

Les mots sonnaient creux. Sarah haussa un sourcil, puis baissa les yeux pour se concentrer sur ses doigts posés autour du verre de limonade couvert de condensation.

– Que voulez-vous, agent Tierney ?

– Simplement vous présenter mes excuses. Et avoir une chance de m'expliquer. Y a-t-il un endroit où nous pouvons parler ?

Sarah jeta un coup d'œil aux autres, qui écoutaient avec avidité, puis fixa Caitlyn durant un long et dur moment. Pendant une seconde, Caitlyn eut un aperçu de l'acier qu'elle avait vu chez Sarah deux ans plus tôt, la femme qui avait plié devant l'horreur de sa situation mais qui n'allait jamais, jamais rompre.

Sarah plissa légèrement les yeux. Elle acquiesça et sortit du box.

– Venez avec moi, agent Tierney.

Sarah laissa derrière elle les oreilles curieuses du *Rockslide* et sortit, suivie de l'agent du FBI. Deux garçons passèrent devant elles à toute vitesse sur des skateboards mais, eux mis à part, elles avaient la rue à elles toutes seules. Elle traversa la rue principale et emprunta celle de Saint-Andrews. L'église en briques rouges, au toit pointu et au clocher carré, serait fraîche et vide à cette heure-là. Elle tira la vieille porte en chêne et la tint pour Caitlyn.

L'agent du FBI avait beaucoup changé. À l'époque, elle lui avait semblé maigre, déplacée, avec ses vêtements trop grands et son air souffrant. Mais à présent, elle rayonnait d'assurance et de force. Ses cheveux étaient plus longs, coiffés en un carré lui frôlant les épaules, ses vêtements étaient simples mais élégants, soulignaient ses courbes sans les exhiber.

– J'étais là quand ils ont tué Damian Wright, commença Sarah en se glissant sur un banc sous le vitrail préféré de Josh : saint Georges terrassant le dragon. Il n'a pas voulu me dire où il les a enterrés.

Elle baissa les yeux sur ses mains posées sur ses genoux, ses ongles cassés et ébréchés après son excursion en montagne. Les ongles de Caitlyn étaient courts mais droits, ses doigts sveltes et fins comme ceux d'une musicienne. Sa peau pâle, crémeuse, se mariait à ses cheveux auburn et ses yeux bleus.

À sa surprise, Caitlyn tendit la main et la posa sur celles de Sarah.

– Je ne le savais pas. C'était très courageux. Comment allez-vous ?

Personne ne le lui avait demandé. Pas depuis longtemps. Pas de manière sincère. Pas en voulant connaître la réponse. Sarah leva les yeux. Le visage de Caitlyn était franc et soucieux.

– Vous voulez vraiment le savoir ?

– Je ne vous l'aurais pas demandé, dans le cas contraire.

Sarah la crut. Elle soupira, le son de son souffle aérien rapidement dévoré par l'immense espace vide.

– Je pensais que ça me ferait du bien, de le savoir mort, de savoir qu'il ne pourrait plus faire de mal à quiconque. Je pensais que je pourrais aller de l'avant. Au lieu de ça, j'ai l'impression que tout change et que je reste en arrière.

Caitlyn acquiesça.

– Comme si vous étiez prise au piège. Comme si vous aviez besoin de trouver une issue, une sorte d'aboutissement.

– Exactement.

Les couleurs tombant du vitrail jouaient sur la peau pâle et la veste bleue de Caitlyn. Sa tunique de soie était couleur crème avec des éclaboussures florales en aquarelle mauve clair. En net contraste avec le débardeur couvert de poussière de Sarah.

– Mais personne ne peut m'apporter cela. Je dois trouver l'issue par moi-même. C'est pour ça que je suis allée dans la montagne. Je me suis promis de ne pas arrêter tant que je n'aurai pas retrouvé Sam et Josh.

– Le chef Waverly a dit que vous aviez trouvé un corps.

Sarah frissonna. Elle s'était lavé les mains une demi-douzaine de fois, elle les avait stérilisées avec des lingettes alcoolisées, mais elle pouvait toujours sentir la graisse visqueuse en décomposition sur sa peau.

– Ce n'était pas Sam.

– Vous vous attendiez à ce que ce le soit ?

La question la surprit.

– Bien sûr. Personne d'autre n'a été porté disparu sur Snakehead. Ce ne pouvait être que Sam. J'en étais si sûre… (Sa voix s'éteignit.) Je ne sais toujours pas si je suis soulagée ou déçue. (Elle leva les yeux.) Est-ce que c'est pour ça que vous êtes ici ? À cause du corps ? Mais comment avez-vous su ?

– Votre mari, Sam, a-t-il jamais mentionné quelqu'un du nom de Stan Diamontes ? Ou Grigor Korsakov ?

Sarah fronça les sourcils.

– Non. Je n'ai jamais entendu parler d'eux. Pourquoi ? De qui s'agit-il ?

– Et Leo Richland ? Ce nom vous dit-il quelque chose ?

– Non. S'il vous plaît, dites-moi ce que tous ces gens ont à voir avec Sam. Pourquoi êtes-vous ici, réellement ?

Les doigts de Caitlyn se resserrèrent sur les siens et Sarah retira sa main. Caitlyn grimaça, ses lèvres formant un pli soucieux alors qu'elle frottait la base de son pouce avec son autre main.

– Sam pourrait ne pas avoir été seul là-haut, finit-elle par dire, choisissant ses mots avec hésitation.

– Évidemment, qu'il n'était pas seul. Damian Wright était avec lui. Et Josh. (Sarah dévisagea l'agent fédéral, essayant de comprendre ce qu'elle sous-entendait.) Vous voulez dire qu'il y avait quelqu'un d'autre ? Que Damian Wright avait un complice ? Un des hommes que vous avez mentionnés ?

Caitlyn ne dit rien. Le silence se resserra autour d'elles tandis qu'une ombre assombrissait les couleurs filtrant à travers le vitrail au-dessus.

– Leo Richland. L.R. C'était les initiales sur la montre de l'homme que j'ai trouvé aujourd'hui. L.R.

Caitlyn se redressa, prête à bondir du banc en chêne poli.

– C'est vrai ? Vous en êtes sûre ? Avait-il sur lui autre chose qui confirmerait son identité ?

– Je ne sais pas. Nous l'avons emballé et Gerald, le coroner, l'a emmené au funérarium. La police d'État va sûrement venir le chercher demain, pour l'emmener à leur labo.

Caitlyn se leva, se tourna vers la sortie, mais Sarah l'arrêta en posant une main sur son bras.

– Si c'est vraiment Richland, qu'est-ce ça signifie ? Est-ce lui qui a tué Sam, et non Wright ? Et qu'en est-il de Josh ? S'il vous plaît, j'ai besoin de savoir ce qu'il est arrivé à ma famille.

Sa voix se brisa comme l'une des cordes de la guitare de Sam, quand il les tendait trop. Un son grinçant, aigu, trop implorant au goût de Sarah. Elle resserra sa main sur le bras de Caitlyn et se leva pour la regarder en face.

– S'il vous plaît.

Caitlyn ne chercha pas à se libérer. Elle rendit son regard à Sarah.

– Dès que je saurai quoi que ce soit, je vous le dirai. Je vous le promets.

Sarah se mordit la lèvre pour s'empêcher de l'implorer à nouveau. Elle fit un petit signe d'approbation et lâcha Caitlyn. L'agent du FBI s'éloigna, son ombre dansant entre les reflets des vitraux comme un enfant jouant à la marelle.

La porte se referma derrière elle avec un claquement sourd qui résonna jusque dans les os de Sarah. Elle s'affaissa tout au bout du banc, son regard focalisé sur l'image d'un insignifiant mortel qui abattait un monstre. Elle pensa à Ahweyoh et son dieu Tonnerre, à Sam et à la façon dont elle se sentait invincible quand il la prenait dans ses bras, à Josh et à la confiance qu'il leur avait accordée, persuadé que ses parents étaient tout-puissants.

Dans l'église silencieuse piquetée de couleurs, Sarah était au bord des larmes. Mais que pouvait-elle pleurer ? Pourquoi ? Elle en savait maintenant moins que jamais. Elle n'avait aucune preuve, aucun corps à enterrer, aucune théorie, juste un paquet de noms sans signification et la confession d'un fou.

Mais surtout, elle n'avait aucune chance de les retrouver en vie. Elle ne pouvait pas laisser les questions de Caitlyn le lui faire croire. Ce chemin ne conduisait qu'au désespoir. L'espoir était son ennemi, elle l'avait appris.

Sa respiration résonna en elle, battant dans sa poitrine comme le tic-tac d'une bombe à retardement prête à exploser. Sarah pressa ses lèvres l'une contre l'autre à ce souvenir. Elle avait déjà ressenti cela auparavant et avait survécu.

Il lui fallait tenir, un jour après l'autre, un pas après l'autre, une inspiration, une expiration, l'une après l'autre.

Hal Waverly creusait son chemin à travers une montagne graisseuse de frites quand Caitlyn revint au *Rockslide*. Il mangeait comme un homme qui faisait le plein, pas comme un homme qui savourait son plat.

– Votre coroner a-t-il déjà identifié l'homme ? demanda-t-elle, déclinant à la fois la frite et la place au comptoir qu'il lui offrit à côté de lui.

Il éclata de rire et manqua s'étouffer sur sa dernière bouchée. Le restaurant se remplissait de clients et tous les yeux étaient de nouveau tournés vers elle, l'intruse en leur sein.

– Enfin, voilà la femme dont je me souviens, dit Hal. Celle qui hurle des ordres à genoux dans la boue, qui essaie de photographier une scène de crime au cœur d'un putain de déluge. À l'époque, je pensais que vous vouliez impressionner votre patron, mais j'imagine que vous êtes toujours comme ça.

– Que je suis toujours comment ? demanda Caitlyn. (Même debout à côté de lui, il était toujours assez grand pour l'obliger à lever la tête pour le regarder dans les yeux.) Compétente ? Travailleuse ? Experte ?

– Intense. Hyperactive. (Ses yeux parcoururent son corps avant de s'arrêter sur ses lèvres.) Excitée.

– Ne me servez pas votre baratin de bon gars de la campagne, dit-elle en se surprenant elle-même.

Habituellement, elle était diplomate, surtout dans les petites juridictions. Quelque chose chez Hal faisait ressortir la garce en elle. L'homme suintait la sexualité, certes. Mais il déclenchait en même temps toutes sortes d'alarmes en elle.

– Indiquez-moi la route de votre prétendu coroner et je m'y rendrai moi-même.

Il hocha la tête, se retint tout juste de lever les yeux au ciel, et s'essuya la bouche.

– Donnez-moi une minute pour régler et je vous y emmène.

La dernière chose dont Caitlyn avait besoin était d'un chauffeur. Mais ce n'était qu'une petite concession après l'avoir insulté, lui et son équipe.

– À demain, colonel, dit Waverly en tendant un billet de cinq dollars. Vous rassemblerez le reste du conseil ?

– Je m'y mets tout de suite, Hal.

– Ça marche.

Il saisit Caitlyn par le coude alors qu'ils s'avançaient vers son 4x4 garé en face de la poste. Son geste était ordinaire, ni dominant ni séducteur. La chaleur de sa main ferme traversait le tissu de sa veste. Sans savoir vraiment si elle aimait cela, elle ne le repoussa pas.

Il lui ouvrit la portière, lui tendit une main, qu'elle ne prit pas, pour l'aider à monter sur le siège passager du tout-terrain. Il était beaucoup plus souvent dans sa voiture que dans son bureau, comme le prouvaient les nombreux gobelets en carton, brochures, restes de repas de fast-food, un costume de rechange accroché à la vitre arrière, une combinaison de plongée étalée sur la banquette, et un miroir de toilette attaché au pare-soleil côté passager.

– Vous n'avez pas de maison, Waverly ? demanda-t-elle en poussant les détritus et en bouclant sa ceinture de sécurité.

– Ça me rappelle vaguement quelque chose.

Il réajusta l'étui de son arme et sa radio d'un geste que la répétition avait rendu inconscient. S'enfonçant dans son siège comme s'il s'agissait d'un vieux fauteuil de détente, il étendit ses longues jambes sous le volant loin devant lui. Après avoir posé son téléphone portable sur le chargeur, il mit le contact.

Caitlyn se pencha en avant quand il passa son bras derrière elle, à l'arrière de son siège, manœuvrant le tout-terrain pour effectuer un demi-tour serré. La radio du panneau de bord grésillait des voix d'autres unités.

– Le central du comté ?

– C'est tout ce qu'on peut s'offrir. Surtout pendant la saison touristique. Il n'y a que moi et mes trois hommes pour couvrir environ cent cinquante kilomètres carrés et, il faut bien l'avouer (il haussa les épaules en un geste d'autodépréciation), je ne suis pas Superman. Comme vous me l'avez si justement fait remarquer. Chacune des deux fois où nous nous sommes rencontrés.

Caitlyn resta silencieuse, observant les maisons et boutiques au charme désuet devant lesquelles ils passaient. Le soleil les abandonna subitement lorsqu'ils entrèrent dans la forêt, la route se transformant en spirale de courbes et de virages.

Y conduire n'avait pas été si dur, mais n'être que passagère, sans aucun point sur la route sinueuse sur lequel se concentrer, apporta une vague de nausée qui réveilla le géant endormi de sa migraine. *Pas comme hier soir,* pria-t-elle en déglutissant et en essayant d'adopter un air nonchalant pendant que Waverly les secouait, virage après virage.

– C'est gentil de vous être excusée auprès de Sarah, dit-il, insensible aux montagnes russes qui lui retournaient l'estomac. J'espère que vous ne l'avez pas bouleversée, avec votre petite discussion.

Caitlyn sentit le ton tranchant de sa voix. *N'emmerdez pas mes proches,* disait-elle haut et fort.

– Je ne pense pas.

– Vous travaillez toujours au bureau local de Boston avec ce patron, Logan ?

– Non, Logan est parti à la retraite et j'ai eu une promotion pour enseigner à Quantico.

Ils restèrent silencieux pendant qu'il assimilait cela. Elle avait l'impression que ses questions n'avaient pas pour but de rattraper le temps perdu.

– Ça vous dirait de me raconter ce qui vous a fait faire tout ce chemin de Virginie jusqu'ici ?

– Il y a des chances pour que votre cadavre soit le corps d'un U.S. marshal porté disparu, répondit-elle, décidant de lui en confier le moins possible.

Ce n'était pas difficile, vu qu'elle-même ne savait quasiment rien de la vérité. Tout ce qu'elle avait découvert, et qui n'était en grande partie que de simples soupçons, semblait compliquer encore davantage ce sac de nœuds.

– Hmpf. Avez-vous vu dans un genre de prémonition que Sarah trouverait ce type ? C'est pour ça que vous êtes venue avec votre véhicule privé au lieu d'une de vos voitures officielles du FBI ?

Elle lui lança un regard de biais. Ses yeux étaient rivés sur la route, mais il arborait un autre de ses insupportables sourires suffisants.

– Ouais. Même nous, les flics de petite ville, on a des yeux. (Il se tourna pour la regarder avec des yeux grands ouverts comme s'il lui délivrait d'incroyables nouvelles.) Et en plus, on peut aussi lire l'heure. Il aurait fallu que vous vous mettiez en route bien longtemps avant que Sarah trouve le corps. Allez, agent Tierney, avouez tout. Que faites-vous vraiment ici ?

20

Sarah s'arrêta devant sa maison et se mit en équilibre sur un pied, frottant l'arrière de sa cheville avec l'autre. Elle s'était égratignée contre des branches dans l'eau, pendant qu'ils récupéraient le corps, et elle faisait à présent une réaction qui ressemblait à une allergie.

Quand elle était revenue au *Rockslide*, la femme du colonel avait comme prévu caqueté son désaccord comme une mère poule tout en la pressant pour avoir plus d'informations. Hal était parti au funérarium avec Caitlyn tandis que le colonel était occupé à organiser la réunion d'urgence du conseil municipal du lendemain. Il s'était arrêté entre deux appels pour sortir de la réserve et lui demander si elle voulait qu'il la ramène chez elle, mais elle avait poliment refusé.

Elle avait besoin de marcher, de faire quelque chose d'habituel, de se prouver à elle-même qu'elle en était capable. Cela lui donna le temps de réfléchir. Caitlyn avait nommé trois hommes… Se pouvait-il qu'il y ait d'autres corps sur Snakehead ? Seigneur, que s'était-il passé là-haut ?

La montagne la surplombait, ses secrets bien gardés.

Damian Wright, dans sa confession, n'avait pas évoqué le moindre complice. C'était le récit d'un seul homme et de ses sombres obsessions. Il avait parlé de fantasmes sur Josh et avait pris du plaisir à décrire de manière détaillée ce qu'il lui avait fait. Mais il n'avait que vaguement admis avoir tué Sam. Tout ce que les Rangers du Texas avaient pu tirer de lui, c'était qu'il avait utilisé un couteau pour tuer Sam et avait déplacé le corps pour pouvoir prendre son temps avec Josh.

C'était l'objet de nombreux cauchemars, le mal que Wright semait avec délice et abandon. Le mal avec lequel d'autres personnes étaient forcées de vivre.

L'été passé, après avoir lu la transcription de la confession de Wright, Sarah était revenue dans le motel de Huntsville et s'était douchée plusieurs fois. Puis, le jour suivant, elle était restée au lit, les draps tirés sur sa tête, la porte barricadée contre le monde qui avait pu créer un homme tel que Wright.

Désormais, pour la première fois, elle se demandait s'il avait dit la vérité. S'il avait ne serait-ce que connu la vérité. Mais pourquoi aurait-il menti ?

– Sarah.

Étrangement, la voix d'Alan aurait pu passer pour celle du colonel quand il l'appela depuis la porte d'entrée. Il tenait une casserole vide à la main et portait un de ses tabliers. Elle passa devant lui, jetant son sac à dos dans un coin.

– Regarde-toi ! Tu es déshydratée, exténuée, couverte de coups de soleil… Et ça, c'est du sumac vénéneux ?

Sarah jeta un coup d'œil à la brûlure de sa cheville.

– N'importe quoi. J'ai randonné dans cette forêt toute ma vie et je ne me suis jamais frottée à du sumac vénéneux. Pas une seule fois.

Elle se baissa pour gratter la plaque d'égratignures rouge et faillit tomber quand le monde s'assombrit et se mit à tourner autour d'elle comme dans un manège. Alan laissa échapper la casserole qui s'écrasa avec fracas et se précipita immédiatement à son côté.

– Le colonel m'a dit ce qui s'est passé. Tu avais promis de prendre mieux soin de toi, la réprimanda-t-il.

Il l'entoura de ses bras, la serrant contre lui.

– Ce n'était pas ma faute, protesta-t-elle.

Elle ne pouvait s'empêcher de se blottir dans sa chaleur. Pendant un instant, elle imagina que c'étaient les bras de Sam autour d'elle.

– Ce n'est pas moi qui ai mis le corps à cet endroit.

– Ni la falaise que tu as descendue, dit-il d'une voix ironique qui n'était absolument pas celle de Sam.

Sarah sursauta et se redressa. La pièce tourna autour d'elle pendant un moment avant que sa vision s'éclaircisse. Elle n'avait jamais été aussi proche d'un homme depuis deux ans. Son cœur se mit à battre à toute allure lorsque le souvenir des mains de Sam étalées sur son ventre lui traversa l'esprit, lui rappelant à quel point un homme pouvait la faire se sentir bien. À quel point Sam l'avait fait se sentir bien.

Pouvait-elle retrouver cela avec Alan ? Avec un homme, quel qu'il soit ?

Alan semblait avoir lu dans ses pensées quand il l'attira contre lui une nouvelle fois pour la serrer fort. Il posa son menton sur son épaule, sa respiration faisant voler les nœuds de ses cheveux pleins de sueur.

– Je ne sais pas ce que je ferais si jamais il t'arrivait quelque chose.

Il la relâcha avant qu'elle puisse répondre ou s'écarter. Quelque chose en elle réagissait à son contact, à son chaud murmure de réconfort. C'était comme si une partie d'elle-même avait été dans le coma et se battait à présent pour refaire surface. Elle retint son souffle et le laissa prendre sa main pour la relever.

Elle tituba légèrement, mais ce n'était rien que quelques litres d'eau ne pourraient arranger. Puis elle regarda de nouveau Alan. Sous son tablier à carreaux rouges, il avait son plus beau costume, le bleu, qui lui donnait l'air d'être sorti du magazine *GQ*. Il tenait toujours sa main avec un air plein d'inquiétude et… de désir ?

Elle voulait détourner le regard, ignorer le besoin dans les yeux d'Alan, le besoin de son propre corps, mais elle en était incapable. Alan brisa le sortilège, lâchant sa main et se précipitant dans la cuisine.

– Merde ! Mes pâtes à l'*arrabiata* !

Une clameur de casseroles et de poêles s'ensuivit. Elle entra lentement dans la cuisine.

– Que se passe-t-il ?

– C'était censé être une surprise. Je voulais te faire la cuisine. C'est une recette très spéciale qu'un chef m'a apprise à Florence.

Il remua une casserole bouillante qui menaçait de déborder. Sarah inhala, se délectant des parfums d'ail, de fenouil, de basilic et de tomates. Quand la crise fut évitée et que la sauce d'Alan fût sauvée, il se tourna vers elle avec un sourire penaud.

– Je voulais que tout soit parfait ce soir. Pour toi.

Sarah le dévisagea, passant une main dans ses cheveux et y trouvant un tas de nœuds.

– Pour moi ?

– Pourquoi pas ? Tu mérites d'être heureuse, non ?

Avant qu'elle puisse répondre, il lui mit un grand verre de vin rouge dans la main.

– Bois, tu te sentiras mieux. Ensuite, tu vas prendre un bon bain, mettre ta plus belle robe, et nous allons profiter d'un dîner digne de ce nom.

Il leva son propre verre, le faisant tinter contre le sien. Elle but goulûment et sentit le Merlot riche et moelleux détendre ses nerfs comme un baume. Avant de s'en rendre compte, elle avait presque fini son verre. Alan le remplit à nouveau. En riant, il posa sa main sur le bas de son dos, la guidant vers la salle de bains.

– Après le dîner, j'ai quelque chose de spécial à te demander, dit-il avant de refermer la porte entre eux.

Sarah posa le verre sur la table à côté de la baignoire et s'affaissa contre le lavabo. Elle avait une idée assez précise de ce qu'Alan voulait lui demander et elle n'y était pas prête. Pas du tout.

C'était un homme bien. Un homme doux et gentil. Un bon ami. Il l'avait attendue pendant deux ans. Pouvait-elle le décevoir, le blesser comme cela ? Elle regarda son reflet dans le miroir. D'une façon ou d'une autre, Alan avait vu au travers de son chagrin, de sa colère et de toutes les autres excuses derrière lesquelles elle s'était cachée en refusant de retourner au monde extérieur. D'une certaine façon, malgré tout, il voulait toujours d'elle.

Elle se pencha pour faire couler l'eau du bain et sa vision s'assombrit à nouveau. Le vin lui montait déjà violemment à la tête. Elle avait des fourmis dans les orteils et l'impression de flotter. Elle le savait, pourtant. C'était d'eau qu'elle avait besoin, pas de vin.

Non, ce dont elle avait besoin, c'était de courage. Elle leva son verre à ses lèvres encore une fois. Pour ça, le vin serait plus efficace.

Le bruit de l'eau remplissant la baignoire résonnait dans le tourbillon de pensées qui s'entrechoquaient dans son cerveau. Elle n'était pas amoureuse d'Alan. Mais elle l'aimait beaucoup. Elle ne pouvait pas supporter de lui faire du mal, pas après tout ce qu'il avait fait pour elle. Peut-être devait-elle dire oui, le laisser devenir proche, peut-être qu'avec le temps…

Soudain, les poils sur ses bras se dressèrent comme si un fantôme était passé sur sa tombe. La fenêtre était fermée, les rideaux en dentelle immobiles, il n'y avait personne d'autre qu'elle. Pourtant, elle était certaine de sentir la présence de Sam, de sentir le piquant familier de sa transpiration. Il était plus fort que ce dont elle se souvenait, comme s'il était effrayé.

Elle ne put se retenir. Elle ouvrit les rideaux et observa à travers les buissons de lilas, de l'autre côté de la pelouse dans les ombres ténébreuses de Snakehead Mountain. Il n'y avait pas le moindre mouvement dans la lumière du crépuscule, pas même une biche égarée ou un lapin. Elle était seule. Complètement seule.

Sarah inhala à nouveau, ne sentit que la mousse du bain au lilas. Elle se laissa tomber sur le bord de la baignoire. Une vague de déception la submergea. *Idiote. C'est toi qui es effrayée, pas une invention de ton imagination.*

Elle regarda dans le miroir. La vapeur y avait fait apparaître des lettres. Elle ferma les yeux, incrédule, puis regarda de nouveau.

Notre arbre, au coucher du soleil. Je t'expliquerai tout. Je t'aime pour toujours. M. le M.

Ses mains s'agrippèrent au bord de la baignoire alors qu'elle regardait fixement les mots sur son miroir. Non, c'était impossible.

Tout simplement impossible. La douleur planta sa lame entre ses yeux et elle sentit sa gorge se nouer et l'étouffer. Sa vue vacilla.

Elle se leva en titubant, voulant à tout prix regarder le message de plus près, le montrer à Alan, prouver à quelqu'un qu'elle n'était pas folle. Elle se mit à transpirer abondamment. Elle entendit vaguement le verre de vin s'écraser au sol avant qu'un rugissement tonitruant ne la submerge. Puis elle ne sentit plus rien.

21

Caitlyn refusa de répondre à la question de Hal et de lui donner ses raisons. Sa position était délicate, puisque cette affaire n'était pas vraiment officielle, et elle faisait de surcroît tout son possible pour circonscrire sa migraine et la nausée qui l'accompagnait. Elle baissa la vitre, respirant l'air frais du soir. Après une première tentative pour poursuivre la conversation, Hal la laissa en paix.

Ils arrivèrent enfin devant une grande maison, flanquée d'une tour et d'une grande véranda. Hal avança la voiture jusqu'à un parking de gravier, un belvédère, et un sentier qui menait dans un jardin abrité de hêtres et de saules. Une pancarte annonçait « Le Bosquet de la sérénité ».

Hal saisit son téléphone portable et bondit hors de la voiture, faisant tanguer le tout-terrain en claquant la portière. Caitlyn ferma les yeux un court instant et se contrôla, s'efforçant de faire reculer la migraine, puis le rejoignit à la porte arrière du funérarium.

Il appuya sur la sonnette et un homme dans la quarantaine, au visage lunaire et en surpoids, fit son apparition quelques minutes plus tard.

– Hal, je ne pensais pas que tu viendrais ce soir.

L'homme porta son attention sur Caitlyn. Il portait un tee-shirt sous un grand tablier en caoutchouc et tenait une paire de longs gants de caoutchouc noir.

– Et qui est votre jolie compagne ?

Caitlyn fut surprise de voir Hal froncer les sourcils à la remarque de Merton. Elle lui tendit la main et serra la sienne.

– Je m'appelle Caitlyn Tierney, Monsieur Merton. Merci de m'autoriser à étudier le corps.

Merton garda sa main dans la sienne et jeta un coup d'œil à Hal :

– Étudier le corps ?

– Elle est du FBI, répondit Hal sans plus de détails.

Il avança, forçant à la fois Merton à lâcher la main de Caitlyn et à lui céder le passage. Caitlyn suivit les deux hommes dans un couloir sombre jusqu'à une pièce sans fenêtres. Une table en acier inoxydable, un trou d'évacuation à son extrémité, se trouvait sous l'intense lumière d'une lampe d'examen, accrochée au plafond. Un système grossissant doté d'une lampe était posé à sa tête. Un sac mortuaire encore fermé était étendu sur la table.

Sur les comptoirs étaient alignés des produits d'embaumement, du matériel de chirurgie, un tableau en liège où étaient agrafées des photos de ceux qui les avaient récemment quittés sous leur plus beau jour, quelques perruques sur des têtes en polystyrène, et une tablette de maquillage qui aurait pu rivaliser avec n'importe quel studio de Hollywood.

– Désolé pour l'odeur, m'dame.

Les yeux de Gerald, brillants et méprisants, révélaient qu'il n'était pas désolé du tout, et qu'il avait hâte de voir comment la « dame » réagirait à l'odeur nauséabonde de la décomposition.

– Aucun problème, dit-elle en soutenant son regard sans effort. J'ai connu bien pire.

C'était vrai. Ce n'était pas l'odeur du corps en décomposition qui lui retournait l'estomac. C'était l'omniprésente odeur écœurante des œillets, des roses, et d'un désodorisant chimique supposé avoir un parfum de pommes à la cannelle. Tout cela combiné à l'eau de Cologne citronnée dans laquelle Merton semblait se baigner. Les sens olfactifs de Caitlyn encaissaient le choc.

Le visage déçu de Merton se durcit et il se tourna vers Hal pour s'adresser à lui, ignorant Caitlyn.

– Je n'ai pas encore commencé, chef. Personne ne m'a dit que c'était un travail urgent.

– Je n'étais moi-même pas au courant.

Elle ne respirait qu'à moitié, par le nez, et se retenait obstinément de chercher le tube de Vicks qu'elle gardait toujours sur elle, dans son sac. Sa migraine se mit à tambouriner derrière ses yeux et les intenses lumières n'aidaient pas du tout, mais elle remarqua alors l'air tout aussi pitoyable de Hal. Elle se doutait que les millions de frites (à une ou deux près) qu'il avait engouffrées ne se tenaient pas si tranquilles à cet instant précis.

D'une certaine manière, cette pensée balaya son propre malaise. C'était immature, elle le savait, mais toute forme de soutien était bonne à prendre. Repérant une boîte de gants en latex sur le plan de travail, elle en enfila une paire, retira sa veste d'un coup d'épaule et posa son sac à l'abri dans un coin. Puis, sous l'œil des deux hommes, elle s'approcha de leur silencieux partenaire, le cadavre non identifié enveloppé dans son sac mortuaire.

– Cela ne vous dérange pas si je prends les devants ?

Sans attendre la réponse, elle descendit la fermeture Éclair du sac.

Le cadavre lui adressa son rictus asymétrique. Elle ne le prit pas pour elle. La rigidité cadavérique et les changements post-mortem avaient souvent cet effet. Dans le cas présent, il était amplifié par sa mâchoire pendante et les dents manquantes.

Des restes de tissus adipeux formaient un patchwork d'îlots de graisse brune et huileuse, de touffes de cheveux clairs et de fragments de boîte crânienne exposée. Caitlyn écarta soigneusement les bords du sac, ne dégageant que la tête. Elle glissa une cale en dessous, afin de pouvoir en examiner toute la circonférence.

– Règle ? demanda-t-elle en tendant une main sans lever les yeux.

Merton fouilla dans un tiroir, finissant par sortir une équerre de plastique blanc, graduée de grands chiffres. Il la plaqua dans sa main et recula d'un pas virevoltant, prêt à bondir si elle avait besoin d'autre chose.

Caitlyn mit l'équerre en place. Le flash et le ronronnement d'un appareil photo lui indiquèrent que Hal connaissait son boulot. Il circulait dans son dos, prenant des photos sous tous les angles tandis qu'elle positionnait l'équerre. Elle passa soigneusement ses doigts dans ce qu'il restait de cheveux sur le corps, déposant des restes d'algues grises, de feuilles mortes et de divers débris organiques dans les boîtes de Pétri que Hal ouvrait pour elle.

Sa migraine lâchait du terrain tandis qu'elle se concentrait sur le corps. Elle aimait la façon dont Hal anticipait ce dont elle avait besoin, se joignait à elle dans une danse fluide. Seuls résonnaient dans la pièce l'occasionnel déclic de l'appareil photo et la respiration nasale sifflante de Merton.

Caitlyn écarta un amas de cheveux au-dessus de l'oreille gauche de l'homme et se redressa.

– Bingo ! dit-elle en roulant les épaules.

– Une blessure par balle ?

Hal prit plusieurs gros plans du trou dans la boîte crânienne.

Merton se colla à eux pour se pencher au-dessus de la table avec avidité, bloquant la lumière. Caitlyn le repoussa.

– Pardon, monsieur. Ça ne vous dérange pas si je vous emprunte ceci, n'est-ce pas ?

Il hocha silencieusement la tête et recula suffisamment pour qu'elle puisse faire glisser la lampe grossissante. Elle l'alluma, et la plaça au-dessus de la plaie.

– Blessure par balle, confirma-t-elle. Regardez les dégâts stellaires sur l'os. Aucun animal n'aurait pu faire ça.

– Et un coup à la tête ? demanda Hal. On l'a trouvé au fond du ravin. Il est très probable qu'il ait percuté des rochers.

Caitlyn prit la chose en considération.

– Peut-être. Mais ça n'explique pas ceci.

Elle prit un instrument à pointe fine dans le bac de la table d'autopsie et sonda la blessure.

– Regardez, maintenant. Vous la voyez ?

Le corps de Hal se pressa contre le sien alors qu'il se penchait pour regarder à travers la loupe.

– Putain ! C'est ce que je crois ?

– Une balle. Elle a l'air assez grosse. Je dirais un calibre quarante.

Hal siffla doucement.

– Vous m'impressionnez, agent Tierney.

– Si c'est Leo Richland, il aurait pu être abattu avec sa propre arme. Si c'est le cas, on aura des données balistiques dans la base.

Hal se racla la gorge et posa la main sur son bras. Caitlyn leva les yeux, surprise de voir le muscle de sa mâchoire se contracter. Il la regardait comme si c'était elle qui avait abattu Richland.

– Ça ne vous dérangerait pas de me dire qui est ce putain de Leo Richland ? demanda-t-il, sa voix tonnant dans la pièce confinée. Ce serait la moindre des choses, vu que je me trouve soudainement chargé d'enquêter sur son meurtre.

22

Sarah ouvrit les yeux. Elle était allongée sur son lit, toujours habillée, un gant de toilette froid posé sur le front. Des points noirs dansaient devant ses yeux et un martellement grondait sous son crâne. Le matelas grinça quand Alan s'assit à côté d'elle. Le regard inquiet, il lui caressa la joue du bout des doigts.

– Tu te sens mieux ?

Elle acquiesça et voulut s'asseoir, mais le mouvement lui fit tourner la tête. Alan glissa son bras dans son dos et la redressa sur une pile d'oreillers.

– Tu m'as foutu une putain de trouille, lui dit-il.

Sarah le regarda avec des yeux étonnés. Alan ne jurait jamais.

– J'ai appelé le docteur Hedeger.

– Rappelle-le, répondit-elle d'une voix aussi basse que sa vue. Dis-lui que ça va.

Elle balança ses jambes au bord du lit et s'assit. Il mit un bras autour de ses épaules pour la soutenir.

– À moins qu'il ait un traitement contre la stupidité.

– C'est ma faute. Je n'aurais jamais dû te faire boire ce vin. (Ses doigts traçaient des cercles sur la peau nue de son bras.) C'était bien cela, n'est-ce pas ? Je veux dire, tu me le dirais s'il y avait autre chose. Pas vrai, Sarah ?

Son estomac se serra en se souvenant des mots sur le miroir. Elle sentit sa respiration se bloquer et dut ravaler les larmes qui se tenaient en embuscade. Si Sam était en vie, Josh l'était-il aussi ?

– Sarah ? Tu vas bien ?

Elle acquiesça, l'esprit assailli par une avalanche de pensées. Sam vivant, Josh vivant, pourquoi, comment, où, pourquoi… Ou bien, était-ce une blague de mauvais goût ? Non. Personne ne connaissait le surnom qu'elle donnait à Sam.

Elle ignora Alan, le regard prisonnier des carreaux bleu cobalt et blanc de la salle de bains derrière lui.

Peut-être avait-elle halluciné ? La fatigue, le vin et tout le reste pouvaient-ils avoir vrillé ses pensées, lui montrant ce qu'elle voulait voir ? Elle se leva, fit deux pas titubants avant de se diriger avec détermination vers la salle de bains. Alan la suivit.

– Sarah, qu'est-ce qui ne va pas ?

Le miroir était vierge. Évidemment. Elle ouvrit les robinets, l'eau chaude au maximum.

Alan la prit par la taille avant qu'elle marche sur le verre brisé.

– Qu'est-ce que tu fais ? Laisse-moi au moins nettoyer ce bazar d'abord.

Sarah s'appuya contre le lavabo, la bouche à quelques centimètres du miroir, ajoutant sa respiration à la vapeur. Le miroir se couvrit de buée mais resta obstinément vierge.

– Rien. (Les mots sortirent malgré elle, mais après l'avoir formulé à haute voix, elle dut se rendre à l'évidence.) Il n'y a rien.

Alan lui lança un regard sévère.

– Maintenant, tu me fais vraiment peur. Que t'attendais-tu à voir ?

Il l'éloigna du lavabo, tendit le bras derrière elle pour fermer les robinets, et la ramena dans la chambre. Il la fit se rasseoir sur le lit.

– Regarde-toi, tu es en vrac. Exténuée. Tu as besoin d'une bonne nuit de sommeil. Fini les randonnées seule dans la montagne.

Elle ne dit rien, fixant les nuages de vapeur qui s'échappaient de la salle de bains. Alan s'agenouilla devant elle, lui barrant la vue. Il prit ses mains dans les siennes et elle baissa enfin les yeux, le regardant en face.

– Promets-le-moi. C'est fini. Je ne le supporterais pas, s'il t'arrivait quoi que ce soit. (Il lui serra les mains.) S'il te plaît, Sarah. Promets-le-moi.

– D'accord, Alan. C'est promis.

JD finit de dissimuler leurs vélos dans un buisson de sumac et se tourna vers Julia. Elle était en train d'étaler une couverture au milieu de la clairière. D'ici, ils pourraient voir quiconque approcherait de la cabane du garde-chasse ou passerait par le sentier qui descendait depuis la crête vers le barrage.

– Qu'est-ce que tu as dit à tes vieux ? lui demanda-t-il, essuyant ses mains moites sur l'arrière de son jean.

Il était excité et plus qu'un peu nerveux à l'idée de passer la nuit avec elle. Pensait-elle réellement qu'ils n'allaient rien faire d'autre que surveiller l'apparition des mystérieuses lumières ? Attendait-elle autre chose de sa part et, si oui, comment pouvait-il faire le premier pas sans avoir l'air d'un connard ?

– Je leur ai dit que je passais la nuit chez Beth.

Wow. Elle avait menti à ses parents pour pouvoir passer la nuit avec lui. Il mit sa main dans sa poche arrière, caressant du bout des doigts l'étui usé du préservatif qu'il gardait toujours sur lui. Peut-être aurait-il enfin l'occasion d'en faire usage ce soir.

Elle rejeta ses cheveux par-dessus son épaule, de ce mouvement qu'il trouvait fascinant. Le temps avait l'air de ralentir, laissant chaque mèche retomber parfaitement en place.

– Il a dit quoi, ton père, quand tu lui as montré les photos d'hier soir ?

Il haussa les épaules et regarda ailleurs.

– En gros, que je perdais mon temps et que je ferais mieux de travailler avec lui pour gagner un peu d'argent au noir. Il a dit qu'une cargaison de nouvelles télés avait besoin d'être livrée à un motel à Saranac et qu'il pouvait demander à son patron de me payer en liquide.

Elle fit une moue de déception, un petit pli se formant sur son menton. La vache, qu'est-ce qu'il avait envie de l'embrasser, pour voir quel goût elle avait. Il s'agenouilla à côté d'elle sur la couverture.

– Ce n'est pas grave. Je vais découvrir ce qui se passe vraiment et prouver à tout le monde que…

Il ne parvint pas à finir. C'était difficile de trouver ses mots quand elle le regardait comme ça

– … qu'il se passe quelque chose, finit-il triomphalement.

– Les lumières qu'on a vues hier venaient incontestablement de par là-bas, dit-elle en sortant son appareil photo de son sac. Peut-être qu'on va faire une touche ce soir et qu'on les prendra sur le fait.

JD se demanda qui « ils » étaient et ce qu'ils pouvaient bien être en train de faire, mais ses pensées furent balayées quand il songea à la façon dont elle lui avait souri quand elle avait dit « faire une touche ».

Oh, oui !

23

Caitlyn fut sauvée par le gong. Ou plutôt, par la sonnerie des Dixie Chicks de son téléphone portable. Elle ôta ses gants, attrapa son téléphone et jeta un coup d'œil au numéro. Royal, qui l'appelait de Californie.

– Excusez-moi, dit-elle aux deux hommes. Je dois répondre.

Elle sortit de la pièce et ferma la porte derrière elle avant de prendre l'appel.

– Caitlyn, à l'appareil.

– Re-bonjour, mon cœur. Tu m'as demandé de te tenir au courant, pour le truc de Korsakov.

– Ouais. Quoi de neuf?

Hal sortit de la chambre d'embaumement pour la rejoindre. En appuyant le téléphone contre son oreille, elle traversa le hall et ouvrit une autre porte. Elle entra à l'intérieur de la salle ténébreuse, alluma les lumières et claqua la porte au nez de Hal. Un cercueil fermé se trouvait à deux mètres devant elle, entouré de chaises pliantes drapées de lin et de boisseaux de fleurs.

– Le juge a pris son temps pour déjeuner, sinon je t'aurais rappelée plus tôt. En ce moment même, je regarde un Russe libre descendre les marches du tribunal comme si de rien n'était.

Caitlyn s'appuya contre la porte. Sa migraine cognait si fort qu'elle pouvait à peine entendre Royal. L'odeur des œillets était écrasante.

– Tu es juste là, avec lui?

– À trois mètres environ. Tu veux une photo? Attends. (Il y eut une pause.) Tu l'as reçue?

Caitlyn plissa les yeux sur son portable. Quelques secondes plus tard, une photo un peu floue d'un homme portant un costume noir, une chemise noire et une cravate rouge apparut.

– C'est lui, Korsakov ? Le monstre dont tu m'as parlé ? Mais il est tellement…

– Petit. Pâle. Ordinaire. Hé, ils ne peuvent pas tous être de grands beaux hommes noirs comme moi. On ne peut pas le suivre, on n'a pas de raison valable de le surveiller, mais je peux te dire qu'il va dans ta direction.

– Comment ça ?

– Il a réservé un vol pour New York. Il atterrira demain matin. (Royal embraya d'un ton sérieux, ce que Caitlyn l'avait rarement entendu faire.) Ne joue pas avec ce gars-là, Cat. C'est un taré, un salopard tordu. Je ne sais pas dans quoi tu t'es fourrée, mais si tu as le moindre indice que Korsakov est dans le coin, promets-moi de prendre tes jambes à ton cou.

– Je suis une grande fille, répondit-elle.

Elle avait eu toutes les peines du monde à prononcer ces derniers mots, son estomac se soulevant tellement qu'elle avait glissé le long de la porte.

– Salut.

– Non, attends ! Je suis sérieux. Caitlyn, je t'interdis de raccrocher…

Sa voix s'éteignit quand elle parvint à presser le bouton de fin d'appel. Elle avait si mal que sa vue se troublait.

Elle hésita entre se laisser simplement glisser jusqu'au sol ou tenter de se relever et s'échapper. Il y avait des œillets partout où elle posait le regard : alignés le long des murs, débordant autour du cercueil fermé au milieu de la pièce, et tout autour d'elle.

La douleur se jeta sur elle. La puanteur des œillets la submergea et la tira vers le fond, la noyant et l'empêchant de respirer, de penser ou de voir. Son champ de vision se resserra jusqu'à ne plus être qu'un minuscule point de lumière d'une intensité insoutenable. Son estomac se resserra et la pièce se mit à tournoyer.

Elle chercha à tâtons quelque chose, n'importe quoi, auquel s'accrocher dans sa chute, la souffrance oblitérant toute pensée.

Ses doigts se serrèrent autour du bras d'un homme. *Hal*, le nom était remonté des sombres recoins de son cerveau. Son visage trouble flotta devant ses yeux, creusé de rides d'inquiétude.

La voix de Merton pénétra comme un coup de poignard dans son cerveau.

– Qu'est-ce qu'elle a ? Elle s'est évanouie ?

L'idée semblait l'emballer.

Sa voix résonna, puis s'évanouit, tandis que Caitlyn sentait son corps rétrécir. Tout autour d'elle se fit gigantesque. Elle n'était qu'une fourmi, rampant sur le sol, surplombée par des monstres prêts à piétiner sa vie.

Elle ferma les yeux, prise de vertige. La douleur s'écrasait sur le barrage qu'elle avait érigé, et Caitlyn s'enfuit dans les lointains replis de sa mémoire.

Neuf ans, elle avait neuf ans à l'époque. Noyée au milieu des œillets : blancs, roses, rouges vifs, ils la cernaient, débordaient des paniers. Elle se cachait, à l'abri sous la table au fond du funérarium.

Deux paires de jambes épaisses, tendues de mi-bas, l'empêchaient de s'échapper. Elle voulait hurler, pleurer, être seule, simplement, mais elle était prise au piège. Elle plaqua ses mains contre sa bouche et respira par le nez, inondée par le parfum écœurant des fleurs funéraires.

– Les gens dans son genre ne le méritent pas, c'est moi qui vous le dis, cracha l'une des deux femmes, des feuilles vertes et des tiges tombant sous la table dans le champ de vision de Caitlyn. J'ai toujours su qu'il ne ferait rien de bon. Elle a de la chance qu'ils le laissent avoir une messe. Bien sûr, il sera incinéré… Il ne peut pas être mis en terre consacrée.

– Il n'y aura pas de levée du corps ?

La voix de la seconde femme, plus haut perchée, d'une cruelle curiosité, résonna au-dessus de la cachette de Caitlyn.

– Willa ! Cet homme s'est fait sauter la moitié du visage !

– C'est sa fille qui l'a trouvé ?

– Elle n'aurait pas dû être là… mais c'est typique d'elle. (La femme émit un claquement de langue désapprobateur.) Elle est têtue, cette fille. Tout comme son père. Je l'ai eue dans ma classe, au catéchisme. Elle s'est levée et a remis en question le miracle des pains et des poissons. À peine huit ans et elle ose blasphémer en me regardant en face !

– Ce sont ces cheveux roux. Qu'est-ce que tu as fait ?

– Je l'ai giflée. Je n'ai pas pu m'en empêcher, j'étais tellement choquée. Je l'ai prise par les cheveux et je l'ai traînée chez le pasteur Paul. La gamine a refusé de s'excuser et a maintenu qu'elle avait raison. Sa mère en pleurait presque de honte. Puis le père est entré en trombe, m'a hurlé d'ôter les pattes de son enfant, l'a prise dans ses bras et est sorti.

– Tu plaisantes ?

– Le pasteur Paul était sans voix. Et tu veux connaître le pire ? La gamine m'a regardée et m'a fait le sourire le plus machiavélique que j'ai jamais vu. Je te le dis, cette fille est habitée par le démon.

– Sa pauvre mère.

– Retiens bien ce que je dis, elle finira mal. Tout comme son père.

Les voix des sorcières s'évanouirent dans le passé d'où elles avaient surgi, et furent remplacées par celle, apaisante, de Hal. Elle venait de loin. Caitlyn pouvait tout juste l'entendre par-dessus le martèlement de son cerveau.

– Tout va bien, maintenant. Détendez-vous.

Aussi soudainement qu'un éclair, la douleur s'effaça et Caitlyn retrouva la raison. Elle était pliée en deux et vomissait dans une poubelle, soutenue par les mains de Hal, qui lui écartait les cheveux du visage.

Elle cligna des yeux. Ils étaient dehors, derrière le funérarium. Le soleil de début de soirée se reflétait sur l'allée d'asphalte. Au-delà s'ouvrait une petite clairière, au creux d'arbres et de buissons.

– Ça va mieux ? lui demanda Hal.

Il l'aida à se redresser. Le couvercle de la poubelle se referma avec un claquement qui lui arracha une grimace.

La migraine n'était pas vaincue… Elle ne faisait que changer de tactique pour l'attaquer par le flanc. Elle rassemblait ses forces aux frontières de son esprit. Caitlyn secoua la tête, et le regretta immédiatement.

– Sortez-moi de là.

À chaque mot prononcé, elle perdait du terrain, la migraine avançant sans relâche.

Hal se redressa et regarda derrière elle vers son pick-up, puis la serra contre son corps, la portant à moitié, dans la direction opposée.

– Venez, lui dit-il, sa voix peu à peu engloutie sous des vagues de douleur. Je sais ce qu'il vous faut.

Hal la guidant, ils passèrent devant une pancarte sur laquelle était écrit « Le Bosquet de la sérénité ». Caitlyn trébucha, aveuglée par de flamboyants éclairs, des rayons lasers perçant des trous fumants dans sa cervelle. Elle ferma les yeux pour se protéger de l'assaut, laissant Hal la conduire le long d'un sentier bordé de taillis.

La douleur devint insupportable. Elle s'arrêta, se laissa tomber en position fœtale et pressa ses poings contre ses yeux, le doux parfum d'herbe et de terre humide se mêlant à la puanteur de chair brûlée qui accompagnait ses migraines.

Son corps se tendit. Elle se roula en boule, cherchant à constituer la plus petite des cibles, mais la souffrance ne fit qu'enfler. Elle tendit son bras à l'aveuglette.

– Mon sac, gémit-elle, les deux syllabes lui coûtant cher.

Son sac heurta le sol à côté d'elle, un séisme. Une ombre l'enveloppa et elle osa entrouvrir les yeux, fouillant à tâtons dans son sac à la recherche du salut dissimulé dans les plis de cuir. À travers le brouillard rouge de sa souffrance, elle vit les mains d'un homme, que sa vision déformée rendait osseuses et énormes comme celles d'un ogre, plonger dans son sac.

Mon arme, il a mon arme. La peur la poignarda, attisant la douleur. *Tout va bien, c'est l'un des nôtres, un frère d'armes*, tenta de la rassurer un murmure, bientôt étouffé. Elle ne pouvait pas, ne devait pas lui faire confiance.

Son badge rejoignit bientôt son Glock, son étui de cuir brillant au soleil.

– Qu'est-ce que c'est que ça ? (La voix de Hal lui parvint comme d'un sommet éloigné, tonitruant au-dessus d'elle comme Zeus foudroyant la terre.) Amitriptilyne, Phénergan, Toradol, Fiorcet.

Il s'arrêta. Elle voulut tourner la tête, le regarder en face, défendre sa cause, mais elle n'en avait pas la force.

– Je présume que vous avez une prescription en règle pour tout ça, vu que vous en avez assez pour tuer un cheval.

Il laissa tomber son sac et s'éloigna, son ombre l'abandonnant aux rayons sans merci du soleil. Elle poussa un cri, baissant de nouveau la tête, faisant de son mieux pour s'enterrer dans la terre fraîche.

Le sol trembla lorsque ses pas revinrent, chacun d'entre eux faisant exploser une mine sous son crâne. Son corps se couvrit de sueur, l'étouffant dans une odeur aigre et nauséabonde de peur et de dégoût. Où était son arme ? pensa-t-elle, les dernières traces de sa raison disparaissant sous l'assaut.

Sa dernière chance, son dernier recours.

Tel père, telle fille.

Elle tendit brusquement la main, cherchant à tâtons la crosse familière et rassurante de son Glock.

Elle trouva la main d'un homme à sa place. Il s'agenouilla derrière elle, la souleva dans ses bras et la tira contre lui. Elle pressait les mains contre son visage, le protégeant des cruels rayons du soleil. Après avoir rassemblé d'une main ses cheveux, il glissa un tissu frais et humide sur sa nuque exposée, l'amena jusque sur ses joues et le fit passer sous ses mains.

– Tout va bien, respirez, murmura-t-il.

Les explosions de douleur dispersaient ses mots, en disloquaient presque le sens, mais une part primitive de Caitlyn avait encore le cœur à contre-attaquer. Elle inspira et expira.

Une première fois, puis une autre. La puanteur de chair brûlée s'effaça, remplacée par un parfum de lavande.

Ses doigts massaient sa nuque, en chassant la tension, puis grimpèrent sur son cuir chevelu. Elle sursauta et poussa un cri quand ils touchèrent la cicatrice cachée sous ses cheveux sur le côté droit de son crâne.

– Pardon. Je suis désolé.

Elle entendit quelque chose briser la surface de l'eau et sentit sa caresse revenir, accompagnée de filets d'eau fraîche et apaisante qui parcouraient sa peau. Les flammes qui brûlaient sa conscience s'éteignirent, abandonnant Caitlyn dans un désert de cendres, de braises et de fumée, un champ de mines. Le moindre faux pas et la souffrance la réduiraient en poussière.

Mais c'était sa seule chance de s'échapper.

Son esprit avança de quelques centimètres, essayant de suivre le chemin qu'il traçait. Ses doigts, frais et apaisants, semaient des gouttelettes d'eau en descendant entre ses épaules, le long de sa colonne vertébrale. Sa tunique sans manches se boutonnait dans le dos. Il en défit les boutons, et dégrafa son soutien-gorge. Elle sentit avec soulagement une brise s'ajouter à sa caresse pour rafraîchir sa peau fiévreuse et couverte de sueur. Il continua à faire de la magie avec ses doigts, à tricoter, masser, chasser la souffrance de ses muscles torturés, avant de remonter lentement sur son cuir chevelu. Cette fois-ci, sa caresse n'amena pas d'autre éclat douloureux en passant sur le pli de sa cicatrice au-dessus de son oreille.

Caitlyn avait l'impression de flotter, de sentir la souffrance se relâcher et la libérer. Ses mains et ses yeux s'ouvrirent lentement et, le soleil descendant sur l'horizon la laissant enfin en paix, elle osa tourner la tête. Elle était allongée, la tête posée sur un bandana humide, un bouquet de lavande pilée et d'herbes aromatiques en son centre.

Elle inspira profondément, se délectant d'avoir enfin la chance d'emplir ses poumons. Les mains de Hal ne s'arrêtèrent pas pour autant. Sa tunique et son soutien-gorge glissèrent, l'exposant à la vue de tous, mais il n'y avait personne, à part Hal et elle. Le seul son était le chant joyeux d'une fontaine à leur gauche.

– Merci.

Ses mots sortirent en un chuchotement rauque comme si le torrent de souffrance avait usé ses cordes vocales.

– C'est à cause d'une tumeur au cerveau ? demanda-t-il, ses doigts parcourant sa cicatrice. Ma femme… (Il s'éclaircit la voix.) Elle avait des migraines comme les vôtres. Un médulloblastome, rien n'y faisait. Elle est partie, maintenant.

Il ne la regardait pas. Ses yeux étaient tournés vers le haut, fixés sur un point au-delà des arbres.

– Elle est partie depuis un moment, maintenant.

– Je suis désolée. Désolée que vous ayez dû traverser ça, l'un et l'autre. (Elle pencha la tête, le regardant à l'envers, et fit de son mieux pour lui adresser un sourire réconfortant.) Non. Ce n'était pas une tumeur. Il y a deux ans… (Sa voix s'éteignit, ses mots s'arrêtant quand elle se souvint du vertige, de la chute libre, et de la violence du choc quand elle avait frappé les pavés.) Je suis tombée et ma tête a heurté le sol.

Il se laissa aller en arrière et s'accroupit, ses mains se détachant de son corps. Son contact apaisant lui manqua immédiatement. Elle rassembla ses forces et se rassit lentement. Elle se tourna et s'agenouilla face à lui.

– Merci.

Leurs regards se croisèrent et elle fut surprise de le voir rougir.

– Désolé. C'était un peu… intime. (Son regard descendit une fraction de seconde sur son corps, sur ses seins partiellement découverts.) C'est juste que… c'était le seul moyen pour soulager Lily. Je me suis dit que ça pourrait vous aider aussi.

Caitlyn tendit la main et prit la sienne. Elle eut besoin de l'autre pour entourer son énorme paume et ses doigts calleux.

– Ça a aidé. Vous m'avez aidée.

Ils restèrent ainsi pendant une longue minute gorgée de soleil. Il rougit davantage. Il avait les yeux bleus, de la couleur d'un jean délavé. Elle n'avait pas réalisé à quel point il était séduisant… Elle avait été trop occupée à vouloir se montrer meilleure que lui, à faire ses preuves. Elle lui souriait, sa main toujours dans les siennes, la sentant devenir moite contre sa peau et son pouls battre contre le bout de ses doigts. Le regard de Hal descendit le long de son visage, se posa sur sa bouche alors que ses propres lèvres s'ouvraient doucement. Il se releva, se servant de leurs mains jointes pour l'aider à se redresser aussi.

Elle tituba un instant, mais il était là pour la retenir. Caitlyn se sentait épuisée par sa bataille, mais également énergisée par son contact.

Il sourit, sa main glissant des siennes. Puis il passa derrière elle, ses doigts courant sur sa peau quand il saisit son soutien-gorge pour le rattacher.

– Pas ici, dit-il d'une voix si basse qu'elle vibra dans ses veines, un murmure prometteur…

Un murmure qu'ils pouvaient tous les deux nier ou oublier au besoin. Ses mains s'attardèrent avant de tendre sa blouse pour la fermer et la reboutonner.

– Pas avant que vous vous en sentiez capable et que vous soyez suffisamment forte.

Elle se retourna dans ses bras, les mains de Hal se posant sur ses hanches. Un doigt sur ses lèvres, elle sentit un sourire espiègle naître sur son visage. C'était bon.

– Ne vous inquiétez pas, chef. Je guéris vite.

24

« Leur » arbre était un large érable à sucre, qui poussait à côté d'un ruisseau dans une clairière derrière la maison. C'était là qu'elle avait appris à Sam à lire les étoiles, que Sam avait commencé à écrire ses chansons, que Sarah l'avait demandé en mariage et qu'il avait refusé, que Josh avait été conçu, que Sam l'avait demandée en mariage et qu'elle avait accepté.

Sarah se cachait dans un bosquet de tsugas à vingt mètres environ de l'érable, aux aguets. Elle avait laissé Alan la nourrir, la veiller et n'avait finalement pas tardé à lui souhaiter une bonne nuit. Ils n'avaient pas beaucoup parlé pendant le dîner… enfin, Alan avait parlé, mais elle ne l'avait pas beaucoup écouté.

Dès qu'Alan fut parti et qu'elle eut récupéré la maison pour elle seule, elle s'était précipitée dans la salle de bains et avait examiné le miroir. Il ne comportait pas plus de message de l'au-delà qu'auparavant. Elle avait pris une douche brûlante, en était sortie, mais avait trouvé la surface du miroir toujours aussi vide.

Trop vide. Trop propre. Où étaient les dizaines de taches de dentifrice qui parsemaient le verre ? Elle ne l'avait pas nettoyé depuis plus d'une semaine. Elle avait baissé les yeux sur le sol désormais étincelant. Il ne restait pas la moindre trace de vin rouge à sa surface après le travail acharné d'Alan.

Alan. Elle le taquinait en permanence à cause de sa petite maniaquerie. Pourquoi aurait-il effacé le message ? Peut-être essayait-il de la protéger de ce qu'il avait pensé être une mauvaise blague ?

L'heure du rendez-vous approchait. Sarah était accroupie et regardait à travers les branches qui la dissimulaient. Ses doigts ratissaient les aiguilles tombées à côté d'elle et les arrangeaient en formes géométriques tandis qu'elle essayait de donner du sens aux événements.

Peut-être Alan savait-il que Sam était vivant ? *S*'il était vivant.

Elle secoua la tête en fronçant les sourcils. Comment ? Alan était arrivé à Hopewell deux semaines après la disparition de Sam et Josh. Les deux hommes ne s'étaient jamais rencontrés.

Elle regarda le ciel étoilé, bouillonnant d'émotion. Elle aurait pu se rendre simplement sous l'érable et attendre là. Après tout, c'était son arbre, sur sa propriété. Elle avait le droit d'être là, message ou pas. La peur l'en empêchait. La peur que Sam soit vivant : dans ce cas, alors pourquoi s'était-il caché ces deux dernières années ? Pourquoi avait-il emmené Josh ? Pourquoi n'était-il pas revenu, n'avait-il au moins laissé un mot pour lui dire qu'ils allaient bien ?

Si Sam était en vie, comment avait-il pu l'abandonner à cet enfer ?

Pire encore : s'il était mort, alors Josh l'était également. Et quiconque lui avait laissé ce message l'avait fait pour la blesser, pour la faire retomber dans l'abysse de désespoir qui l'avait presque emportée une fois.

Elle se tenait accroupie dans le noir comme un voleur dans la nuit, refusant d'espérer, de croire, ou de bouger avant d'avoir des réponses.

Un craquement perturba la nuit, faisant taire les grenouilles et les criquets. Suivi d'un autre. Elle vit du coin de l'œil la silhouette d'un homme apparaître. Il marchait dans l'herbe et venait de l'allée. Des nuages passèrent devant la lune et l'homme se retourna pour regarder par-dessus son épaule, révélant son profil.

Alan. Il venait en réponse au message. Le message qui lui avait été adressé à elle. De la main de Sam.

Comme en réponse à ses prières, la silhouette d'un homme se détacha des ombres entourant l'érable. Des aiguilles de pin lui percèrent la paume de la main quand elle serra le poing. C'était Sam.

Elle faillit sortir de sa cachette pour se précipiter dans ses bras. Mais elle se retint, déchirée entre l'amour et la rage. L'homme qu'elle aimait, qui avait promis de l'aimer pour l'éternité, n'aurait jamais pu emmener leur fils et la laisser sans espoir.

S'il avait pu la trahir de façon si cruelle, alors qu'avait-il pu faire à Josh ?

Sam s'avança, rejoignant Alan en deux enjambées. Même de loin, Sarah pouvait voir la façon dont la colère lui faisait avancer la mâchoire. Il s'était rasé le crâne et portait un petit bouc, mais c'était indéniablement Sam. Personne ne pouvait imiter cette démarche, la façon dont il roulait les hanches comme s'il marchait dans l'eau peu profonde.

Il envoya sans prévenir un coup de poing circulaire. Un craquement trancha le silence. Alan tituba en arrière en secouant la tête, levant les mains en reddition.

Sam arma son bras, prêt à le frapper une nouvelle fois.

– Je ne ferais pas ça si j'étais toi, dit Alan. Pas si tu veux t'en sortir vivant.

Les deux hommes avaient l'air de se connaître... mais Sam et Alan ne s'étaient jamais rencontrés auparavant. N'est-ce pas ?

Sam hésita, baissa le poing.

– Où est Sarah ? Dis-moi ce que tu lui as fait.

Il avait l'air véritablement inquiet. Sarah avait du mal à entendre, les mots se perdaient dans l'espace ouvert de la clairière, couverts par le bruit joyeux du ruisseau et de ces maudits insectes nocturnes.

– Rien. Pour le moment. (Alan pencha la tête sur le côté.) Tu as changé, mon vieil ami. Tu as l'air soucieux, plus vieux. Ces dernières années n'ont pas été faciles pour toi, pas vrai ? (Il désigna d'un signe de tête hautain le jean délavé de Sam et la chemise en flanelle qu'il portait sur un tee-shirt gris, et lissa les manches de son propre costume sur mesure.) Alors quoi, pas de surfeuses ou de vagues mortelles, là où tu t'es enfui ?

Alan rit, un son rauque qui envoya des frissons dans la nuque de Sarah. Ce n'était pas l'homme qu'elle connaissait. L'homme qui se souciait d'elle et qui avait pris soin d'elle.

Peut-être ne l'étaient-ils ni l'un ni l'autre.

– Tu aurais mieux fait de rester mort, Stan.

Le clair de lune se refléta sur un objet métallique dans la main d'Alan. Un pistolet. Pointé sur Sam.

Le cœur de Sarah cogna contre ses côtes. Les poings serrés, elle les regarda traverser la clairière vers l'allée. Nulle part où s'abriter, elle ne pouvait pas les suivre sans être découverte. Les deux hommes disparurent dans le virage, hors de vue. La laissant derrière, à démêler le vrai du faux.

Elle ravala ses larmes de colère et de frustration, manquant de s'étouffer. Sam était vivant ! Et Josh ? Où était son fils ?

25

Tandis que Hal menait Caitlyn le long du sentier qui descendait vers son tout-terrain, l'euphorie du soulagement se dissipa.

– J'ai fichu un sacré bordel, non ?

– Pas tant que ça. Gerald a mis le corps bien en sécurité, la police d'État est en route pour l'emmener et l'examiner correctement. À moins que vous ne le déclariez sous juridiction fédérale ?

Il observa sa réaction.

Elle s'avachit sur un banc en bordure du sentier.

– Y a-t-il la moindre chance de trouver des empreintes ?

Il hocha la tête avec un sourire attristé.

– Non, madame. Il ne reste pas un doigt, juste quelques bouts d'os.

C'était ce qu'elle pensait. Un corps maintenu sous l'eau avait tendance à attirer les poissons. Et les tendres appendices tels que le nez, les orteils et les doigts étaient souvent les premiers grignotés. Elle laissa ses mains pendre entre ses genoux, encore un peu engourdie.

– Alors je ne peux pas prouver qu'il s'agit de Leo Richland. À moins que l'on puisse en extraire un échantillon ADN, et cela prendra du temps.

Il s'assit à côté d'elle, sa cuisse touchant la sienne.

– Et je vous le demande à nouveau, qui est Leo Richland ?

Caitlyn prit une inspiration. Le soleil s'était enfin couché, les laissant dans la lumière bleutée du crépuscule parsemée de la lueur des lucioles. Un riche parfum de rose, de lavande et de chèvrefeuille flottait dans l'air. Ça aurait été une parfaite nuit d'été, à part un détail : dès qu'elle en aurait fini ici, elle devrait démissionner.

La migraine de la veille n'avait été qu'un coup de semonce. Rien comparé au choc frontal qui l'avait renversée ce soir. Elle ne pouvait en aucune façon porter une arme, faire son travail.

– Hé, ça va ? (Hal prit sa main dans la sienne.) Je devrais peut-être appeler une ambulance. Ou vous conduire à l'hôpital d'Albany.

– Non. J'ai suffisamment vu les médecins, leurs marteaux et leurs sondes. J'ai traversé ça une fois et je ne vais pas recommencer.

Le nœud de tension entre ses épaules se serra à l'idée d'autres inconnus en blouse blanche lui disant d'abandonner tout espoir. Que la vie dont elle avait rêvé depuis qu'elle était petite lui était interdite.

– Ce dont j'ai besoin, c'est quelqu'un à qui faire confiance. Au cas où je ne pourrais pas aller jusqu'au bout. Quelqu'un pour mettre Logan et son cul corrompu au trou, pour trouver les réponses que Sarah m'a suppliée de lui apporter.

Les mots se déversaient en un flot désespéré, mais elle se sentit mieux après. Comme si elle reprenait le contrôle de sa vie.

Hal prit une inspiration, sifflant entre ses dents. Il lui serra la main.

– Très bien, dans ce cas. Pourquoi ne pas me raconter ce qui se passe vraiment ?

Et c'est ce qu'elle fit. Elle lui raconta tout ce qu'elle savait, tout ce qu'elle ignorait, tout ce qu'elle suspectait et ne pouvait pas prouver.

– Alors vous pensez que le Russe... Comment il s'appelle ?

– Korsakov.

– Que Korsakov a payé votre patron, Logan, pour envoyer ce Richland ici tuer Sam... je veux dire, Stan... et piéger Damian Wright pour qu'on l'accuse du meurtre ?

Elle resta silencieuse un instant. Dit ainsi, ça avait l'air grotesque.

– Oui. Vous souvenez-vous de la personne à qui vous avez parlé quand vous avez appelé le FBI à propos de Wright pour la première fois ? Avez-vous trouvé quoi que ce soit dans sa chambre de motel qui puisse laisser croire qu'il y ait eu une effraction ? Quelqu'un aurait pu voler cette carte mémoire et la cacher sur la scène du crime pour tromper la police. Quelqu'un a-t-il signalé d'autres étrangers dans les environs à part Wright ?

Il leva une main.

– Waouh. C'était il y a quasiment deux ans. Il va falloir que je ressorte les dossiers de l'affaire.

Elle se leva, tituba un moment, puis se stabilisa en soupirant profondément. La migraine avait disparu, cédant la place derrière ses yeux à une douleur ordinaire et à un soupçon de vertige.

– Allons-y. Nous… Je… pourrais ne pas avoir beaucoup de temps.

Il se leva à côté d'elle, un bras s'enroulant autour de sa taille alors qu'elle frissonnait dans la brise nocturne.

– Vous m'inquiétez quand vous parlez comme ça.

Caitlyn se tourna vers lui, leurs visages à quelques centimètres l'un de l'autre, et le regarda droit dans les yeux.

– Je ne suis pas une lâcheuse.

Il lui caressa la joue du bout du doigt et acquiesça solennellement.

– C'est ce que disait ma femme. (Il s'écarta d'elle.) C'était une femme déterminée, elle aussi. Vous l'auriez appréciée… Elle détestait les médecins autant que vous.

Prendre une balle dans le ventre faisait un mal de chien, songeait Sam. Mais ce n'était rien comparé à l'agonie qu'il avait endurée en observant à travers ses jumelles Alan Easton réconforter sa femme. Ses regards, sa façon de lui tenir les mains si tendrement, quand il l'avait embrassée pour lui souhaiter bonne nuit…

La rage lui tenait chaud pendant qu'il attendait derrière l'érable. Une brise venant du haut de la montagne rafraîchissait l'air nocturne, mais Sam suait à grosses gouttes tandis qu'il cherchait ce qu'il dirait à Sarah, comment il lui expliquerait tout.

Comment il la supplierait de lui pardonner.

Lorsqu'il avait entendu des pas, sa nervosité était telle qu'il en avait presque vomi. Il était plus nerveux encore que lorsqu'il lui avait demandé sa main, quasiment au même endroit. Il avait frotté sa cicatrice sur son flanc droit, le geste machinal l'apaisant un peu, et s'était retourné pour faire face à sa femme.

Il avait découvert Alan Easton approcher à sa place. Alan, dans son costume sur mesure, sourire hautain aux lèvres, qui avait enflammé la cicatrice de Sam, la rage enflant en lui. Sans réfléchir, sans *vouloir* réfléchir, il s'était avancé pour retrouver son vieil ami. Il n'avait pas su trouver les mots, comme ça lui arrivait si souvent, alors il avait utilisé son poing.

Ses lèvres sanglantes ne rendaient le sourire d'Alan que plus insupportable.

Il forçait Sam à marcher devant lui, le dirigeant à l'autre bout du gazon jusqu'à l'allée, vers un fourgon Volvo d'un gris neutre.

– Les mains sur le toit. Là où je peux les voir, ordonna Alan.

Sam obéit. C'était le seul moyen d'obtenir les réponses dont il avait besoin de son ancien colocataire d'université et associé.

– C'est ta voiture, Alan ? Qu'est-il arrivé à la Triumph ?

– J'ai dû la laisser sur la côte quand j'ai emménagé dans ce putain de trou du cul du monde isolé et glacé. Comment as-tu pu supporter de vivre ici si longtemps, Stan ? Ça a dû être l'enfer pour un surfeur comme toi.

Les mots étaient blessants, mais le ton d'Alan semblait forcé. Sam jeta un coup d'œil par-dessus son épaule pour examiner son vieil ami. Des gouttes de sueur coulaient sous le col de la chemise d'Alan. Peut-être y avait-il encore de l'espoir, après tout ?

Comme Sam ne répondait pas, Alan fit le tour de la voiture et posa son pistolet sur le toit, dirigé vers Sam.

– Ces gens pensent que je suis un avocat du droit des victimes, un gars sans histoire, alors j'ai dû en prendre l'apparence. Bien sûr, quand j'ai commencé, je n'avais pas la moindre idée que ça prendrait deux années de ma vie. (Il abattit son pistolet sur le toit de la voiture.) Mais maintenant, tu vas me faire gagner du temps. Donne-moi les mots de passe des comptes. Donne-les-moi et tu vivras.

– Mais bien sûr. Juste assez longtemps pour que Korsakov me tue. N'essaie pas de battre un joueur à son propre jeu. J'ai appris auprès d'un maître, rappelle-toi !

Alan acquiesça, acceptant le compliment à double tranchant de Sam.

– Et moi qui pensais que tu étais trop fainéant pour prêter attention à quoi que ce soit d'autre que ta prochaine vague ou ta prochaine fille. Tu as tout préparé depuis le début, pas vrai ?

– En grande partie, admit Sam.

La meilleure façon d'obtenir l'information qu'il voulait était de continuer à faire parler Alan. Dieu savait qu'il n'aimait rien de plus que le son de sa propre voix.

– Quand j'ai eu compris ce qu'il se passait, j'ai suivi ta piste. Tu as pris ton temps, fait des manigances, prélevé un peu de-ci de-là. Une fois que tu as eu l'argent, pourquoi ne pas t'être simplement enfui ? Pourquoi vendre Korsakov aux Fédéraux ? Tu savais que tu signais ton arrêt de mort.

Alan ne comprendrait jamais qu'arrêter Korsakov avait été le but de Sam. L'argent était sa capsule de secours, un moyen de rester en vie et de semer le Russe. C'était ce qu'il avait espéré, en tout cas. Les doigts de Sam griffèrent le toit, crispés de frustration. Il fallait qu'il retrouve Sarah, qu'il l'emmène loin d'ici, en sécurité. Mais il ne le pouvait pas… pas sans trouver un accord avec Alan. Ou le tuer.

Bien sûr, le 9 mm semi-automatique posé à un mètre de lui compliquait un peu la seconde option. Le pistolet de Richland était toujours coincé dans sa ceinture, sous sa chemise de flanelle. Chaque fois qu'il le touchait, il sentait la brûlure d'une balle contre ses côtes. Sam n'avait jamais tué personne. Il n'était pas sûr d'en avoir le courage.

Sa cicatrice le démangeait et la sueur s'amoncelait sous son tee-shirt, contre la ceinture de son jean. S'il lui fallait choisir entre la vie de Sarah et celle d'Alan, ce serait facile. Même s'il devait en mourir.

Mais ce dont il avait vraiment besoin, c'était de réponses. Et de temps. Du temps pour parler à Sarah, pour lui dire où retrouver Josh, à qui faire confiance… et de qui se méfier.

– Ce sont les flics qui t'ont mené jusqu'ici il y a deux ans, pas vrai ?

Alan acquiesça.

– C'est moi qui ai payé Logan et Richland, à l'époque où ils travaillaient pour Korsakov. Comment crois-tu que nous nous soyons occupés des témoins avant le procès ? Mais tu nous as surpris… Korsakov n'avait jamais imaginé que tu pourrais nous trahir. Moi non plus.

– Donc, quand j'ai parlé à Hal de ce mec bizarre qui prenait des photos de petits garçons…

– Il a appelé les hommes de Logan et Logan m'a appelé. J'ai payé Richland pour t'attraper. Ça ne m'a coûté que cent briques. Ce n'est rien quand on pense à la paie qui m'attend. Puis Richland a disparu et tout est tombé à l'eau. (Alan haussa les épaules.) Rien ne s'est passé comme prévu, mais les choses ont quand même bien marché pour moi. Comme toujours.

– Pourquoi Damian Wright a-t-il avoué nous avoir tués, Josh et moi ?

Sam posait les questions qui n'avaient cessé de le ronger depuis cette nuit terrible et sanglante, deux ans plus tôt.

– Et comment l'avez-vous convaincu de ne pas faire appel, de plaider coupable ?

Les dents d'Alan étincelèrent comme celles d'un prédateur dans le clair de lune.

– C'était de loin la partie la plus facile. Il s'est révélé que Damian a toujours su qu'il serait attrapé un jour. Il avait le fantasme que sa vie devienne le prochain carton à Hollywood.

Il savait même qui il voulait comme acteur principal : Tom Cruise. Donc je n'ai eu qu'à imiter quelques contrats garantissant que Tom Cruise était la star de *L'Histoire de Damian Wright*, dont la production ne commencerait pas plus d'un an après la mort de Damian. (Le rire d'Alan cisailla l'air nocturne.) D'un seul coup, Damian était impatient de mourir. Il n'avait qu'une hâte, qu'on l'exécute pour que Tom puisse le rendre immortel.

Les ténèbres s'épaissirent autour d'eux. Deux anciens amis discutant au clair de lune. Sauf que l'un d'entre eux était un assassin sans cœur et que l'autre essayait de sauver sa vie.

– Pauvre Sarah, poursuivit Alan. Tu aurais dû la voir, quand Wright est mort sans lui dire où le petit Josh et toi étiez enterrés. Ça l'a presque détruite. Heureusement que je suis là pour ramasser les morceaux. On va se marier.

– N'importe quoi !

– Qui va nous en empêcher ? Un mari mort, sa tête mise à prix ? Tente quoi que ce soit et tu la mets dans la ligne de mire de Korsakov. Tu sais de quoi Korsakov est capable, tu l'as vu de tes propres yeux.

Sam sentit l'acide lui brûler la gorge. Il savait en effet de quoi le Russe était capable. Pendant plus de deux heures, il avait été témoin des hurlements et suppliques d'une de ses victimes. En réponse, Korsakov lui avait arraché la peau du visage et lui avait brûlé les yeux avec un chalumeau de plombier.

– Tu ne peux pas le laisser trouver Sarah, se força-t-il à dire à travers ses dents serrées. Je t'en prie, si tu te soucies le moins du monde d'elle…

Le ricanement d'Alan n'était pas la réponse qu'il espérait.

– Espèce d'imbécile. Tu es vraiment revenu pour elle et pas pour l'argent ? Il doit neiger en enfer, parce que j'aurai parié beaucoup de fric qu'aucune femme ne t'aurait jamais détourné de ta petite personne. (Il pencha la tête sur le côté, observant Sam comme s'il était un spécimen dans un zoo.) Tu t'es vraiment attaché à cet endroit, pas vrai ? Tu as cru au rêve. Vivre une vie tranquille avec une fille bien, faire croire aux gens que tu es quelqu'un de spécial quand tu n'es en réalité qu'un voyou, un criminel. Et Sarah. Que penserait-elle si elle savait qui tu étais vraiment, Stan ?

Sam se mordit la langue pour ne pas répondre. Il ne voulait pas empirer les choses. Alan connaissait à présent son point faible, et c'était dangereux aussi bien pour lui que pour Sarah. Il était tenté d'attraper son pistolet, jamais il ne s'était senti aussi prêt à tuer un homme. Mais il avait besoin de savoir ce que Korsakov avait prévu et qui d'autre savait qu'il était vivant. Emmener Sarah ne suffirait pas, même s'ils arrivaient à passer la frontière… Pas si Korsakov avait les Fédéraux dans la poche.

Après tout ce qu'ils avaient traversé, Korsakov allait finalement gagner. Mais peut-être pouvait-il au moins sauver Sarah et Josh. Rendre son fils à Sarah, sa mère à Josh, gagner une petite part de rédemption pour lui-même.

Sam scruta les yeux sans âme de son ancien ami et ne sut que trop bien le prix qu'il allait devoir payer.

– Est-ce pour ça que tu n'as pas touché à l'argent, tout ce temps ? continua Alan. Je te croyais particulièrement prudent, que tu te pensais surveillé. Mais ce n'était pas ça, pas vrai ? Tu attendais de pouvoir venir récupérer la fille. C'est tellement romantique !

– Tu veux l'argent, je te le laisse. En entier. (Sam était prêt à donner à Alan ce qu'il voulait, si ça pouvait acheter la sécurité de Sarah et Josh.) Laisse simplement Sarah en dehors de tout ça. Laisse-la partir.

– Tu ne m'auras pas une seconde fois, mon vieux, répondit Alan en hochant la tête. Et puis, tu as été déclaré légalement mort. Ce serait beaucoup plus facile pour moi de te tuer, de l'épouser, de préparer un petit accident et de réclamer l'argent en tant qu'héritier. Tout ce dont les îles Caïmans ont besoin, c'est une preuve qu'elle était ton héritière et que je suis le sien. Ils se fichent de savoir qu'elle n'était même pas au courant pour l'argent, et encore plus de l'identité de son ancien mari. (Alan leva son pistolet et visa entre les yeux de Sam.) J'aurai beaucoup moins de soucis et d'ennuis comme ça.

Sam tint bon et affronta le regard de son plus vieil ami. Si Alan était prêt à tuer Sarah pour quarante-deux millions, combien faudrait-il pour le convaincre de la laisser vivre ? Il sentit sa cicatrice pulser alors qu'il se forçait à sourire à Alan.

– Beaucoup moins d'ennuis, mais beaucoup moins d'argent.

Sam s'arrêta là, lui tendant l'appât. La seule fois où il avait vu Alan se tromper, il avait été enivré par l'avidité. C'était ainsi qu'Alan s'était enfoncé jusqu'au cou dans les affaires Korsakov au départ.

Alan plissa les yeux. Il se passa la langue sur les lèvres.

– De quoi est-ce que tu parles ?

– Tu as trouvé un des comptes : mon filet de secours. Tu n'aimerais pas avoir accès à trois fois plus ?

Le pistolet ne bougea pas, mais Alan se raidit.

– Cent vingt mille ? Comment ?

– Sans doute un peu plus que ça, maintenant. Les Fédéraux n'ont pas trouvé les fonds de Korsakov. Je suis le seul, à part Korsakov, à savoir comment y accéder.

Il marqua une pause, observant les lèvres d'Alan se pincer d'avidité. *Je t'ai eu.*

– Évidemment, il va falloir se dépêcher. Korsakov va sortir de prison. La première chose qu'il va faire, c'est déplacer l'argent.

– Il est sorti. Aujourd'hui, dit Alan, l'air absent.

Il pianota avec les doigts de sa main libre sur le toit de la Volvo.

Sam estima ses chances d'attraper son pistolet et de tuer Alan avant qu'il puisse tirer. Vraiment faibles. Et s'il mourait, comment pourrait-il sauver Sarah ? Il était temps de creuser le mensonge.

– Je te propose un marché. Tu me laisses emmener Sarah jusqu'à Josh et je te donnerai l'argent, et je m'assurerai en plus que Korsakov ne sache pas que c'est toi qui l'as.

– Aucune chance que je te quitte des yeux.

Sam haussa les épaules.

– Très bien. Tue-moi maintenant. Korsakov te trouvera et te tuera bien avant que tu aies eu le temps de profiter d'un centime.

D'agacement, Alan martelait le toit avec son pistolet, tandis qu'il prenait en considération l'offre de Sam. Une fine ride apparut entre ses sourcils, signe de son inquiétude. Sam ne l'avait vu dans cet état qu'une seule fois : avant son témoignage, pendant le procès de Korsakov. L'avocat avait chorégraphié son esquive, se protégeant lui-même et son employeur du même coup.

La ride disparut rapidement et l'habituelle expression de supériorité dédaigneuse d'Alan glissa à nouveau sur ses traits.

– Non. Va chercher le gamin, et ramène-le ici.

Sam n'avait pas la moindre intention d'amener Josh où que ce soit dans les environs. Pas avec Korsakov en route et Alan en liberté.

– Je n'irai nulle part avant d'avoir parlé à Sarah et m'être assuré qu'elle est en sécurité loin d'ici. Loin de Korsakov.

Alan secoua la tête d'un air navré.

– Impossible. Cette petite demoiselle est l'atout dans ma manche. (Il donna un coup de pistolet sur le toit, le bruit sourd envoyant rouler une vague de frayeur le long de la colonne vertébrale de Sam.) J'aime Sarah, vraiment. Mais si je n'ai pas l'argent dans vingt-quatre heures, je dirai à Korsakov où la trouver. Elle pourra courir, mais elle ne pourra pas se cacher, pas de lui. Son dernier souffle sera pour te maudire.

Sam déglutit avec difficulté. L'expression et la voix d'Alan n'avaient pas varié alors même qu'il condamnait Sarah à une mort inimaginable. Sam essaya de parler mais il ne parvint pas à faire passer les mots à travers le nœud de sa gorge. Une image de Sarah, la peau ravagée et à vif, ses cris stridents de terreur, envahirent son esprit.

– Ne pense même pas à essayer de me tuer, poursuivit Alan. Je ne suis pas seul. S'il m'arrive quoi que ce soit, Sarah est morte.

Alan ouvrit la portière de sa voiture.

– Maintenant qu'on s'est compris, monte dans la voiture. On va faire ça ensemble.

Si Sam donnait à Alan le contrôle, il était mort. Sarah aussi, probablement.

– Non.

Alan sursauta, surpris par la résistance de Sam.

– Je te demande pardon ? Tu veux vraiment que j'aille chercher Sarah ? Que je l'abatte ici et maintenant ?

Ce fut au tour de Sam de sourire. C'était un faux sourire, et il lui fallut toute la force de sa volonté pour garder sa bouche bien étirée.

– Tu ne peux pas faire ça, Alan. Elle est l'atout dans ta manche. Il me faut juste un peu de temps. Je te retrouve ici demain soir.

– Ce n'est pas suffisant. Korsakov sera peut-être arrivé, d'ici là. Pourquoi devrais-je prendre le risque de te laisser filer ?

– Qu'est-ce que tu as à perdre ? Tu as toujours Sarah. Tu sais bien que je ne laisserai rien lui arriver.

– Si tu n'es pas revenu d'ici minuit demain, je te le jure, avec ou sans argent, je la tuerai moi-même.

Le sang de Sam lui cogna les tempes. Un brouillard de colère rouge l'enveloppa.

– N'y compte pas, Alan.

– Tu peux compter dessus si tu tentes quoi que ce soit de bizarre. Je te le promets, mon vieil ami. Un faux pas, et Sarah est morte.

26

Caitlyn et Hal atteignirent son tout-terrain. Les ténèbres étaient tombées rapidement, changeant le funérarium en un bâtiment inquiétant qui jetait une ombre menaçante. Cette fois, elle laissa Hal lui tenir la portière et lui prit la main pour grimper sur le siège passager. Il étendit sa veste sur la banquette arrière, où elle lui sembla toute petite, perdue au milieu des plis de néoprène de sa combinaison de plongée noire et bleue.

– Vous avez l'air encore un peu nauséeuse, dit-il en restant devant la portière ouverte, sa main s'attardant sur son bras.

Le siège surélevé permettait à Caitlyn de le regarder droit dans les yeux.

– Un petit peu, admit-elle, se surprenant elle-même.

– Ça ne vous dérange pas si j'essaie quelque chose ?

Sans attendre sa réponse, il saisit son bras et appliqua une pression de chaque côté de son poignet.

Au début, elle ne sentit rien d'autre que ses doigts sur les os de son poignet. Puis lentement, comme le vent qui forçait les arbres à plier en descendant du haut la montagne, sa nausée disparut.

Elle en eut le souffle coupé. Pour la première fois depuis deux ans, son estomac n'était plus agité de turbulences. Hal sourit et fit le tour du véhicule jusqu'au siège conducteur, ses bottes faisant crisser le gravier comme un bandit de grand chemin.

– Comment vous avez fait ça ? demanda-t-elle quand il fut monté à l'intérieur et eut repris la route de montagne qui menait à Hopewell.

– Ma femme, Lily, m'a appris beaucoup de trucs dans ce genre. C'est de la médecine holistique. On allait à des séminaires de yoga, d'acuponcture, de sexe tantrique, d'herbes médicinales. Elle avait même une ruche. Elle récoltait la gelée royale pour en faire un tonique spécial. (Il s'arrêta un moment, les lumières du panneau révélant les crispations de sa mâchoire.) Quand elle est partie, les abeilles sont parties aussi.

Caitlyn posa une main sur sa jambe en un geste de réconfort, sans ambiguïté.

– Je suis désolée.

– Oui. Bon.

Il resta accroché au volant en silence, puis se tourna soudain vers elle pour lui demander sur un ton enjoué :

– Alors, vous venez d'où, agent Tierney ?

Elle s'adossa à son siège, se sentant délicieusement libre. Pas de migraine, ni de nausée, ni de mal de la route. Elle se sentait presque normale.

– Croyez-le ou non, chef, mais je viens d'une ville encore plus petite qu'Hopewell.

– Impossible.

– Si. Evergreen, en Caroline du Nord. Trois cent quatre-vingts habitants. Nous n'avions pas de police locale. Le shérif du comté de Balsam était ce que nous avions de mieux pour faire régner l'ordre et la loi sur notre montagne.

– Vous n'avez pas l'accent du Sud.

Elle déglutit avec difficulté en essayant de ne pas repenser aux souvenirs que les œillets funéraires avaient ressuscités.

– Quand j'avais neuf ans, on a déménagé à Chambersburg, en Pennsylvanie, pour vivre dans la famille de mon père.

– Chambersburg. C'est juste à côté de Gettysburg, non ?

– Je me suis vite rendu compte que mon accent n'était pas très apprécié des gens du coin. Mais ça allait. Mon père avait grandi là-bas et il n'avait jamais eu l'accent du Sud. Alors j'ai appris à parler comme lui.

– Votre père travaillait dans la justice ?

– C'était l'adjoint du shérif.

– Ah ! C'est bien ce que je pensais. Tué pendant le service, pas vrai ?

– Quelque chose comme ça.

On lui avait si souvent posé la question qu'omettre la vérité était devenu naturel. Mais cette fois-ci, elle sentit un pincement de culpabilité après lui avoir menti.

– Comment avez-vous su ?

– Je vous l'ai dit, vous avez l'air de quelqu'un qui cherche à prouver quelque chose. Maintenant que je sais que ce n'était pas à votre patron, Logan…

– Hé, où est-ce qu'on va ? l'interrompit-elle lorsqu'ils passèrent devant le Centre Gouvernemental d'Hopewell.

Il continua tout droit à travers la ville, ignorant les limites de vitesse des rues désertes. Hopewell semblait avoir fermé ses portes à la nuit tombée.

– Vous avez dit que vous vouliez voir les anciens dossiers de l'affaire. (Il tourna sur la route du Lac.) Ils sont aux archives. Chez moi.

– Pourquoi ?

Il haussa les épaules, mais elle vit ses mains se crisper sur le volant.

– Petite ville, petit budget. Quand l'ancien poste de police a été fermé et détruit après les inondations de 2005, on a eu besoin d'un endroit où les stocker. On n'a pas encore eu l'occasion de les remettre en place… Non qu'il y ait tant de place que ça pour les ranger. Quand Victoria Godwin a conçu son centre gouvernemental, elle a oublié les archives.

À son ton, il était clair qu'on ne lui avait pas demandé son avis sur les nouveaux quartiers du département de police.

Il tourna sur un chemin de terre, les menant sur la crête qui suivait le ravin à l'est de la montagne. De grands arbres résineux se balançaient dans le vent, étendant leurs branches pour caresser les flancs du tout-terrain. Une maison de plain-pied, au toit plat et carré, apparut.

– Nous y voilà donc, mon doux foyer.

Une longue véranda faisait le tour de la maison. Des marches faites avec des pierres de la rivière et une rampe pour handicapés menaient à de grandes portes-fenêtres. Caitlyn suivit Hal sur le palier.

– Mon grand-père l'a construite, expliqua-t-il. Dans les années cinquante. Il a probablement été l'un des premiers à concevoir une maison entièrement accessible aux fauteuils roulants. Il a pris pour modèle des maisons australiennes.

Il lui ouvrit la porte en grand. Elle était en chêne, joliment sculptée à la main de vignes et volubilis.

– Il a été blessé ? demanda-t-elle en faisant un pas à l'intérieur.

– Non, pas Pépé. Sa magnifique épouse, Éloïse, avait eu la polio. Elle était en fauteuil roulant. Mais elle n'arrêtait pas de dire que cette maison l'avait libérée.

Il la conduisit dans une entrée deux fois plus grande que celle du bungalow où elle avait grandi, puis dans une cuisine, allumant les lumières en passant.

L'ameublement était tristement familier. Celui d'un flic célibataire. Une chemise d'uniforme pendait sur le dossier d'une chaise. La table était parsemée de journaux, sur lesquels étaient posés un kit de nettoyage et un Glock 22 de calibre 40 désassemblé. Caitlyn sourit à l'odeur familière de l'antioxydant. Sur le plan de travail, une radio se serrait contre un vieux four à micro-ondes et une cafetière. Quelques centimètres de liquide noir subsistaient au fond de la cafetière en verre plus jaune que les doigts d'un fumeur.

La pile de vaisselle dans l'évier renvoyait à celle de boîtes de repas surgelés dans la poubelle à côté de la porte de derrière. Hal ne s'excusa pas pour le désordre ou le manque de charme des lieux, et cela lui plut.

– Je vais chercher les dossiers, dit-il en accrochant sa ceinture de service à un portemanteau à côté de la porte avant de déposer son bipeur, sa radio et son téléphone dans leurs chargeurs respectifs.

Il passa dans la pièce attenante. Quand il alluma la lumière, Caitlyn découvrit un salon en lambris encombré de boîtes d'archives en carton. À part cela ne s'y trouvaient qu'un meuble télé démodé et un fauteuil inclinable en tweed usé.

Elle se retint de rire, songeant à son propre appartement, rempli de photos de scène de crime, de matériel d'entraînement et de musculation, et le coffre-fort hérité de son père où elle rangeait ses armes. C'était le seul meuble qu'elle emportait au fil de ses mutations. Tout le reste était rapidement mis à disposition de l'association la plus proche et remplacé par un rapide tour à Ikea.

Hal déplaçait les cartons, tentant d'exhumer les dossiers de l'affaire Durandt. Elle rinça la cafetière et fouilla dans ses placards jusqu'à trouver de quoi faire du café frais. Le seul sucre qu'elle put dénicher était un bol couvert de poussière au fond du placard, mais il avait l'air encore consommable et, après sa migraine, elle avait besoin d'une dose d'énergie supplémentaire. Elle leva les yeux au ciel en en mettant une cuillerée dans sa tasse : c'était bien un mec. Il ne savait pas qu'on n'était pas censé utiliser de sucre glace pour le café. Il avait sans doute pris la première boîte sur laquelle il était tombé à l'épicerie.

Elle éprouva une once de jalousie en se demandant pour qui il l'avait acheté. Sa femme était morte depuis deux ans, elle ne pouvait pas être la première femme qu'il ramenait chez lui, si ? Elle versait du café dans un second mug quand elle entendit ses pas sur le plancher en chêne.

– J'espère que ça ne vous dérange pas, dit-elle, se tournant vers lui avec une tasse dans chaque main.

Il posa le carton de document sur la table et la regarda fixement, la bouche grande ouverte. Ses yeux étaient ronds, mais son visage était devenu pâle, comme si quelque chose l'avait effrayé. Peut-être qu'elle était *vraiment* la première femme qu'il ramenait chez lui depuis la mort de son épouse.

Puis il s'approcha d'elle et son expression arbora de nouveau ce sourire ensorcelant qu'elle avait entraperçu plus tôt. Celui qui lui donnait l'air de Gary Cooper dans ces vieux films que son père aimait tant.

– Ça ne me dérange pas, dit-il, sa voix si basse qu'elle approchait du murmure.

Sa main glissa sur sa hanche.

– Ça ne me dérange pas du tout.

Caitlyn le regarda droit dans les yeux, ne cherchant pas à se libérer de son étreinte. Il pencha son visage sur le sien, puis s'arrêta, à moins d'un centimètre d'elle, son regard sondant le sien. Il hésitait, lui demandait silencieusement la permission. Il avait l'air si vulnérable, comme s'il lui confiait un cadeau précieux.

Elle pencha le visage sur le côté et franchit l'espace entre eux, acceptant son baiser et se surprenant elle-même de sa propre retenue. Habituellement, son approche des hommes était une compétition brutale. Elle les forçait à la séduire… puis les délaissait tout aussi rapidement quand ils ne correspondaient pas à son niveau d'exigence. Mais pas là, pas avec Hal. Il était aussi blessé qu'elle. Elle n'avait pas besoin de machisme ou de bravoure avec lui.

Hal lui caressa la joue, ses doigts aussi doux que des plumes. Il passa une main dans ses cheveux, glissa une mèche rebelle derrière son oreille, sa respiration la chatouillant tandis que sa bouche suivait sa main. Il revint sur ses lèvres, prit son temps en l'embrassant à nouveau.

Caitlyn se sentit étourdie… mais ce n'était pas le vertige de ses migraines qui lui tordait les boyaux. Cette sensation de légèreté lui titillait les nerfs, jusqu'aux orteils, arqués à les faire presque sortir de ses chaussures.

La radio derrière eux se mit à brailler.

– Hopewell-Deux à Central. Arrivé sur les lieux, collision comprenant trois véhicules. Dégâts mineurs. Renforts, ambulance et pompiers demandés, borne vingt-quatre, route trois cent soixante-quatorze.

Hal se redressa, le charme brisé. Il se pencha à côté d'elle vers la radio, avant de l'écarter.

– C'est votre homme ? demanda Caitlyn, remarquant l'expression circonspecte qui était apparue sur son visage.

Celle d'un père qui regarderait son gamin grimper en haut de la cage à poules pour la première fois.

– Ouais. On est en sous-effectif en été, on alterne toutes les douze heures.

Son visage se referma quand le central répondit.

– Hopewell-Deux, Équipe de Comté numéro douze en route. Temps d'arrivée estimé à quatorze minutes. Ambulance et pompiers envoyés. À dix minutes.

Hal pencha la tête, écoutant attentivement la réponse de son officier.

– Entendu. Dix-quatre, central.

– On dirait que Tucker a la situation bien en main, dit-il, le regard toujours fixé sur la radio, la mâchoire serrée.

Caitlyn remarqua les cernes noirs sous ses yeux.

– Votre journée a été longue, avec cette découverte dans la montagne. Et je suis prête à parier que vous étiez de garde avant ça, dit-elle.

Elle savait reconnaître un bourreau de travail quand elle en voyait un.

– À quand remonte votre dernière nuit complète, chef ?

Il ramena son regard vers elle et se frotta le sourcil de l'index, comme s'il cherchait une réponse.

– J'ai perdu le compte. Mais c'est pour ça qu'on me paie avec de gros billets.

– Allez donc au plumard. Je peux regarder ces dossiers toute seule.

Un léger sourire lui courba les lèvres.

– Nan, vous avez émoustillé ma curiosité. (Ses mains vinrent se poser sur sa taille.) En plus, je veux avoir la chance de voir un grand agent fédéral en action. Je pourrais peut-être apprendre quelque chose. (Il s'arrêta, ses mains pressant ses hanches avec la promesse de ce qui restait à venir.) À moins que vous ne pensiez à m'accompagner ? Au plumard ?

Caitlyn rit.

– N'abusez pas de votre chance. Au travail.

27

Sarah avait regardé avec frustration les deux hommes se parler. La cachette la plus proche qu'elle avait pu trouver était trop éloignée pour lui permettre d'entendre Sam. Alan était tourné dans sa direction et le vent portait certains de ses mots jusqu'à elle. Suffisamment pour attiser le chaudron de peur qui bouillonnait dans son ventre. Qu'il ait pointé une arme sur Sam, avec l'air déterminé à en faire usage, n'avait pas aidé non plus.

Alan partit dans sa voiture et Sam disparut dans la forêt. Elle s'élança entre les arbres, à la poursuite de Sam, et l'aperçut sur le sentier qui descendait vers la route du Lac et le réservoir en aval des Basses Chutes.

Remerciant la pleine lune et la faible couverture nuageuse, elle descendit le sentier à petites foulées. Sa connaissance du terrain lui permettait d'éviter les racines et les branches basses avec aisance. Sam avançait assez rapidement lui-même, bien qu'elle pût l'entendre jurer à l'occasion, quand il trébuchait. Il était tombé, une fois. Elle se donna à fond pour le rattraper peu à peu, le visage grave. Enfin, à la clairière au-dessus du barrage, elle se trouva suffisamment proche pour l'arrêter d'un cri.

– Sam !

Il fit halte subitement et se retourna. Bouche bée, il fit un pas en avant. Sarah courut dans sa direction à toutes jambes et se jeta contre lui, le bourrant de coups de poings alors qu'ils tombaient violemment au sol.

– Espèce de connard ! Où est Josh ? Qu'as-tu fait de lui ?

Les larmes l'étranglèrent, étouffant ses mots. Sam ne fit rien pour se défendre, à part parer ses coups avant qu'ils fassent trop de dégâts. Elle sanglotait tellement qu'elle ne pouvait plus respirer. Aveuglée par les larmes et la colère, elle s'effondra sur son torse.

Sam se rassit, la serrant tendrement dans ses bras. Chaque inspiration était chargée de son odeur : cette forte odeur de musc, unique, qui n'était qu'à lui et à lui seul. Sarah se détestait pour cela, mais elle ne pouvait pas résister à la pulsion qui la submergeait. Elle enroula ses bras autour de ses épaules et se cramponna à lui de toutes ses forces.

Seigneur ! combien de milliers de fois durant ces deux dernières années avait-elle rêvé, avait-elle espéré, qu'il la serre ainsi ? Elle était terrorisée à l'idée de le lâcher, de peur qu'il ne lui brise à nouveau le cœur.

Et si Josh était vraiment mort ? Elle ne pourrait pas le supporter. Elle préférerait mourir que de l'entendre.

Les larmes de Sam se mélangèrent aux siennes, chaudes contre son visage et son cou. Il frissonnait et tremblait de manière incontrôlable. Elle reprit sa respiration et essuya son visage contre la flanelle qui couvrait son épaule.

– Josh ? demanda-t-elle, les yeux fermés, se préparant à sa réponse.

– Il va bien.

La voix de Sam se brisa. Il posa la main à plat contre sa joue, lui caressant le visage.

– Il est en sécurité. Il attend que je te ramène à lui.

Sarah s'étouffa dans ses larmes. Elle glissa des genoux de Sam, s'écarta de ses bras et reprit sa respiration. Puis elle le gifla aussi fort qu'elle le put. Le claquement de la peau contre la peau résonna comme un coup de feu.

– Tu n'es qu'un putain de fils de pute de merde ! (Ses mots explosèrent entre les quelques centimètres qui les séparaient.) Comment oses-tu ? Qui t'a donné le droit d'emmener mon fils ? De me faire subir ça ?

Sam resta assis, la main sur sa joue, les larmes coulant encore sur son visage. Il avait l'air pâle et maigre. Comme si tous ses côtés tendres s'étaient aiguisés et endurcis.

Sarah se releva et se tint au-dessus de lui, laissant affluer sa rage.

– Lève-toi, connard. Tu vas m'emmener jusqu'à mon fils, tout de suite, à cet instant précis. Et après, je partirai avec lui.

Il leva les yeux vers elle. Seigneur ! ce que ses yeux avaient l'air vieux. Vieux et submergés par le chagrin. Avec ses cheveux rasés, dans la lumière surnaturelle du clair de lune, on aurait cru voir le squelette de l'homme qu'elle avait connu et aimé.

Lentement, il secoua la tête.

– Je ne peux pas t'emmener jusqu'à Josh. Pas maintenant.

Sa respiration se bloqua dans sa gorge, la laissant sans voix. Elle lui envoya un coup de pied dans le flanc, mais il attrapa sa jambe et la tira vers lui. Une nouvelle fois, elle essaya de le rouer de coups, de le mordre, de le griffer, mais il enroula ses mains autour de ses poignets et la tint à distance.

Elle ne pouvait que hurler et grogner, comme un animal blessé. Elle aurait pu lui cracher au visage, mais sa bouche était trop sèche.

– Salaud ! Lâche-moi !

– Pas avant que tu ne te sois calmée. Écoute-moi, Sarah. Nous n'avons pas beaucoup de temps. Alan sait-il que tu es ici ?

– Qu'est-ce que ça peut te faire ?

Il la secoua.

– La vie de Josh peut en dépendre. La tienne aussi.

– Josh ? Alan veut s'en prendre à Josh ? J'ai vu son arme…

Elle se débattit à nouveau pour se libérer de son étreinte.

– Josh est en sécurité. Alan ne sait pas où il est. Mais il ne doit pas savoir que nous nous sommes parlé. C'est peut-être notre seul espoir.

Ce mot, que Sarah haïssait tant, lui gela les sangs. Combien de fois lui avait-on dit de ne pas perdre espoir, ces premiers jours avant que Wright ne passe aux aveux ? Même lorsqu'ils avaient amené les chiens pour rechercher les cadavres, et qu'ils avaient rappelé l'équipe de recherche et de sauvetage pour la remplacer par les équipes scientifiques. Combien de fois avait-elle osé se chuchoter de secrets espoirs dans le noir, les étouffant dans son oreiller et ses larmes ?

– L'espoir, ça n'existe pas, cracha-t-elle. Dis-moi simplement où trouver Josh, emmène-moi jusqu'à lui.

Elle le suppliait à présent, mais ça lui était égal.

Sam la tira à nouveau vers lui, mais cette fois elle resta rigide, immobile entre ses bras.

– Où. Est. Mon. Fils ?

Il relâcha son étreinte et elle s'écarta de lui comme s'il était toxique.

– Promets-moi d'écouter tout ce que j'ai à dire. (Il leva un regard implorant vers elle.) S'il te plaît, Sarah.

Elle s'écarta de Sam et s'agenouilla.

– Dis-moi ce qu'il faut que je sache.

Il expira, un soupir tremblant, et frotta son côté droit.

– Je vais tout te dire. Ensuite… (Il voulut lui prendre la main, mais elle le repoussa rapidement.) … tu pourras décider quoi faire.

Sa voix chevrotait, son corps tout entier frissonnait. Elle aurait tant voulu le prendre dans ses bras et le réconforter. Au lieu de cela elle serra les poings, les gardant sur ses hanches avec rigidité, se refusant à lui. Une larme solitaire coula sur la joue de Sam.

– Ce sera à toi de décider. Je ne sais plus distinguer ce qui est bien de ce qui est mal. Tout dépend de toi, Sarah.

JD détestait cette sensation. Son corps frémissait de l'envie, non, du besoin de toucher Julia. Sa bouche était sèche et, chaque fois qu'il essayait de dire quelque chose, ç'avait l'air complètement nul. Ils étaient tous les deux assis sur la couverture et surveillaient les mystérieuses lumières, leurs jeans l'un contre l'autre. Elle était si à l'aise. Elle se penchait parfois vers lui, ses cheveux lui caressant la peau, ou le touchait pour appuyer son propos quand ils parlaient de chez eux, de leurs parents et de leur désespérante ringardise, de l'école, et de leurs rêves.

Seigneur ! mais qu'aurait-il fallu qu'il fasse, là ? Il ne pouvait s'empêcher de frotter ses mains moites le long de son pantalon quand ses doigts le démangeaient de caresser sa peau douce et crémeuse. Il regrettait qu'il ne fasse pas plus froid pour pouvoir la prendre dans ses bras.

Mais la nuit était assez chaude pour que la veste en jean de Julia lui suffise. Ils restèrent silencieux quelques minutes. JD pensait à la façon dont ses amis se moqueraient de lui pour n'avoir même pas réussi à l'embrasser, quand elle se tourna vers lui, la tête penchée en arrière, exposant un triangle de peau qui n'attendait que… que quoi ? Un baiser ? Et s'il s'y prenait mal ? Ou une caresse… Une image d'elle riant à gorge déployée de ses gestes maladroits lui fit baisser la main qu'il avait tenté de tendre vers elle.

Ce n'était pas comme ça, dans les films. Ni dans les récits des mecs dans les vestiaires. Pourquoi ne pouvait-il pas être normal ? Et savoir ce qu'il était censé faire avec une fille ?

– Pourquoi c'est si important pour toi ? (La voix de Julia glissa dans le silence comme du sirop d'érable chaud et chassa sa nervosité.) Pour que tu y consacres tout l'été, ce n'est pas juste pour avoir une chance de décrocher un stage. Et pourquoi les lumières ? Pourquoi ne pas faire un film sur quelque chose de plus facile ?

Il leva lentement les yeux pour la regarder en face et s'assit le dos droit. Elle le regardait avec un air si sérieux : comme si elle s'en souciait réellement, comme si ce qu'il disait avait de l'importance. Pour elle.

Son cœur s'emballa et il se passa la langue sur les lèvres deux fois avant de pouvoir répondre. Il avait besoin de lui dire la vérité, il ne pouvait pas lui dire les mensonges qu'il servait au reste du monde.

– Je voulais savoir ce que c'était que ces lumières parce que… (Il regarda ailleurs, persuadé d'avoir l'air idiot.) J'avais besoin de me racheter après ce qu'il s'est passé il y a deux ans. Tu vois, c'est à cause de moi que ce type, Damian Wright, a pu échapper.

28

La plupart des passagers du vol United 803, en partance de Los Angeles et à destination de JFK, New York, étaient endormis. Mais pas Grigor Korsakov. Il avait plus que suffisamment dormi pendant ces sept dernières années. Il n'allait pas gâcher une seconde de plus dans le monde des rêves.

Pas alors qu'il allait réaliser tous les siens.

– Savez-vous ce qui tue vraiment les gens en prison, Dawson ? demanda-t-il à l'avocat en costume gris assis à côté de lui, un baby-sitter envoyé par son oncle.

Comme si sa propre famille ne le croyait plus capable de respecter les règles du jeu.

Dawson ne prit pas la peine de mettre la main devant la bouche avant de bâiller et ouvrit ses yeux bleus endormis pour les poser sur Grigor.

– Les bagarres ?

– Non. L'ennui. Simplement l'ennui.

– Bien sûr. De l'ennui naissent les bagarres.

Dawson était un avocat typique et avait toujours le dernier mot.

Korsakov regarda par son hublot dans le vide ténébreux.

– Vous savez comment j'ai combattu l'ennui ?

– En mettant en scène des pièces de théâtre pour la troupe de comédiens de la prison ?

Il était impossible d'ignorer son ton de dégoût. À l'évidence, la famille avait eu vent des « distractions » de Grigor.

Mais même ces passe-temps avaient fini par le lasser. Ils n'étaient rien comparés aux tragédies qui se jouaient dans sa tête : d'intimes explorations de la psyché humaine, ayant toutes Stan Diamontes en tête d'affiche.

Grigor avait failli mouiller son caleçon quand Logan lui avait dit que Stan avait une femme et un fils. Dommage que Stan et le fils soient morts. Mais ça lui laissait encore la femme...

Sa main devint moite alors qu'il se cramponnait à l'accoudoir. Un petit bruit s'étouffa dans sa gorge.

– Grigor, tu sais ce que ton oncle a dit. La famille ne veut plus que tu sois un problème, ou... (Dawson prit un ton tranchant.) ... une gêne.

– Si mon père était encore en vie...

– Ton père est mort. C'est ton oncle qui décide maintenant. Et il te considère comme un handicap.

– Personne ne disait ça quand je leur faisais gagner de l'argent.

– Ils ont perdu tout cet argent et plus, quand ils ont dû mettre fin aux opérations après ton arrestation. Les affaires marchent bien maintenant et ton oncle tient à ce que rien ne vienne les compromettre.

Grigor plissa les yeux, regardant l'avocat avec dédain. Il était un artiste perdu parmi les ignares qui ne s'intéressaient qu'à l'argent. Ils ne le comprendraient jamais... Personne ne le comprenait.

– Bon, c'était quoi cette ville où tu voulais acheter une propriété ?

Le sourire de Grigor découvrit ses dents.

– Hopewell ? C'est à la montagne. C'est très calme et très paisible. J'aurai les moyens d'y faire ce qui sera mon plus beau travail.

Julia se tourna vers JD, la bouche grande ouverte sous l'effet de la stupeur. JD baissa la tête, le visage rouge de honte. Il n'avait raconté à personne ce qui s'était passé ce jour-là... et voilà qu'il le lui révélait, à elle.

Super idée, Casanova. Parfait pour séduire.

– Damian Wright ? demanda-t-elle, la voix tendue. Celui qui a tué le petit garçon de Madame Durandt ?

– Et son mari. Et ces autres gosses après être parti d'ici.

JD remonta ses genoux contre sa poitrine et les entoura de ses bras. Son corps tremblait, mais il refusait de céder aux larmes. Pas devant elle.

– C'est ma faute.

À sa surprise, Julia s'approcha, passant ses bras autour de lui et posant sa tête sur son épaule.

– Non, JD. Tu ne peux pas penser ça. Comment ça pourrait être ta faute ?

Les épaules de JD s'affaissèrent sous le poids du fardeau qu'il avait porté pendant deux ans.

– Je l'ai vu. Damian Wright. Je l'ai vu ce jour-là. Tommy Bowmaster et moi, on était en train de traîner au parc, on faisait du skate, on s'entraînait à faire quelques figures. Tommy est tombé et s'est fait mal au poignet, alors il a dû partir, mais je suis resté. J'ai vu ce type en train de traîner autour des petits gamins qui jouaient, il prenait des photos.

– Tu ne pouvais pas savoir qui il était ou ce qu'il allait faire, protesta-t-elle.

Elle défendait JD mieux qu'il ne pouvait se défendre lui-même.

– Je l'ai vu, Julia. Je savais qu'il était en train de faire un truc dégueu. J'ai même vu sa voiture : une Honda Accord blanche. Je l'ai regardé partir et je n'ai rien dit à personne. Puis il est allé tuer tous ces enfants, mais j'aurais pu l'arrêter. J'aurais dû l'arrêter.

Elle le serra fort alors qu'il contractait les épaules pour ne pas éclater en sanglots.

– Je n'arrête pas de penser au visage de ces enfants… Ç'aurait pu être mon petit frère. La police est venue chez moi quelques jours plus tard, nous dire que Kenny était dans les photos qu'ils avaient trouvées. Ce pervers avait pris des photos de mon petit frère. Et s'il s'en était pris à Kenny ? Juste parce que j'ai été trop fainéant pour l'arrêter.

– Tu n'avais que treize ans, à l'époque. La police ne t'aurait sans doute pas écouté, de toute façon. Qu'est-ce que tu aurais pu faire, en plus ? Le suivre en skateboard ?

La voix de Julia était calme et apaisante. La voix de la raison qu'il avait cherchée deux ans durant.

– J'en sais rien, admit-il. Dans mes rêves, je le tabasse à coups de skate, je le mets à terre, je le retiens jusqu'à ce que Hal Waverly ou un de ses hommes arrive. Tout le monde se réjouit et je reçois une grosse médaille.

Sans parler des jolies filles qui l'embrassent.

– Dans mes cauchemars, poursuivit-il, déterminé à lui dire toute la vérité, je le regarde partir en voiture, et je réalise trop tard que Kenny est à l'arrière, en train de cogner contre la vitre, pris au piège. Et je cours encore et encore et je ne les rattrape jamais.

– Mais ce ne sont que des rêves. Ils ne veulent rien dire. Dans la vraie vie, tu ne pouvais pas savoir qu'il se préparait à faire du mal à quelqu'un. C'était juste un adulte pervers et tu étais content de le voir partir.

JD soupira et se détendit dans ses bras. Elle sentait si bon. Comment les filles faisaient-elles ça ? Une odeur de pluie et de vanille. Il tourna son visage vers le haut et mit son nez dans son cou, buvant son parfum.

– Alors, c'est pour ça que tu veux découvrir ce qui fait ces lumières ? Pour être sûr qu'il n'arrive plus rien de mal à personne d'autre ?

La voix de Julia avait pris une nuance de fierté.

JD s'écarta juste assez pour pouvoir voir son visage, vérifier qu'elle ne se moquait pas de lui. Loin de là, elle le regardait intensément avec un grand sourire admiratif.

– Quelque chose dans ce genre, bafouilla-t-il, sans trop savoir que penser de cette fille qui ne le traitait pas d'imbécile comme le reste du monde.

– Ouah ! Je veux dire, tout le monde ne pense qu'à des trucs comme la musique ou les fringues, des trucs qui n'ont aucune importance, mais toi… Ouah ! Tu penses à ce qui compte vraiment. Encore plus que ça, tu n'as pas peur de saisir une occasion, de suivre tes idées. JD, tu es un vrai héros.

Avant que le cerveau abasourdi de JD ne puisse formuler une réponse, Julia avait enroulé ses bras autour de son cou et posé ses lèvres sur les siennes, l'étouffant dans une étreinte à lui couper le souffle. Elle avait un goût aussi merveilleux que son parfum. Il répondit à son baiser et osa ouvrir ses lèvres contre les siennes, en l'invitant.

Julia réagit avec avidité et, bientôt, il ne parvint plus à se souvenir pourquoi il avait été si nerveux.

Sam observait Sarah tandis qu'elle le regardait de haut. Elle avait changé. Elle avait perdu du poids mais, d'une certaine manière, elle ne semblait ni maigre ni faible. Cela affinait plutôt ses muscles, lui donnait l'air fort, capable de tout. Il étudia son visage et vit les cercles bleuâtres sous ses yeux, des yeux qui, autrefois, s'éclairaient chaque fois qu'elle le regardait, et qui à présent se plissaient de haine.

Comme si le simple fait de le voir la rendait malade.

– Ne me regarde pas comme ça, l'implora-t-il.

– Comment ? (Sa voix trembla, semblant sur le point d'éclater en mille morceaux.) Je ne sais même pas qui tu es. Je t'ai donné six années de ma vie, je t'ai donné un fils…

Sa voix se brisa et quelque chose en lui se brisa aussi. Comme si l'un des éclats avait percé sa cicatrice, l'avait poignardé, pour se tordre dans son ventre, et en ressortir en y abandonnant des échardes acérées.

Sarah se tenait debout, la tête penchée, les bras grands ouverts en signe d'abandon… ou de défaite. Sam ne supportait pas de la voir comme ça. Ce n'était pas sa femme. Sa Sarah n'abandonnait jamais. Jamais.

La lueur spectrale de la lune se reflétait sur son visage trempé de larmes. Elle s'essuya les yeux avec la manche de sa veste en polaire. Mais les larmes ne s'arrêtaient pas.

La douleur lui perçait profondément le cœur, pesait sur sa poitrine. Il avait fait tout cela pour la protéger, pour protéger Josh, mais ses actes avaient tué la femme qu'il aimait. Une partie, en tout cas. Il ramena ses genoux contre sa poitrine et détourna le regard.

– Parle-moi, Sam, lui ordonna-t-elle, sa voix n'étant plus qu'un murmure étranglé qui parvenait à peine à traverser le vide de l'air nocturne entre eux. Dis-moi tout.

Il prit une profonde inspiration. Surpris de ne pas succomber aux mille lances de la douleur, il respira. Il était toujours vivant. Il ne pourrait pas s'en sortir si facilement. C'était Stan tout craché, toujours à chercher la solution de facilité.

Pas cette fois.

– Je ne m'appelle pas Sam, commença-t-il, s'adressant aux ombres devant lui.

– Non… (Son expiration frustrée fit le tour de la clairière.) Alors putain, qui es-tu ?

– Mon véritable nom est Stan Diamontes. J'étais… je suis… un tas de choses. J'aimais surfer. J'aimais écrire des chansons. Je draguais des filles sur la plage quand les vagues n'étaient pas assez fortes. Je n'aimais pas travailler, mais mon père ne voulait pas me payer l'université à moins que je ne m'inscrive dans quelque chose de valable, alors j'ai un diplôme de comptabilité.

Ses pieds soulevèrent de la terre lorsqu'elle tourna sur ses talons.

– Toi, un comptable ? Tu n'étais même pas capable de faire nos comptes.

– Je n'ai pas dit que ça me plaisait. Mais en réalité j'étais… je suis… assez bon. Pas avec une calculatrice ou un carnet de comptes, mais avec un ordinateur. Déplacer de l'argent, le faire fructifier pour quelqu'un, le cacher.

Il sourit presque en se rappelant son crime « parfait ». Un crime sans victime, puisqu'il avait remis tout l'argent qu'il avait emprunté sur les comptes de Korsakov, mis à part les intérêts qu'il en avait tiré.

Stupide, avide et imbécile. C'était exactement Stan. Prêt à tout tenter pour la montée d'adrénaline de l'argent facile, il n'avait pas pu résister à tous ces millions qui dormaient tranquillement en attendant ses doigts crochus. Il s'était convaincu lui-même que c'était le destin qui l'avait placé aussi près d'une telle quantité d'argent. Le destin qui l'avait présenté à un fou comme Korsakov. Une image de ce que Korsakov ferait à Josh et Sarah passa devant ses yeux. Du feu vrilla sa cicatrice. Détournant les yeux, il prit de petites inspirations par la bouche et ravala sa bile.

– Pour qui as-tu fait fructifier tout cet argent, alors ? demanda Sarah, sa voix plus proche à présent.

Sam déglutit encore une fois avant de pouvoir faire confiance à sa voix.

– Un type du nom de Grigor Korsakov. Il voulait percer dans le cinéma, il en avait vraiment envie. Il était déterminé à devenir le prochain Tarantino. Il avait de l'argent, mais il avait besoin de le… euh… légaliser avant de pouvoir l'utiliser pour sa boîte de production.

– De le légaliser ? Tu veux dire de le blanchir. Alors ce type, Korsakov, qu'est-ce qu'il était en réalité. Un dealer de drogues ?

Elle faisait les cent pas à travers la clairière. Tournant la tête d'un côté et de l'autre. Surveillant les arbres qui les entouraient, comme un animal en cage cherchant une issue.

Sam ne pouvait pas la quitter des yeux, l'observant se recomposer. Elle avait la tête haute à présent, avait chassé cet air de défaite de son visage. Elle semblait dégager une colère brûlante comme un fer chauffé à blanc.

– Il était dans la drogue, les prostituées, la contrebande, les paris. (Il haussa les épaules.) Tout ça et le reste.

D'un mouvement vif et soudain, elle tourna sur ses talons et s'arrêta à un mètre devant lui. Elle le foudroya du regard.

– Tu travaillais pour un dealer de drogues et un maquereau ?

– Non. Je travaillais pour un type dont la famille s'est révélée faire partie de la Mafia russe. Ce sont eux, les dealers de drogues et les maquereaux. Même si Korsakov est le plus dangereux de la bande. Je n'en avais pas conscience au début. Le temps que je m'en rende compte, il était trop tard. J'y étais enfoncé jusqu'au cou.

Elle se pencha en avant, son regard le transperçant de part en part.

– Je te demande pardon, mais je crois que tu as trouvé un moyen de t'enfoncer un peu plus. Et de nous faire tomber, ton fils et moi, avec toi.

Il tressaillit à ses mots. Pas à cause de l'acier de sa voix, qu'il ne lui connaissait pas, mais à cause de la vérité en leur sein.

– Ça n'était pas censé se passer comme ça.

– Ça ? Quoi, ça ?

– Ma vie, toi, Josh... Rien n'était censé se passer comme ça. J'avais tout prévu.

– Tout prévu ?

Son rire était suraigu, à un cheveu de l'hystérie. Sam la regarda avec inquiétude. Elle se tenait droite et raide, les jointures de ses poings serrés blanches, les lèvres pincées de rage.

– Et quelles étaient tes grandes prévisions, *Stan ?*

Son ancien nom lui faisait horreur, d'autant plus qu'elle le crachait comme s'il avait mauvais goût. Et, surtout, qu'elle, entre toutes, sache la vérité sur sa vie, lui faisait horreur.

Ses doigts parcouraient sa cicatrice, la caressaient à la manière d'un oracle cherchant des réponses. Il essaya de trouver les mots pour tout lui expliquer.

– Tout a commencé il y a huit ans. J'avais vingt-sept ans et je vivais toujours comme un gamin. Je ne m'inquiétais de rien, je n'étais responsable de rien, je ne prévoyais rien... Je n'en avais pas besoin. Et puis, j'ai vu un homme mourir.

29

Sam ne pouvait pas rester en place une seconde de plus. Il se leva et s'avança au bord de la falaise. La lune se reflétait sur les eaux sombres du réservoir niché dans les plis de la montagne. En contrebas du barrage, les lumières d'Hopewell scintillaient comme des lanternes entourées de forêt noire.

Il prit son courage à deux mains et raconta son histoire. S'adresser au vide devant lui était plus facile que d'affronter Sarah.

– Alan était mon colocataire à l'université. C'était lui, le plus ambitieux. Il a fait ses études de droit, a travaillé dans le droit des sociétés assez longtemps pour se rendre compte qu'il y avait des moyens plus faciles pour se faire de l'argent que de lécher les bottes des partenaires. Il a démissionné pour monter son propre cabinet… avec une clientèle très spéciale.

– Des escrocs ?

– Pas tous. Plutôt des experts en finance qui n'avaient pas peur de parier si ça pouvait leur rapporter gros. Des hommes d'influence. Des producteurs, des agents… les hommes de l'ombre de Hollywood. Il m'a engagé pour contourner les problèmes de taxes. Au début, tout était légal. Discutable, peut-être, mais rien d'illégal. C'était assez drôle, de battre l'Oncle Sam à son propre jeu, d'utiliser ses propres règles contre lui. Puis Alan a commencé à faire affaire avec des gens qui aimaient parier de plus grosses mises. Des gens avec de grosses sommes d'argent.

– Des gens comme ton Russe.

Le dédain de Sarah teintait sa voix.

– Ouais, des gens comme Korsakov. J'aurais dû m'arrêter là, mais c'était tellement… enivrant. De voir jusqu'où je pouvais m'approcher du bord. Et puis d'un coup, j'étais passé par-dessus et je ne m'en étais même pas rendu compte.

Il se tourna vers elle. Elle avait traversé la moitié de la clairière et était plus proche que ce qu'il avait imaginé. Le clair de lune dansait autour d'elle et il se demanda un moment si tout cela n'était pas une sorte de rêve.

Ou un cauchemar, plutôt.

– Quand j'ai compris ce qui se passait, j'ai eu l'intention d'appeler les flics. Mais avant que j'aie pu le faire, Korsakov m'a invité à dîner chez lui. C'était un véritable festin. Comme sorti tout droit d'un film : du caviar et du champagne, des truffes, de la vodka, tout un défilé de belles femmes, des plats en or. Puis il m'a emmené dans une autre pièce pour le dessert.

Il se tut et se détourna à nouveau, pris d'un haut-le-cœur en se rappelant ce qu'avait été le « dessert ». Le bord de la falaise était si proche, il était à moitié tenté de faire un pas dans le vide, de s'échapper en prenant son envol… sauf que le prochain arrêt était le barrage cent cinquante mètres plus bas. Il se racla la gorge et prit son courage à deux mains. Il devait tout lui raconter, la préparer à ce qui allait arriver ensuite.

– Un homme nous attendait. Il était ligoté sur une chaise, complètement nu. Il était couvert d'hématomes et avait un regard fiévreux, la voix rauque d'avoir trop crié. Il n'arrêtait pas de nous demander qui nous étions, ce que nous voulions, pourquoi lui. J'ai essayé de m'échapper, mais les hommes de Korsakov m'ont retenu et m'ont forcé à regarder pendant que Korsakov ignorait les cris de l'homme qui demandait pitié et le torturait. Il n'arrêtait pas de parler de l'histoire de chaque technique, qui l'avait inventée, les modifications qu'il y avait apportées, le taux de succès.

Il entendit Sarah s'étouffer derrière lui. Les mots sortirent en cascade tant il avait hâte d'en finir.

– J'ai supplié Korsakov d'arrêter. Il voulait que je lui prête serment de loyauté et je l'ai fait. J'aurais fait n'importe quoi pour arrêter les cris… Enfin, presque n'importe quoi. Il m'a tendu un pistolet et m'a dit de le faire, de tirer sur ce pauvre gars, de mettre fin à ses souffrances. Il m'a tenu le bras pour m'aider à viser. Il m'a dit que c'était la seule façon de le libérer, que je lui ferais une faveur.

Il dut s'interrompre, ses dents claquaient tant que les mots restaient bloqués dans sa gorge. Il serra ses bras autour de son torse, la chair de poule hérissant sa peau. Puis il sentit sa chaleur quand elle ajouta ses bras aux siens, le retournant dans son étreinte. Il la laissa le serrer contre elle jusqu'à ce qu'il arrête de trembler.

– Que s'est-il passé ? murmura-t-elle.

Il garda son visage contre dans son cou, refusant de la lâcher.

– Je n'ai pas pu le faire. Je n'ai pas pu lui tirer dessus. Alors Korsakov a pris un chalumeau et lui a brûlé les yeux. Il a dû brûler une artère ou quelque chose, parce que tout son sang s'est mis à se répandre, puis il est mort.

Le souvenir de l'horrible silence qui était tombé dans la pièce martela son esprit. Un silence rapidement brisé par le rire de Korsakov.

– Je lui ai demandé qui avait été cet homme, ce qu'il avait fait pour mériter une telle punition. Korsakov m'a dit qu'il n'en avait pas la moindre idée. C'était un type qu'ils avaient ramassé dans la rue. Juste pour bien me faire comprendre à quel point ils prenaient au sérieux le serment de loyauté.

Sa bouche était parcheminée. Il déglutit, mais sa gorge était sèche et râpeuse.

– Alors, c'est là que j'ai préparé mon plan. Je me suis mis à récolter des informations sur les activités de Korsakov et à me fabriquer une nouvelle identité au Canada. Quand j'ai eu tout ce dont j'avais besoin, je suis allé au FBI. Après la condamnation de Korsakov, ils ont voulu me mettre sous le régime de la protection des témoins, mais je savais que je serais plus en sécurité de mon côté, alors je me suis échappé. Stan Diamontes, comptable pour la mafia, est devenu Sam Durandt, médiocre compositeur de chansons et vendeur d'assurances.

– Tu ne m'en as jamais parlé. (Elle s'écarta de lui, le visage sombre.) Tu m'as laissé croire… Tu as mis un enfant au monde, tout en sachant qu'un jour nous pourrions tous être en danger à cause de ton passé. (La colère perça à nouveau dans sa voix.) Sam, comment as-tu pu ne pas m'en parler ?

– Je voulais une nouvelle vie, un nouveau départ. Pour nous tous. J'avais prévu de tout te dire dès que j'aurais eu une nouvelle identité prête pour toi.

Elle fronça les sourcils.

– Une nouvelle identité ? Pourquoi faire ?

– Je savais que Korsakov sortirait de prison tôt ou tard, qu'il se mettrait à ma recherche. Alors, j'ai préparé un itinéraire de secours. Un nouveau passeport, un endroit où vivre, un permis de conduire, même une assurance maladie, un CV. Laisse-moi te présenter Samuel Deschamps, citoyen du Canada.

– Deschamps ?

– Quand Josh est arrivé, je lui ai créé une fausse identité, à lui aussi. C'est facile pour un bébé. Je l'emmenais de l'autre côté de la frontière pendant que tu travaillais. Un pédiatre lui a même fait quelques examens au Canada. Mais après le 11 Septembre, je ne pouvais plus avoir de passeport ou quoi que ce soit pour toi… En tout cas, rien d'assez solide pour risquer ta vie.

– Alors, tu as tout prévu ? Josh et toi, vous vous êtes enfuis et m'avez laissée derrière ? Pourquoi ? Comment ? Il y avait tout ce sang et Damian Wright a avoué. Sam, qu'est-ce qui s'est passé, bon sang ?

30

Caitlyn ouvrit la première boîte d'archives, retira ses chaussures d'un coup de pied, et s'agenouilla sur sa chaise pour trier les feuilles en catégories.

– J'ai retrouvé les études des preuves et des photos de la scène de crime, dit-elle à Hal, qui sirotait son café à côté d'elle.

Elle but quelques gorgées du sien. Il était amer, il lui fallait plus de sucre.

– Vous voyez ces traces de sang ? Ce sont celles de Richland. On dirait qu'il s'est cogné la tête sur ce gros rocher et a roulé un peu plus loin.

– Vous aviez dit que c'était ce qui était arrivé à Wright. Il a ensuite tiré le corps de Sam au loin et a pris Josh. Mais si Richland avait été envoyé pour tuer Sam, pourquoi cacher le corps ? Et qu'a-t-il fait de Josh ?

Il se glissa dans le siège à son côté, passant le bras devant elle pour prendre une des photos.

Caitlyn pinça les lèvres en réfléchissant.

– C'est ça, la grande question, pas vrai ?

Elle lui jeta un coup d'œil. Les yeux de Hal étaient brillants quand ils rencontrèrent les siens.

– Peut-être que Richland n'a pas tué Josh ? Peut-être que Sam et lui sont encore en vie tous les deux ?

– Non.

Hal laissa tomber la photo de la scène de crime. Elle glissa jusqu'au bord de la table, mais il ne chercha pas à la rattraper.

– Sam ne ferait pas ça, pas à Sarah. Il ne pourrait jamais la laisser comme ça, en lui volant son fils. En plus, regardez tout ce sang. Il faudrait un miracle pour que quiconque survive à cela. Sans parler de la force nécessaire pour tuer un marshal fédéral et se débarrasser de son corps. (Il chassa l'air de ses poumons en un soupir résigné.) Non, Sam est mort. Forcément.

– Vous avez raison. Sam n'aurait jamais pu déplacer Richland, pas seul et blessé.

Elle reprit la photo et l'observa attentivement, les sourcils froncés. Il y avait vraiment énormément de sang, mais il avait plu aussi… Il avait pu être dilué. Cela restait quand même impossible, à moins que…

– Sam pouvait-il avoir un complice ?

– Ça ne pouvait pas être Sarah. Elle était à Albany.

Il était prompt à défendre Sarah, nota-t-elle. Et il devenait plus qu'un peu susceptible à son sujet.

– On a regardé tout ça comme crime d'opportunité parce qu'on pensait que Wright en était le coupable. Et si c'était un plan bien réfléchi et bien orchestré, et que la seule opportunité ait été l'arrivée de Wright pour servir de bouc émissaire ?

Elle s'appuya contre le dossier de sa chaise, sirota son café en savourant le flot de caféine et la force qu'elle apportait, tranchant à travers sa fatigue.

– Je ne comprends pas. Vous pensez que quelqu'un avait prévu de tuer Sam et Josh, prévu de cacher leurs corps, puis de faire passer Wright pour le coupable ?

– Règle numéro un des meurtres : étudier la famille en premier.

Il se raidit, sa mâchoire de nouveau contractée par un spasme.

– Je vous l'ai déjà dit, Sarah a un alibi en béton armé.

– Ça ne veut pas dire qu'elle n'a pas pu engager quelqu'un pour le faire à sa place. Peut-être qu'elle a engagé Richland et un partenaire inconnu pour tuer Sam, et que les choses ont dérapé, le partenaire s'est retourné contre Richland. Peut-être que Damian

Wright tombait à pic, mais que c'était Sarah qui se trouvait derrière les meurtres de Sam et Josh.

– Il y a tellement de choses impossibles dans cette théorie que je ne sais même pas par où commencer.

– Comme quoi, par exemple ? le défia-t-elle.

– Comme pourquoi diable Sarah aurait-elle *voulu* tuer Sam ? Sans parler de son propre fils ?

Pendant un instant, Sam fut incapable de respirer. C'était comme si les ténèbres étaient entrées dans ses poumons et le consumaient de l'intérieur. Il se laissa emporter par le flot de ses souvenirs et parcourut la clairière du regard. Ses pas étaient mal assurés quand il marcha jusqu'à la lisière de la forêt, puis s'accroupit et posa la main sur le sol.

– Là. (La syllabe était aussi tremblante que les feuilles dans la brise nocturne.) C'est là que ça s'est passé.

Sarah se précipita à son côté, le rejoignant sur le sol, ses mains sur son bras. Il tremblait encore, mais son contact apaisa la tension dans sa poitrine, et il put se remettre à respirer normalement. Il devait tout lui dire, il le savait. Au moins, il n'aurait pas à le revivre seul.

– Il y avait un homme. Je l'ai vu photographier des enfants, les regarder en se cachant. J'en ai parlé à Hal, il m'a dit qu'il appellerait les agents fédéraux pour garder un œil sur lui. (Il haussa les épaules.) Je ne suis pas certain de ce qui s'est passé ensuite mais, d'une manière ou d'une autre, les mauvaises personnes ont entendu parler de moi et, le jour suivant, un marshal nommé Leo Richland est venu frapper à ma porte pour me dire qu'il fallait que je parte immédiatement. Tu étais à Albany, alors évidemment je lui ai dit que non, je ne pouvais pas partir. Et il a sorti son arme. (Il frappa de la paume de sa main la terre à ses pieds, le souvenir de son impuissance montant peu à peu en lui.) C'est là que Josh est entré et a distrait Richland. Je l'ai plaqué au sol et j'ai hurlé à Josh de courir, d'aller à notre refuge.

– Votre refuge ?

Son étreinte se resserra douloureusement sur son bras. La colère débordait de sa voix. Il ne pouvait pas y faire grand-chose à part continuer à s'expliquer.

– J'ai toujours eu peur que quelque chose de ce genre puisse arriver, alors Josh et moi avions un endroit secret où nous cacher, en montant un peu sur le sentier. Je lui ai appris à y aller au cas où quelque chose arriverait : c'est une grotte où j'avais stocké des vivres. Juste au cas où.

– Juste au cas où. (Les mots sortirent en un murmure sifflant de rage.) Et tu n'as jamais pensé à m'en parler ?

– J'y ai pensé chaque seconde de chaque jour, protesta-t-il. Mais comment pouvais-je te demander d'accepter les risques d'une telle vie ? Comment aurais-tu jamais pu aimer l'homme que j'étais ? L'homme que je suis, ajouta-t-il avec regret. De plus, c'était la meilleure façon de te garder en sécurité.

Elle laissa retomber ses mains et il se sentit soudain à des années-lumière d'elle.

– Dis-moi seulement ce qu'il s'est passé.

– J'ai cloué Richland au sol et je me suis précipité à l'extérieur pour essayer de le semer dans les bois. Ou au moins de le ralentir, de l'emmener loin de Josh.

– Pourquoi tu n'es pas allé en ville ? Chercher de l'aide ?

– Comment pouvais-je savoir à qui faire confiance ? Je ne sais toujours pas comment Richland m'a trouvé. Pour autant que je sache, Hal pourrait être celui qui a découvert que j'étais Stan : rappelle-toi, il n'était pas très heureux de me voir après que la compagnie eut refusé de payer l'assurance de Lily.

– Hal ne pourrait jamais…

– Alors qui ? Quelqu'un du FBI ? Si Korsakov peut acheter un marshal, il peut acheter n'importe qui. Je n'avais pas le choix, je ne pouvais faire confiance à personne, alors j'ai fait la seule chose que je pouvais faire.

– Tu t'es enfui.

– Oui. Mais Richland m'a rattrapé ici. Il m'a tiré dessus.

La cicatrice sur son flanc le brûla à son évocation. Il la frotta pour tenter de la faire taire, mais la douleur s'enfonça dans son ventre, aussi intense qu'au premier jour.

– Les films ont tout faux, poursuivit-il, les yeux fixés sur le petit bout de terre qui avait failli devenir sa tombe. On n'est pas projeté en arrière et on ne s'écroule pas au sol. Je n'ai même pas entendu le coup de feu… C'était comme si mon cerveau s'était mis à rugir, je ne pouvais plus rien entendre. Puis j'ai senti cette brûlure et j'ai baissé les yeux, et il y avait du sang partout.

La main de Sarah couvrit la sienne, l'écartant délicatement. Il s'assit sur le sol froid et la laissa tirer la flanelle puis relever son tee-shirt. La peau cicatricielle reflétait la lueur pâle et argentée de la lune, ses bords froissés se tordant autour de son flanc comme une vipère. Il tressaillit quand elle tendit la main pour la toucher, et il s'écarta en anticipant la douleur.

Elle parcourut la cicatrice de ses doigts, si délicatement. Elle était plus large que ses deux paumes. Il avait fallu une greffe de peau pour la recouvrir. Elle était incurvée comme un cratère sur le morceau de chair manquante, un creux déformé bordé par les muscles rigides de son abdomen.

– Là…, murmura-t-elle.

À sa surprise, sa caresse apaisa la douloureuse sensation de brûlure.

– Oui. Après avoir emmené Josh en sécurité, je me suis effondré. Je suis resté à l'hôpital presque dix semaines : le temps que j'arrive jusqu'à un médecin, j'avais une infection. Il a fallu trois opérations pour arriver à la rendre aussi jolie. J'étais dans le coma la plupart du temps, et je délirais pendant le reste. Il a fallu deux mois avant que j'arrive à marcher plus loin que la salle de bains sans tomber.

Elle pencha son visage pour le regarder dans les yeux, sa main posée à plat au milieu de sa blessure.

– Tu as de la chance d'être en vie.

– La chance n'a rien à voir avec ça. Il fallait que je reste en vie. J'étais le seul espoir de Josh. Et le tien.

31

Sarah retira soudainement sa main. Elle reprit appui sur ses pieds et se releva, baissant les yeux sur l'homme assis devant elle. Qui était cet homme qu'elle avait épousé et avec qui elle avait fondé une famille ? Un étranger, un parfait inconnu... Pourtant, quelque part en lui se trouvait l'homme qu'elle avait aimé, l'homme qui avait risqué sa vie pour sauver son fils.

Mais elle ne pouvait pas nier que c'était également l'homme qui les avait mis en danger, Josh et elle.

Elle recula. Elle avait besoin d'espace pour respirer. La température chutait et le brouillard qui faisait la réputation de la montagne s'enroulait autour de ses chevilles. Un nuage passa devant la lune et les plongea dans une obscurité quasi totale. En un battement de cils, Sam disparut.

Sa gorge se serra et elle tendit une main en avant : son corps voulait qu'il revienne, qu'il se rapproche. Pas seulement son corps. Son cœur aussi.

Des feuilles murmurèrent à proximité dans le noir. Les mouvements nocturnes de la forêt semblaient amplifiés. Le clair de lune filtra au travers du nuage quand celui-ci s'écarta et la silhouette de Sam réapparut petit à petit. Il était toujours là où elle l'avait laissé, et la dévisageait d'un regard plein de chagrin et de regret.

Un hibou chanta son hymne funèbre. Les larmes lui montèrent aux yeux. Seigneur ! elle voulait tant le prendre dans ses bras, s'échapper avec lui, tout lui pardonner. Son cœur lui disait de lui faire confiance, d'avoir foi en l'homme qu'elle aimait.

Elle cligna des paupières pour chasser ses larmes et tint bon. Son cœur et ses élans l'avaient déjà trompée une fois. Jamais plus.

– Richland t'a tiré dessus.

Les mots lui desséchèrent la bouche. Elle déglutit avant de reprendre.

– Que s'est-il passé ensuite ?

Sam se hissa sur ses pieds et l'observa un long moment avant de reculer dans l'ombre pour s'adosser au tronc d'un chêne.

– Richland s'est approché, prêt à tirer une nouvelle fois. Je l'ai plaqué au sol… Enfin, je suis tombé sur lui, plutôt. On s'est battus, et il s'est cogné la tête contre un rocher et s'est évanoui. J'ai pris son pistolet et je suis monté dans la montagne pour retrouver Josh là où il m'attendait. (Il pencha la tête sur le côté et lui sourit.) Il te ressemble tellement. Il est pragmatique, il ne fait aucun baratin. Il m'a aidé à bander ma blessure, sans paniquer une seule fois. Il a vu cela comme une aventure.

La pensée que Josh ait dû faire face à quoi que ce soit de tout ça lui souleva le cœur. Elle croisa les bras sur sa poitrine.

– Comment avez-vous fait pour passer la frontière ?

– J'avais garé un 4x4 dans la grotte. Je nous ai conduits de l'autre côté de la montagne jusqu'à Merrill, où j'avais une planque. J'y gardais tous nos papiers, du liquide, et un pick-up disponible. Ensuite, il me fallait juste ne pas m'évanouir avant d'être de l'autre côté de la frontière. Ma logeuse m'a trouvé le lendemain, brûlant de fièvre, en train d'halluciner. L'infection était si grave qu'elle avait attaqué la peau et les muscles, et les docteurs ont pensé que c'était une brûlure.

– Qui s'est occupé de Josh ?

– Madame Beaucours. Ma logeuse. Tu l'apprécierais. Elle est quatre fois mieux qu'une grand-mère et elle aime Josh comme s'il faisait partie de sa famille.

Il dansa d'un pied sur l'autre pendant qu'elle le fusillait du regard, en attendant qu'il réponde à la question qu'elle n'avait pas besoin de formuler.

Il ne dit rien, alors elle la posa.

– Pourquoi ne m'as-tu pas appelée ? Pourquoi ne m'as-tu rien dit pour me faire comprendre que tu étais en vie ?

– Je l'ai fait… J'ai essayé, parvint-il à articuler avant de reculer d'avantage dans l'ombre.

Les langues de brouillard tourbillonnaient entre eux, dressant une barrière fantomatique.

– Je t'ai appelée, mais Alan a répondu. Alors j'ai raccroché. Puis, quand je suis sorti de l'hôpital, j'ai conduit jusqu'ici pour voir ce qui se passait.

Il s'arrêta. Le vent souleva les cheveux de Sarah et elle serra ses bras autour d'elle en frissonnant.

– Je me suis faufilé jusqu'à la maison. Alan et toi étiez en train de rire, de dîner ensemble… Il y avait du vin, des bougies et tout le reste.

Elle releva la tête d'un coup en entendant son ton blessé.

– C'était en novembre. On fêtait le jour de ma reprise du travail, celui où j'ai pu recommencer à vivre. Alan l'avait appelé mon retour au monde.

– Quoi qu'il en soit, je ne pouvais pas prendre le risque qu'Alan apprenne la vérité : il t'aurait tuée.

– Qu'Alan aille se faire foutre. Et me le dire à moi, alors ? Me dire que mon fils était toujours en vie ?

– Et comment aurais-je pu le faire quand Alan te surveille en permanence ? Il a truffé ta maison de micros, ton téléphone et ton ordinateur aussi.

– Attends, il a quoi ?

L'écho de sa voix lui revint dans le brouillard. Puis elle comprit d'un coup. Alan l'avait trompée de la même façon que Sam. Elle n'était rien d'autre qu'un moyen d'arriver à Sam. Stan.

Son esprit tournait à cent à l'heure, mais elle essaya de se concentrer pendant que Sam poursuivait.

– Je suis allé à ton école, une fois. Je comptais te rejoindre là-bas, et puis j'ai compris que ça ne fonctionnerait pas. Si tu avais disparu tout à coup, Alan aurait su immédiatement que ç'avait quelque chose à voir avec moi et il serait parti à notre recherche. Pire, il aurait pu décider d'en parler au Russe, pour qu'il envoie ses hommes nous chercher.

– Je suis revenu plusieurs fois pour vérifier que tu allais bien, je n'arrivais pas à rester à l'écart. Jusqu'au soir où Alan m'a presque vu. Je me suis rendu compte qu'en venant ici, je vous mettais en danger, aussi bien toi que Josh. J'ai pensé un millier de fois à tenter de te laisser un message. Mais avouons-le, Sarah, tu dois bien être l'une des pires joueuses de poker au monde. Je ne pouvais pas miser la vie de Josh dessus.

Les doigts de Sarah se resserrèrent alors qu'il mettait tout le poids de sa frustration sur ses épaules. Il avait raison : elle mentait comme un manche. S'il lui avait dit la vérité, elle n'aurait jamais pu la cacher à Alan.

– S'il n'y avait eu que nous deux, poursuivit-il, j'aurais pu trouver un moyen. Mais pas avec Josh au milieu. Je ne pouvais pas prendre de risques. Et puis, j'ai entendu dire que Korsakov allait sortir de prison, je n'avais plus le choix. Nous n'avions plus le temps.

– Et te voilà, de retour dans ma vie.

Il s'écarta du tronc d'arbre, ses pas découpant le brouillard entre eux.

– Me voilà.

Il ouvrit grand les bras, les mains ouvertes, en abandon. Sa voix était sincère, honnête.

– Je suis toujours l'homme que tu as aimé. Je suis toujours l'homme qui t'aime. Si seulement tu pouvais me croire… Si tu pouvais me donner cette mince consolation avant de t'en aller.

Sarah voulait le détester, mais elle n'y parvenait pas. Pas après qu'il eut tout risqué pour sauver Josh. Elle se jeta en avant dans ses bras et enfonça son visage contre son torse en le serrant fort.

– M'en aller ? Je n'irai nulle part sans toi. Nous devons aller chercher Josh, nous enfuir loin de tout ça.

Le soupir de Sam s'étrangla dans sa poitrine. Il la serra dans ses bras et ils restèrent ainsi un moment, enlacés dans le clair de lune et le brouillard, réunis pour la première fois depuis deux ans.

– Josh. Quoi qu'il en coûte, nous devons le protéger. Tu dois partir, le retrouver, et t'enfuir aussi loin que possible.

Elle secoua la tête, ses doigts enfouis dans ses cheveux, et leva le menton pour le regarder dans les yeux.

– Alan a dit qu'il te tuerait.

– Il me gardera en vie le temps d'avoir son argent.

– Quel argent ?

– Je lui ai dit que je pouvais lui donner l'argent de Korsakov. Cent millions.

– De l'argent ? (Elle fit un pas en arrière, sentant à nouveau la rage bouillonner en elle.) Tout ça pour ça, pour de l'argent ? Est-ce pour ça qu'il est venu ici, pour ça qu'il…

Elle se figea en songeant à la confiance qu'elle avait accordée à Alan. Elle l'avait considéré comme un ami.

– Il voulait les quarante-deux millions que j'ai volés à Korsakov avant de l'envoyer en prison. Ils sont dans une banque aux Îles Caïmans et Alan ne pouvait pas les avoir sans toi.

– Moi ? Qu'est-ce que j'ai à voir avec ça ?

– Puisque j'ai été déclaré mort, c'est toi qui en as hérité. Une fois morte, c'est ton mari…

Sarah leva une main pour le faire taire. Son sang cognait violemment contre ses tempes, sa vue se troublait et le brouillard qui tournoyait menaçait de l'avaler tout entière. Elle cilla, inspirant l'air frais et revivifiant.

– Fils de pute !

Elle se retourna brusquement. Elle se serait élancée sur le sentier, prête à traquer Alan comme l'animal qu'il était, mais les doigts de Sam lui attrapèrent le bras et la retinrent. Son souffle était saccadé. Il la tira contre lui, sa chaleur la sortant de ses rêves de vengeance. *Josh.* Elle devait aller chercher Josh avant qu'il soit éclaboussé par cet ignoble foutoir.

– Ce n'est pas Alan qui m'inquiète. (Les mots de Sam percèrent sa bulle.) C'est Korsakov. L'argent ne comptera pas pour lui. Il viendra pour se venger. Sur moi, et sur tous ceux que j'aime.

– Alors, il faut qu'on s'assure que Korsakov n'apprenne jamais que tu es vraiment en vie.

Il pressa ses lèvres contre les siennes. Son corps réagit tout seul. Elle enroula ses mains autour de son cou pour le tirer vers elle, le dévorer, savourer son goût, son odeur, sa chaleur.

Comment pouvait-elle risquer de le perdre à nouveau ?

Quand ils se séparèrent enfin, elle frissonnait. La brume envahit la clairière et glissa ses doigts glacés autour de son cœur. Quand elle était petite, on lui racontait des histoires sur les silhouettes fantomatiques qui se formaient dans le brouillard, des histoires de princesses indiennes, de guerriers héroïques et d'amants trahis.

Sam la tenait contre lui, lui donnait sa chaleur et chassait les fantômes. Du moins, ceux de ses souvenirs d'enfance. Ils devaient affronter quelque chose de bien plus dangereux, ici et maintenant.

– J'ai laissé mon pick-up en haut de la montagne, près de la cabane du colonel. Si tu te dépêches, tu seras avec Josh quand il se réveillera demain matin.

L'envie de voir la tête de Josh quand elle le réveillerait et de le sentir dans ses bras la transperça de part en part. Elle s'extirpa de l'étreinte de Sam, les dents serrées alors qu'elle essayait de trouver un chemin dans le labyrinthe où ils avaient atterri.

– Et Alan ?

– Il ne s'approchera pas de toi. Plus jamais. Tu vas t'en aller. Tout de suite.

Elle leva subitement le visage pour le foudroyer du regard. Comme s'il avait le droit de lui donner des ordres, ou même de lui faire des suggestions, après ce qu'il avait fait.

– Et toi ? Qu'est-ce que tu vas faire ?

– Je ne peux pas venir avec toi. Une fois qu'Alan lui aura dit que je suis vivant, Korsakov ne s'arrêtera pas avant de m'avoir trouvé et tué. Il n'y a qu'une seule façon d'en finir.

– Alors, tu as un plan ?

Il ignora son ton sarcastique.

– J'ai un plan. Il est tellement simple que rien ne peut mal tourner.

– Je t'écoute.

Il sortit un pistolet de derrière son dos. Il ne brillait pas comme celui qu'Alan avait tenu dans sa main un peu plus tôt. Cette arme était d'un noir mat, tout en angles, fonctionnel.

– Je vais tuer Alan, Korsakov, et quiconque me recherche. Pendant que tu vas chercher Josh et que tu t'enfuis.

VENDREDI 22 JUIN

32

Alan traversa la ville et arriva dans le plus récent quartier d'Hopewell (si on pouvait qualifier de récentes des bâtisses vieilles de soixante-dix ans), où se trouvait le bungalow qu'il louait. Il avait choisi cette maison à cause de l'intimité que lui conféraient d'un côté une rangée de conifères et de l'autre une clôture de deux mètres de haut. Elle était également dotée d'un garage mitoyen sans fenêtres. Il ne s'imaginait pas qu'il apprécierait l'écrin confortable de sa maison, ou de la décorer avec l'aide de Sarah pour en faire un foyer chaleureux et reposant, complètement à l'opposé du chrome et du verre qui rendaient son appartement à Los Angeles vide et vacant.

Il laissa sa voiture dans l'allée. À l'heure qu'il était, il se doutait que celle de Logan serait cachée dans le garage. Il en eut confirmation quand il trouva Logan, à son aise devant la cheminée, un verre de whisky d'Alan à la main.

– J'ai du boulot pour toi, dit-il à l'ancien agent du FBI. Allons-y.

Logan prit une dernière gorgée de son whisky et se leva.

– Pourquoi es-tu si pressé ? Korsakov ne peut pas être déjà arrivé.

– J'ai besoin que tu surveilles Sarah.

– Ahhh… Le marié aurait les jetons ? Ne me dis pas qu'elle a dit non.

Alan tint la porte d'entrée ouverte et se força à sourire, alors qu'il ne souhaitait rien d'autre que gifler Logan pour chasser ce sourire hautain de son visage.

– Je n'ai pas eu l'occasion de la demander en mariage. Stan est revenu d'entre les morts.

Il avait enfin l'attention de Logan. L'ancien agent du FBI se retourna lentement, les yeux plissés.

– Le fils de pute. Il a sans doute tué Richland.

– Peut-être. Ce dont j'ai besoin, maintenant, c'est que tu gardes un œil sur Sarah pour qu'il n'ait pas l'occasion de lui parler ou de l'emmener.

Logan le suivit dans le noir jusqu'à sa voiture. Ils prirent sur la route de montagne qui menait à la maison de Sarah.

– Sam a dit ce qu'il avait fait à Leo Richland ? Où est son corps ? Comment a-t-il fait pour prendre le dessus ?

– Ton gros fainéant d'associé ne m'intéresse pas. Si ce n'est qu'il me doit cent briques, pour le bordel que j'ai dû gérer derrière lui.

– Tu comprends que si Stan est toujours en vie...

– Je sais, je sais. On est foutus s'il raconte à Korsakov ce qui s'est réellement passé. Qu'on savait où il était, et pour l'argent. Ne t'inquiète pas, j'ai un plan.

– Ouais, comme toujours. C'est pour ça qu'il nous a fallu deux ans pour nous approcher de l'argent. Ne fais pas tout merder maintenant, Easton.

Alan arrêta la voiture devant la maison de Sarah et pivota sur son siège pour dévisager Logan.

– Est-ce une menace ? Tu as autant à perdre que moi là-dedans, alors ferme-la et finissons le boulot que ton associé a foiré il y a deux ans.

Il sortit de la voiture et claqua la portière sur la réplique que Logan aurait pu vouloir lui lancer. La maison de Sarah était plongée dans l'obscurité. *Bien.* Il lui avait servi tellement de vin pendant le dîner qu'elle devait être endormie pour la nuit.

– Qu'est-ce que tu vas lui raconter ? demanda Logan pendant qu'Alan déverrouillait la porte d'entrée.

Alan s'arrêta pour réfléchir à ses options. Il aimait Sarah, il aimait vivre ici. Mais est-ce que tout ça valait le coup d'abandonner cent millions ? Ou de se mettre à la portée de Korsakov ? Il soupira.

– Rien. Elle a eu sa chance. Tu la gardes ici, tu ne la laisses ni être vue ni téléphoner, jusqu'à ce que je trouve un moyen pour que Stan nous donne l'argent.

– J'espère pour toi que tu ne penses pas à disparaître et à me laisser porter le chapeau. Parce que ce serait une grosse, grosse erreur de calcul de ta part, monsieur le conseiller.

– Mets-la en sourdine.

Alan s'arrêta devant la chambre de Sarah et tendit l'oreille. Rien. Il tourna la poignée et ouvrit la porte. Logan sortit son arme.

– Range ça, chuchota-t-il. Il nous la faut vivante.

Logan fronça les sourcils mais remit son arme dans son étui. Alan avança lentement dans la pièce sombre. Les couvertures étaient froissées, tirées par-dessus les oreillers. Pauvre Sarah, elle avait dû avoir une autre de ses terreurs nocturnes. Elle activait souvent la caméra de la pièce en se débattant, au point qu'il manquait régulièrement d'espace sur son disque dur.

Alan se figea quand une planche grinça sous son poids. La masse roulée en boule sur le lit ne remua pas. Il tendit la main et tira d'un coup la couverture, prêt à lui sauter dessus de tout son poids si elle résistait.

Il ne trouva qu'une pile de serviettes.

– Putain, où est-ce qu'elle est, Easton ? demanda Logan, appuyant sur l'interrupteur pour allumer les lumières.

La pièce était vide. Alan se précipita dans la salle de bains. Vide aussi.

– Fouille la maison. Il faut qu'on la trouve avant Stan.

– Et si c'est déjà trop tard ? Et si ton oiseau s'est envolé ?

Hal et Caitlyn se disputèrent sur l'éventuelle implication de Sarah dans la mort de son mari et de son fils, et s'accordèrent finalement sur leur désaccord en nageant au milieu des boîtes de paperasse et des preuves. Après plusieurs heures et deux cafetières, Hal se rendit aux toilettes tandis que Caitlyn hissait sur la table la boîte des suivis téléphoniques avec laquelle il l'avait laissée.

Elle finit sa tasse de café en parcourant les ramettes de papier qui sentaient le moisi. Elles ne serviraient à rien, c'était les suivis des témoignages déposés sur la hotline, pas les vrais rapports des conversations téléphoniques du département de Hal.

Elle se retint de bâiller, se releva et remplit sa tasse de nouveau. Les deux dernières que lui avait données Hal étaient noires, mais le coup de fouet du sucre lui manquait. Elle fouilla donc dans son placard et retrouva le bol de sucre poussiéreux. Cette fois, elle en mit deux fois plus, le sucre glace collant en paquets quand elle le versa. Le goût était toujours aussi amer, alors elle en ajouta encore une cuillère et remua.

Sirotant sa concoction de caféine saturée de sucre, elle se rendit dans le salon de Hal. Ou plutôt, sa salle d'archives. Des piles de cartons entassés de manière désordonnée occupaient tout l'espace libre, formant un labyrinthe à l'équilibre précaire entre la télé, le fauteuil inclinable et la porte. Elles lui arrivaient au-dessus de la taille, les cartons marqués de dates et parfois de hiéroglyphes indiquant leur contenu.

Elle finit son café, posa sa tasse sur le petit plateau télé à côté du fauteuil et se mit à déplacer les cartons, cherchant celui qui pouvait contenir la trace du premier contact de Hal avec le FBI. Ses yeux se mirent à piquer et une quinte d'éternuement la plia en deux quand son téléphone sonna.

– Tierney, répondit-elle en reniflant, essayant de retenir une autre quinte d'éternuement.

– Bonjour, Caitlyn. C'est Clemens.

La voix du technicien de labo était claire et enthousiaste. Caitlyn essaya de regarder l'horloge à coucou avec ses yeux embués. S'était-il rendu compte qu'il était une heure quarante du matin ?

– Qu'avez-vous pour moi, Clemens ?

– Les gars sont remontés jusqu'à un numéro de téléphone sur ce filage que vous vouliez.

– Très bien. À qui est-il ?

– En fait, Logan a passé deux appels dans les cinq minutes qui ont suivi votre départ.

– D'accord. (Caitlyn souleva un carton et le pencha sur le côté pour regarder celui qui se trouvait en dessous.) À qui ?

– On a utilisé les données publiques, donc on n'a pas enfreint la loi ou quoi que ce soit, c'est recevable si jamais vous…

– Clemens, le coupa sèchement Caitlyn, à bout de patience. Laissez tomber les conneries législatives. Qui Logan a-t-il appelé ?

– Bon, d'accord. Le premier appel a duré deux minutes et quarante et une secondes et était pour un certain Grigor Korsakov.

Caitlyn laissa tomber la boîte en carton, ce qui créa une nouvelle vague de poussière et déclencha une nouvelle quinte d'éternuements.

– La vache, il a été rapide ! Korsakov n'est sorti de prison qu'aujourd'hui et il a déjà son propre téléphone portable ?

– Le contrat est à son nom, mais l'acheteur est un cabinet d'avocats à Los Angeles, lui indiqua Clemens. Vous avez besoin de leurs coordonnées ?

– Non, non merci. Pour qui était le second appel ?

Caitlyn balaya la poussière sur sa tunique et son pantalon. Sa peau la démangeait, comme si de petites puces de poussière s'étaient enterrées dessous, et ses éternuements lui avaient desséché la bouche. Clemens dit quelque chose mais sa voix lui paraissait éteinte et lointaine.

– Caitlyn, vous m'avez entendu ?

La voix du technicien finit par l'atteindre.

Elle faillit lâcher le téléphone, tant elle était fascinée par les particules de poussière qui dansaient dans l'air, scintillantes de reflets dorés, argentés et rubis.

– Caitlyn ?

– Oui, pardon. La réception est mauvaise.

Elle se gratta le bras, transfigurée par les couleurs vives des grains de poussière autour d'elle. Tout était si vif, si riche. Sa tête cognait, mais ce n'était pas une migraine... ou alors, différente de toutes les migraines qu'elle avait jamais eues.

– Vous disiez ?

– Je disais que le second appel était pour un avocat. Alan Easton. Il est là, à Hopewell.

– Bon travail.

Easton. Elle avait déjà entendu ce nom, pas vrai ? Elle remarqua un carton dans le coin le plus reculé de la pièce avec la date qu'elle cherchait inscrite dessus.

– Merci, Clemens. Passez une bonne nuit.

Elle raccrocha et posa son téléphone sur la pile la plus proche. Puis elle passa une jambe par-dessus un mur de cartons pour atteindre celui qu'elle voulait. Elle dut prendre appui sur une autre pile et se pencher en avant, et ses pieds quittèrent le sol.

– Je m'envole, claironna-t-elle à la cantonnade alors qu'elle perdait l'équilibre et glissait en avant.

Deux puissantes mains la saisirent par la taille.

– Chez moi, on appelle ça tomber, dit Hal en la reposant sur ses pieds. Qu'est-ce que vous faites là, de toute façon ?

Elle s'appuya contre une autre pile et la fit presque écrouler. Hal la fit tourner sur elle-même et la laissa s'effondrer dans le fauteuil. Il se tint au-dessus d'elle, ses traits dissimulés par les lumières de la cuisine derrière lui qui le transformaient en une grande ombre dégingandée. L'Introuvable. Elle mit la main sur sa bouche pour s'empêcher de rire.

– Vous vous sentez bien ? Vous êtes toute rouge, dit-il en se penchant pour poser la paume de sa main sur son front.

Sa main rugueuse et calleuse contre sa peau lui envoyait de petites décharges d'électricité dans le corps.

– Vous avez de la fièvre.

Elle entendait sa voix au bout d'un long tunnel de lumière vive. Elle plissa les yeux pour le regarder. Pourquoi était-il si inquiet ?

– Je ne me suis jamais sentie aussi bien, lui dit-elle en se levant.

C'était la vérité. Elle sentait l'énergie couler à flot dans ses veines. Caitlyn Tierney, *superwoman*.

Le souvenir de son accident deux ans plus tôt, de la sensation de chute libre, de voler, de tomber dans le vide lui tordit les entrailles. Peut-être pas si *super*... En tout cas, elle ne volait pas. Elle ferma les yeux, mais cela ne fit qu'empirer le vertige. Elle se sentait comme Alice tombant dans le trou du lapin blanc.

Alice au Pays des Merveilles. Oh merde ! ça expliquait tout ! Elle se massa les tempes en se rappelant ce qu'un de ses neurologues à Hopkins lui avait dit à propos des migraines. Plus précisément à propos d'une variante qui causait des hallucinations sensorielles, connue sous le nom de syndrome d'Alice aux Pays des Merveilles. Il décrivait ça comme du LSD sans la gueule de bois.

– Merde, marmonna-t-elle, tendant la main pour prendre sa tasse de café à côté d'elle, la gorge desséchée.

Hal lui prit la tasse vide des mains.

– Caitlyn. (Elle entendait les échos de sa voix, comme s'il se tenait au bord du Grand Canyon.) Qu'est-ce que vous avez mis là-dedans ?

– Vous devriez vraiment utiliser du vrai sucre plutôt que ce truc en poudre. Ça fait des grumeaux.

Il mit son doigt dans la tasse, le ressortant couvert d'une couche de sucre imbibé de café. Il le regarda avec des yeux écarquillés, comme s'il n'avait d'yeux pour rien d'autre. Caitlyn se mit à bouder. Elle voulait qu'il n'ait d'yeux que pour elle.

– Personne n'a utilisé ce sucre depuis très, très longtemps.

Elle lui prit la main et mit son doigt devant sa bouche pour lui lécher la peau. Le désir se répandit en elle comme une onde de choc. Elle lui lâcha le doigt et s'avança jusqu'à ce que son visage ne soit plus qu'à quelques centimètres du sien.

Il sentait la menthe : il s'était brossé les dents et avait fait un bain de bouche pendant qu'il était dans la salle de bains. En transe, elle lui caressa la joue, douce sous ses doigts. Il s'était aussi rasé. Pas étonnant qu'il ait mis autant de temps à revenir.

– C'est pour moi ? demanda-t-elle, glissant ses doigts le long de sa mâchoire.

– Oui, m'dame.

Il tourna son visage pour poser sa joue contre la paume de Caitlyn.

Sentir sa peau contre la sienne était irrésistible. Elle passa ses bras autour de son cou et posa sa bouche contre la sienne. Elle sentait son cœur battre, son souffle s'emballer sur sa peau, ses mains lui caresser le dos en froissant la soie de sa tunique. Toutes ses sensations étaient amplifiées, plus fortes et exaltantes que tout ce qu'elle avait pu vivre auparavant.

La vache, si c'était une nouvelle sorte de migraine, ou même un signe que le tissu cicatriciel s'était rompu et que son cerveau était en train de perdre du sang précieux en ce moment même, alors, ce n'était pas une si terrible façon de partir.

Hal posa la tasse vide sur le fauteuil inclinable, ses mains à présent plaquées contre son dos tandis qu'il la dévorait de sa bouche. Un petit bruit animal s'étouffa dans la gorge de Caitlyn. Elle frotta son corps contre le sien, long et taillé comme une statue grecque, et cambra ses hanches contre son pelvis. Les vagues de plaisir se transformèrent en marées quand il commença à déboutonner sa tunique.

– Déchirez-la, lâcha-t-elle en un murmure rauque, en mettant ses mains derrière elle pour les emmêler aux siennes dans une tentative acharnée de libérer son corps de la soie.

Ses vêtements, sa peau, tout était trop serré, elle avait besoin de s'échapper.

Ses dents se serrèrent en un rictus quand il ouvrit sa tunique en arrachant les boutons et la lui ôta. Il ne tarda pas à faire de même avec son soutien-gorge, et le souhait de Caitlyn fut enfin exaucé, le corps de Hal serré contre le sien, les paumes de ses mains rugueuses l'excitant davantage. Sa bouche descendit, murmurant le long de son cou jusqu'à ses seins.

Quand il s'empara enfin d'elle, Caitlyn poussa un cri et se cambra en arrière, ses doigts enfoncés dans ses bras, la dernière chose qui la maintenait debout.

Sarah fixa des yeux le pistolet semi-automatique dans la main de Sam et perdit la tête. Un rire aigu sortit de sa bouche, accompagné de larmes de frustration et d'incrédulité.

– Donne-moi ça avant de blesser quelqu'un. (Elle attrapa l'arme.) Je ne pouvais même pas t'emmener à la chasse avec le colonel. Dès que je visais une biche, tu te mettais à faire assez de bruit pour réveiller les morts.

Il ne la quitta pas des yeux, les lèvres serrées. Lui ne riait pas. Il tendit une main, la paume vers le haut, pour qu'elle lui rende le pistolet.

– Un homme peut changer en deux ans.

Elle ne lui restitua pas son arme et la glissa dans la poche de sa veste. Ça ressemblait à un Glock, du genre qu'utilisaient Hal et ses hommes. Les Glock n'ayant pas de sécurité manuelle, cela les rendait dangereux pour des amateurs comme Sam.

– Pas autant, Sam. Personne ne peut changer autant que ça. Tu n'es pas un assassin.

Elle glissa les doigts le long de sa joue, la sentit se contracter sous sa caresse. Il lui prit la main et la repoussa.

– Je suis peut-être un fouteur de merde, dit-il, ses mots émergeant en un murmure étranglé tandis que son étreinte se resserrait autour de ses doigts. Mais je ne vais pas tout faire foirer encore une fois. Je vais faire tout ce qu'il faudra pour vous protéger, Josh et toi. Pour m'assurer que vous êtes en sécurité.

– Bien, alors on est sur la même longueur d'ondes. Va-t'en. Va chercher Josh. Utilise vos fausses identités pour aller quelque part où personne ne pourra jamais vous trouver. Je trouverai un moyen de vous rejoindre plus tard.

Il lui fallut toute sa volonté pour se forcer à prononcer ces mots.

Josh… Seigneur ! comment pouvait-elle sacrifier sa chance de le revoir ? Elle n'avait pas le choix. Sam avait été tout ce que Josh avait connu pendant deux ans. Peut-être Josh ne se souvenait-il même pas d'elle. Elle ne pouvait pas infliger à son fils le traumatisme de perdre Sam. Même si cela signifiait s'arracher le cœur.

– On se reverra. (Elle se mordit la lèvre pour essayer de calmer le tremblement de sa voix.) On se reverra au Costa Rica.

Elle lui tourna dos, arrachant sa main à la sienne. Elle enfonça ses deux mains dans ses poches avant qu'il ne puisse voir à quel point elle tremblait. Ses doigts effleurèrent l'arme.

– Tout ira bien. Au Costa Rica, le jour de la Fête Nationale. Devant le consulat américain.

Elle n'était même pas certaine qu'il y ait un consulat américain au Costa Rica, mais ça avait l'air d'être une bonne idée. Elle referma la main sur la crosse du pistolet et caressa sa gâchette solide et fatale.

Sam vint se placer devant elle en secouant la tête, et s'arrêta à portée de ses bras.

– Hors de question. Tout n'ira pas bien. Pas maintenant qu'Alan sait que je suis vivant. Donne-moi le pistolet. Toi, va chercher Josh, et je vais tout régler.

Ce qui voulait dire qu'il deviendrait un meurtrier. Ou mourrait. D'une façon ou d'une autre, elle le perdrait réellement pour toujours.

– Tu vas tout régler. Comme il y a deux ans ?

Il se raidit, un air blessé lui déformant le visage. Mais Sarah ne s'excusa pas. C'était la vérité.

– J'imagine que je l'ai mérité, dit-il d'une voix basse qui parvint tout juste à traverser l'espace entre eux. Sarah, tu dois me croire quand je te dis que j'ai fait du mieux que j'ai pu…

– C'est justement ce qui m'inquiète, Sam.

Il tressaillit à ces mots. Sarah s'approcha de lui, incapable de contrôler sa colère.

– J'ai bien l'impression que tu n'as fait que foirer toute ta vie. Tu ne pourras jamais comprendre à quel point tu m'as blessée, ce que ça a été pour moi de vous perdre, Josh et toi.

Il baissa les yeux vers le sol, comme s'il cherchait des réponses dans les boucles de brouillard autour de leurs chevilles.

– Je sais ce que tu as traversé. J'ai lu ton journal.

Sarah le fixa du regard, abasourdie.

– Espèce de salaud. Comment...

– Aujourd'hui, je suis allé à la maison pour te laisser un message. Alan l'avait, il était en train de le lire, de se moquer de toi. Je n'ai pas pu le supporter. Quand il est parti, je l'ai pris avec moi. Je l'ai lu en t'attendant.

Elle ouvrit et ferma la bouche deux fois avant de réussir à faire passer les mots par sa gorge nouée.

– Tu n'avais pas le droit. C'était mes pensées intimes.

– J'aurais dû trouver un moyen de revenir plus tôt.

Sa voix se brisa. Une seule larme coula sur sa joue.

– Je suis tellement désolé. Je n'ai jamais su que tu avais essayé de te tuer, enfin, j'y avais pensé, mais tu as toujours été si forte, celle qui prenait soin des autres, je n'ai jamais cru...

Elle leva une main pour le faire taire, puis se retourna, les bras serrés autour d'elle. Les arêtes du pistolet s'enfoncèrent dans son ventre. La colère, le chagrin, la rage, le regret, la peur... Un chaudron d'émotions tournoyait en elle à toute vitesse.

Sam s'avança jusqu'à elle et la prit dans ses bras. Une partie d'elle-même voulait s'écarter violemment de lui, le rouer de coups, lui faire ressentir une infime partie de la souffrance qu'elle avait endurée ces deux dernières années.

Une autre partie d'elle-même voulait répondre instinctivement à son contact, se rouler en boule dans ses bras et ne plus jamais en sortir. Elle s'autorisa un profond soupir, se réjouissant de sa présence.

Avant de s'écarter.

– Si Alan veut cet argent pour lui tout seul, il ne prendrait pas le risque d'en parler à Korsakov, n'est-ce pas ? Donc tout ce qu'il faut qu'on fasse, c'est nous assurer qu'Alan n'en parle à personne ?

Il leva les poings pour se masser les tempes. Sarah sentit voleter des papillons derrière ses yeux. Combien de fois l'avait-elle vu faire ça quand une rime ne lui venait pas ? De drôles d'émotions se bousculaient en elle, la submergeaient.

Sam leva les yeux vers elle, brillants et remplis d'une confusion qui était le reflet de la sienne. Sa lèvre inférieure tremblait, exactement comme le faisait celle de Josh quand il essayait d'être courageux.

– Je ne sais pas. J'imagine. Mais on ne peut pas prendre ce risque. C'est *moi* qu'ils cherchent. Va retrouver Josh.

Elle fit à nouveau les cent pas dans la clairière, appelant des réponses dans les ombres qui apparaissaient et disparaissaient dans le clair de lune et le brouillard. Faire ce qu'il demandait, s'enfuir, être avec Josh, aurait été si facile… et si difficile. Elle ne reverrait plus jamais sa famille, et ne serait jamais sûre que Josh et elle seraient complètement en sécurité. Elle regarderait toujours par-dessus son épaule, sans pouvoir faire confiance à personne…

Ce n'était pas une vie. Et Sam… Elle n'avait pas le moindre doute quant à son intention de se sacrifier pour Josh et elle, mais qui pouvait savoir si cela suffirait ? Qui pouvait savoir s'il était vraiment capable de faire ce qu'il fallait pour les sauver ? Elle lui avait déjà fait confiance une fois. Pouvait-elle prendre le risque de lui faire confiance à nouveau ?

– Non. (La simple syllabe traversa les ténèbres comme une balle.) Non. Il doit y avoir un autre moyen. On va aller chercher Hal. Il pourra arrêter Alan, appeler les…

– Non. Tout a commencé quand je suis allé voir Hal. On ne peut pas lui faire confiance, ni à lui ni aux Fédéraux. Nous n'avons pas la moindre idée de qui travaille pour Korsakov.

Elle fronça les sourcils. Elle avait connu Hal toute sa vie. Elle lui avait toujours fait confiance. Elle se rappelait à quel point

Hal avait réagi bizarrement quand ils avaient trouvé le corps de Leo Richland. Il avait été bouleversé. En colère. Mais pas surpris. N'aurait-il pas dû être surpris ? Poser des questions ? C'était presque comme s'il s'y était attendu.

Putain. La paranoïa de Sam était contagieuse. Mais il avait raison. La vie de Josh en dépendait, ils ne pouvaient pas prendre le moindre risque.

– Très bien. Pas Hal. Et mon père ?

Elle regretta immédiatement ses mots. Il était hors de question d'impliquer le colonel dans cette histoire de fou.

– Sarah, on ne peut pas prendre ce risque. Rends-moi juste mon pistolet et va-t'en avant qu'il ne soit trop tard.

Le bruit sec d'une branche brisée craqua dans la nuit. Sarah se retourna subitement.

– Quelqu'un arrive. Va-t'en, chuchota-t-elle à Sam.

Il la prit par la taille et la tira contre lui, l'embrassant passionnément. Tous les bruits nocturnes étaient couverts par le son des pas qui se rapprochaient. Mais même ces derniers se dissipèrent alors que le corps de Sarah répondait au contact de Sam. Le baiser fut brutal et rapide, mais il réveilla des sentiments qu'elle avait cru morts et enterrés depuis longtemps.

– Va-t'en. Protège Josh. Je t'aime.

Il se mit à courir, sortit de l'ombre et traversa la clairière où le rai de lumière tomba immédiatement sur lui.

Sa poitrine était si serrée qu'elle ne pouvait ni respirer ni parler. Elle ne pouvait que s'accrocher à son regard comme à une corde de survie.

Un autre faisceau lumineux balaya les arbres et s'arrêta sur le cœur de Sam.

– Arrêtez-vous immédiatement, ou je tire ! cria un homme.

33

Sarah recula dans l'ombre, encadrée de deux vieux tsugas, le dos contre un chêne. Deux hommes s'approchèrent de Sam. Ils gardaient leurs lampes torches dirigées de telle façon qu'elle ne put pas voir leur visage tout de suite. Sam se mit les mains sur la tête, grimaçant dans la lumière.

Le premier homme se précipita en avant et lui faucha les jambes d'un coup de pied. Sam tomba en grognant. L'homme enchaîna en lui plantant le coude entre les omoplates. Il le tint à terre pendant que le second s'approchait et baissait sa torche.

C'était Alan. Sarah se pressa contre l'arbre, sa veste s'accrochant à l'écorce. Alan dirigeait un pistolet vers Sam tandis que le premier homme lui faisait les poches, sortant un téléphone portable et une lampe de poche. Sam resta silencieux, son visage blanc dans la lumière qui dansait autour de lui.

– Où est Sarah ? cria Alan à Sam.

Sam ouvrit les yeux et eut un sourire qui lui tordit le visage. Elle ne l'avait jamais vu sourire comme ça auparavant. C'était le vilain sourire hautain qui voulait dire « Je t'ai eu », dont abusaient les brutes des cours de récréation.

– Elle est partie depuis longtemps. Partie chercher Josh. Tu devras te contenter de moi.

Alan lui donna un coup de pied dans les côtes.

– Fils de pute. Tu as intérêt à te rattraper ou je…

– J'ai trouvé quelque chose, l'interrompit le premier homme.

Alan baissa sa lampe et Sarah eut un premier aperçu du visage de l'autre homme. Il était familier, mais elle avait du mal à le reconnaître. Il était plus vieux, une bonne cinquantaine au moins, et tenait son arme et sa lampe avec aisance. Comme un professionnel.

Elle sortit le semi-automatique de sa poche. S'ils s'éloignaient suffisamment de Sam, elle pourrait facilement tirer sur l'un d'entre eux.

Elle se figea. Qu'en était-il de l'autre ? Ils avaient tous les deux leur arme fixée sur Sam, ils ne pouvaient pas le manquer de si près.

– Qu'est-ce c'est ? demanda Alan en plissant les yeux par-dessus l'épaule de l'autre homme.

– La photo d'un gamin.

Il tenait dans sa main un petit bout de papier en forme de cœur qu'il avait pris dans la poche de Sam. Sarah dut se retenir, tant elle avait envie de voir Josh.

Sam se tortilla.

– Rendez-moi ça. Ça n'a aucune importance pour vous.

Alan lui donna un autre coup de pied. Le premier homme arracha le papier au dos de la photo.

– Le tampon du photographe scolaire est derrière. Je n'arrive pas à lire le nom, mais c'est à Saint Doriat, au Québec.

Alan s'accroupit pour ne pas salir son pantalon et dirigea sa lampe torche dans les yeux de Sam.

– Tu as fait une grave erreur en revenant ici. Tu aurais dû limiter les dégâts et t'enfuir.

– Notre accord tient toujours, dit Sam. (Sarah avait saisi la touche de désespoir dans sa voix et était sûre qu'Alan aussi.) Je te file l'argent de Korsakov et tu laisses Sarah et Josh tranquilles.

Alan et l'autre homme échangèrent un regard.

– Relève-le, Logan. Emmenons-le quelque part où nous pourrons avoir une vraie bonne discussion.

Logan. Sarah se pencha en avant, s'efforçant d'apercevoir à nouveau le visage de l'homme. C'était Jack Logan, l'agent du FBI chargé de l'affaire de Sam et Josh.

Elle posa sa main sur sa bouche pour étouffer son exclamation de surprise. Sam avait raison : ils ne pouvaient pas faire confiance à la police… Pas s'ils avaient été impliqués dès le début. Ils ne pouvaient faire confiance à personne.

Ce qui voulait dire qu'elle devait se débrouiller seule.

Logan hissa Sam sur ses pieds, lui tordant un bras derrière le dos jusqu'à ce que Sam n'ait plus d'autre choix que de se courber avant que l'os casse. Logan fit avancer Sam sur le sentier qui descendait vers le réservoir. Alan balaya la clairière avec sa lampe, pivotant sur lui-même, le bras qui tenait son arme croisé sur son autre poignet, comme il avait dû le voir dans des films de Steven Seagal. Puis il suivit les autres.

Quand elle ne vit plus la lumière de leurs torches se refléter dans le brouillard, Sarah s'extirpa de sa cachette. Elle regarda le sentier qui pouvait la mener vers le haut de la montagne, vers le pick-up de Sam et Josh. Elle l'emprunta, suivant une langue de brouillard bas qui l'invitait à s'enfoncer dans la forêt.

Le poids du pistolet de Sam tirait sur sa veste, rebondissant contre sa hanche à chacun de ses mouvements. Alan et cet homme, Logan, allaient tuer Sam… ou laisser le Russe, Korsakov, le faire, le torturer.

Elle s'arrêta. Le brouillard tourbillonnait autour d'elle, comme pour la tenter. Elle pouvait rejoindre Josh. L'emmener en sécurité.

Ou elle pouvait sauver Sam.

N'y avait-il pas un moyen de faire les deux ?

34

Quelqu'un cogna JD. Brutalement. Dans les côtes. Il grogna et se lova plus profondément dans l'oreiller doux et chaud sur lequel reposait sa tête.

– JD. Réveille-toi.

L'urgence dans la voix de Julia le réveilla d'un coup. Il était allongé sur ses genoux… jusqu'à ce qu'elle le pousse. Il s'assit en clignant des yeux. Merde alors, ils s'étaient endormis. Ses vieux allaient le tuer. Il sourit en se rappelant à quoi ils s'étaient occupés, plus tôt. Elle ne l'avait laissé que l'embrasser, ne lui avait permis que le plus petit effleurement contre sa poitrine, pas davantage, mais c'était toujours mieux que tout ce qu'il avait jamais pu imaginer.

– Quelle heure il est ?

– Il y a quelqu'un là-bas. Regarde.

Julia mit ses mains sur ses épaules, le faisant pivoter pour qu'il voie un groupe de lumières sortant de la forêt.

Un groupe de trois hommes. L'un était plié en deux, bousculé par un deuxième. Ils étaient trop loin pour qu'il puisse voir leurs visages, mais quand ils s'arrêtèrent à la cabane et que l'un d'eux alluma la lumière à l'intérieur, il vit les pistolets. De gros pistolets, dont les silhouettes se dessinaient dans la lumière crue, dirigés vers le premier homme.

– Qu'est-ce qu'on fait ? demanda Julia, les doigts plantés dans son bras.

Elle se rapprocha de lui. JD aimait le fait qu'elle le lui demande, lui fasse confiance pour prendre les bonnes décisions. Il aurait tellement voulu savoir quoi faire.

– Appelle la police. Je vais voir de plus près.

– Non. Ne fais pas ça. Et s'ils te voient ?

JD déglutit et sentit son cœur battre la chamade. Trop tard pour reculer, maintenant, il ne pouvait pas laisser Julia penser qu'il avait peur.

– Ne t'inquiète pas, il ne se passera rien.

Ça aurait beaucoup mieux sonné si sa voix n'avait pas couiné. Il se détacha de Julia et rampa sur le ventre dans l'herbe couverte de rosée qui séparait la cabane de leur cachette. Il s'arrêta, regarda par-dessus son épaule, et vit le visage de Julia dans la lumière bleue venant de son téléphone portable.

Pas de quoi s'inquiéter, il lui suffisait de surveiller comment les choses se déroulaient jusqu'à ce que Hal Waverly ou un de ses gars arrive. Mince, il avait oublié sa caméra ! Merde, merde, merde ! Tant pis, ça ferait quand même une putain d'histoire… la chose la plus excitante qui ne soit jamais arrivée ici.

Il atteignit enfin la cabane, le nez irrité par les pissenlits et l'herbe mouillée. Centimètre par centimètre, il longea le mur en parpaings et s'agenouilla sous la fenêtre.

Les hommes parlaient, il pouvait presque entendre ce qu'ils disaient. À de deux mètres à peine de lui, la porte s'ouvrit, la lumière se répandant sur l'herbe. L'un des hommes, le plus maigre, sortit. JD s'aplatit sur le sol, espérant que l'ombre de la cabane et le brouillard qui tombait le dissimulaient.

L'homme claqua la porte et alluma sa lampe torche, éblouissant JD quand il tenta de distinguer son visage. Il partit d'un pas rapide sur le sentier de terre, contournant la cabane pour rejoindre la route du Lac.

JD porta les mains à sa bouche et tenta de calmer son souffle. Seigneur, il n'avait jamais eu aussi peur de toute sa vie ! Son cœur battait si fort qu'il couvrait tous les autres sons. Il se força à monter discrètement à la fenêtre pour voir si le prisonnier allait bien. Il n'avait pas entendu de coup de feu, mais…

Il passa un œil par-dessus le bord de la fenêtre. Le prisonnier ! C'était Sam Durandt ! Il était assis sur le sol, tourné vers JD, vivant. Comment était-ce possible ? Il s'était rasé le crâne et s'était laissé pousser la barbe, mais c'était bien Sam. Madame Durandt allait être si heureuse. Mais qui était le grand mec avec le gros pistolet ?

JD aurait aimé faire savoir à Sam que tout allait bien se passer. Il aurait voulu être lui-même certain que tout allait bien se passer. Il se baissa lentement, recroquevillé dos au mur. Il n'avait pas la moindre arme. S'il essayait de se jeter à l'intérieur, de prendre le mec par surprise, il était sûr et certain que Sam ou lui se feraient tirer dessus.

Une main lui saisit le bras. Il bondit de terreur et se retourna. Julia. Elle tremblait, sa peau nue hérissée de chair de poule alors qu'elle se penchait en avant et approchait sa bouche de son oreille.

– J'ai appelé la police. Au début, ils ont cru que c'était une blague, mais ils ont fini par me dire qu'ils envoyaient quelqu'un.

Ses mots étaient si bas qu'il les entendit à peine. Il acquiesça pour montrer qu'il avait compris. D'une certaine manière, l'avoir ici, à côté de lui, lui donnait du courage… mais l'effrayait aussi. Et s'il arrivait quelque chose à Julia à cause de lui ?

Le rire d'un homme secoua la fenêtre au-dessus d'eux. Ça ne ressemblait pas à un rire amusé. C'était plutôt le genre de rire qu'on entendait au cinéma, juste avant qu'Hannibal Lecter enlève le cœur de quelqu'un à la petite cuillère et le serve avec un bon petit Chianti.

– Qu'est-ce qu'on va faire ? chuchota Julia, son souffle agitant doucement les cheveux sur sa nuque.

JD aurait vraiment voulu le savoir.

Hal plaqua Caitlyn contre l'encadrement de la porte alors qu'ils poursuivaient leur danse passionnée. Elle le griffait à travers sa chemise, impatiente de pouvoir le toucher comme il la touchait.

Ils avaient un public de voix anonymes jaillissant de la radio de manière intermittente, brisant parfois leur élan.

À un moment, il se redressa d'un coup et s'écarta d'elle, à l'écoute.

– Quoi ? murmura-t-elle en mordant délicatement son oreille pour ramener son attention sur elle.

– Rien. On dirait que des gamins ont vu d'autres lumières près du barrage. Tucker peut se débrouiller.

Elle finit par l'amadouer, lui ôta sa chemise d'uniforme et commença à faire de même avec le tee-shirt qu'il portait en dessous, ses doigts titillant sa peau quand elle le fit passer par-dessus sa tête. Il le lui prit des mains, le roula en boule, et le lança en visant le poste de radio sur le plan de travail.

Leurs lèvres se retrouvèrent avec passion. Caitlyn le repoussa pour reprendre sa respiration.

– Voilà, ce fut très agréable, chef, dit-elle, ses doigts tournant dans les poils épars de son torse, mais peut-être devrions-nous nous retirer dans votre chambre ?

Hal écarta son visage du sien, son regard perdu dans les ombres de l'entrée derrière la cuisine. Comme s'il demandait la permission au fantôme de sa femme décédée.

– Ici c'est très bien aussi, le rassura-t-elle, avant de mettre une jambe autour de ses reins pour le ramener contre elle.

Elle savourait l'avalanche de sensations que lui procurait chaque caresse, chaque son. Elle regrettait de ne pas avoir eu plus tôt une de ces migraines « Alice Aux Pays des Merveilles » : aucune souffrance, juste une vague de sentiments contradictoires. Comme si elle était toute-puissante, comme si elle dirigeait l'univers tout entier mais que, en même temps, celui-ci glissait désespérément hors de son contrôle.

Sa perception de la profondeur était redevenue normale, mais tout semblait encore trop brillant, trop vif, les couleurs si intenses qu'elles lui brûlaient les yeux. Et le toucher… Sa peau était sensible au moindre effleurement. La chaleur des mains de Hal ainsi que les mouvements légers et rapides de sa langue lui avaient déjà fait approcher l'orgasme plusieurs fois.

Si c'était sa dernière nuit en tant qu'agent de service, elle allait vraiment tirer un dernier coup sensationnel. Caitlyn rit aux éclats à son jeu de mot. Hal ne fit aucune remarque. Il était trop occupé à retirer sa ceinture de son pantalon.

Sarah descendit en courant le sentier le long duquel ils avaient poussé Sam, si vite qu'elle manqua plusieurs fois de se briser le cou. Elle n'avait pas entendu de coup de feu, mais cela ne voulait pas dire que Sam était toujours en vie. Elle arriva au sommet de la pente herbeuse sous le barrage et s'arrêta. La lumière de la cabane du garde-chasse fendait le brouillard comme un phare.

La cabane n'avait qu'une seule fenêtre. Elle s'en approcha silencieusement, le pistolet toujours serré dans sa main. L'herbe était humide et glissante, et le brouillard que la brise faisait tournoyer était si épais qu'il cachait le bâtiment quelques sept mètres plus loin. Elle n'avait pas vraiment de plan, mais elle ne pouvait pas laisser Sam mourir. Comment pourrait-elle jamais regarder Josh en face, en sachant qu'elle aurait pu sauver son père ? Sam avait fait tout cela pour sauver Josh, hors de question que ce soit pour rien.

Même si elle était toujours en colère – non, furieuse – que Sam lui ait pris Josh, être de nouveau dans ses bras lui avait semblé juste et naturel.

Elle se pencha en avant, et fit le tour de la cabane jusqu'à sa façade, où se trouvaient la fenêtre et la porte. Et faillit trébucher sur quelqu'un étendu au sol.

– Hééé !

L'exclamation fut rapidement étouffée. Sarah se plaqua contre le mur, retenant sa respiration le temps de savoir si quelqu'un à l'intérieur l'avait entendue. Après une longue minute, elle se laissa glisser pour s'accroupir à côté d'un garçon et d'une fille.

– Julia, JD… Que faites-vous là ? murmura-t-elle.

JD ôta sa main de la bouche de Julia et la lui tendit. Sarah leva la main pour l'arrêter et leur fit signe de la suivre.

Elle n'avait pas besoin de ça ! Deux gamins dans la ligne de mire. Ils atteignirent silencieusement la lisière de la forêt, suffisamment loin pour parler librement.

– Madame Durandt, commença JD avec précipitation, votre mari, il est…

– Vous avez vu Sam ?

Il acquiesça tandis que ses mots tombaient en cascade.

– Oui. Il est vivant. Un peu tabassé. Mais il est là, à l'intérieur. (Il fit un signe de tête en direction de la cabane.) Deux hommes…

– L'un d'eux est parti, l'interrompit Julia. On a appelé la police.

– Ils avaient des armes.

Les deux adolescents se turent, le regard rivé sur l'arme que Sarah avait à la main.

– Tout va bien, les rassura-t-elle promptement. Tout va bien se passer.

– Mais, Madame Durandt, comment…

– Il était mort, tout le monde le savait…

Sarah subit l'assaut de leurs questions. Elle n'avait pas le temps d'y répondre.

– Vous avez appelé la police ?

– Oui, mais je ne suis pas sûre qu'ils m'aient cru. Tout le monde sait qu'on surveille ces mystérieuses lumières, JD et moi.

– Julia pense que les flics ont cru qu'elle leur faisait une farce, qu'elle voulait les faire débarquer ici pour mon documentaire ou un truc du genre. C'était il y a vingt minutes environ et personne n'est arrivé.

– Rentrez chez vous. Ne dites à personne que vous avez vu Sam. C'est important que personne ne sache qu'il est vivant, murmura-t-elle d'une voix rauque, un écho de toutes les nuits où elle avait pleuré jusqu'à s'en casser la voix, dans l'espoir que Sam et Josh lui reviendraient d'une façon ou d'une autre.

Prenez garde à ce que vous souhaitez. Le pistolet était lourd dans sa main. Sam avait raison. La seule façon de protéger Josh, maintenant qu'Alan et Logan savaient où il se cachait, était de réduire les deux hommes au silence. Définitivement.

– Mais, Madame…

– Pas de mais, Julia. C'est très, très important. Tu comprends ?

La jeune fille acquiesça. Sarah leva les yeux vers JD. Ce serait plus difficile. Le jeune garçon était journaliste dans l'âme, il remettait tout en question.

– Et toi, JD ? Peux-tu garder un secret ?

Il la regarda dans les yeux, puis acquiesça solennellement.

– Oui, madame. Mais vous allez vous en sortir ? Cet homme à l'intérieur, il a toujours une arme.

– Ne t'en fais pas. Je m'en sortirai.

– Quand même, on n'ira nulle part tant qu'on ne sera pas sûrs que vous allez bien.

Julia enroula son bras autour de celui de JD, soutenant sa décision.

– Très bien, mais restez là.

– Vous voulez que j'appelle le chef Waverly ?

– Non, ce que je veux c'est que vous foutiez le camp, trancha-t-elle.

Tous les deux sursautèrent, mais Sarah n'avait pas le temps de s'excuser. Elle se faufila dans l'épaisse couche de brouillard et retourna à la cabane. Elle avança de biais jusqu'à la fenêtre et regarda à travers. Sam était allongé au sol, les yeux fermés. Était-il mort ?

Son cœur manqua un battement. *Non, pitié,* pria-t-elle.

Logan était appuyé contre un établi, les jambes étendues devant lui, son arme à portée de main. Sarah se baissa et rampa jusqu'à la porte, puis se redressa, la main sur la poignée. Elle leva son pistolet. C'était maintenant ou jamais.

35

Sam sentit une odeur d'humidité, un parfum de terre mouillée et d'engrais. Plus longtemps il ferait le mort, plus Sarah aurait de temps pour s'enfuir. Une fois qu'elle serait hors de danger, ce qui lui arriverait à lui n'aurait plus d'importance. Rien ne comptait plus que de permettre à Sarah et à Josh de s'échapper.

Il s'efforçait d'ignorer la douleur dans son épaule et ses côtes, tentait de ne faire qu'un avec le sol terreux quand Logan s'approcha.

– Allez, je ne t'ai pas frappé si fort que ça. (L'agent du FBI le poussa du pied.) Il faut qu'on parle de choses importantes avant qu'Easton revienne avec sa voiture.

Sam réfléchit à ses différentes options puis s'assit doucement. Logan s'appuya contre l'établi à l'opposé de la pièce, entre Sam et la porte. Sam n'y voyait aucun inconvénient. Il ne cherchait pas un moyen de s'enfuir, il cherchait un moyen d'arrêter Logan et Alan avant que Korsakov découvre qu'il était toujours en vie.

– De quoi voulez-vous qu'on parle ? demanda-t-il en s'adossant contre le mur en parpaings, se massant la tempe d'une main alors qu'il observait la petite pièce à la recherche d'une arme.

Un râteau et une pelle étaient rangés dans le coin derrière la porte, quelques outils, sur la table derrière Logan. De son côté de la cabane, il n'y avait rien, à part des sacs d'engrais empilés jusqu'au plafond et un seau en fer galvanisé à l'envers. Pas grand-chose pour se défendre. Il s'imagina lancer le seau à la tête de Logan ou l'aveugler avec de l'engrais mais, dans une si petite pièce, Logan ne le raterait pas quand il se mettrait à tirer.

– De la même chose qu'Alan : il me faut un moyen de m'emparer de l'argent du Russe et un bouc émissaire quand il découvrira sa disparition. J'ai l'impression que tu pourrais être la réponse à mes deux problèmes.

Sam y réfléchit. Alan lui avait donné l'impression que Logan bossait pour lui, mais il semblait que Logan avait de plus grandes ambitions.

– Vous avez parlé à Korsakov ?

– Disons simplement que je préfère couvrir mes arrières. Je n'ai pas besoin d'intermédiaire. Ce sera difficile de te procurer l'argent que tu as caché pour Korsakov ?

– Pas tellement. (Sam observa les yeux de Logan briller dans la lumière de l'ampoule nue accrochée au plafond.) Pour quelqu'un qui connaît les codes de sécurité. Comme moi.

Logan fit une moue satisfaite.

– Mets-toi de mon côté et je laisserai ton gosse et ta femme vivre.

– J'ai fait le même marché avec Alan. Pourquoi devrais-je vous faire plus confiance qu'à lui ?

– C'est Alan qui m'a engagé pour te retrouver, il y a deux ans. Il s'en foutait, si le gosse ou ta femme se retrouvaient dans le feu croisé, tant qu'il mettait le grappin sur l'argent.

Sam l'avait déjà deviné, mais l'entendre évoquer la trahison de son ami lui tordait quand même le ventre.

– C'est toi qui as envoyé Richland pour me tuer ?

Logan secoua la tête, les sourcils froncés, comme s'il était navré que Sam ne soit pas plus malin.

– Cet imbécile n'était pas censé te tuer. Il était censé t'enlever, t'emmener dans un coin tranquille jusqu'à ce qu'on parvienne à te convaincre de me donner l'argent.

– Et après, vous m'auriez tué.

– C'est le prix qu'il faut payer quand on joue dans la cour des grands. Tu le savais quand tu as décidé de voler le Russe. (Il fit la moue et regarda Sam en plissant les yeux.) Alors, comment tu t'y es pris ? Comment tu as tué Richland ?

Sam le regarda dans les yeux.

– Vous n'allez pas me croire, mais ce n'est pas moi. La dernière fois que je l'ai vu, il était encore en vie.

– Ne fais pas le malin. Je te propose une bonne affaire. (Il s'approcha de Sam d'un air menaçant et leva son pistolet au-dessus de sa tête, prêt à le frapper.) Dis-moi ce qui est arrivé à Richland.

– Je ne peux pas vous dire ce que je ne sais pas, répondit Sam en se préparant à plaquer Logan au sol, gardant une voix calme tout en bandant ses muscles.

La porte s'ouvrit à la volée, claquant contre le mur en parpaings. Le pistolet de Logan partit tout seul, la détonation assourdissante dans l'espace exigu. Sam sursauta, puis réalisa que Logan avait tiré vers le plafond. La seule victime était un sac d'engrais au-dessus de sa tête, qui déversait un fil régulier de poudre brune.

– Lâchez votre arme, Logan, cria Sarah depuis le pas de la porte.

Sam la regarda avec émerveillement. Elle tenait l'arme de Richland, bien plantée sur ses pieds, les bras immobiles alors qu'elle visait la poitrine de Logan.

– Tout de suite !

L'agent du FBI se retourna lentement pour affronter la nouvelle menace. Il garda son pistolet, le tenant fermement au-dessus de sa tête. Sam se releva en faisant fi des fourmillements qui lui transperçaient la jambe. Logan n'avait toujours pas lâché son arme. Sam plongea en avant et serra entre ses bras la gorge de Logan.

Celui-ci se débattit et tenta de mettre Sarah en joue, tout en griffant les bras de Sam de sa main libre. Sam tint bon, resserrant peu à peu son étreinte.

– Lâche ton arme, dit-il à Logan. Stan Diamontes n'était peut-être qu'un comptable, mais Sam Deschamps bosse dans une scierie, il abat des arbres à longueur de journée.

Logan répondit avec un gargouillis. L'arme tomba au sol quand il vira au pourpre avant de s'effondrer dans les bras de Sam. Sarah se précipita pour ramasser le pistolet, sans cesser de viser l'homme que Sam reposait lentement au sol.

– Recule, dit Sarah d'une voix basse et meurtrière.

– Non. Donne-moi cette cordelette, répondit Sam.

Elle alla chercher la boule de cordelette et la lui lança, les yeux toujours rivés sur Logan. *On pourrait croire qu'elle a fait ça toute sa vie,* se dit Sam en ligotant les mains de Logan derrière son dos le plus vite possible. Sarah ne baissa sa garde qu'une fois que Logan eut les poings liés.

– Je croyais que tu allais chercher Josh, lui dit Sam en se relevant.

– Bien sûr. (L'amertume et la colère dans sa voix le firent reculer d'un pas.) Comme si je pouvais dire à mon fils que son père est mort, après tout ce qu'il a traversé. (Elle secoua légèrement la tête, ses yeux plissés révélant des rides d'inquiétude qui n'y étaient pas deux ans plus tôt.) Putain, Sam. Tu n'es qu'un salaud de m'avoir entraînée là-dedans. D'y avoir mêlé Josh. Qu'est-ce qu'on va faire, maintenant ?

Caitlyn était prête à exploser de frustration. Chaque nerf de son corps hurlait à la délivrance, pourtant Hal persistait à lentement la torturer de plaisir. Elle n'avait jamais rencontré d'homme qui aimait autant prendre son temps. Qu'il tente d'éviter de passer aux choses sérieuses, par loyauté envers sa femme, lui avait effleuré l'esprit. Elle était à l'évidence la première avec qui il se liait intimement depuis la mort de Lily.

Ils avaient atteint la table de la cuisine. Elle était allongée sur le dos et se tortillait, ignorant l'acier froid de son Glock qui s'enfonçait dans son épaule. Hal lui ôtait son pantalon, sa langue jouant sur la peau autour de son nombril.

La radio les interrompit soudain, laissant échapper des sons perçants, explosant dans la pièce.

– Central à Hopewell Un, vous me recevez ?

Les doigts de Caitlyn se resserrèrent dans les cheveux de Hal, l'encourageant à finir ce qu'il avait commencé.

– Ne t'arrête pas, lui ordonna-t-elle.

Il hésita, puis se remit à la caresser, ses doigts se déplaçant en rythme avec sa langue.

Le standardiste n'abandonna pas si facilement.

– Chef, vous êtes là ? On nous a indiqué des coups de feu à proximité de chez vous. L'agent le plus proche est à vingt minutes.

Hal bondit et se précipita sur la radio pendant que Caitlyn glissait de la table pour remettre son pantalon.

– Ici Waverly, dit-il dans la radio.

Caitlyn prit la chemise d'uniforme posée sur le dossier de la chaise à côté d'elle et l'enfila, avant de lancer à Hal sa propre chemise. Il l'attrapa d'une seule main, une ride lui plissant le front tandis qu'il écoutait le standardiste. Elle enfila ses chaussures tout en saisissant son sac et l'étui spécial dans lequel elle rangea son Glock.

Elle l'attacha fermement sur sa hanche. Hal arracha sa ceinture de service du portemanteau auquel elle était accrochée.

– J'arrive dans cinq minutes, dit-il en attrapant son téléphone portable et son bipeur alors qu'elle lui tenait la porte ouverte.

Une fois qu'il eut attaché sa ceinture, elle lui demanda :

– De quoi s'agit-il ?

– De rien, probablement, dit-il en sautant dans le tout-terrain avant de démarrer, tandis qu'elle grimpait du côté passager. Des gosses ont vu des lumières près du barrage et ont dit qu'il y avait eu un coup de feu.

Il descendit l'allée à toute vitesse et tourna sur le chemin de terre, en direction de la ville. Il ne conduisait que d'une main, l'autre vérifiant les équipements de sa ceinture. Il lui jeta un coup d'œil.

– Tu sais que tu étais sacrément sexy tout à l'heure ? Avec ton flingue sur la hanche, et pas grand-chose d'autre sur le dos à part ma chemise. Bon dieu, j'ai failli me jeter sur toi et te dévorer sur place.

Caitlyn eut un petit rire satisfait. Maintenant, elle savait comment le pousser jusqu'au bout. Le feu de l'action et la montée d'adrénaline dans ses veines attisèrent le désir qui lui parcourait toujours le corps. Hal tourna sans difficulté sur une autre route de poussière cabossée. Sa mâchoire taillée à coup de serpe, son expression intense, même les tics autour de ses yeux ou ses jointures blanches quand il serrait le volant, tout ne le rendait que plus beau dans son invincibilité et plus désirable encore.

Caitlyn ne se reconnaissait pas. Elle avait failli faire l'amour avec un inconnu. Comme si elle était possédée, comme si elle avait une expérience de sortie hors du corps. Avait-elle vraiment été prête à lui sauter dessus, là, dans sa cuisine, alors qu'ils étaient censés travailler ? Impossible. Le travail passait toujours en premier.

Tout du moins, c'était ce que lui disait son côté rationnel. Le reste de son corps et de son esprit lui criait de prendre une nuit de congé.

Hal arrêta la voiture. Le brouillard les enveloppait dans une masse opaque et oppressante.

– Pas moyen de tirer dans cette purée de pois, dit-il d'une voix traînante, tendant la main vers elle pour lui confier une petite lampe torche à LED. Il y a une cabane à cinquante mètres droit devant. Une seule porte, une seule fenêtre.

– Je vais l'inspecter, lui dit-elle. Tu connais mieux le terrain, va sécuriser le périmètre.

Il se mordit la lèvre inférieure en y réfléchissant. Elle voyait bien que ça ne lui plaisait pas, mais ce brouillard les empêchait d'y voir quoi que ce soit. Il n'y avait pas d'autre option. Pas à deux.

– Peut-être devrions-nous attendre les renforts.

– Le standardiste a dit qu'ils mettraient vingt minutes à arriver, répondit-elle, avant de désigner le nuage blanc qui les étouffait. Et puis, là-dedans, plus il y aura de monde avec une arme, et plus il y aura de risques que quelqu'un soit blessé.

Il acquiesça, puis la surprit en lui prenant la main.

– D'accord, mais sois prudente. J'ai prévu quelque chose de spécial, pour toi.

Caitlyn descendit de son siège, laissant la portière ouverte pour éviter de faire le moindre bruit. Elle fit deux pas en avant et regarda sur sa gauche, où Hal devait être. Sa voiture et lui avaient disparu, complètement avalés par le brouillard.

Des aveugles qui guident des aveugles. Elle s'élança à petites foulées vers la cabane invisible. Ses pieds trouvèrent un sentier plat, érodé, qu'elle se mit à suivre, seule dans le noir complet, ou plutôt, le blanc complet. Puis elle se figea. Des voix flottaient dans l'air nocturne, trop faibles pour qu'elle puisse les localiser avec précision.

Elle n'avait pas le moindre moyen de contacter Hal. *Erreur de débutante,* se réprimanda-t-elle. Voilà à quoi ça menait, de se précipiter. Elle sortit son arme et fit un pas en avant, puis un autre, dans la direction des voix et probablement de quiconque avait tiré ce coup de feu.

Ses mains étaient moites. Ce putain de brouillard était si lourd qu'il collait à elle comme une seconde peau, la couvrant de gouttes d'humidité. Elle changea son Glock de main, les essuyant l'une après l'autre sur sa chemise.

Son pied cogna contre un mur en béton. Toujours aveuglée par des tourbillons de brouillard, elle tendit une main en avant. Il y avait une petite marche et, au-dessus, une porte en bois. Elle plissa les yeux, heureuse que sa migraine ait diminué et que sa vue soit revenue à la normale. Alors qu'elle tentait de comprendre les voix qui murmuraient de l'autre côté de la porte, la poignée bougea.

Caitlyn s'écarta d'un bond du perron et se posta derrière la porte. Les battements de son cœur résonnaient dans sa tête, renforcés par l'adrénaline.

Elle leva son arme et attendit.

36

Sarah tenta de lui faire entendre raison.

– Sam, sors d'ici. La police va arriver.

L'un d'entre eux devait emmener Josh en lieu sûr. Il n'était plus en sécurité maintenant qu'Alan et Logan savaient où le trouver.

– Non. Je ne partirai pas sans toi.

Elle avait oublié à quel point il pouvait être borné. Il tendit la main, la paume vers le haut.

– Donne-moi le pistolet. Je vais m'occuper de lui.

Ses lèvres étaient blanches et sa main tremblait, mais sa voix était assurée. Elle hésita, honteuse d'avoir vraiment besoin d'y réfléchir à deux fois avant de presser la détente et de réduire elle-même Logan au silence. Entrer en trombe et faire face à un homme armé était une chose. Là, ce serait une exécution.

Le visage de Damian Wright passa devant ses yeux.

– Non. Je ne vais pas tuer un homme désarmé et tu ne le feras pas non plus. Tu le sais aussi bien que moi, Sam Durandt.

Il leva les yeux en entendant son nom. Enfin, le nom qu'*elle* lui donnait, se dit Sarah avec amertume.

– Ça ne te ressemble pas, continua-t-elle. Qui que tu sois.

– Tu ne me connais pas, insista-t-il, la main toujours ouverte. Je peux le faire. Je dois le faire. Pour vous sauver, Josh et toi.

– Ne fais pas l'idiot, dit Logan, entre eux sur le sol. Tu ne peux pas le faire. Ça ferait de toi quelqu'un comme Korsakov. N'est-ce pas la raison pour laquelle tu as fait tout ça ? Pour prouver que tu n'as rien à voir avec lui, que tu n'es pas un meurtrier ?

– Ferme-la, le coupa sèchement Sam.

Sarah le regarda frotter ses côtes, à l'endroit de sa cicatrice.

– Il a raison, Sam.

Elle posa la main sur son bras. Ses muscles se contractèrent sous ses doigts.

– Écoute ce que dit la jolie demoiselle. Et puis, tu as besoin de moi. Enfin, si vous voulez vous en sortir tous les deux vivants, en tout cas.

– Et comment comptez-vous vous y prendre ? demanda Sarah.

– C'est très simple. Alan et moi, nous ne sommes pas votre vrai problème. Votre vrai problème, c'est le Russe. Vous me laissez partir, vous me filez l'argent, et je le tuerai pour vous. Ni vu ni connu. Vous deux partez vers le soleil couchant avec votre petit Josh et vivez heureux pour toujours.

Sarah fronça les sourcils.

– Et Alan ?

Logan haussa les épaules comme si Alan n'avait aucune importance.

– Aucun problème. Je m'occuperai de lui gratuitement.

Les doigts de Sarah se resserrèrent autour du bras de Sam pour essayer de le ramener à la raison.

– Sam. On est en train de parler de tuer des gens, là. De meurtres de sang-froid.

– Est-ce un meurtre s'ils sont prêts à nous tuer sans hésiter ? répondit-il. Ou s'ils ont déjà essayé ?

Le crissement de pneus sur le gravier et le ronronnement d'un moteur se firent entendre dans la nuit. Sarah regarda par la fenêtre, mais elle était obscurcie par des gouttelettes de buée et l'impénétrable brouillard. Elle ne distinguait que son reflet et celui de Sam. Le sien tenait fermement un gros pistolet, l'air plus inquiet et effrayé qu'elle s'était jamais connu, tandis que Sam semblait absolument désespéré et perdu.

Ils formaient une sacrée paire.

– Plus le temps de discuter, dit Logan, la tirant de ses pensées. Sam, sors d'ici. Rejoins-moi plus tard dans la journée, pour m'amener jusqu'à l'argent.

– Pas ici, dit Sam, n'appréciant visiblement pas de marchander avec le diable. Là-haut, dans la cabane du colonel.

Ses doigts enlacèrent la main de Sarah.

– Non, elle reste ici, ordonna Logan d'un ton tranchant. Comment puis-je être sûr que tu respecteras ta part du contrat, sinon ?

Sam avança vers lui les poings levés, mais Sarah s'interposa entre les deux hommes, sa main plaquée sur le torse de Sam.

– Il a raison. Il faut que je reste. (Elle se retourna et baissa les yeux vers Logan.) Je dois m'assurer qu'Alan et lui ne disent à personne où se trouve Josh.

Logan acquiesça, un sourire supérieur naissant sur son visage. Elle leva son arme, la pointant directement entre ses yeux.

– Sam est peut-être incapable de tuer un homme de sang-froid, agent Logan, mais ne faites pas l'erreur de croire que vous pouvez jouer avec la vie de mon fils. Si vous essayez de nous trahir, je presserai cette détente sans hésiter.

Sa voix dure et froide comme l'acier surprit tout le monde, y compris elle-même. Le colonel aurait été fier, mais ça la rendait malade de songer à mettre fin à une vie. Logan déglutit avec difficulté et les muscles autour de ses yeux se raidirent.

Puis il acquiesça.

– Marché conclu.

– Vas-y, Sam. Maintenant.

Il fusilla Logan du regard, secouant la tête avec obstination, mais il finit par céder.

– Ce soir, promit-il à Sarah en l'embrassant rapidement sur le front.

Il ouvrit la porte à la volée et sortit en courant dans la nuit.

Sarah hésita, puis lui courut après. Elle avait besoin de prononcer ces mots une dernière fois, juste au cas où.

Il avait déjà disparu dans le brouillard. Parti.

Il y eut un bruissement dans son dos. Le faisceau d'une lampe torche perça le brouillard.

– Lâchez votre arme. Tout de suite !

Une femme apparut à côté d'elle comme un fantôme sorti des ombres et du brouillard. Sarah n'obéit pas immédiatement et la femme s'approcha, révélant un pistolet pointé sur sa poitrine. C'était Caitlyn Tierney. Qui portait une des chemises d'uniforme kaki de Hal.

– Lâchez-la, Madame Durandt.

Sarah n'avait plus le choix. Hal Waverly sortit du brouillard devant elle, son arme dégainée.

– Sarah, donne-moi ce pistolet.

Hal s'avança lentement vers elle, à distance de Caitlyn. Sarah prit conscience qu'il se tenait hors de sa ligne de mire. Seigneur Dieu, pensaient-ils vraiment qu'elle pouvait être dangereuse ?

Elle se baissa et posa de pistolet de Sam sur la terre humide, s'en écartant comme s'il s'agissait d'une vipère. Hal tendit la jambe et le poussa d'un coup de pied vers Caitlyn.

– Restez immobile, les mains en l'air, cria Caitlyn, gardant son arme pointée sur le cœur de Sarah.

Sarah sursauta, puis se figea comme une statue, sa main levée à mi-hauteur. Hal vint se placer dans son dos et la fouilla. Elle grimaça quand il retira l'arme de Logan de sa ceinture.

– Je peux tout expliquer.

– Ça ira, dit-il. (Sa voix était distante, bien loin des intonations chaleureuses auxquelles elle était habituée.) Mais en attendant, pour la sécurité de tous, je vais te passer ces menottes. Tu ne devrais vraiment rien dire d'autre avant d'avoir un avocat.

Sarah sentit toute l'énergie et la volonté de se battre la quitter. Il ramena ses bras dans son dos. Sa gorge s'assécha. Il devait bien y avoir un moyen de régler tout cela. Elle tressaillit quand les froides menottes en acier se resserrèrent autour de ses poignets. Alors seulement, Caitlyn baissa sa garde et s'approcha d'elle.

– Qui d'autre est avec vous ?

– Personne. Il n'y a que moi.

Ils ne devaient pas savoir, pour Sam. Elle devait lui faire gagner du temps, par tous les moyens.

Caitlyn s'avança et jeta un coup d'œil dans l'encadrement de la porte, son arme levée en balayant la cabine du regard.

– Que vous, hein ?

– Salut, Caitlyn, l'interpella Logan d'une voix joyeuse. Ça te dérangerait de me détacher, mon cœur ? Je ne sens presque plus mes bras.

37

Grigor se sépara de son avocat à l'aéroport JFK. Il n'aurait pas fallu grand-chose pour qu'il le tue, histoire d'envoyer un message à son oncle, mais sa correspondance lui laissait trop peu de temps pour qu'il s'en charge correctement. Un artiste ne faisait jamais les choses à moitié. Alors Dawson monta dans une limousine, direction la ville, tandis que Grigor prenait le premier avion pour Albany.

– Bonne chance pour votre recherche de maison, avait dit Dawson en guise d'adieu.

Grigor n'avait pas pris la peine de répondre. Il gigota tout le long du court vol jusqu'à Albany, profitant de la vue bucolique par son hublot. Il n'avait pas de valises, il n'en avait pas besoin. Dans le terminal l'attendaient deux hommes massifs qui portaient d'identiques costumes noirs et chemises blanches.

– Grigor, dit le premier, en l'embrassant sur les deux joues. C'est un plaisir de vous revoir parmi nous.

– Merci, Max. Vous avez pu trouver tout ce que je vous ai demandé ?

– Oui, je pense que vous serez satisfait.

Le second resta silencieux. Alexi ne parlait jamais, mais Grigor voyait cela comme une qualité. Les deux hommes étaient de lointains cousins du côté de sa mère et partageaient ses distractions depuis leur adolescence dans les quartiers miteux mais plus intéressants de Los Angeles.

D'un pas tranquille, ils sortirent dans la lumière du matin où une Chevy Tahoe noire les attendait. Alexi les emmena à quinze kilomètres en périphérie de la ville, puis se gara sur le parking vide d'un point de vue pittoresque. Max prenait un plaisir évident à présenter les nouveaux jouets qu'ils avaient récoltés pour Grigor. Il sauta de la Tahoe après avoir poussé un interrupteur sur le tableau de bord.

– Les gyrophares, derrière le pare-buffle, dit-il. Exactement comme sur les voitures de police.

Il sauta à l'arrière du tout-terrain et ouvrit le coffre. Il tira un petit arsenal des compartiments cachés tout autour de la roue de secours, tendant deux semi-automatiques de calibre 45 à Alexi et en prenant un pour lui-même. Puis il révéla un balluchon emballé dans de la soie noire.

– Votre préféré, Grigor. Un Walter PPK, comme celui de James Bond. Une collection de scalpels de chirurgie, en acier allemand, bien sûr. (Il désigna théâtralement le petit objet doré qui restait.) Voilà !

Grigor fronça d'abord les sourcils et prit dans sa main le léger instrument. Puis il l'alluma. Une flamme bleue brilla au bout du chalumeau.

– Magnifique. Où l'avez-vous trouvé ?

– Martha Stewart les fabrique. C'est fait pour les cuisiniers. Bien mieux que les chalumeaux de plomberie, non ?

Grigor se mit à rire, un bruit joyeux qui gargouillait alors qu'il faisait tourner entre ses doigts le petit chalumeau comme une bougie magique.

– C'est superbe. Excellent travail.

Max hocha la tête et Grigor devina qu'il appréciait l'éloge.

– Qu'avez-vous trouvé sur notre cible ?

– Tout, lui assura Max alors qu'ils reprenaient leur place dans la Tahoe et poursuivaient leur route au nord des montagnes. Hopewell, dans l'état de New York. Quatre cent soixante-huit habitants. Le poste de police compte trois officiers et un chef, ils n'ont que deux véhicules. Ils ont cependant un pacte d'entraide avec le shérif du comté. Pas de pompiers. Pas d'autoroute principale, il n'y a qu'une départementale pour entrer ou sortir de la ville. Notre cible, Sarah Durandt, vit au 23, route du Lac, et enseigne l'anglais dans l'établissement scolaire du coin…

Grigor se retourna sur son siège pour interrompre la litanie de Max.

– Montre-moi des photos. J'ai besoin de voir.

Max eut un autre sourire rayonnant.

– Mais bien entendu. (Il ouvrit son ordinateur portable et le fit pivoter vers Grigor.) Bienvenue sur le site de la Chambre de commerce d'Hopewell. Le département du shérif a aussi son site. On a des cartes, des plans de construction, des images satellites. Et pour les données en temps réel, on a passé ces dernières semaines à installer des caméras aux endroits qui nous intéressent. Vous avez tout ce dont vous avez besoin juste là, au bout des doigts.

Grigor fit défiler les photos et les pavés d'information. Il méprisait les ordinateurs. Seuls les prolétaires comme Diamontes s'en servaient, pas les artistes comme lui. Mais à présent, il comprenait que les machines et le cyberespace pouvaient avoir un certain intérêt. Rien qui se mesure à son niveau d'excellence artistique, mais d'une certaine façon, c'était poétique. Ironiquement.

– Tout est en place. (Max adressa un sourire en coin à Alexi.) Il y a assez de Semtex pour détruire le barrage en amont de la ville. L'inondation emportera le seul pont et la seule route reliant la ville au reste du monde, ainsi que l'unique tour téléphonique. Une fois les communications coupées, toute la ville d'Hopewell peut être notre terrain de jeu.

Un feu glacé s'alluma dans le ventre de Grigor à l'idée de ces cinq cents âmes, réunies pour son bon plaisir. Le père de sa mère revendiquait un lointain lien de parenté avec Staline. Il l'avait fait sauter sur ses genoux en lui louant les vertus du dictateur et en lui murmurant les histoires de ses « distractions ». Depuis son enfance, Grigor était fasciné par la torture et les meurtres de masse. Il avait étudié les maîtres antiques, ceux de l'Ancienne Perse et de Sparte.

À présent, il allait tous les surpasser. Cinq cents vies, à sa merci. Son chef-d'œuvre… plus audacieux que Guernica de Picasso. Le testament de son génie fait de vie, d'air et de sang.

– Je veux voir cet endroit de mes propres yeux. Puis nous rendrons visite à Mademoiselle Sarah. Pour voir cette jolie jeune femme de près… personnellement.

Il réfléchit un moment. Mieux valait démontrer en personne les conséquences de la trahison à son homme infiltré.

– On fera juste un petit arrêt en chemin.

– Je suis désolé, je n'ai qu'une cellule de détention. Je vais devoir te menotter à un siège, dit Hal en escortant Sarah à l'intérieur du minuscule poste de police. Jusqu'à ce qu'on règle toute cette histoire.

Sarah ne discuta pas. Elle était encore trop abasourdie par la tournure des événements. Josh et Sam étaient vivants, Alan était un escroc qui voulait la tuer, Sam était un escroc que d'autres escrocs voulaient tuer, dont le FBI, et peut-être Hal aussi, et puis il y avait les mensonges de Sam, le fait qu'il lui avait caché son fils, pris deux ans de sa vie. Sans parler du choc le plus important de tous : se rendre compte que Sam était le seul à qui elle pouvait faire confiance pour sauver Josh.

Ses membres étaient lourds et elle s'assit avec soulagement sur le fauteuil vers lequel Hal l'avait dirigée. Dieu merci ! il était redevenu lui-même après avoir trouvé Logan. Hal semblait penser que Logan était responsable de tout ce bazar.

– Hé, ça ne va pas, là, protesta Logan quand Caitlyn ouvrit la porte de la cellule de détention et lui fit signe d'y entrer. C'est moi, la victime. C'est elle qui m'a menacé avec une arme. Si quelqu'un doit être enfermé, c'est elle, pas moi.

– Allez, Jack, dit Caitlyn en le poussant légèrement.

Logan planta ses talons dans le sol.

– Donne-moi une chance, Caitlyn. Je suis un agent fédéral, tout comme toi.

– Vous *étiez* un agent fédéral. Entrez.

Hal termina d'attacher le poignet gauche de Sarah à l'accoudoir du siège et s'approcha pour faire face à Logan. Il se tint les mains sur les hanches, penché en avant de telle manière que son visage n'était plus qu'à quelques centimètres de celui de Logan.

– Vous êtes chez moi, c'est moi qui fixe les règles. Si je vous veux derrière les barreaux, vous allez derrière les barreaux. Tout de suite !

Il hurla ces derniers mots et même Sarah sursauta.

Hal posa sa main dans le creux du dos de Logan et, en un battement de cils, l'ancien agent du FBI fut enfermé dans la cellule. Caitlyn fit signe à Logan d'approcher ses mains. Il les passa entre deux barreaux et attendit impatiemment qu'elle lui retire ses menottes.

– Intimidation, menaces, emprisonnement injustifié, assaut, énuméra-il d'un ton supérieur, en hochant la tête, les yeux posés sur Caitlyn. Ça ne va pas bien finir, tout ça. Tu peux dire au revoir à ta carrière, Caitlyn.

Sarah fut surprise de voir Caitlyn sourire à cette remarque.

– C'est déjà fait, Jack. C'est déjà fait. Fermez-la pendant que je discute avec Madame Durandt, vous voulez bien ?

– Tu perds ton temps, Caitlyn. C'est avec moi que tu devrais discuter. Quand tu l'auras fait, tu regretteras de ne pas avoir coopéré, de ne pas m'avoir témoigné un peu de respect.

Sarah ignora Logan tandis qu'elle regardait Hal dégager son pistolet et le ranger dans le tiroir du bas de son bureau. Il sortit le portefeuille qu'il avait pris à Logan et regarda rapidement à l'intérieur. Son cœur fit un saut périlleux quand il sortit la photo de Josh. Hal releva subitement la tête vers elle, mais il ne dit rien. Il se contenta de la ranger dans sa poche, laissant le portefeuille de Logan bien en évidence sur son bureau pour que Caitlyn puisse l'examiner. Puis il lui fit un petit signe de tête.

Elle laissa échapper le soupir qu'elle avait retenu et forma silencieusement le mot « Merci ». Le doute et l'incertitude s'insinuèrent dans son esprit. Pouvait-elle faire confiance à Hal ? Tout ce qu'il avait à faire, c'était de regarder au dos de la photo, et il saurait où était Josh… Elle déglutit, sa bouche asséchée par la peur. Et si Hal travaillait pour Korsakov ? Comment pourrait-elle sauver Josh ?

Quand Caitlyn les rejoignit près du bureau, Hal tournait les pages des documents d'identification de Logan.

– Il a bel et bien un permis pour le HK. Mais pas pour le Glock.

Caitlyn retira les magasins et les balles des deux pistolets. Ses mains volaient naturellement autour des armes. Elle aurait sans doute pu les manipuler les yeux fermés.

– C'est cher, dit-elle en braquant le canon du Heckler-Koch sur Logan, en infraction avec toutes les règles de sécurité concernant les armes à feu. Et il a été utilisé il y a peu de temps. J'espère que les types de votre compagnie d'assurances vous donneront une bonne indemnité de licenciement, parce que je ne pense pas que vous bosserez beaucoup à l'avenir, Jack.

– Caitlyn, il faut qu'on parle, répondit Logan d'une voix exaspérée.

– J'ai les oreilles grandes ouvertes, répondit Hal.

Logan fit une moue de frustration et tourna le dos à l'officier de police.

– L'agent Tierney n'a aucune juridiction dans cette affaire alors, jusqu'à ce que vous vous décidiez à me parler, j'ai bien peur que cette cellule ne devienne votre petit chez-vous.

– C'est ce qu'on va voir, espèce de péquenaud., marmonna Logan.

Le visage de Hal s'enflamma. Il mit l'arme et les munitions de Logan dans un sac scellé. Caitlyn examina le pistolet de Richland et fronça les sourcils en passant le doigt à la base de la crosse.

– Celui-là n'a pas servi, mais on dirait une arme gouvernementale. Je peux demander à nos gars de Quantico de faire une recherche.

Hal tendit la main et le lui prit le pistolet pour le mettre dans un autre sac.

– Il est 4 heures du matin, ça peut attendre.

Sarah remarqua le regard suspicieux que Caitlyn jeta à Hal. Il s'était retourné pour enfermer toutes les preuves dans le petit coffre-fort derrière son bureau.

– Puisqu'on en parle, dit-il en lui tournant toujours le dos, pourquoi n'iriez-vous pas vous reposer un peu dans votre motel ? On pourra régler tout ça plus tard, à la lumière du jour.

Caitlyn s'installa confortablement dans l'autre fauteuil et étendit les jambes.

– Désolée. Je n'ai pas eu l'occasion de prendre de chambre dans un motel. Vous ne pourrez pas vous débarrasser de moi. (Elle se tourna vers Sarah.) Alors, Madame Durandt. Voulez-vous faire valoir votre droit à un avocat ou aimeriez-vous expliquer tout cela ici et maintenant ?

– Ne dites rien, Sarah, lui conseilla Logan. Appelez Alan, il va tout arranger.

Caitlyn pivota pour le foudroyer du regard.

– Il y a une minute, vous disiez que c'était une criminelle désespérée qui vous avait kidnappé sous la menace d'une arme. Maintenant, vous lui donnez des conseils sur ses droits ?

Logan haussa les épaules et sourit.

– Tu connais la devise du Bureau, Caitlyn. Pour la vérité, la justice et l'Amérique.

– Arrêtez vos conneries. Dites-moi ce qu'il se passe ici !

Hal intervint.

– On se calme, tout le monde. Si Sarah veut un avocat, elle a parfaitement le droit d'en appeler un. Et elle a le droit à un peu d'intimité pour le faire. Agent Tierney, cela vous dérangerait-il de m'accompagner dans l'entrée ?

Sarah lui était reconnaissante pour son aide, mais l'air suspicieux sur le visage de Caitlyn la rendit nerveuse. Hal déposa le téléphone à portée de main et tapota l'épaule de Caitlyn, lui indiquant d'un signe de tête la porte qui menait au bureau de poste.

– On ne peut pas laisser les prisonniers sans surveillance, protesta Caitlyn.

– Ils n'iront nulle part. De plus, j'aimerais vous dire un mot. Tout de suite.

Sarah hésita, la main sur le téléphone. Caitlyn se leva, mais ses yeux étaient plissés et ses sourcils froncés quand elle sortit. Hal la suivit et ferma la porte derrière elle.

– Enfin seuls, chantonna Logan. Votre chef de la police est un véritable plouc. Il doit avoir un penchant pour vous, cependant. Alors, voilà ce qu'on va leur raconter. Vous avez vu de la lumière dans la cabane et vous m'y avez trouvé. Quand vous avez vu le pistolet dans ma main, vous m'avez sauté dessus, pris par surprise, et m'avez attaché. Vous étiez sur le point d'appeler la police quand le chef Abruti et Super-Girl ont débarqué et se sont mis dans tous leurs états.

Sarah l'écouta. Elle détestait mentir à Hal, mais c'était nécessaire. Moins Hal en saurait, plus Josh et Sam seraient en sécurité. Les yeux de Logan étincelèrent tandis qu'il se tordait le cou pour regarder par la petite fenêtre de la porte par laquelle Caitlyn et Hal étaient sortis.

– Votre chef a quand même bon goût. J'ai essayé pendant des années de mettre Caitlyn au plumard et je n'y ai gagné que des menaces de me dénoncer pour harcèlement. Je me demande si elle en valait la peine. J'imagine qu'elle est du genre casse-couilles. C'est peut-être pour ça qu'il veut tellement la lui mettre.

Le regard de Logan glissa lentement sur Sarah. Elle se sentit sale, collante comme s'il avait posé ses mains sur elle.

– Mais vous deux, vous avez peut-être une histoire ? Le chef Abruti est-il venu frapper à la porte de la veuve éplorée ?

– Allez au diable.

Il rit.

– N'oubliez pas notre marché. Appelez Alan, faites comme si Sam m'avait sauté dessus. Vous avez entendu le coup de feu, vous êtes entrée en trombe. Jouez la douce innocente. Je suis sûr que vous savez comment faire. (Il la regarda avec des yeux lubriques en levant un sourcil.) Notre avocat favori pense toujours à vous mettre au pieu, il oubliera tout le reste si vous jouez le jeu. Offrez-lui le monde. Flattez son ego. Dites-lui que vous vous fichez de Sam. Dites-lui que tout ce que vous voulez, c'est retrouver votre fils, que vous ferez tout et n'importe quoi s'il vous aide.

Sarah déglutit. Elle ferait n'importe quoi pour retrouver Josh, mais prétendre aimer Alan lui hérissait le poil. Il le saurait, si elle mentait, elle en était sûre.

Non. Elle devait faire ça bien. Elle décrocha le combiné et composa le numéro d'Alan. La vie de Sam et Josh en dépendait.

– Qu'est-ce qui ne va pas chez toi ? dit Caitlyn en se retournant brusquement vers Hal quand la porte se fut refermée derrière eux. Tu n'as pas le droit de laisser des prisonniers sans surveillance.

– Peut-être ne l'avez-vous pas remarqué, agent Tierney, mais vous n'êtes plus dans les bureaux du FBI. Donnez-moi un budget qui me permette de suivre les règles et je serai ravi de le faire. Ma seule autre option est de les conduire à la prison du comté de Plattsburgh et je n'en ai pas l'intention. En fait, je suis prêt à parier qu'il n'y aura même pas de dépôt de charges pour tout ça.

Il s'appuya contre le mur à côté d'un tableau en liège sur lequel se trouvaient les signalements des personnes disparues, comme si tout était normal. Son visage était détendu, mais elle le voyait ouvrir et resserrer le poing.

– Tu mises sur ton amie, Sarah Durandt, dit-elle. Écoute, Hal. Je l'aime bien, moi aussi. Mais il y a quelque chose qui cloche. Et je pense qu'elle trempe dedans jusqu'à ses grands beaux yeux.

– J'ai connu Sarah quasiment toute sa vie. Fais-moi confiance, elle n'était pas impliquée dans ce qui est arrivé à Sam et Josh.

– Et Logan ? Je t'ai dit ce que j'ai trouvé à Quantico…

– Voilà pourquoi c'est lui qui se trouve derrière les barreaux. (Il s'écarta du mur, leva les deux mains et les posa sur les épaules de Caitlyn pour les serrer légèrement.) Tu es sûre que ça n'a rien à voir avec ce qu'il s'est passé tout à l'heure? Je suis désolé si je t'ai mise dans une position délicate. (Il effleura le col de sa chemise, baissa son visage vers le sien et l'embrassa.) Mais je ne regrette rien, Caitlyn. Pas une minute. C'était un précieux cadeau, et j'aurais aimé que nous ayons eu plus de temps.

Caitlyn détestait la façon dont elle sentait son cœur accélérer quand il la touchait. Elle en oubliait presque la raison pour laquelle elle était venue à Hopewell. Elle écarta son visage du sien sans céder à sa passion. Il fit un pas en arrière, les bras grands ouverts en signe d'abandon.

– Très bien, si c'est comme ça que ça doit se passer. Mais je pensais tout ce que j'ai dit, jusqu'au moindre mot.

– C'est ce que tu ne dis pas qui m'inquiète. Que se passe-t-il, Hal?

Il baissa le visage en secouant légèrement la tête.

– Si seulement je le savais. Mais tu dois me faire confiance. Tes gros sabots du FBI ne te seront d'aucune aide ici... pas plus qu'il y a deux ans. Laisse-moi me débrouiller et je te promets que je m'occuperai de tout.

Elle fronça les sourcils et sentit la pression commencer à s'amonceler derrière ses yeux. Eh merde! elle n'avait pas éprouvé la moindre douleur durant quatre heures et elle en paierait le prix. Si cette migraine se révélait, même partiellement, aussi douloureuse ou la désorientait autant que les précédentes, elle n'aurait pas d'autre choix que de faire confiance à Hal et de le laisser finir ce qu'elle avait commencé.

Hal passa une main apaisante sur le front de Caitlyn, comme s'il avait pu sentir sa migraine lui aussi.

– Je pense que Sarah a eu assez de temps.

– Tu veux dire qu'*ils* ont eu assez de temps pour se mettre d'accord sur leur version de l'histoire.

Il se dirigea vers la porte, ses bottes claquant sur le linoléum. Elle ne pouvait que le suivre.

Sam avançait en trébuchant dans le brouillard, désorienté. Il cherchait le sentier qui bifurquait pour rejoindre la maison de Sarah, mais se retrouva sur le chemin principal qui conduisait à la route du lac.

– Sam, par ici ! dit une drôle de voix, et il se demanda s'il n'était pas en train d'halluciner.

Puis deux silhouettes à bicyclette apparurent dans le brouillard, et lui firent signe d'approcher.

– Par ici !

Il ne savait pas s'il devait courir, se cacher ou leur faire confiance. Puis il s'approcha suffisamment pour voir de qui il s'agissait.

– JD, et…

Il se tut, cherchant le nom de la fille.

– Julia, Monsieur Durandt. Julia Petrino.

Elle lui tendit la main comme si elle accueillait un invité.

Il la prit dans les siennes.

– Julia, bien sûr. C'est toi qui as écrit ce magnifique sonnet sur la princesse indienne et le dieu Tonnerre. Tu as gagné le concours d'écriture du collège, il y a deux ans. Ma femme était très fière de toi.

Même dans le brouillard qui se dissipait, il pouvait voir son visage rougir.

– C'est mon histoire préférée. Ahweyoh qui vole dans les airs, si sûre de leur amour qu'elle sait que le dieu Tonnerre va la sauver, dit-elle avec un sourire timide.

Sam connaissait bien la légende.

– Sarah adore cette histoire, elle aussi.

Il se rappelait le moment où Sarah lui avait raconté l'histoire des deux amants indiens. C'était la première fois qu'ils avaient fait l'amour, en haut de la montagne, où ils avaient l'impression d'être les rois du monde, que tout était possible. Il s'était promis cette nuit-là qu'il lui dirait la vérité mais, après être tombé sous son charme, il s'était convaincu qu'une femme comme Sarah ne pourrait jamais tomber amoureuse d'un idiot orgueilleux et stupide comme Stan Diamontes.

Entre ses bras, réconforté par la chaude étreinte de la montagne et des étoiles au-dessus d'eux, il avait décidé qu'il était désormais un autre homme, un homme nouveau. Et le matin suivant, alors que le soleil charmait les montagnes de son éclat doré, il s'était levé et avait exhumé le dernier vestige de Stan qu'il conservait. Une photo de lui en train de surfer sur les grandes vagues d'Oahu. Le plus beau jour de sa vie, jusqu'alors.

Sam avait soufflé sur les braises mourantes pour raviver leur feu de camp. Il avait tenu la photo au-dessus des flammes dansantes, les avait regardées en lécher les bords, passant du jaune au rouge, puis au bleu, avant de dévorer la photo avec avidité. De petites boucles de cendres s'étaient élevées dans les airs, s'envolant au-dessus du ravin avant de disparaître.

Stan Diamontes était mort. Et Sam Durandt avait le reste de sa vie devant lui.

Quand la photo eut fini de brûler, il avait réveillé Sarah. Le soleil levant la baignait dans des rivières de rubis et d'or. Ils avaient de nouveau fait l'amour et, alors qu'ils s'accrochaient l'un à l'autre, frissonnants dans la brise matinale, des larmes de bonheur avaient réchauffé le visage de Sam.

Sam refoula son souvenir et se concentra à nouveau sur les deux gamins devant lui.

– Vous allez bien ? demanda Julia.

De peur de balbutier, Sam se contenta d'acquiescer.

JD lui prit le bras et pressa son biceps.

– Wow ! dit-il, le souffle coupé. Qu'est-ce qu'il vous est arrivé ? Le crâne rasé et tout musclé… Vous étiez en prison ?

Sam ne dit rien. Que pouvait-il dire ? Quelle importance ? JD et Julia comblaient tous les trous dans la conversation.

– C'était vous, toutes ces lumières ? On les surveille depuis des jours. On les a vues en bas du barrage et deux fois en haut sur la crête.

– Près des Hautes Chutes et juste derrière la maison de Hal Waverly. Vous étiez où, Monsieur Durandt ? Pourquoi vous êtes revenu ? Qui étaient ces hommes avec les pistolets ?

– Vous avez besoin d'un médecin ? demanda Julia.

– Oui, on dirait qu'ils vous ont filé une sacrée rouste.

Sam devait admettre qu'il boitait un petit peu, et il était sûr d'avoir une côte fêlée.

– Pas de médecin, merci. (Il s'interrompit et regarda les deux ados.) Vous deux, vous ne devez dire à personne que vous m'avez vu ou que je suis toujours en vie.

JD lui fit un signe de la main.

– Oui, on le sait. Madame Durandt nous a dit la même chose. Ma théorie est que ces types avec les pistolets gardent votre fils prisonnier contre une rançon. Alors, qu'est-ce qu'ils veulent vous faire faire, à vous et votre femme ? Vous faire péter le barrage ou un truc du genre ?

– Est-ce que ce sont des terroristes ? Al-Quaïda ? demanda Julia, le souffle court.

Sam remarqua la façon dont JD lui prit la taille, protecteur. Inutile de leur demander ce qu'ils avaient fait toute la nuit, tandis qu'ils surveillaient leurs mystérieuses lumières.

– Ce sont des hommes très dangereux. C'est tout ce que vous devez savoir, d'accord ?

Ils acquiescèrent en même temps, les yeux brillants d'excitation. Bon dieu ! allait-il devoir les enfermer quelque part pour les protéger ?

– Est-ce que vous savez ce qui est arrivé à ma femme ?

– Hal Waverly et la dame du FBI les ont emmenés, l'homme et elle, au poste de police.

Sam poussa un soupir d'exaspération. Il ne pouvait vraiment pas se montrer en ville. Maintenant qu'Alan et Logan savaient tous les deux où était Josh, il ne pouvait pas perdre plus de temps.

– Est-ce que l'un d'entre vous a un téléphone portable ?

Julia en sortit un de sa poche.

– La réception n'est pas très bonne ici, l'avertit-elle.

Il l'ouvrit et composa le numéro de Madame Beaucours. Elle décrocha après la deuxième sonnerie, sa voix hachée par les bruits parasites.

– C'est moi, dit-il. Tout va bien, à la maison ?

– Parlez plus fort, Sam, je vous entends à peine.

– Josh, est-ce qu'il va bien ?

Il criait presque et faisait les cent pas à la recherche d'un signal stable.

– Il est resté réveillé toute la nuit à cause d'un de ses mauvais rêves, il vient juste de se rendormir. Ça ne va pas ?

– Non. Les choses sont… (Il jeta un coup d'œil aux deux ados qui l'écoutaient parler avec des oreilles avides.) … plus compliquées que prévu. J'ai besoin que vous preniez Josh et que vous partiez. Allez à cet endroit dont je vous ai parlé. Il y a de l'argent dans le coffre.

– Le motel en bordure de Montréal ? Je dois vous le dire, Sam, je n'aime pas ça. Pas du tout. Ce garçon a besoin de ses parents, de ses deux parents.

Sam leva la tête, en appelant aux cieux. Le brouillard était en train de se lever et le ciel s'éclaircissait, mais il n'était pas plus près de sauver Sarah et Josh qu'il ne l'avait été la veille. Tout au plus, il avait aggravé les choses.

– Je sais, je sais. S'il vous plaît, Madame Beaucours. J'ai besoin de vous. J'ai besoin que vous gardiez Josh en sécurité.

Son soupir fut entrecoupé de bruits parasites.

– Très bien. Nous partirons ce matin.

– Merci. Dites-lui que je l'aime…

La ligne fut coupée avant qu'il puisse finir. Il fixa le téléphone pendant un moment, puis le referma.

Julia lui sourit faiblement.

– Votre petit garçon, Josh, il va bien ?

– Pour le moment, marmonna Sam en cherchant une solution pour sortir de ce merdier.

Son cerveau était à plat, il manquait de sommeil, et toutes les idées qui lui venaient lui paraissaient floues et confuses. Madame Beaucours protégerait Josh. Tout ce qui lui restait à faire, c'était sauver Sarah et empêcher Alan, Logan et Korsakov de lui faire du mal. Un rire amer jaillit de sa gorge. Seul, sans arme, comment pourrait-il arrêter trois assassins ?

– Vous deux, pouvez-vous garder un œil sur Sarah ? Quand elle sortira du poste, appelez-moi sur le téléphone de Julia pour me dire où elle va.

JD écarquilla les yeux.

– Vous voulez qu'on la file ? Bien sûr !

– Vous ne pouvez pas laisser qui que ce soit savoir ce que vous faites. Même pas le chef Waverly. N'essayez pas de parler à Sarah, dites-moi juste où la trouver.

– Mon père va me tuer si je perds mon téléphone, dit Julia.

– Je veux juste te l'emprunter, la rassura Sam. Rien que pour aujourd'hui. (Il réfléchit à ses options.) Pourriez-vous transmettre un message au colonel pour moi ?

– Le *Rockslide* ne va pas tarder à ouvrir, il y est sans doute déjà. Qu'est-ce que vous voulez qu'on lui dise ?

– Ne lui dites pas que ça vient de moi. Demandez-lui de venir à… (Il réfléchit un instant.) … à la cabane du garde-chasse sous le barrage.

– Mauvaise idée, interrompit JD. Et si les flics revenaient fouiller ?

– Ou peut-être que les terroristes l'utilisent comme QG, ajouta Julia. Vous vous jetteriez dans la gueule du loup.

– Très bien. Dites-moi où. Je ne peux pas être vu en ville.

Ils échangèrent un regard.

– Et la clairière au-dessus du barrage ? suggéra JD. Vous savez, celle où…

– Celle où j'ai failli mourir. Oui, je crois que je me souviens.

Un air contrarié assombrit le visage de JD et Sam regretta son mouvement d'humeur.

– Bonne idée. OK, la clairière au-dessus du barrage après le coup de feu du déjeuner.

Il s'interrompit, se massant la tempe, essayant de forcer son cerveau lessivé à assembler ses idées en un tout cohérent. Il se sentait faible, sans son arme, même s'il détestait ces horreurs.

– Demandez-lui d'apporter une arme… Un pistolet, pas un fusil. Compris ?

– Tout à fait, Monsieur Durandt (Ils sautèrent sur leurs vélos, et se retournèrent en se penchant sur leurs selles pour le regarder.) Vous vous en sortirez jusque-là ?

– On a des restes de sandwiches, si vous les voulez.

Julia fouilla dans son sac à dos et lui tendit un sac en papier.

Sam ne pouvait s'empêcher de sourire. L'enthousiasme de la jeunesse, leur naïveté, lui réchauffaient le cœur. Il revenait tout juste d'entre les morts, avait été tabassé, des hommes armés avaient menacé sa femme et son enfant, et ils pensaient que quelques sandwiches allaient tout arranger.

– Merci, les enfants. Ne laissez personne vous entendre quand vous parlerez avec le colonel.

– Même pas sa femme ? demanda JD en souriant.

Sam leva les yeux au ciel et les deux gosses sourirent.

– Dieu tout-puissant. Surtout pas la femme du colonel.

Ils descendirent le sentier en pédalant. Il se mit en route à travers bois vers sa grotte de secours. Elle était chaude, sèche et assez sûre pour lui permettre de rattraper quelques heures de sommeil avant de voir le colonel. Aux yeux de Sam, ça valait n'importe quel hôtel cinq étoiles.

Si seulement il avait su quoi faire ensuite.

38

Le soleil se levait quand la Volvo d'Alan s'inséra sur la route nationale. Il roulait vers le sud. Un type comme lui pouvait trouver plein d'endroits où se cacher dans une grande ville comme New York. Et plein d'opportunités.

Ce n'était pas un contretemps, s'était-il dit après être presque entré en collision avec la police alors qu'il s'apprêtait à récupérer Sam et Logan. Non, plutôt une chance.

Parce qu'il n'y avait absolument aucun espoir que Korsakov épargne Sam ou Logan. Il avait déjà vu le Russe se mettre en colère et ne serait pas surpris si Korsakov faisait flamber toute la ville pour avoir abrité Sam toutes ces années.

Mais Alan avait encore une chance. Il s'était magné le train jusqu'à chez lui, avait jeté tout ce qui avait de la valeur dans sa voiture et avait roulé dans le brouillard. Mieux valait vivre sans un million de dollars que mourir avec.

Mais quand même, tout cet argent… Tout ce qu'il aurait pu faire avec lui passa par la tête, des tas de scénarios qui commençaient tous par « Et si ». Une véritable torture. Et Sarah. Il était surpris de constater à quel point il regrettait de ne pas avoir pu l'emmener. Quand il pensait à tout ce que le Russe allait lui faire… Il frissonna en imaginant ses cris. Elle ne méritait pas de mourir, pas comme ça.

Son portable sonna et interrompit sa rêverie. Il le regarda, accroché sur le tableau de bord, et plissa ses yeux avec suspicion. Et si c'était Korsakov ? Ou si Logan s'était mis à le suivre ? Les flics pouvaient tracer ces téléphones.

L'appareil sonna de nouveau. Et si c'était Sam ? Peut-être s'était-il débarrassé des flics et voulait-il toujours négocier ? Après tout, tout ce que savait Sam, c'était qu'Alan était en route vers le Québec, pour tuer son gosse.

Sa main s'arrêta au-dessus du téléphone. Ce serait plus sûr de l'ignorer, de le jeter par la fenêtre et d'en acheter un nouveau au prochain supermarché. Mais cent millions de dollars, c'était une putain de paie ! Et il la méritait bien, après avoir passé deux ans à mettre tout ça au point.

Il saisit le téléphone et l'ouvrit.

– Ouais.

– Alan ?

C'était Sarah. Peut-être pouvait-il la sauver après tout. Il leva le pied de l'accélérateur.

– Où es-tu ma chérie ? demanda-t-il. Je suis allé chez toi pour voir comment tu allais et tu étais partie. Je me suis inquiété.

– Je suis en prison. Avec ton ami, Logan. (Sa voix était tendue, précipitée.) En tout cas, c'est ce qu'il dit. Il dit que vous vous êtes rencontrés quand il travaillait au FBI.

– Logan ?

C'était quoi, cette merde ? Comment Logan et Sarah avaient-ils pu se retrouver ensemble, en prison, en plus ? Et où pouvait bien être Sam ?

– Qu'est-ce qu'il t'a dit d'autre ? Que s'est-il passé ?

– C'est une longue histoire. Je ne peux pas te parler maintenant. Pas pendant qu'il écoute. (Sa voix se fit chuchotement.) Je ne lui fais pas confiance, Alan. Il faut que tu m'aides. Peux-tu venir au commissariat ? S'il te plaît ?

Il ne put s'empêcher de sourire en l'entendant supplier. En deux ans, elle ne lui avait jamais rien demandé, elle avait toujours tout fait seule. Mais maintenant, Mademoiselle L'Indépendante avait besoin de lui. Plus qu'elle ne pouvait l'imaginer.

Il prit en compte le risque que Logan lui raconte tout… Non, ça n'arriverait pas. L'ancien agent du FBI avait autant à y perdre que lui. Et s'ils se retrouvaient tous les deux en prison, ni Logan ni lui ne mettraient la main sur l'argent de sitôt.

Mais Sam, lui… Ils devaient le retrouver avant qu'il vide les comptes. Sarah était son meilleur atout. Ensuite, Sarah et lui pourraient s'échapper ensemble, laisser Logan et Sam au Russe.

Devant lui, un dégagement entre les voies permettait aux véhicules d'urgence de faire demi-tour. Il ralentit et dévia sur les graviers au milieu de la nationale.

Il y eut un silence avant qu'elle reprenne. Son souffle semblait paniqué.

– J'ai peur, il s'est passé tellement de choses. Je ne peux faire confiance à personne d'autre que toi, Alan, dit-elle. S'il te plaît, Alan. Je t'en prie, viens me sortir d'ici.

– J'arrive, mon cœur. Ne t'inquiète pas, je vais m'occuper de tout.

Sarah raccrocha avec l'envie de prendre une longue douche brûlante. Et quand bien même, elle pourrait ne plus jamais se sentir propre.

Sam lui avait dit qu'Alan avait prévu de la tuer. Elle serra son bras libre contre elle. De la tuer après le mariage… après avoir partagé son lit, fait vœu de l'aimer, de l'honorer, de la chérir.

– Qu'est-il arrivé à ma vie ? murmura-t-elle.

Elle n'eut en réponse que le ricanement de Logan, derrière elle. Elle se cacha le visage dans la main, le coude posé sur le bord du bureau.

Hal frappa et entra.

– C'est bon ? demanda-t-il d'une voix trop joyeuse.

Sarah leva la tête et acquiesça.

– Alan arrive. Je ne sais pas dans combien de temps.

Caitlyn apparut derrière Hal, les mains sur les hanches dans une attitude de défi qui lui rappelait la première fois où elle l'avait vue, deux ans auparavant. Elle s'était aussi disputée avec Hal, à l'époque. Caitlyn resta sur le seuil, à l'écart.

Hal se laissa tomber dans son fauteuil.

– Voilà comment nous allons nous y prendre. Monsieur Logan, souhaitez-vous toujours déposer plainte ?

– Je ne sais pas. Je vais attendre l'avocat et voir quelles sont mes options.

– Hmmm ! dit Hal comme s'il s'y attendait. Dès que les bureaux du gouvernement ouvriront, à 9 heures, je vérifierai si votre permis est valable et si votre arme est bien enregistrée. Si tout est en ordre, vous pourrez sortir.

– Ça va prendre des heures ! protesta Logan.

– Je le sais. Je vous suggère donc de vous installer bien confortablement. (Hal dirigea son regard vers Sarah, au-dessus de son bureau encombré.) Tu vas bien ? Je peux desserrer tes menottes, si tu veux.

Elle nota qu'il n'avait pas dit « retirer » ses menottes. Caitlyn se tendit en l'observant.

– Ça va.

– Très bien, dans ce cas. (Il se cala dans son siège, posa ses pieds sur le bureau et croisa les mains derrière sa tête.) Alors attendons.

Sarah leva les yeux vers Caitlyn, qui poussa une exclamation de dépit et sortit en claquant la porte derrière elle.

– Beau travail, chef, dit Logan en applaudissant. Maintenant, voulez-vous bien me laisser sortir ?

– La ferme, dit sèchement Hal.

Il reposa lourdement ses pieds au sol et contourna son bureau pour se placer face à Sarah.

– Sarah, j'ai fait tout ce que j'ai pu pour te couvrir. Tu vas me dire ce qu'il se passe ?

– Pas un mot, Sarah, l'avertit Logan. Sauf si vous voulez tout perdre. Encore une fois.

Caitlyn alluma les lumières du bureau et réfléchit à la situation. Elle jeta un coup d'œil par la fenêtre de la porte du poste de police derrière elle. Hal était accroupi par terre, face à Sarah Durandt.

Toute cette histoire était louche. Elle regrettait d'avoir laissé son téléphone portable chez Hal. *Ah!* Il y avait une prise téléphonique juste à côté de l'ordinateur, sur le comptoir de service. Encore mieux, un téléphone y était branché, caché sur une étagère sous le comptoir. Posé sur le plus petit annuaire municipal que Caitlyn avait jamais vu. Ses rapports de terrain comportaient plus de pages que le répertoire du comté de Clinton.

Quelques minutes plus tard, elle avait Gerald Merton au bout du fil.

– La balle ? demanda-t-il d'une voix endormie. Elle n'est plus là.

– Je sais, répéta Caitlyn pour ce qui lui semblait être la dixième fois. J'ai besoin du nom et des coordonnées de l'officier qui a signé la décharge.

– Personne n'a signé de décharge.

– Bien sûr que si. Quand la police d'État est venue prendre les preuves et le corps.

– Ils ne sont pas venus. Ils ne viendront pas... Pas avant que Waverly les appelle.

Ses doigts se resserrèrent sur le combiné.

– On ne les a pas encore appelés ?

– Non. Et je le saurais, puisqu'en tant que médecin légiste du comté, je suis responsable de la remise du corps.

– Où est passée la balle ?

– C'est le chef qui l'a. (Il avait l'air exaspéré, comme s'il expliquait une évidence.) Il l'a sortie pendant que vous étiez au téléphone. Il l'a prise. J'imagine que vous étiez si malade qu'il n'a pas voulu vous embêter.

Elle pouvait presque entendre le sourire de mépris de Merton. Un futur Jack Logan en construction.

– Vous en êtes sûr ? La balle n'est pas là ?

– Évidemment, que j'en suis sûr. Je l'ai vu la mettre dans la poche de sa chemise, ça ne vous suffit pas ?

Elle raccrocha et fouilla les poches de poitrine de la chemise de Hal qu'elle s'était appropriée. Non, elle ne pouvait pas avoir autant de chance. Elle l'avait attrapée sur une des chaises de la cuisine, lui avait remis celle qu'il avait portée la veille.

Caitlyn pinça les lèvres en jetant un regard furieux vers la porte fermée du bureau de police. Elle appela Clemens. Sa voix était étouffée et elle pouvait entendre quelqu'un ronfler derrière lui quand il répondit. La fiancée, à coup sûr.

– C'est Caitlyn, dit-elle en faisant les cent pas aussi loin que la longueur du fil du téléphone le lui permettait.

Elle n'arrivait pas à rester immobile, elle se sentait aussi nerveuse que si elle avait englouti trois litres de café.

– J'ai besoin d'une autre faveur.

– Bien sûr.

Sa voix était rauque et étouffée par le sommeil. Il se racla la gorge.

– De quoi avez-vous besoin ?

– D'une recherche sur le numéro de série d'un pistolet. (Elle sortit le bout de papier sur lequel elle avait gribouillé l'immatriculation du Glock avant que Hal l'ait fait disparaître.) Il vous faut combien de temps ?

– Quelques jours.

– Le plus tôt sera le mieux.

– Je peux faire cela en urgence si vous avez un numéro d'affaire prioritaire.

Elle garda le silence. Elle aurait dû contacter le bureau local le plus proche dès qu'elle s'était mise à se douter que le corps retrouvé par Sarah pouvait être Leo Richland. Désormais, elle était coincée, jusqu'à ce qu'elle puisse confirmer son identité.

– J'en conclus que vous faites toujours votre truc dans votre coin, dit-il. Du camping en montagne.

– Plutôt de la pêche. Et j'ai ferré du gros poisson, mais rien de solide, pour le moment.

Son soupir résonna sur la ligne de téléphone.

– Je ferai aussi vite que possible.

– Merci, Clemens.

– Faites attention. D'accord ?

– Toujours.

Elle raccrocha. Si Hal était coincé au bureau avec ses prisonniers, ça lui donnait une chance de se rendre chez lui. Chercher son téléphone, bien sûr. Et peut-être jeter un coup d'œil sur ces dossiers dont il l'avait distraite la veille.

39

JD dévala la grand-rue à toute allure, faisant crisser ses freins pour s'arrêter devant le *Rockslide.* Il avait l'impression d'être James Bond. Julia à côté de lui, plus belle que toutes les James Bond Girls qu'il avait jamais vues… y compris Halle Berry dans son petit bikini moulant.

– Qu'est-ce que tu vas lui dire ? demanda-t-elle, les joues rosies par le vent et l'excitation.

– Je vais lui dire que j'ai besoin d'aide pour mon documentaire.

– D'accord. Je vais voir si Sarah est toujours au poste.

JD posa son vélo contre un réverbère et entra dans le café d'un pas nonchalant. Une fois hors de vue de Julia, il s'essuya les mains sur son jean. *Même James Bond peut être nerveux,* pensa-t-il. Le secret était de ne jamais les laisser vous voir transpirer.

– Hé, mon garçon, l'appela son père de sa place habituelle au comptoir. Tu viens petit déjeuner avec ton vieux père ?

JD acquiesça et sourit en s'asseyant à côté de lui. Le colonel était posté au grill, sa spatule glissant sous un tas de galettes de pomme de terre.

– Tu veux la même chose que ton père ?

– Oui, s'il vous plaît.

– Comment avance le film ? demanda le colonel. Vous avez trouvé d'où venaient ces lumières ?

– Peut-être.

JD remercia le colonel d'un signe de tête quand il lui versa un verre de jus d'orange. Il ne s'était pas rendu compte à quel point sa gorge était sèche avant de l'engloutir en trois grosses gorgées.

– Ne l'encouragez pas, dit son père entre deux bouchées de saucisses et de pain perdu. Le gosse est en train de perdre tout son été à randonner dans la forêt alors qu'il pourrait gagner une belle somme d'argent en travaillant avec moi.

– Papa…

– Ne me sers pas de « papa ». Je t'ai dit que…

Le colonel arqua un sourcil et tous les deux se turent.

– Je crois me souvenir que ton père et moi avons perdu beaucoup de nos étés à faire de la randonnée dans cette forêt quand nous étions gamins. Ça ne nous a pas fait le moindre mal.

– C'était différent. Nous ne rêvions pas d'aller dans de grandes universités. L'université, ça coûte cher. Très cher.

– Je sais ce que je fais, papa, dit JD.

Ces vieux n'y comprenaient décidément rien.

– Je trouverai de l'argent. Tout seul.

Son père leva les mains au ciel.

– Tout seul. En courant dans la forêt, en chassant des fantômes et en étant persuadé que quiconque voudrait acheter un film là-dessus.

– Excuse-moi, papa. Tu n'as jamais entendu parler du *Blair Witch Project ?* De toute façon, je ne compte pas vendre mon film. C'est pour m'aider à trouver un travail l'été prochain. Si j'arrive à décrocher ce stage dont Madame Durandt m'a parlé…

Il s'arrêta, se rappelant soudainement pourquoi il était là. Pourquoi les adultes étaient-ils incapables de se concentrer ?

Le colonel posa son assiette devant lui.

– En fait, c'est pour ça que je suis là ce matin. Vous auriez quelques heures dans l'après-midi, pour me donner un coup de main ? Personne ne connaît ces bois mieux que vous.

Le colonel sourit. La vache, peut-être devrait-il penser à une carrière d'acteur ou quelque chose dans le même genre, plutôt qu'au journalisme.

– Bien sûr. Ça ne te dérange pas, George ?

Son père cloua un bout de pain perdu sur sa fourchette et le trempa dans son café.

– Non, pourquoi pas ? Plus tôt il aura fini son idiotie de film, plus tôt il sera prêt à voir la réalité en face.

– Papa…

George Dolan se leva brutalement de son tabouret et jeta un billet de cinq dollars sur le comptoir.

– Je dois aller bosser.

Il sortit du café, le dos raide. Le colonel baissa les yeux sur JD, lui donnant l'impression d'être un cafard sous un microscope.

– Je lui ai demandé de m'aider en premier, marmonna JD, la tête basse. Il a dit non.

– Oui, bon, rappelle-toi quand même qu'il ne veut que ce qu'il y a de mieux pour toi.

– Alors pourquoi ne veut-il jamais m'écouter ?

Le colonel se mit à rire.

– Si tu trouves la réponse, fais-le-moi savoir. Ma fille est adulte, maintenant, et elle ne m'écoute toujours pas. Finis de manger. Je te retrouverai après le déjeuner.

– À la clairière au-dessus du barrage ? À 14 heures ?

– Marché conclu. Et demain, tu aides ton père avec ses livraisons. Peut-être pourra-t-il finir plus tôt et t'emmener à la pêche ou un truc du genre.

JD nettoya son assiette. Il mourait de faim. Puis il se souvint de la seconde chose que Sam avait demandée. Comment allait-il bien pouvoir demander au colonel d'emporter un pistolet ?

Avant qu'il ait pu trouver une idée, la porte s'ouvrit et un petit homme à la chevelure épaisse et noire poussa la porte du café. Son entrée n'était pas anodine, il se comportait comme s'il était le propriétaire des lieux. Son costume noir, sa chemise noire et sa cravate rouge rubis lui donnaient l'air suffisamment riche pour planter une liasse de billets sur le comptoir et acheter le café, sur-le-champ. Pour acheter la ville entière.

Le colonel se redressa et alla à la rencontre de l'inconnu, se plaçant entre lui et JD comme s'il percevait en lui quelque chose de louche.

Était-ce un des terroristes ? La galette de pommes de terre et la saucisse que JD avait dévorées menaçaient à présent de remonter. Un nœud se forma dans sa gorge. Il ne pouvait plus rien avaler, à peine déglutir.

– Je peux vous aider ? demanda le colonel.

L'étranger sourit. Il avait des dents blanches impeccables. Il semblait tout droit sorti d'un film : un croisement entre James Cagney et le requin des Dents de la Mer.

– Je crois que je me suis perdu, dit-il en haussant les épaules d'un air désolé. Quelle est cette ville ? Je suivais la route et elle s'est juste… (il haussa de nouveau les épaules, mais ses yeux perçants restèrent fixés sur ceux du colonel) … terminée ici.

Le colonel rit et sembla se détendre.

– Les gens ratent souvent le croisement au pied de la montagne. Ceci est la ville d'Hopewell et, vous avez raison, la route s'arrête ici. Il n'y a qu'une façon d'entrer et de sortir. À moins d'être un chamois. Pourquoi ne pas vous asseoir sur un tabouret et manger avant de repartir ?

– Ça me plairait bien.

L'homme s'installa sur un tabouret au bout du comptoir et lut attentivement le menu. Il avait un léger accent, que JD n'arrivait pas à situer. Il n'avait pas l'air pressé. Il ne se comportait pas comme un terroriste, juste comme un imbécile de touriste qui s'était perdu en venant de New York.

Mais ces yeux… Ils étaient plus morts que ceux d'un poisson laissé trop longtemps au soleil. Le regard de l'étranger dévia lentement pour examiner JD, s'attardant plus que nécessaire, prenant en compte la sueur qui était apparue sur son front, les pulsations de sa veine le long de son cou, les battements de son cœur passant en hypervitesse.

Le gars ouvrit la bouche avec un autre de ces larges sourires éblouissants et une pensée atroce frappa JD. Les terroristes s'étaient-ils déjà emparés de Julia ?

Il sauta de son tabouret.

– Hé, l'appela le colonel.

JD se figea, sans se retourner, de peur que la terreur dans ses yeux ne le trahisse s'il se trouvait de nouveau face à l'étranger.

– N'oublie pas, 14 heures.

– Oui, monsieur, balbutia JD. Merci, monsieur.

Il sortit en courant et claqua la porte derrière lui.

Caitlyn avait tous les droits de se trouver chez Hal, se répétait-elle. Après tout, elle ne faisait que récupérer ce qui lui appartenait. Et la porte n'était pas fermée à clé. Mais il y régnait quelque chose de sinistre qui n'était pas là la veille. Elle n'avait plus rien de chaleureux ou d'accueillant, et vibrait d'une présence hostile.

– On a peur des fantômes, Tierney ? se réprimanda-t-elle en traversant l'entrée principale jusqu'au salon.

Elle empocha son portable. Sa tunique gisait au sol en un petit tas froissé, surmonté de boutons de perle.

Ça avait été une de ses préférées, mais elle ne fit pas un geste pour la récupérer. L'horloge à coucou sonna l'heure et la fit sursauter. Puis un silence surnaturel tomba sur la maison.

Non, pas un silence. Un courant souterrain se propageait dans les fondations, lui faisant grincer des dents. C'était un bruit qui se trouvait sous le seuil de l'audition mais qui était suffisamment fort pour lui donner la chair de poule.

– La chute d'eau. (Parler à haute voix aidait à chasser les ténèbres.) Elle est si proche qu'elle fait trembler tout le flanc de la montagne. Imagine vivre avec ça en permanence. Tu deviendrais cinglée.

Satisfaite d'avoir résolu un mystère, elle s'affaira à s'occuper du suivant. Elle escalada les cartons qui se dressaient entre elle et celui qu'elle voulait, dans le coin du fond. Comme elle le pensait, les rapports téléphoniques du poste de police étaient nichés à l'intérieur, rassemblés en un journal de bord bien ordonné. Elle en tourna rapidement les pages, à la recherche des jours précédant les meurtres de Sam et Josh.

En vain. Les dates en question avaient été proprement découpées du journal de bord.

Caitlyn s'accroupit. Parfois, elle détestait avoir raison. Personne d'autre que Hal Waverly n'aurait pu toucher aux rapports téléphoniques et espérer s'en sortir sans que quelqu'un ne s'en rende compte.

Logan l'avait-il soudoyé ? Elle saisit son téléphone.

– Clemens, à l'appareil.

Le technicien de labo avait l'air résigné, comme s'il savait que c'était elle avant même d'avoir décroché.

– C'est encore moi, dit-elle en ignorant le ton de sa voix. Avez-vous trouvé quoi que ce soit avec l'immatriculation du pistolet ?

– Caitlyn, je viens tout juste de passer la porte du labo.

– Oui. Bon, j'ai une question simple pour vous. Votre ordinateur est allumé ?

– Oui.

– Faites une recherche rapide sur les finances de Hal Waverly, le chef de la police d'Hopewell, dans l'état de New York. Si vous avez besoin de son statut social et de sa date de naissance…

– Non, je les ai. Il n'y a pas beaucoup d'Hallenforth Waverly à Hopewell, dans l'état de New York.

– Hallenforth ? Sérieusement ?

Seigneur, elle avait presque couché avec un type et elle ne connaissait même pas son véritable nom. Peut-être ignorait-elle beaucoup de choses à propos du chef Waverly. Elle tint son téléphone entre son oreille et son épaule en rempilant les cartons, pour les laisser exactement comme elle les avait trouvés. Mis à part le journal de bord altéré qu'elle avait fourré dans son sac.

La voix de Clemens brisa le silence.

– Ça y est. Qu'est-ce que vous vouliez ? Tout ce qui est d'actualité a l'air en règle. À part qu'il a dû avoir une sacrée augmentation il y a deux mois. Depuis, il fait un dépôt de dix mille dollars chaque premier du mois.

Elle fronça les sourcils. Hal lui avait dit que la ville n'avait pas un sou. Aucune chance qu'il ait eu une augmentation. Alors, qui pouvait bien le payer. Et pourquoi ?

– Remontez de deux ans. (Elle revint sur ses pas entre les cartons, vers la porte d'entrée.) À l'époque où Sam Durandt a été tué.

– OK. Ah ouais. Vous avez raison. Le type était endetté jusqu'aux yeux. L'hôpital et les labos le menaçaient de poursuites judiciaires, et la banque était prête à saisir sa maison. De gros problèmes, en somme.

– Et ?

Elle s'arrêta dans l'entrée principale, devant la porte, attendant sa réponse, mais le pressentiment qui l'envahissait lui soufflait la réponse.

– Et tout a disparu. Il a réglé environ cent mille dollars en liquide, ce qui a tout soldé sauf le second crédit, qu'il continue à payer.

– Quand a-t-il versé cette somme ?

– Il y a deux ans, fin août. Et heureusement. La banque devait saisir sa maison le 1er septembre. C'était in extremis, il a eu de la chance.

– La chance n'a rien à voir là-dedans. Merci, Clemens.

– De rien. Hé, quand toute cette affaire sera terminée, vous pourriez m'aider à postuler à l'Académie ? J'adore travailler ici, au labo, mais j'aimerais aller sur le terrain, comme vous.

Caitlyn retint son rire juste à temps. Elle essaya de s'imaginer le technicien sur le terrain, où on ne pouvait jamais savoir à qui faire confiance.

– Attention à ce que vous souhaitez. Appelez-moi quand vous aurez ces résultats.

Elle raccrocha et sortit sur la véranda. Le soleil était désormais assez haut pour projeter une étincelante bande de lumière sur le jardin et l'allée, mais la véranda restait drapée dans l'ombre. Caitlyn redressa les épaules et rejoignit sa voiture.

L'heure était aux réponses.

40

L'esprit de Sarah tournoyait tandis que la grande aiguille de l'horloge au-dessus du bureau de Hal chassait les minutes.

Elle ne pouvait penser qu'à une chose : à chaque instant écoulé, Josh se rapprochait d'un endroit sûr, et ce cauchemar, de sa fin. Même si elle se doutait désormais qu'il ne finirait pas bien. Logan tuerait Sam dès qu'il aurait l'argent. Si Alan ne le tuait pas en premier.

Sans parler du Russe.

Elle frissonna au souvenir de l'expression de Sam quand il lui avait raconté l'effroyable façon dont Korsakov avait torturé et tué un homme par pur plaisir. Elle pouvait comprendre pourquoi il s'était senti obligé de cacher Josh pour le protéger.

Finalement, elle n'y tint plus. Elle devait tenter quelque chose.

– Il faut que j'aille aux toilettes.

Hal tapait sur son clavier, l'écran de son ordinateur tourné pour que ni Sarah ni Logan ne puissent voir ce sur quoi il travaillait. Il pouvait tout aussi bien faire des recherches sur Josh à Saint Doriat, ou sur le nouvel employeur de Logan, ou jouer au solitaire. Et quoi qu'il fasse, l'expression de son visage ne changeait pas.

Sarah le prit comme un mauvais augure. Pis encore, après l'avoir détachée de son siège et escortée jusqu'aux toilettes publiques dans l'autre partie du bâtiment, où Logan ne pouvait plus les entendre, il la traitait toujours comme une étrangère.

– Tu veux me dire comment la photo d'un petit garçon canadien qui ressemble trait pour trait à Josh, avec quelques années de plus, se retrouve dans la poche de Logan ? lui demanda-t-il quand elle ressortit des toilettes.

Il lui remit les menottes aux poignets, cette fois devant elle. Elle n'était plus une menace, mais il ne lui accordait toujours pas sa confiance.

– Dis-moi tout, Sarah. Sans cela, je ne peux pas t'aider.

Elle se tourna vers lui et posa les deux mains sur son bras, comme si elle avait besoin qu'il la soutienne.

– Je t'en prie. Tu dois me laisser partir.

– Sarah, je veux t'aider. J'essaie de t'aider. Mais il faut que tu sois honnête avec moi, dit-il, la voix étouffée par une émotion inhabituelle, ce qui la surprit. Josh est-il vivant ?

– Oui.

Il en eut le souffle coupé et s'affaissa contre le mur.

– Je pensais… J'étais sûr… Comment ? Sam ?

– Il est en sécurité. Pour le moment. Mais un homme monstrueux est en route et il veut tuer Sam. Je t'en prie, Hal. Tu ne dois dire à personne que Sam est vivant. C'est le seul moyen pour que nous ayons le temps d'aller chercher Josh et le sauver.

Cette fois, elle ne lui demanda pas de la relâcher. Ça ne servirait à rien, de toute façon. Elle ne pouvait pas s'enfuir… pas sans prendre le risque qu'Alan ou Logan disent au Russe que Sam était toujours vivant.

Il déposa la photo de Josh dans le creux de ses mains. Sarah n'arrivait pas à en détacher le regard. Deux ans. Il était devenu si grand. Mais ces yeux. Et ce sourire. Ils n'avaient pas changé du tout.

– Je n'y comprends rien. Que s'est-il passé ? demanda Hal.

– L'homme dont j'ai trouvé le corps hier. Son nom est Leo Richland. Logan l'a envoyé pour tuer Sam il y a deux ans.

Elle observa attentivement son visage. Pas de surprise. Pas la moindre émotion.

Venait-elle de signer l'arrêt de mort de Sam en disant à Hal qu'il était toujours vivant ? Non. Hal ne travaillerait jamais pour quelqu'un comme ce Russe. Et s'il travaillait pour Logan, alors Logan le lui aurait dit.

Mais son attitude, si raide, la façon dont il évitait son regard. Il y avait quelque chose qui clochait, quelque chose qu'il lui cachait.

La porte s'ouvrit à la volée et Alan entra en bourrasque, un large sourire creusant des rides sur son visage.

– Alors, que se passe-t-il donc ? demanda-t-il.

Il s'approcha de Sarah et claqua la langue en apercevant les menottes.

– Emprisonnement abusif, chef ? Je vous en prie, vous savez que ma cliente est innocente.

Hal haussa les épaules. À son attention ou celle d'Alan, Sarah n'aurait su le dire. Ils suivirent Alan au poste de police, où Hal rattacha les menottes de Sarah à son siège. Il la surprit en lui murmurant alors qu'il se penchait vers elle :

– Ne fais confiance à personne.

Parlait-il d'Alan ? Ou de Logan ? Ou peut-être parlait-il de Caitlyn ? Après tout, elle était là, juste à côté de Logan, quand ils enquêtaient – supposément – sur la mort de Sam et Josh. Avant qu'elle ait le temps de réagir, Hal se redressa et se tourna vers Alan.

– Voulez-vous entendre les charges avant de prendre la moindre décision, maître ?

Alan balaya de la main ces formalités.

– Donnez-moi quelques minutes avec la victime et nous réglerons tout cela.

– Il parle de moi, les interpella Logan depuis la couchette où il était étendu, en cellule de détention. C'est moi, l'innocent, là-dedans.

– C'est votre arme qui a été utilisée, lui rappela Hal.

– Un accident. J'ai été surpris. Ce n'est pas un crime.

– Ça, c'est vous qui le dites.

Alan, le calme et l'expertise faites homme, s'interposa dans la dispute.

– Ce sont tous deux mes clients. Donnez-moi une minute, je suis sûr que je peux arranger toute cette histoire, chef.

Hal leva les yeux vers Alan.

– J'en ai marre, de ces conneries. Vous pouvez parler à vos clients aussi longtemps que vous le voulez. Personne ne bougera d'ici tant que je ne me serai pas assuré que Logan a un permis de port d'arme et que quelqu'un ne m'aura pas donné une explication satisfaisante. C'est compris ?

– Bien sûr, chef Waverly. Cela ne vous dérange pas de nous laisser la salle ?

Hal leva les yeux au ciel et haussa les épaules. Ça ne lui ressemblait tellement pas, d'enfreindre ainsi toutes les règles. Une fois encore, Sarah se demanda s'il n'en savait pas davantage sur ce qu'il se passait vraiment.

– J'ai besoin d'air frais, de toute façon. Je laisse la porte ouverte, alors n'ayez pas d'idées stupides.

Hal se pencha en avant, sortit son pistolet de son tiroir et sortit, en mettant une cale sous la porte ouverte. Une brise fraîche s'engouffra dans la pièce, fit voleter les feuilles sur son bureau et allégea l'atmosphère étouffante.

Alan tourna rapidement la chaise de Sarah pour qu'elle fasse face à Logan et rapprocha sa chaise de la sienne.

– Qu'est-ce qu'il s'est passé ?

Sarah écouta Logan dérouler le bobard qu'il leur avait préparé à tous les deux. Alan plissa les yeux, puis la regarda bien en face, ses mains couvrant les siennes, les pressant contre les accoudoirs de son siège.

– C'est bien vrai ? Sam était déjà parti quand tu es arrivée ?

Elle acquiesça en se forçant à le regarder dans les yeux.

– Sam a mis Logan à terre et s'est juste enfui ? Il n'a pas cherché à te retrouver ou à tuer Logan, ou quoi que ce soit ?

Elle pouvait entendre l'incrédulité dans sa voix et devina qu'elle n'aurait pas de seconde chance.

– Nous nous sommes disputés. Dans la forêt, avant que vous arriviez. Je lui ai dit que je ne voulais plus jamais le voir, que tout ce que je voulais, c'était Josh. Je lui ai fait promettre d'aller le chercher, de me le ramener.

Alan pencha la tête sur le côté, un sourcil froncé comme s'il pouvait voir la part de mensonge qu'elle avait tissée avec la part de vérité.

– Pourquoi ne t'a-t-il pas simplement dit comment retrouver Josh ? Il sait que Korsakov arrive, pourquoi prendre le risque qu'il te trouve ?

– Il me l'a dit, balbutia Sarah. Il allait le faire. Mais vous êtes arrivés et l'avez emmené avant qu'il puisse me dire où était Josh.

– Alors, tu nous as suivis à la cabane ?

Elle acquiesça et baissa les yeux, n'osant plus rien dire.

– Tu as entendu un coup de feu, tu t'es précipitée à l'intérieur et tu as trouvé Logan par terre ?

Elle acquiesça à nouveau, se surprit à se mordre la lèvre et se força à se détendre.

– Où était Sam ?

– Il y avait du brouillard, répondit Logan. On ne pouvait même pas voir sa propre main.

– C'est à elle que je parle, dit Alan, sa voix égale mais ses mains serrant ses poignets si fort que ses os semblèrent grincer les uns contre les autres. Sarah, où est Sam ?

À ça, elle pouvait répondre avec honnêteté. Elle étouffa un sanglot de chagrin et de frustration, et leva la tête pour le regarder dans les yeux.

– Je n'en sais rien.

Caitlyn fut surprise de trouver Hal avachi contre son 4x4, le regard posé sur la porte ouverte du poste de police.

– Ils se sont échappés ? demanda-t-elle en essayant de garder un ton léger.

Il tourna la tête vers elle. Seigneur ! il avait vraiment l'air abattu. Des cernes sombres s'étaient creusés sous ses yeux. Il avait les lèvres pincées, et un tremblement secouait sa main alors qu'il pianotait sur le capot du tout-terrain. Qu'était-il arrivé à l'homme passionné qui l'avait littéralement fait chavirer la veille ?

Cette migraine Alice aux Pays des Merveilles avait peut-être davantage obscurci son jugement qu'elle ne l'avait cru. Ça, ou autre chose.

– Alan est là, dit-il en faisant un signe de tête vers la porte ouverte.

Elle attendit, mais il ne fournit pas la moindre explication.

– Alan ?

– Alan Easton. Il est arrivé en ville après ta venue, la dernière fois. Un grand avocat spécialisé dans le droit des victimes. Il a essayé d'aider Sarah à voir Damian Wright pour qu'elle puisse découvrir où Sam et Josh ont été enterrés.

Elle s'appuya contre sa voiture encore chaude. Un avocat du droit des victimes, ici, au milieu de nulle part, qui aidait Sarah à avoir un entretien avec un homme qui n'avait vraisemblablement pas tué son mari et son enfant ? Ça devenait de plus en plus bizarre.

– Vous avez dit Alan Easton ? demanda-t-elle, sa mémoire recollant enfin les morceaux.

– Oui. Vous avez entendu parler de lui ?

– Bien sûr. Il est très doué, paraît-il, mentit Caitlyn.

En tout cas, très doué pour se dépêtrer d'un procès fédéral en évitant du même coup de fournir des preuves contre son patron russe.

– J'aimerais beaucoup le rencontrer.

Elle entra dans le poste de police d'un pas nonchalant et fit sursauter les trois personnes penchées les unes vers les autres à côté de la cellule de détention.

– Faites comme si je n'étais pas là, dit-elle en usant de tout le charme du Sud qu'elle avait hérité de sa mère, tendant la main à l'inconnu du groupe. Vous devez être Alan Easton. Ravie de vous rencontrer.

L'avocat leva les yeux, surpris, prêt à l'expulser de sa conférence privée avec ses clients, mais elle lui fit un sourire radieux et l'expression de son visage changea. Il lui prit la main et se leva.

– Et vous êtes ?

– L'agent spécial Caitlyn Tierney, dit-elle en lui tenant la main un moment de trop. Je travaillais avec Jack, avant.

Easton acquiesça.

– J'ai lu votre nom dans les dossiers de l'affaire, agent Tierney.

– Appelez-moi Caitlyn, je vous en prie. J'ai cru comprendre que vous aviez parlé à Damian Wright en personne ?

– Brièvement. J'ai essayé de le convaincre de rencontrer Sarah, pour lui permettre de tourner la page. (Il secoua la tête d'un air navré.) J'ai bien peur d'avoir échoué.

– Tout de même, j'aimerais beaucoup que vous m'en parliez, un jour. (Elle lui sourit à nouveau.) Je veux dire, vous avez eu la chance de voir de vos propres yeux la façon dont fonctionne l'esprit d'un prédateur. La moindre opinion que vous pourriez apporter serait vraiment précieuse.

Elle sentit le baromètre à conneries de Jack s'emballer alors qu'il s'appuyait de tout son poids contre les barreaux de sa cellule. Elle se tourna vers lui.

– Je suis navrée que ça prenne si longtemps, Jack. J'ai appelé Quantico, pour leur demander d'accélérer la recherche des rapports. (Elle lui accorda un long regard appuyé, et eut la satisfaction de le voir se détendre et acquiescer.) C'est le moins que je puisse faire après vous avoir fait vivre un si mauvais quart d'heure. Vous savez comme les choses peuvent être lentes dans les juridictions de petites villes.

– Merci, Caitlyn. J'apprécie.

– Maintenant, Madame Durandt, on dirait que je vous dois à nouveau des excuses. (Caitlyn chercha les clés des menottes et défit le bracelet serrant le bras de Sarah.) Le pistolet avec lequel on vous a trouvée a été déclaré perdu lors des recherches de votre mari et de votre fils, il y a deux ans. L'agent qui l'a égaré vous remercie de l'avoir retrouvé, mais je crains que sa négligence ne lui vaille une sanction disciplinaire.

– Attendez une minute, protesta Alan alors qu'elle tendait une main à Sarah pour l'aider à se relever. Elle doit rester ici.

Il y a des papiers à remplir, j'ai la possibilité de déposer une contre-plainte…

Caitlyn passa son bras autour de la taille de Sarah et balaya les objections d'Alan d'un geste de la main.

– Le chef Waverly s'occupera de tout ça avec vous. Mais j'ai une faveur à demander à Madame Durandt. Pensez-vous qu'il me soit possible de vous ramener chez vous et d'utiliser votre douche ? J'ai désespérément besoin d'un endroit où me laver.

Elle l'observa en retenant sa respiration et attendit de voir si Sarah mordait à l'hameçon. Les yeux de Sarah allèrent de Logan à Easton, puis se posèrent de nouveau sur Logan. C'était de Logan qu'elle avait le plus peur. Elle devrait découvrir quelle emprise il avait sur elle. Caitlyn fit délicatement pression sur la taille de Sarah pour la tourner vers la porte.

– Bien sûr, je pense que oui, dit Sarah en manquant de trébucher. Ce n'est pas un problème. Merci.

– Non, c'est moi qui vous remercie.

Maintenant, les choses sérieuses. Caitlyn laissa sa main sur le coude de Sarah et l'escorta à l'extérieur, vers la Subaru. Hal fit un pas vers elles quand il les vit sortir du poste de police.

– Qu'est-ce que vous foutez ? C'est ma prisonnière !

– Plus maintenant, dit-elle en ouvrant la portière pour Sarah et en la faisant monter dans la voiture comme si elle était en état d'arrestation.

Caitlyn fit le tour de la voiture en vitesse.

– Juridiction fédérale. Désolée, Hal.

Elle démarra et sortit du parking de graviers avant qu'il puisse dire quoi que ce soit. En jetant un coup d'œil dans le rétroviseur, elle le vit la bouche grande ouverte, le visage déformé sous l'effet de la rage et de la trahison.

L'homme qui l'avait attirée la veille avait complètement disparu. Avait-il jamais vraiment existé ?

– Est-ce que c'est vrai ? demanda Sarah. Ce que vous avez dit là-bas, à propos du pistolet qui a été perdu ?

Caitlyn décela une intonation d'espoir dans la voix de la jeune femme.

– Cette arme a été perdue par un agent de la loi, oui, madame. C'est la vérité.

Les lèvres de Sarah se pincèrent et elle croisa les bras en s'enfonçant dans son siège, réfléchissant à ce que Caitlyn avait dit.

– Alors cet agent, il n'a pas été blessé ? insista-t-elle.

Caitlyn tourna le volant, bifurquant sur la route du lac. Sarah en savait de toute évidence plus que ce qu'elle révélait, mais elle ne savait pas tout.

– Je crois qu'il est à Merrill en ce moment même, répondit-elle avec honnêteté.

Elle omit juste de préciser qu'il était bien au chaud dans un sac mortuaire.

41

En dépit de sa requête, et de son envie de s'y tenir, Caitlyn ne prit pas de douche quand elles arrivèrent chez Sarah. À la place, elle fit les cent pas dans le salon sous l'œil nerveux de Sarah, et lui posa des questions sur les souvenirs immortalisés par chacune des photos posées sur la cheminée, lui demanda où elle avait trouvé l'ancienne horloge de gare qui sonnait les heures, comment s'était passée son année scolaire... Tout pour la faire parler.

Caitlyn avait conservé une chose, après son accident deux ans auparavant : sa capacité à lire les gens. Mais curieusement, depuis son arrivée à Hopewell, elle s'en sentait incapable.

Sarah, la seule personne qu'elle avait crue innocente dans ce sac de nœuds, agissait plus que jamais comme une coupable. Elle changeait sans cesse de posture, les pieds dirigés vers la porte, le regard planant quelque part au-dessus de l'épaule de Caitlyn sans jamais affronter le sien.

Caitlyn pouvait-elle avoir été à ce point aveugle ?

Et Hal. C'était si évident qu'il cachait quelque chose. Était-il possible que Sarah et Hal soient de mèche ?

Mais alors, quelle était la place de Logan là-dedans ? La veille, elle avait considéré que la mort de Sam pouvait avoir été un meurtre commandité. Un agent spécial du FBI ne monnaierait jamais ses services pour tuer quelqu'un. Il ne se salirait jamais les mains de la sorte.

Mais il pourrait envoyer quelqu'un d'autre faire le sale boulot à sa place. Quelqu'un comme un petit U.S. Marshal sans intérêt.

Ce qui expliquerait pourquoi Logan avait soudainement quitté sa suite de luxe pour reprendre l'enquête de Caitlyn sur Damian Wright : il s'en était servi comme couverture pour découvrir pourquoi Léo Richland avait disparu.

Damian Wright était-il seulement venu à Hopewell ? Si Hal et Sarah faisaient équipe avec Logan, ils auraient pu y faire croire, mettre la carte mémoire sur la scène de crime. Non, il y avait le reflet de Damian sur les photos de Josh.

– Oh ! j'aime beaucoup votre cuisine, dit Caitlyn, poursuivant son papotage, concentrée sur les réactions de Sarah. Elle est vraiment claire et chaleureuse.

Et, tout comme le salon, toujours remplie de souvenirs de Josh et Sam. Quelle mère pourrait tuer son fils et vivre entourée de souvenirs comme cela ?

– La salle de bains est juste là. (Sarah ouvrit une porte en face de la cuisine.) Prenez votre temps.

Elle pressa Caitlyn à entrer dans la petite pièce, peinte des mêmes jaune jonquille et blanc que la cuisine.

Caitlyn n'avait pas la moindre intention de prendre son temps. Elle entrouvrit la porte pour garder une oreille sur Sarah en changeant rapidement de vêtements, troquant son strict pantalon de lin et la chemise d'uniforme de Hal contre un jean et un chemisier boutonné. Pendant qu'elle se changeait, son regard fut attiré par de vives couleurs derrière le rideau de douche en coton blanc.

Elle écarta légèrement le tissu. Un décalcomanie de poissons arc-en-ciel couvrait l'intérieur de la baignoire, à côté de deux hamacs en filet remplis à ras bord de jouets pour le bain.

Caitlyn posa la main sur l'un des poissons. Ils étaient faciles à retirer, les hamacs également. Pourtant, deux ans plus tard, ils étaient toujours là, propres, à attendre le retour de leur propriétaire.

Si Sarah avait fait tuer son mari et son fils, alors pour qui étaient les jouets ? Si elle était coupable, cela l'avait-il fait sombrer dans une sorte de dépression nerveuse ? Cela expliquait peut-être sa période de deuil remarquablement longue et son obsession de retrouver leurs tombes. Pour défaire les horribles choses qu'elle avait faites.

Caitlyn récupéra ses affaires et les fourra dans son sac de voyage. Quelle que soit sa théorie du moment, aucune ne lui semblait correcte. Quelque chose lui échappait.

Elle sortit et entendit l'eau couler dans la salle de bains parentale. Elle profita de l'occasion pour jeter un rapide coup d'œil dans la chambre de Sarah. Rien, à part un grand lit double dans lequel ne dormait manifestement qu'une personne. Le côté de Sam sautait aux yeux : un bloc-notes couvert des paroles d'une chanson à moitié écrite et un pot de stylos de couleurs se trouvaient sur la table de chevet, à côté de la lampe. Attendant son retour, tout comme les jouets de Josh.

Caitlyn ne s'aventura pas jusqu'aux marches en bois qui montaient au grenier, que Sarah lui avait dit avoir transformé en chambre pour Josh, mais se rendit en revanche dans le bureau de Sam. Rien ici, à part les preuves que Sarah cherchait quelque chose dans la montagne. Sam et Josh ? Ou Leo Richland ?

Peut-être avait-elle trouvé exactement ce qu'elle cherchait.

Caitlyn retourna dans la cuisine juste à temps pour retrouver Sarah, en jean et tee-shirt à manches longues, les cheveux encore mouillés, en train de faire cuire des œufs. Elle avait toujours l'air nerveuse, mais semblait un peu apaisée par sa douche, comme si elle avait pris une décision.

Ou parlé à quelqu'un. Peut-être la douche avait-elle été un prétexte pour passer un rapide coup de fil sans que Caitlyn puisse l'entendre ?

Le micro-onde sonna. Les deux femmes sursautèrent. Sarah s'éloigna des œufs pour sortir deux mugs de thé fumant.

– Ça sent très bon, dit Caitlyn en prenant le mug que lui tendait Sarah. Ça ne sent pas le thé, mais... (Elle renifla sa tasse) Je ne sais pas... comme la cuisine de ma grand-mère.

– Ça s'appelle Bonne Terre. C'est censé être calmant et relaxant. La femme du colonel me l'a acheté quand...

Sarah rit nerveusement en prenant une gorgée de sa propre tasse. Caitlyn leva les yeux et remarqua une étrange expression se dessiner sur le visage de la jeune femme. Amusée et énervée en même temps.

– Merci de m'avoir permis de me laver chez vous.

Elle prit une gorgée de thé fumant tandis que Sarah finissait de cuisiner les œufs. Il avait un goût de cannelle et d'épices.

– Cela vous dérange si je vous pose quelques questions à propos du chef Waverly ?

Sarah se raidit, puis s'appuya contre le plan de travail, sa spatule à la main.

– J'imagine que non, puisque c'était sa chemise que vous portiez ce matin. Mais ne devriez-vous pas les lui poser à lui ? (Elle marqua une pause, adressant à Caitlyn un regard perçant.) Je veux dire, si vous êtes vraiment intéressée.

La dernière chose que Caitlyn comptait expliquer était son intérêt pour le chef de la police. Ou comment elle s'était retrouvée avec sa chemise d'uniforme sur le dos. D'une façon ou d'une autre, Hal avait joué un rôle dans la tragédie de Sarah. Elle regrettait seulement de ne pas pouvoir dire lequel exactement.

– Il a dit que sa femme était morte d'un cancer. Juste avant que vous ne perdiez votre mari et votre fils.

La spatule de Sarah claqua contre la poêle en fonte alors qu'elle remuait furieusement les œufs. Elle éteignit finalement la cuisinière, fit glisser les œufs sur des assiettes qu'elle avait sorties, et les posa sur la table. Ses yeux étaient clairs, mais ses lèvres étaient pâles.

– Je ne devrais pas en parler… Ce ne sont pas mes affaires… Ça n'a rien à voir avec Sam et Josh, évidemment, mais…

Caitlyn attendit. Les mots de Sarah s'étaient enchaînés en un souffle, avant de s'éteindre. Caitlyn pouvait entendre le « tic-tac » de l'horloge, le vrombissement du réfrigérateur, et une branche de rosier qui grattait contre la fenêtre au-dessus de l'évier. Caitlyn se concentra sur ses œufs, surprise de constater à quel point elle était affamée. Sarah joua avec les siens mais n'en prit pas une bouchée. Finalement, Sarah hocha la tête, comme si elle se donnait la permission de penser l'impensable.

– Hal et moi avons grandi ici. Je suis arrivée à huit ans, lui a passé toute sa vie ici. Nous avons toujours été amis. J'aurais dû m'en rendre compte...

– Vous rendre compte de quoi, Sarah ? Comment la femme de Hal est-elle réellement morte ?

Sarah laissa tomber sa fourchette dans ses œufs intacts.

– Elle a conduit jusqu'aux Hautes Chutes, s'est déshabillée et a sauté.

Caitlyn écarta son mug et se pencha en avant, les coudes sur la table.

– Elle s'est suicidée ? Et Hal ? Où était-il ?

– Il l'aurait arrêtée s'il avait pu. Vous comprenez, les dernières semaines, il prenait soin d'elle toute la journée. Oh ! nous autres, on allait le voir, on lui apportait de la nourriture, on faisait de notre mieux pour l'aider. Mais Lily, elle était... (Elle haussa les épaules, ses lèvres pincées et blanchies.) Vers la fin, elle n'était plus la femme qu'on connaissait. La douleur lui faisait perdre tout contrôle. C'était comme si elle était possédée. Hal était le seul à pouvoir l'apaiser, l'empêcher de se blesser ou de blesser quelqu'un d'autre.

Caitlyn avait fait l'expérience des mains apaisantes de Hal. Elle se demanda si elle n'avait pas laissé ses talents de guérisseur obscurcir son jugement.

– Et les médecins ?

– L'assurance de Hal ne le couvrait plus depuis longtemps. Par ailleurs, les médecins disaient ne rien pouvoir faire de mieux que lui donner assez de morphine pour qu'elle en meure, probablement. Hal ne pouvait pas supporter de les laisser faire... Ils ont chargé des travailleurs sociaux de leur rendre visite, mais ils ne faisaient qu'aggraver l'état de Lily. Elle avait perdu l'esprit, elle disait qu'ils essayaient de la tuer, d'empoisonner toute la ville, qu'elle était la seule qui pouvait nous sauver.

– Vous sauver de quoi ?

– D'une certaine manière, elle s'était convaincue que la légende indienne du dieu Tonnerre était vraie. Selon cette légende, une jeune femme indienne se sacrifie en sautant du haut des chutes et son amant, le dieu Tonnerre, la sauve.

– Et donc, sauve la ville ?

Sarah acquiesça et garda le silence un long moment.

– Hal ne s'est jamais pardonné d'être allé travailler cette nuit-là. Il ne pouvait plus prendre de congé maladie, la ville lui avait déjà fait une avance de salaire pour que la banque ne saisisse pas ses biens, alors il faisait de son mieux pour travailler de chez lui. À cette époque, Lily devenait folle quand un visiteur passait, alors nous ne pouvions même plus vraiment l'aider. Des gamins sont allés prendre un bain de minuit dans le réservoir. Ils sont restés coincés. Ils avaient oublié que la berge est tellement en pente qu'il n'y a aucun moyen de ressortir une fois qu'on y est descendu. Hal a accepté la mission, est allé les secourir. Ça fait deux ans ce soir.

– Et Lily ?

– Elle a dû sortir juste après Hal. Je ne sais pas comment elle a pu conduire jusqu'au sommet sans dévier sur le bas-côté. L'autopsie a révélé la présence d'assez d'antalgiques et de sédatifs dans son organisme pour tuer un grizzly. Quand Hal a réalisé qu'elle avait disparu, il est devenu fou. Puis le pick-up a été retrouvé et nous avons compris ce qui s'était passé.

Elle porta son thé désormais froid à ses lèvres, ses doigts étaient devenus blancs tant elle serrait son mug.

– Nous avons trouvé son corps deux jours plus tard. Au fond de Snakebelly… à l'endroit même où j'ai trouvé le corps hier.

Caitlyn s'appuya sur le dossier de sa chaise, délaissant sa propre boisson alors qu'elle enfonçait ses ongles dans un coin de peau qui la démangeait sur son bras. Elle sentait ses veines vibrer… de fatigue ou de l'excitation sexuelle née la veille, elle n'en était pas sûre. Mais sa peau lui semblait si serrée qu'elle aurait voulu l'arracher à coups de griffes.

– Les heures doivent s'enchaîner pour un chef de la police, par ici, dit-elle en changeant de position sur son siège. Surtout pour quelqu'un d'aussi dévoué que Hal.

– Il travaille non-stop quand les touristes arrivent en été et en automne. J'ai essayé de le pousser à prendre des vacances, mais c'est un homme borné. Je pense qu'il aime simplement trop cette ville pour la confier à qui que ce soit.

Caitlyn baissa les yeux sur ses doigts qui s'attaquaient toujours à son bras. Il n'y avait aucun signe d'allergie ou de piqûre d'insecte, mais elle ne pouvait pas s'arrêter. C'était comme si des moucherons s'étaient infiltrés sous sa peau et s'y agitaient pour s'enfoncer plus loin. Leur bourdonnement envahissait son esprit, lui soufflant avec malveillance le soupçon que les cas de Sarah et de Hal étaient liés. Peut-être avaient-ils tous les deux une raison de se débarrasser de leurs conjoints. Elle se demanda si Sarah avait un alibi pour la nuit où Lily était morte. Et d'où était venu tout cet argent sur les comptes de Hal ?

– J'imagine que l'assurance a payé quand même ? C'est comme ça qu'il a pu garder sa maison, non ?

La porcelaine claqua sur le bois. Caitlyn leva les yeux, et vit que le visage de Sarah s'était vidé de son sang.

– Non, dit-elle, la voix tremblante. Sam a dit que c'était la pire chose qu'il avait jamais eue à faire : dire à Hal que la compagnie ne paierait rien. Sam a même offert de lui donner de l'argent pour l'aider à s'en sortir, avec le crédit immobilier. Il savait à quel point Hal tenait à cette maison.

– Ça s'est passé quand, Sarah ?

– En août, quelques jours avant que Sam et Josh...

Son regard se posa derrière Caitlyn, sur le réfrigérateur orné de peintures enfantines, aux bords jaunis et racornis par le temps. Elle émit un bruit étranglé et s'éclaircit la voix.

– Sam a dit qu'il avait parlé à Hal de Damian Wright, qu'il l'avait averti... Ça a dû se passer à la même occasion.

– Sam a dit ?

Caitlyn se pencha en avant, la forçant à reporter son attention sur elle. C'était la seconde fois que Sarah Durandt faisait référence à son mari comme si elle venait de lui parler.

– Sarah, que voulez-vous dire par « Sam a dit » ?

Grigor sortit du café et se promena sur la grand-rue, profitant du calme de cette matinée d'été. Aucun cri, aucun juron, aucune brute pour hurler des ordres. Il comprenait pourquoi Stan avait été attiré par cet endroit. Les rues étaient propres, les gens se saluaient d'un signe de tête et souriaient même aux inconnus. On pouvait véritablement réfléchir, dans un endroit comme celui-là.

Puis il parvint devant un horrible bâtiment en briques orange. Le centre gouvernemental était encore pire que sur les photos. Le regarder heurtait sa sensibilité. Le décor pittoresque qui l'entourait ne faisait que souligner sa laideur.

Pour le moment, c'était un mal nécessaire. Mais plus pour longtemps.

Souriant, il marcha d'un pas tranquille jusqu'à la porte menant aux quartiers de la police. Une clochette annonça gaiement son entrée. À l'intérieur, une seule petite pièce dans laquelle se trouvaient un unique bureau, deux chaises, une cellule de détention et un matelas. Tous inoccupés.

La porte intérieure donnant sur le bureau de poste s'ouvrit. Pas de clochette, cette fois. Juste une femme d'âge moyen aux cheveux roux, dont on devinait la teinture au henné.

– Le chef Waverly est sorti, annonça-t-elle, son regard saisissant le moindre détail, montant de ses chaussures jusqu'à rencontrer ses yeux et rapidement se tourner ailleurs.

La responsable du poste. Max lui avait dit qu'elle et son mari étaient les deux plus grandes commères de la ville.

– Vous l'avez manqué de peu. Il a travaillé toute la matinée, une grande partie de la nuit, je ne sais pas bien quand il reviendra.

Il inclina la tête pour la remercier. Son sourire s'élargit quand il imagina son sang, frais, d'un rouge vif, se mélanger à tous ces cheveux orange.

– Merci. Je m'appelle Gregory.

Il lui tendit une carte de visite avec son nom d'artiste. Il était écrit en lettres d'or sur du papier glacé noir. Juste son nom. C'était le seul nom dont quiconque pouvait avoir besoin.

– Nous recherchons des lieux de tournage pour un film. Bien entendu, je voulais en parler au chef d'abord. Par courtoisie, vous comprenez.

– Oh là là ! (Elle agita la carte devant ses yeux.) Un film ? Ici, à Hopewell ? Comme c'est excitant. (Puis elle s'interrompit et le regarda.) Vous pensez que vous aurez besoin de figurants ?

– Eh bien, mademoiselle…

– Madame Victoria Godwin. Mon mari, le colonel, est le propriétaire du *Rockslide Café*. Au cas où vous auriez besoin d'un service de cantine pendant que vous serez en ville.

– Madame Godwin. (Il lui prit la main, la tourna paume vers le bas, la serra et ne la lâcha plus.) Vous serez la première à qui je penserai quand on en viendra aux figurants. Vous pouvez me croire.

Elle fondit sous ses doigts.

– Merci. De quel genre de film il s'agit ?

Cette fois, son sourire se fit sincère.

– D'un film d'horreur. D'un genre qui n'a jamais été vu auparavant. (Il rit doucement.) Vous allez adorer.

Sarah fixa Caitlyn des yeux un long moment. Sa poitrine se serra et tout son corps se mit à transpirer. Sam avait réussi à préserver Josh et son secret pendant presque deux ans. Elle n'était au courant que depuis quelques heures, et Alan puis Caitlyn avaient pu l'un après l'autre lire en elle comme sur un panneau lumineux clignotant sur Times Square.

Elle ferma les yeux, complètement exténuée. Physiquement, mentalement et émotionnellement exténuée. Non, ce n'était pas le bon mot. Qu'y avait-il après cela ? La dépression nerveuse.

Ce n'était pas une mauvaise idée. Sarah se laissa tomber en avant, posa la tête sur la table de la cuisine et laissa ses émotions la submerger comme un nid de serpents à sonnettes en colère. Les larmes qu'elle avait retenues pendant si longtemps, et un torrent de peur, de colère et de peur encore, prirent leur revanche. Son corps était agité de tremblements, ses épaules secouées par les sanglots, sa tête roulant sur la table.

Caitlyn recula sa chaise en raclant le sol et elle s'accroupit à côté de Sarah, enroulant son bras autour d'elle.

– Seigneur ! je suis tellement désolée. J'ai recommencé. Madame Durandt, Sarah, je suis désolée. Respirez profondément. Voilà, ça va aller.

Sarah se sentait presque coupable d'avoir eu Caitlyn au jeu de la compassion. Ou n'était-ce qu'un beau numéro d'actrice ? Caitlyn était arrivée avec Logan cette fameuse nuit… Logan, qui en savait manifestement plus sur Sam qu'il ne le disait à quiconque. À l'exception d'Alan.

Si ce que Caitlyn suspectait à propos de Hal s'avérait, Sarah ne pouvait pas faire confiance à un homme qu'elle connaissait depuis plus de vingt ans. Hal pouvait-il avoir trahi Sam ? Et l'avoir trahie, elle ? Pour de l'argent ?

Son souffle s'échappait en un tremblement qu'elle ne simulait plus. Sam avait raison. Elle ne pouvait faire confiance à personne.

Elle ne pouvait compter que sur elle-même. Et jusqu'à présent, elle avait tout raté lamentablement. Comment avait bien pu faire Sam pour garder la raison en vivant dans ce monde d'illusions et de tromperie ?

L'immensité de ce qu'il avait sacrifié, ce que prendre les bonnes décisions lui avait coûté, la frappa enfin. Qu'aurait-elle fait si elle avait été confrontée au même choix ?

– Je parle à Sam tous les jours, dit Sarah en relevant enfin la tête.

Caitlyn prit un torchon sur la porte du four et Sarah s'en servit pour essuyer ses larmes et se moucher.

– Je suis désolée. Je n'avais encore jamais craqué comme ça. Ça doit être à cause du corps que j'ai découvert hier. J'ai réellement cru que c'était Sam. Et que, si je les avais trouvés, Josh et lui, j'allais enfin pouvoir gagner un peu de paix.

Sarah garda le regard rivé sur le jaune des pâquerettes qui parsemaient le torchon, priant pour que Caitlyn s'y laisse prendre. L'agent du FBI resta silencieuse un long moment avant de se rasseoir à table.

– Sam vous a dit qu'il avait parlé au chef Waverly à propos de Damian Wright. Quand exactement lui avez-vous parlé, Madame Durandt ?

Sarah remarqua la façon dont Caitlyn baissait la voix et modulait son intonation, pour adoucir la pointe d'accusation dans sa question. Elle pouvait sentir les yeux de Caitlyn sur elle quand elle se leva pour débarrasser les tasses et les assiettes.

– Chaque fois que l'un de nous partait en voyage, on parlait tous les soirs. Au téléphone. Sam a dû m'en parler le jour où il en a discuté avec Hal. C'est sûrement dans les dossiers, quelque part. J'ai déjà dû vous le dire. Après tout, un père en parlerait à sa femme si un pervers essayait de prendre des photos de leur enfant, pas vrai ?

Caitlyn garda le silence. Sarah se rendit compte qu'elle la laissait se trahir. La voix aiguë qu'elle s'était mise à utiliser, l'amertume qu'elle avait révélée dans sa dernière phrase étaient bien trop évidentes. Non, Sam ne lui avait pas parlé de Damian Wright. Elle ne savait pas avec certitude si c'était parce que Hal lui avait dit de ne pas le faire ou parce que Sam avait réellement pensé que Josh n'était pas en danger, en fin de compte.

Ou peut-être parce que la dernière fois qu'ils s'étaient parlé, cet été-là, elle avait passé tout son temps à fulminer contre le système éducatif et les imbéciles du gouvernement qui lui faisaient perdre son temps, et avait menacé de laisser tomber la formation obligatoire et de démissionner. Elle avait été si en colère qu'il avait fallu vingt minutes à Sam pour la calmer et la convaincre de rester à Albany.

Oh Seigneur ! était-ce sa faute ? Si elle lui en avait donné l'occasion, lui en aurait-il parlé ? Se serait-elle précipitée chez eux, aurait-elle pu empêcher tout ça ?

Sarah plaqua le mug en porcelaine sur le plan de travail. Il explosa dans sa main.

– Merde !

Caitlyn se précipita à côté d'elle, mais Sarah la repoussa d'un geste.

– Ce n'est pas le bon moment pour en parler, dit Sarah en essayant d'avoir l'air calme. J'ai besoin de reprendre mes esprits.

Elle parlait comme une démente, une folle en plein délire tentant de garder le monstre en elle sous contrôle. De nouvelles larmes lui brûlèrent le fond de la gorge. Comme si, maintenant qu'elles avaient percé ses défenses, il lui faudrait toute une vie pour les épancher.

– C'est ce que je vois, dit Caitlyn d'une voix à présent neutre et professionnelle. Mais il vaudrait vraiment mieux que nous en parlions tout de suite. Pour tout régler. (Elle s'interrompit et Sarah se concentra sur les morceaux brisés dans l'évier, son regard se posant partout sauf dans les yeux omniscients de Caitlyn.) Une fois pour toutes.

Le téléphone portable de Caitlyn se mit à vibrer. Sarah fut reconnaissante pour cet instant de sursis. Elle nettoya l'évier, jetant les éclats de porcelaine à la poubelle. Elle saisit une éponge pour s'occuper de la flaque au sol. Avant de s'y mettre, elle leva les yeux et vit Caitlyn raccrocher. Elle n'avait dit que quatre mots durant toute la conversation.

« Vous en êtes sûr ? »

Caitlyn regardait désormais Sarah avec le regard incendiaire auquel Logan avait eu droit un peu plus tôt.

– Madame Durandt, je suis navrée mais il faut absolument que je vous pose plus de questions.

– Pourquoi ? Je n'ai rien fait de mal.

– Cet appel venait de Quantico. L'arme qui se trouvait en votre possession appartenait au député U.S. marshal Leo Richland.

Sarah recula jusqu'à ce que son dos bute contre le comptoir.

– Vous pensez que je l'ai tué ?

– Je pense que nous devons en discuter davantage. (Caitlyn fit un pas vers Sarah.) Par précaution, j'aimerais vous emmener au bureau de police de Plattsburgh, où nous pourrons tout enregistrer.

Sarah ne pouvait pas leur dire comment Sam avait récupéré le pistolet, pas sans les mettre en danger, Josh et lui. Des taches rouges obscurcirent peu à peu son champ de vision, le sang cognait sous son crâne.

– Vous voulez dire que vous comptez m'arrêter.

Elle ne pouvait pas se laisser arrêter. Pas maintenant. Pas aujourd'hui. Il fallait qu'elle empêche Alan et Logan de se lancer à la poursuite de Sam ou de dire à Korsakov où trouver Josh. Elle en serait incapable si elle se retrouvait en prison, occupée à esquiver des questions auxquelles elle n'avait aucune réponse.

Sam avait raison. Sa seule option était de s'enfuir.

Elle s'essuya les mains sur un torchon et tourna le dos à Caitlyn pour l'accrocher à la porte du four. Puis, telle une couleuvre se déroulant à la vitesse d'un fouet, elle saisit la poêle en fonte et la balança contre la tête de Caitlyn.

42

Hal Waverly avait une maison difficile d'accès mais facile à trouver. Après s'être engagés dans son allée, ils avaient été secoués le long d'une route en terre qui grimpait dans la montagne. Grigor trouvait que c'était un bel endroit. La maison était bien proportionnée, l'architecture était solide, mais comportait d'élégantes courbes au-dessus des volets, des fioritures sur la véranda et des portes gravées à la main. Une maison que l'on avait bâtie avec amour.

Il en parcourut l'intérieur, secouant la tête devant l'absence de décoration. Quel manque de respect. Des meubles de merde entourés de cartons pleins de merde. Une des chambres ne comportait aucun meuble, si ce n'était un lit double et une commode. C'était la pièce qui fascinait le plus Grigor.

La folie et le désespoir habitaient cet endroit. Le mur au-dessus du lit était couvert de dessins ensanglantés. Des images d'une femme qui s'envolait, avec une cascade et un serpent en dessous d'elle, et d'un homme qui semblait sur le point de la sauver ou de la condamner.

Les fenêtres avaient été barricadées avec du contre-plaqué, dont les bords avaient été entaillés par les ongles de quelqu'un qui avait tenté de les arracher à mains nues. D'autres griffures sur la porte, qui comportait un verrou, brillant et solide, et sur la tête de lit. Des couples lanières en cuir doublé de laine de mouton dépassaient du jeté de lit en chenille.

Il se plaça au centre de la pièce pour en absorber la sinistre énergie et savourer les sensations et les visions qu'elle lui procurait. Vraiment, c'était une belle maison.

La salle de bains à l'autre bout du corridor était jonchée de tubes de médicaments. Decadron, Ativan, Trazodone, Darvon, Ambien, Oxycontin. Une corne d'abondance d'antipsychotiques, d'antidouleurs, de sédatifs, de tranquillisants. Tous datés de deux ans. Lily Waverly. Ah ! l'épouse décédée. Sans elle et Damian Wright, il n'aurait peut-être jamais trouvé la cachette de Stan.

Deux esprits torturés qui ne s'étaient jamais rencontrés l'avaient pourtant mené jusqu'ici.

Pour finir, il se rendit au chevet du chef, dont les ronflements accompagnaient le grondement étouffé de la cascade toute proche. Max lui avait montré le point de vue panoramique de l'autre côté de la route, surplombant la rivière. Celle-ci prenait un virage et formait un tourbillon d'eau calme en amont des dangereux rapides et des Basses Chutes, qui se précipitaient ensuite trente mètres plus bas dans le ravin.

Il regarda Waverly dormir, inconscient de sa présence ou du fait que sa vie était sur le point de changer pour toujours.

La pièce aurait presque pu se trouver dans un monastère. Les gravures complexes de la tête du lit double étaient assorties à la commode mais, à part cela, pas un objet personnel, à l'exception d'une unique photo encadrée. Une photo de mariage. Deux vies, sur le point de commencer leur voyage, isolées du reste du monde, un homme et une femme se contemplant l'un l'autre.

– Réveille-le. Emmène-le à la clairière, ordonna Grigor à Max.

Pendant que Max suivait ses ordres, Grigor sortit sans se presser, respirant l'air embaumé de soleil. Après qu'Alexi eut pris son poste, ils avaient garé le tout-terrain et la Toyota, dont ils avaient fait acquisition sur la route d'Hopewell, au début du sentier qui menait à la clairière où Stan avait été tué.

La clairière n'était qu'à une courte distance à pied de la maison du chef Waverly. Elle avait pour Grigor une valeur sentimentale, car Stan y avait été tué, mais elle était aussi idéalement située pour sa prochaine représentation. On y avait une vue parfaite du barrage et de la tour d'incendie, tout en se tenant à l'écart des regards et des oreilles indiscrètes.

Il arriva avant Waverly et Max. Le couple de la Toyota luttait toujours contre les liens, comme s'ils avaient encore la moindre chance de s'échapper. Imbéciles. Il secoua la tête, mais il souriait. Des imbéciles optimistes. La meilleure des distractions.

Ils étaient jeunes, la vingtaine, trempés de la sueur froide de la terreur. Ils étaient attachés à deux arbres, tournés l'un vers l'autre, et communiquaient par des regards brillants de panique et des grognements que leur bâillon étouffait. Ils ne se quittaient pas des yeux. Exactement comme le couple sur la photo de mariage.

Cela l'émerveillait. Max les avait trouvés à une station essence sur l'autoroute d'Albany. Ils ne portaient pas d'alliances, et les noms sur leurs cartes d'identités différaient, mais ils se comportaient comme s'ils étaient liés l'un à l'autre.

Grigor n'avait pas la moindre idée de ce qu'était l'amour. Ce mot était employé avec tant de négligence qu'il n'était même pas sûr qu'il signifiait quoi que ce soit. Mais il comprenait cependant l'intensité de l'émotion… Il n'avait jamais eu l'occasion de réellement l'étudier en profondeur. Stan était-il mort en essayant de sauver son enfant ? Et aurait-il accepté de mourir pour sa femme ?

Une chose était sûre. Elle mourrait en hurlant son nom. D'amour ou de haine, cela restait à déterminer.

En entendant des pas derrière lui, il cessa d'admirer la façon dont la lumière jetait des ombres tranchantes sur leurs visages. Elle les découpait comme les pièces d'un puzzle. Ombres et lumières en parfait équilibre.

– C'est un véritable plaisir de vous rencontrer, chef Waverly, dit-il sans se retourner. Je suis Grigor Korsakov.

– Qui sont ces gens ? Relâchez-les.

Grigor n'en croyait pas ses oreilles. Waverly avait l'audace de lui donner des ordres. Il était aussi grossier et vulgaire que ses meubles. Ne voyait-il pas qu'il s'agissait d'une situation qui demandait de la finesse ? Ne voyait-il pas qu'il n'était plus le chef de quoi que ce soit ?

Grigor pivota pour lui faire face.

– Non. *Vous*, libérez-les. Choisissez-en un.

Le visage du chef de la police d'Hopewell était marqué par l'empreinte de son oreiller, mais la confusion ajouta de nouveaux plis à ses traits. L'orgueil, l'indignation, la colère, furent suivies par l'émotion que Grigor recherchait : la peur.

– Que voulez-vous dire, en choisir un ? Laissez-les partir. Tout de suite, dit-il avec l'autorité du flic.

Grigor l'ignora. Waverly posa la main à l'endroit qu'aurait occupé son arme s'il avait eu sur lui plus qu'un jean et un tee-shirt. Mais il ne céda pas. Grigor devait lui accorder ce mérite.

– Il me semble adéquat de vous faire une petite démonstration de ce qui arrive quand on ne suit pas les instructions à la lettre, dit Grigor.

Waverly se retourna brusquement, s'apprêtant à plaquer Max au sol, mais Max avait sorti un pistolet et le braquait sur la nuque de la femme attachée.

– Vous faites partie de ma famille, maintenant, chef Waverly. Jusqu'à présent, l'argent a suffi à sceller notre association, mais j'exige de la loyauté de la part des membres de ma famille. À vous de choisir. Il meurt et elle vit. Ou vice versa.

À ces mots, l'homme et la femme sombrèrent dans l'hystérie, luttant contre leurs liens et tentant de hurler à travers leurs bâillons. Grigor les ignora, toute son attention sur le chef.

– J'ai fait tout ce que vous m'avez demandé. J'ai fermé les yeux tandis que vos hommes rôdaient en ville, je les ai laissés voir les dossiers de l'affaire concernant la mort de Sam. Il n'y a pas besoin d'impliquer des civils innocents.

La voix du chef se faisait désespérée. Grigor restait silencieux, savourant les émotions qui passaient sur le visage de Waverly. Un mélange de frustration et de désespoir.

– Je refuse de choisir, poursuivit-il en défendant sa cause. Relâchez-les tous les deux et je tiendrai ma promesse. Si vous faites du mal à l'un ou à l'autre, tout est fini.

Grigor claqua la langue. Max fit un grand sourire. Il connaissait la suite.

– Ça ne fera pas l'affaire, chef Waverly. Pas du tout. Vous voyez, vous m'appartenez. Cette ville m'appartient. Si quiconque tente de partir, ils mourront. Si quiconque résiste, ils mourront. Si vous ne suivez pas mes ordres, un de vos habitants, des personnes innocentes que vous avez promis de protéger, mourra.

– Vous ne pouvez pas faire ça.

– Bien sûr que si, je le peux. Je peux faire tout ce que je veux. (Grigor désigna le couple d'un geste.) Allez, faites votre choix.

– Non. Je refuse. Écoutez, le FBI est là. Ils ont emmené Sarah. Alors vous feriez mieux de partir tant que vous le pouvez. Je ne dirai rien à personne, c'est promis.

Grigor posa délicatement la main sur le bras de Hal et le fit se tourner vers le jeune couple.

– Le FBI ne m'inquiète pas. Mais ce n'est pas le problème. Tout ça, c'est entre vous et moi. Choisissez.

Waverly ne dit rien. Sa mâchoire se crispa violemment et ses yeux se plissèrent alors qu'il cherchait une solution au dilemme. Encore un imbécile optimiste.

– Très bien. Je vais choisir pour vous. (Grigor tendit son doigt comme s'il s'agissait d'un pistolet, et le tendit vers la femme.) Am. stram... (Sa cible passa de droite à gauche, de la femme à l'homme, puis à nouveau vers la femme.) Gram.

Quand il tendit le doigt vers le jeune homme, ce dernier ouvrit si grand les yeux que le blanc apparut tout autour de ses pupilles. Sa tête partit soudain en arrière, frappant l'arbre, un cercle parfait se dessinant au milieu de son front comme un troisième œil. Il n'y eut aucun autre bruit que celui de la balle fendant l'écorce.

– Il arrivera la même chose à n'importe qui, n'importe où, n'importe quand, chaque fois que vous désobéirez, dit-il à Waverly. Dites-moi que c'est compris.

Le corps du jeune homme s'affaissa en avant, le tronc d'arbre maculé de sang et de cervelle tout autour de l'entaille que la balle avait creusée.

Le menton du chef trembla quand il déglutit avec difficulté. La peur et la colère se bousculaient dans son regard.

– C'est compris.

– Je n'en suis pas si sûr, mais c'est un début. Bien, maintenant je vais aller rentre visite à la femme d'un vieil ami.

– Je viens de vous le dire, Sarah est partie.

– Alors, ça ne devrait pas vous poser de problème que j'aille voir de mes propres yeux.

– Attendez. Et la fille? Vous avez dit que vous la laisseriez partir.

– Non, j'ai dit que je la laisserais vivre. (Grigor fit un signe de tête à Max.) Amène-la à Alexi. Il a le droit de s'amuser un petit peu, il travaille si bien. (Waverly sembla sur le point de s'interposer, mais Grigor lui prit le bras et l'emmena.) Pauvre petite chose. Quand Alexi en aura fini avec elle, elle regrettera que vous n'ayez pas eu le courage de choisir et de la laisser mourir.

Il ne lui dit pas que d'ici la fin de la journée, le reste de la ville penserait la même chose, et tiendrait Waverly comme responsable de leur malheur et de leurs souffrances.

Caitlyn vit la poêle filer vers elle une seconde trop tard. Elle para le coup avec son bras mais perdit l'équilibre. Son pied glissa sur le sol mouillé comme sur une peau de banane, et elle tomba sur le dos avec un bruit sourd.

Elle se cogna la tête contre le bord de la table dans sa chute, mais ne s'évanouit pas. Alors qu'elle sortait son arme, Sarah jeta la poêle au sol, une expression horrifiée sur le visage, et s'échappa en courant par la porte de derrière. Le temps que Caitlyn se remette sur pieds et lui emboîte le pas, elle n'était plus qu'une lointaine silhouette floue à la lisière de la forêt, qui disparut entre les arbres.

Caitlyn se mit à courir, puis s'arrêta après quelques foulées, dégoûtée. Elle n'avait aucune chance de rattraper Sarah. La jeune femme courait comme une biche ou une bête sauvage. Elle passa la main sur son avant-bras, là où la poêle l'avait heurtée. Sarah n'avait pas voulu la tuer en la frappant, mais plutôt détourner son attention. Elle n'était pas gravement blessée, sinon dans sa fierté.

Elle regarda le soleil en grimaçant. Au zénith. Tout comme Gary Cooper, elle était seule. Dans une ville où elle ne pouvait faire confiance à personne et où tout le monde mentait.

Elle regarda l'endroit où Sarah avait disparu. Sarah lui avait dit la vérité durant la plus grande partie de l'interrogatoire, Caitlyn en était sûre. Même quand Caitlyn avait presque accusé Hal Waverly d'être impliqué dans la disparition de son mari.

Caitlyn s'étira sur la pointe des pieds, avant de faire les cent pas sur la véranda de Sarah. Elle écoutait l'écho de ses pas sur le bois, allant et venant. Elle accéléra, puis ralentit de nouveau. Les grouillements et démangeaisons sur sa peau avaient disparu, elle se sentait désormais pleine d'énergie, galvanisée…

Depuis la veille, elle était à fleur de peau, hypersensible. Le sexe ne suffisait pas à l'expliquer. Ni ses préliminaires. À quoi pensait-elle ? S'apprêter à avoir une relation sexuelle non protégée avec un parfait inconnu ! La façon dont elle avait quasiment agressé Waverly… ça ne lui ressemblait pas. Elle gardait ses sentiments sous contrôle, tout comme ses migraines.

Eh merde. Elle s'arrêta devant une jardinière débordante de mufliers. La brise les agita doucement et brouilla leurs couleurs vives. Ces sensations bizarres et son comportement irrationnel étaient-ils dus à des effets secondaires de son traumatisme crânien, comme ses migraines ? Pouvait-elle encore compter sur elle-même ?

Elle pinça les lèvres et retourna dans la cuisine. Elle prit son sac, traversa la maison en ne prêtant plus attention ni aux photos de Sarah, Sam et Josh, ni aux meubles confortables, savamment répartis, ni à l'odeur sucrée de cannelle. Il lui fallait la balle que Hal avait prise sur le corps de Richland. Si elle correspondait au pistolet de Richland, elle accuserait Sarah Durant du meurtre d'un agent fédéral.

43

Sam pressa les jumelles sur son visage comme si elles pouvaient le transporter miraculeusement de sa cachette jusqu'à l'allée. Il regrettait de ne pas avoir gardé son pistolet. S'il l'avait fait, tout cela serait déjà terminé.

Un mouvement furtif à l'arrière de la maison de Sarah attira son regard. Il y braqua ses jumelles et vit Sarah traverser la pelouse puis se précipiter dans la forêt en courant. Personne ne la suivit, mais une femme apparut quelques instants plus tard sur le porche.

Que se passait-il ? Il pivota et fit le point sur l'allée. Korsakov n'avait pas bougé et n'avait pas l'air d'avoir entendu ou vu quoi que ce soit.

Sam jura en silence. Il prit son sac et s'élança entre les arbres pour rattraper Sarah.

Il la rejoignit alors qu'elle parvenait au sentier descendant vers le barrage.

– Sarah ! Stop !

Elle se retourna subitement, sa poitrine encore soulevée par l'effort. Elle n'avait rien emporté, portait de simples baskets plutôt que ses chaussures de marche.

– Où vas-tu ? Pourquoi tu cours ? (Il se rapprocha et la prit dans ses bras.) Qu'est-ce qui s'est passé ?

Elle le repoussa.

– Ils pensent que j'ai tué Leo Richland.

– Qui ça ?

– Le FBI. Ils allaient m'arrêter. Ça aurait tout foutu en l'air, alors je l'ai frappée et je me suis enfuie.

Elle se remit à courir le long du sentier.

– Attends, tu vas où ?

– Retrouver Logan. Si nous ne respectons pas notre part du contrat, il va tuer Josh.

– On a un plus grave problème que Logan. Suis-moi. (Il la conduisit jusqu'à la crête d'où il avait surveillé sa maison.) Regarde par-là.

Elle prit les jumelles.

– Il y a un homme à côté de ma voiture. Il est en train de parler à Caitlyn. (Elle s'arrêta un moment.) Caitlyn a l'air en colère… Non, effrayée. Elle recule.

Il voulut lui arracher les jumelles des mains, voir de ses propres yeux, mais il se retint.

Elle baissa les jumelles et se tourna vers Sam.

– Qui c'est ? Qu'est-ce qu'il veut ?

– C'est Grigor Korsakov. Il veut me tuer. Et te tuer aussi.

Dès qu'elle se tourna pour emprunter le chemin qui partait de la maison, Caitlyn aperçut l'homme, seul à côté de la voiture. Même sans son costume noir et sa cravate d'un rouge vif, qui aurait pu le rater ? Il irradiait d'énergie, comme une enseigne lumineuse : « Danger ».

Il marchait de long en large d'un pas vif et saccadé. Alors qu'elle se rapprochait, il cessa de faire les cent pas pour s'appuyer contre la Ford Explorer de Sarah. Il posa sur elle un regard fixe et scrutateur. Ses cheveux se dressèrent sur sa nuque.

C'était donc le redouté Grigor Korsakov.

Comment avait-elle pu le trouver ordinaire, sur sa photo ? C'était un homme de taille moyenne, à peine quelques centimètres de plus que son propre mètre soixante-dix, mais il était tout sauf ordinaire. L'énergie tournoyait autour de lui comme des nuages orageux avant la foudre. Il sourit, étirant des lèvres pleines et riches pour révéler une parfaite collection de dents blanches et brillantes.

Pas mal, pour un mec qui venait de passer sept ans au trou. Elle se demanda combien ça lui avait coûté, de protéger ce sourire et ce visage parfaits en prison. Du coin de l'œil, elle observa les environs. Aucun signe d'un autre véhicule, aucun signe d'autres hommes. Elle resta concentrée sur Korsakov. Vraiment pas ordinaire. Il était aussi fascinant qu'un cobra et tout aussi mortellement dangereux.

– Êtes-vous Sarah Durandt ? demanda-t-il d'une voix élégante et doucereuse qui lui rappela le bon vin et le caviar.

– Non, désolée.

Elle s'arrêta à un mètre de lui et glissa sa main dans la poche extérieure de son sac pour la poser sur son arme.

Il pencha la tête sur le côté, son sourire s'élargissant comme si elle venait de faire une blague.

– Vous êtes sûre ? On m'a dit qu'elle vivait seule ici.

– Elle n'est pas chez elle pour le moment.

Une ride fugace lui plissa le front et Caitlyn vit la seule faille dans sa façade. Ses yeux étaient de plomb, impassibles, ses iris si sombres qu'il était impossible d'y discerner la pupille. Elle s'était confrontée à des membres de gangs, à des sociopathes, des psychopathes, et même des tueurs en série… mais aucun n'avait les yeux morts de Grigor Korsakov.

Des yeux qui perçaient votre âme et, en un battement de cils, vous condamnaient à tomber dans les tréfonds de l'enfer.

Caitlyn réprima un frisson et se força à garder un sourire plaqué sur son visage. Elle fit un pas sur le côté pour se diriger vers sa voiture. Korsakov se déplaça en même temps qu'elle, lui barrant le passage.

– Il faut que vous compreniez. Il est d'une importance capitale que je trouve Madame Durandt.

Il ne l'avait pas touchée, les mains toujours enfoncées dans les poches de sa veste, mais les muscles de Caitlyn se contractèrent en prévision d'une attaque.

– Je suis navrée, je ne peux pas vous aider, dit-elle d'une voix égale en gardant son regard à hauteur du sien. La porte est ouverte. Je suis sûre que ça ne la dérangera pas si vous l'attendez à l'intérieur.

Il acquiesça à ces mots et faillit s'en aller, avant de sourire d'une façon encore plus charmeuse en se retournant de nouveau vers elle.

– Je suis vraiment navré. Je ne veux pas vous déranger mais, voyez-vous, je n'ai jamais rencontré Madame Durandt. Serait-ce trop vous demander de me montrer une quelconque preuve que vous n'êtes pas cette personne ?

Caitlyn était à moitié tentée de sortir son arme pour lui prouver qui elle était. Au lieu de cela, elle garda la main fermement serrée autour de la crosse de son Glock et sortit son portefeuille de la poche intérieure de son sac. Elle tint en l'air son permis de conduire, heureuse qu'il n'y soit pas indiqué qu'elle était agent fédéral.

– Caitlyn Tierney, Manassas, Virginie, lut-il en se penchant vers elle.

Il ne recula pas, leurs visages à quelques centimètres l'un de l'autre, et la regarda dans les yeux, son sourire à présent glacial.

– C'est sacrément loin de chez vous. Vous êtes bien sûre que Madame Durandt n'est pas chez elle ?

– Parfaitement, répondit Caitlyn en refermant sèchement son portefeuille avant de le remettre dans son sac à main. Je suis en retard, si vous voulez bien m'excuser…

Il cilla lentement, comme un reptile, et elle comprit qu'il pensait à la retenir. Elle se raidit, espérant à moitié qu'il ferait une tentative. En regardant dans ses yeux sombres et morts, un frisson de peur la parcourut et elle réalisa qu'elle n'était pas sûre de pouvoir l'abattre, avec ou sans arme.

Il finit par toucher l'appareil Bluetooth à son oreille et fit un petit signe de tête comme s'il avait reçu la confirmation de son identité. Flippant. Un sociopathe technologiquement développé. Et des complices invisibles. Il lui fallait du renfort, quelqu'un sur qui elle pourrait compter dans cette putain de ville.

Il fit un pas en arrière, lui donnant la permission de partir en faisant un moulinet avec sa main.

– Passez une bonne journée, Mademoiselle Tierney, lui lança-t-il alors qu'elle claquait sa portière et démarrait la voiture. Nous nous reverrons, j'en suis sûr.

Caitlyn espérait que leur prochaine rencontre se ferait avec un centimètre de verre pare-balles entre eux et des menottes en acier autour des poignets de cet homme. Elle ne regarda quasiment pas la route en s'éloignant, toute son attention portée sur le reflet de Korsakov dans le rétroviseur. Elle tenait fermement le volant, la respiration rapide, le cœur battant comme si elle venait d'échapper de peu à la mort.

44

– Comment tu m'as trouvée ? demanda Sarah alors que Sam l'emmenait à sa grotte.

– Je suis tombé sur ces gosses, JD et Julia. Ils m'ont donné un téléphone portable et m'ont appelé quand tu es sortie du commissariat. J'ai attendu Alan et Logan, je me disais qu'on pouvait peut-être se mettre d'accord avant que Korsakov arrive.

– C'est trop tard, maintenant.

– Ouais. Voyons le bon côté des choses. S'il croit qu'Alan et Logan l'ont trahi, il les tuera à notre place.

– Super, on aura un meurtrier psychopathe à notre poursuite au lieu de trois.

– Peut-être qu'ils s'entre-tueront.

Ils s'arrêtèrent devant un grand rocher appuyé en biais sur un affleurement calcaire. Sam jeta son sac dans la crevasse derrière le rocher.

– C'est moi qui t'ai montré cet endroit, dit Sarah.

– Il est devenu bien pratique ces dernières années, répondit-il d'une voix grave.

– Qu'est-ce qu'on va faire ?

Il regarda derrière elle, vers la ville au pied de la montagne.

– On ne peut pas passer par la ville. On peut être sûrs que Korsakov a bloqué la route. (Il s'arrêta un moment.) Toi, tu vas monter à la cabane du colonel, prendre mon pick-up et rejoindre Josh. J'ai appelé ma propriétaire pour qu'elle l'emmène dans un motel en bordure de Montréal.

– Et toi ?

Il passa la main sur son flanc et lui tourna le dos.

– Je ferai diversion. Pour te donner du temps. Je vais descendre là-bas et leur donner ce qu'ils veulent. Moi.

Elle secouait la tête avant même qu'il ait fini.

– Non. On en a déjà parlé. Je n'ai pas l'intention de dire à Josh que son père est mort. Je ne peux pas lui faire vivre ça.

– Alors, on se retrouve à la case départ.

– On peut essayer de parler au colonel. (Elle n'aimait vraiment pas l'idée de mettre son père dans la ligne de mire.) Il pourra peut-être rassembler quelques hommes…

– Et s'en prendre à des tueurs expérimentés ? Si Korsakov est là, ses hommes le sont aussi. Et ils seront armés avec un peu plus que des fusils de chasse.

– On ne peut pas demander à Hal de nous aider. Caitlyn pense qu'il a été soudoyé pour faire passer Damian Wright pour ton meurtrier. Elle pense qu'il était peut-être impliqué depuis le début.

Sam se raidit.

– Ça expliquerait beaucoup de choses. Mais ça nous mène où ?

Elle leva le visage, désigna la montagne d'un signe de tête.

– On dirait qu'on ne pourra s'en sortir qu'en montant. On va aller en haut de la montagne, prendre ton pick-up, et rejoindre Josh.

– Impossible. Pas avec trois meurtriers et leurs hommes de main à nos trousses.

– Que veux-tu faire ? Retrouver Logan comme prévu, le laisser s'occuper du reste ?

– Je ne lui fais pas confiance, mais ça vous mettrait hors de la ligne de mire, Josh et toi.

Il évitait son regard.

Elle y réfléchit, et lui prit la main.

– Je préfère encore te faire confiance et risquer le coup.

Il cligna des yeux à plusieurs reprises, puis lui serra fort la main. Comme s'il avait compris ce que ça lui coûtait de lui faire confiance de nouveau, après tout ce qu'il avait fait.

– Mais…

– Nous n'avons pas le temps de discuter. Prends tes affaires et allons-y.

Grigor prit une profonde inspiration. La maison de Sarah Durandt sentait comme une femme. Douce et confortable, rien de tranchant. Il passa les doigts sur la couverture en chenille pliée sur le dossier d'un siège rembourré, et imagina l'odeur que la maison aurait quand il en aurait fini avec elle. Ce délicieux parfum de terreur.

Il ne confinait pas son art au visuel, il aimait faire appel à tous les sens pendant ses distractions.

Le désordre de la cuisine l'interpella. Deux assiettes… Cette rouquine de Manassas n'avait pas été seule ici. Elle lui avait menti.

Il vagabonda dans la maison en prenant son temps, jetant un coup d'œil dans le moindre coin et recoin, s'imprégnant de l'essence de la femme qui habitait là. Quand Max finit par revenir, il était étendu sur le canapé de Sarah Durandt et tournait les pages d'un album de famille. D'heureuses personnes, de belles personnes, en train de rire, piégées dans le temps.

Une fois qu'il aurait mis la main sur Sarah Durandt, elle ne serait plus jamais ni heureuse ni belle, et ne rirait plus. Pas quand il en aurait fini avec elle.

– La dame a roulé pendant plus ou moins un kilomètre, dans la direction de la maison de Waverly, dit-il depuis le seuil.

Max entra dans la maison d'un pas lourd, brisant le merveilleux silence.

Grigor se contenta d'acquiescer.

– La fascinante dame de Virginie m'a menti. Elle n'était pas effrayée, et pourtant elle ne m'a pas posé de questions. Comme si elle connaissait déjà les réponses.

– Ce n'est pas comme si elle pouvait aller loin, si on veut la revoir. Pas avec Alexi qui bloque la route.

Voilà qui lui tira un sourire. Alexi était un véritable magicien avec son fusil à lunette, il arrêterait quiconque essaierait de s'enfuir.

La pâle rouquine à la peau douce et crémeuse et à la voix rauque… Il imagina ses cris entremêlés à ceux de Sarah. Une symphonie d'horreur.

Le téléphone portable de Max sonna, et il revint une minute plus tard.

– C'était Logan. Il n'est apparemment pas le seul agent du FBI à s'intéresser à Hopewell ou à Sarah Durandt.

– Ancien agent, le corrigea Grigor.

– La rouquine, elle est aussi au FBI. Peut-être que Waverly et elle font équipe ?

Intéressant. Max faisait bien son boulot, mais il avait parfois du mal à garder une vue d'ensemble. Un agent du FBI qui était arrivé en même temps que lui ? Pourquoi le FBI s'intéresserait-il à Sarah Durandt maintenant, deux ans après la mort de son mari ?

Grigor leva les mains comme pour composer un cadre. Seule la vue d'ensemble comptait, pour lui. La plupart des gens ne comprenaient jamais qu'ils n'étaient que de simples points de lumière sur la toile de l'univers, mais Grigor le savait. Plus que ça, il savait qu'il avait la capacité de changer cette toile de façon irrémédiable, de dessiner son autoportrait en plaçant suffisamment de points anonymes dans sa sphère de contrôle.

Grigor était destiné à de grandes choses, à laisser sa marque sur le monde, dans l'histoire. Comme son grand-père. Comme Staline. Une marque de la couleur du sang et de la terreur, à jamais gravée dans les histoires que l'on racontait de génération en génération. L'histoire de Grigor serait son billet pour l'immortalité.

Max s'agitait, mal à l'aise dans le cadre que délimitaient les pouces et index de Grigor.

– Vous vous sentez bien, patron ?

Un sourire détendu étira la bouche de Grigor.

– Je me sens bien. Je me sens prodigieusement bien. Je crois que j'ai compris pourquoi je suis ici, ce que je suis censé faire.

– Euh, je croyais que vous vouliez mettre la main sur la fille, trouver où Stan avait caché l'argent qu'il vous a volé, dit Max comme s'il doutait de la santé mentale de Grigor.

Puis il s'écarta subitement du regard perçant de Grigor et désigna une collection de photos, qui s'alignait sur les murs et le manteau de la cheminée.

– Il est mignon, ce gamin, quand même.

– Très mignon, admit Grigor en passant le doigt le long d'une photo de Stan, un nourrisson aux yeux clairs dans les bras. Tu te rappelles cette nuit, sur Mulholland ? Quand Alexi a flingué le chien et Stan a sauté de la voiture pour essayer de le sauver ?

– Ouais. Il pleuvait des cordes, il y avait de la boue partout, les voitures dérapaient... Stan a failli se faire tuer. Tout ça pour un clébard qui a fini par mourir quand même.

– Tout ça pour un clébard.

Grigor étudia d'autres photos de l'heureuse famille. Il remarqua la lueur dans les yeux de Stan, la façon dont il ne regardait jamais l'objectif, mais restait continuellement concentré sur sa famille. Le centre de son univers.

– Logan a dit qu'Alan était arrivé ici juste après l'assassinat de Stan et du gamin.

– J'imagine qu'il voulait savoir si madame savait quoi que ce soit sur l'argent que Stan avait volé.

– Et si Stan n'était pas mort ? Et s'il avait appris qu'Alan n'était plus très loin, en train de remonter jusqu'à l'argent, qu'il avait pris le gosse et s'était enfui ?

– Ça aurait demandé des couilles. Mais ce mec au Texas a avoué.

– Il a pu être acheté par quelqu'un.

Par ses soi-disant associés, Logan et Easton, sans doute. Traîtres.

– Pourquoi laisser sa femme derrière lui ? Ils ont vraiment l'air heureux ensemble.

– Peut-être qu'il n'avait pas le choix. Pas le temps. (Grigor tapota du doigt le verre contre le joli visage en cœur de Sarah.) Et maintenant, sa chance a tourné.

– Vous pensez qu'il va revenir ? Il sait que vous le cherchez… Ce serait du suicide.

– L'homme est déjà mort une fois, qu'est-ce que ça peut lui foutre ?

Grigor rit en y pensant, le son lui raclant la gorge. Il n'avait pas ri depuis longtemps, et n'avait rien trouvé amusant depuis plus longtemps encore.

– D'abord, Logan me dit qu'il a trouvé où Stan s'était caché pendant toutes ces années où j'étais en prison, ensuite, Alan et lui me font savoir de manière très arrangeante qu'ils font de leur mieux pour retrouver l'argent que Stan m'a volé… Me prennent-ils pour un idiot ? Pensent-ils que je ne sais pas reconnaître une trahison ? Ils étaient au courant pour Stan et l'argent, longtemps avant de prendre la peine de m'en parler.

Max tressaillit au tranchant dans la voix de Grigor.

– On les aura aussi. Ne vous inquiétez pas, on les aura tous.

– Ma famille m'a déshérité, mes hommes m'ont trahi… Tout le monde dans cette ville est coupable, ils ont tous caché ce qui m'appartient de droit ! Et elle ! (Il balaya du bras le manteau de la cheminée, projetant les photos sur le sol où elles éclatèrent, le visage de Sarah lui souriant à travers les éclats de verre, l'air moqueur.) Elle a épousé le connard qui m'a fait ça, elle lui a donné un fils.

– Grigor, calmez-vous. Vous savez qu'Alexi et moi sommes là pour vous. Dites-nous juste ce que vous voulez qu'on fasse et nous le ferons.

– Je veux… (Son souffle râpa sa gorge brûlante.) Je veux mes appareils photos. Nous allons commencer un nouveau projet. Je vais l'intituler : « Mort d'une ville de traîtres ».

– Alors, JD, dit le colonel tandis qu'ils grimpaient le long du sentier qui menait à la clairière. Pourquoi tu avais besoin d'aide ?

Au lieu de lui répondre, JD se précipita en avant.

– Sam ? appela-t-il doucement, sa voix résonnant entre les arbres. Sam, vous êtes là ?

Le colonel le rattrapa au bord de la clairière et lui saisit le bras.

– Qu'est-ce que tu fais ? Tu sais que c'est là que Sam et mon petit-fils… À quoi tu joues ? Réponds-moi !

Le visage du vieil homme était rouge de fureur et sa voix fit sursauter JD.

– Ce n'est pas un jeu. Je vous le jure, colonel. Sam est vivant et votre petit-fils aussi.

La poigne du colonel se resserra comme une clé à molette. Sous le regard assassin du colonel, JD comprit ce que l'on devait éprouver avant son exécution. Puis le colonel le relâcha. Son visage se décomposa et il fit un pas en avant.

– Putain de…

JD se retourna pour voir ce qui avait effrayé le colonel. Tout à l'autre bout de la clairière, un homme était attaché à un arbre, la tête baissée, le visage masqué. L'écorce de l'arbre était perforée. Une trace sombre maculait les bords du trou.

– Sam, cria le colonel.

Il toucha le cou et le poignet de l'homme, à la recherche d'un pouls. Puis il ferma les yeux un long moment avant de relever le visage de l'homme.

Son soupir balaya les branches des arbres. JD resta figé, incapable de détourner les yeux.

– Il est mort, n'est-ce pas ?

Comme si le trou au milieu du front de l'homme pouvait n'être qu'un maquillage d'Halloween. Pourtant, il espérait que le colonel dirait « non » ou, mieux encore, que l'homme ouvrirait les yeux et lui ferait un clin d'œil. Jusque-là, tout était comme dans les films, pour faire semblant. Même voir Madame Durandt avec une arme la veille, ou ces inconnus, ou Sam couvert de plaies et bosses, ne l'avaient pas convaincu.

Mais ça… Ça, c'était réel.

Le colonel garda le silence. Délicatement, il rabaissa le visage de l'homme. Puis il se tourna vers JD.

– Dis-moi tout ce que tu sais.

JD lui fit un rapide résumé de ce que Julia et lui avaient vu.

– Julia surveille Madame Durandt chez elle, comme Sam nous l'a demandé.

– Alors, Sarah sait que Sam est vivant ?

– Oui, monsieur.

– Et Sam était seul quand tu l'as vu ?

JD acquiesça.

– Qui est cet homme ? Et qui l'a tué ?

Le colonel fronça les sourcils, puis se mit à dévaler le sentier qui descendait vers la maison de Sarah. JD s'élança derrière lui, des questions plein la tête.

– Mais monsieur, et Sam ?

– Il faut t'y faire, mon garçon, il ne viendra pas. Ce qui signifie qu'ils ont Sam, ou qu'ils ont réussi à l'atteindre. Peut-être avec Sarah.

– Mais Julia, elle est chez Madame Durandt.

JD piqua un sprint, sous l'emprise de la panique, dépassant le colonel et dévalant la montagne. Il continua tout droit sur le sentier, dépassa la maison de Sarah, jusqu'à rejoindre la route du lac. Puis il tourna et courut vers la clairière en face de l'allée où il avait laissé Julia, avec le déjeuner qu'il lui avait acheté au *Rockslide*.

Leurs vélos étaient encore là tous les deux. Le téléphone portable de JD, qu'il avait prêté à Julia, était par terre, ouvert et allumé. La serviette qu'elle avait utilisée comme nappe était froissée et couverte de terre, comme si quelqu'un l'avait traînée, couverte de nourriture, dans les fourrés. Sur un bord, une empreinte de pas. Beaucoup trop grande pour être celle de Julia.

Le cœur de JD lui monta à la gorge, sur le point de l'étouffer. Des pas lourds sur le gravier de l'allée lui signalèrent l'arrivée du colonel.

– Sarah n'est plus là.

– Ils ont Julia, dit JD d'une voix brisée. Ils l'ont emmenée.

– Viens. Il faut prévenir Hal et ses hommes.

JD fit non de la tête.

– Sam a dit de ne rien dire au chef Waverly. Il a dit que les méchants le sauraient.

Ses yeux étaient brûlants de larmes. Il cligna des paupières avec acharnement, refusant de se laisser aller au pressentiment que tout était sa faute.

– Nous ne pouvons pas nous en charger tout seuls. Il faut qu'on prévienne la police. Tout de suite, cria le colonel.

L'ordre sortit JD de son état de choc. Il parcourut une dernière fois la clairière des yeux, espérant voir Julia, son habituel sourire sur son beau visage, réapparaître pour lui raconter comment elle avait trompé les méchants de l'histoire.

Mais la clairière était toujours vide. Pas la moindre Julia. Rien qu'un adolescent terrorisé et un vieil homme effrayé, tous deux essayant de se convaincre que tout allait bien se passer.

45

– Hal ? cria Caitlyn en entrant par la porte ouverte, sa voix résonnant dans la maison.

Aucune réponse. La responsable du poste lui avait dit que, après avoir relâché Logan, Hal était rentré chez lui pour dormir.

Elle traversa le corridor, son arme sortie et prête. Le suspecter, après l'avoir laissé devenir si intime, la dégoûtait. Seigneur ! elle avait presque couché avec un homme qu'elle suspectait maintenant de meurtre.

La cuisine et le salon étaient déserts. Il y avait trois portes dans l'entrée. L'une donnait sur la salle de bains, vide. Au fond, une autre était fermée, mais la deuxième porte dans l'entrée était entrouverte. La chambre de Hal, vide. Après s'en être assurée, elle entra dans la dernière pièce, son arme la balayant d'un bout à l'autre. Personne.

D'épais rideaux étaient tirés sur l'unique fenêtre. Des taches sombres sur les murs formaient des dessins et des sortes de mots dans une langue bizarre. Elle alluma la lumière et s'approcha. Les mots avaient été écrits avec du sang.

Les seuls meubles de la pièce étaient un bureau et un vieux lit double à l'armature de cuivre. Un ancien miroir au cadre doré était posé sur le bureau. *Drôle de possession pour un homme,* se dit-elle en passant un doigt sur sa surface. Une couche de poudre blanche et fine recouvrit le bout de son doigt.

Merde. Ça expliquait beaucoup de choses. Pourquoi elle avait été stressée et irritable toute la journée, la façon dont elle lui avait sauté dessus la veille au soir, ou son incapacité à se concentrer ou à rester immobile. Elle s'essuya le doigt sur son jean. Ce n'était pas de l'héroïne et probablement pas de la cocaïne : les effets avaient duré trop longtemps. De la meth. Il avait mis de la méthamphétamine dans sa tasse hier soir.

Non. Elle l'avait fait elle-même. La poudre qu'il utilisait à la place du sucre.

Elle connaissait les statistiques. Plus d'un tiers des gens dépendants aux meths avaient un emploi stable, dont certains dans les forces de l'ordre. Bon sang ! comment avait-elle pu ne pas le voir ?

La voix de Hal monta du seuil.

– J'ai essayé de te le dire.

Caitlyn sursauta, sa main se posant sur son arme. Mais elle ne la dégaina pas. Hal avait les mains grandes ouvertes, vides, loin de sa ceinture de service. Il passa le pas de la porte avec précaution, comme s'il risquait de briser quelque chose en traversant l'invisible barrière.

– Depuis quand tu en prends ?

Elle fit un signe de tête vers le miroir.

– J'ai commencé quand l'état de Lily s'est aggravé. Je doublais les gardes pour pouvoir payer les factures, mais ce n'était jamais suffisant, avec les médecins et tout. Je n'avais pas le choix. Je ne pouvais pas démissionner. Et personne d'autre ne pouvait s'occuper de Lily. J'avais besoin d'aide. Un jour, j'ai contrôlé un camionneur et j'ai trouvé sa planque d'amphétamines. Il les appelait ses réveils miracles. Ça a tout changé. Quand je suis arrivé à court, j'en ai pris dans le coffre des preuves. Je les gardais pour les très mauvaises nuits, je n'en prenais pas tous les jours, mais j'en suis arrivé au point où je me mettais à espérer que Lily ferait une de ses crises. Que j'aurais une excuse pour en prendre encore un peu.

– C'est le sang de ta femme ? demanda Caitlyn en désignant le mur couvert de dessins.

– Le dernier message qu'elle m'a laissé. Il y a deux ans. Ce soir. J'aurais dû m'en douter. Elle était si calme, ce soir-là. Comme si la souffrance s'était auto-consumée. (Il se laissa tomber sur le lit, caressant délicatement l'oreiller du bout des doigts.) Je l'ai abandonnée, murmura-t-il, la voix rauque comme si quelque chose l'étouffait. Je n'étais pas là pour la sauver. (Il releva les yeux.) Maintenant il faut que tu m'aides. À sauver Sarah. Je ne peux pas encore abandonner quelqu'un. Pas après ce que je leur ai fait, à Sam et elle.

– Qu'est-ce que tu as fait ?

Caitlyn gardait sa main sur son Glock. Elle aimait bien Hal, vraiment, mais s'il avait tué Sam, elle n'aurait pas d'autre choix que de l'arrêter.

– Hal, étais-tu sur cette montagne quand Sam a été tué ?

Elle fut surprise de le voir détourner le regard, les épaules secouées par un ricanement étouffé.

– Je pensais y être. Ça montre bien à quel point j'étais en vrac après la mort de Lily. C'est le dernier jour où j'en ai pris. J'ai arrêté. D'un coup. Je ne supportais plus de penser à ce que j'avais fait, pas en voyant le prix que Sarah avait payé. Seigneur ! j'ai été si bête.

Il baissa la tête et mit ses mains dans ses cheveux.

Il avait arrêté la meth d'un coup ? Peu de gens en avaient la force. S'il disait la vérité. Mais elle en était sûre. Enfin.

– Raconte-moi tout.

– C'était la faute de Richland… Non, je retire ce que j'ai dit. Ce n'était la faute de personne d'autre que moi. J'avais passé deux nuits sans dormir, et j'avais une réunion à la banque ce matin-là, c'était ma dernière chance de sauver la maison, de sauver la dernière chose qui me restait de Lily, alors j'en ai pris. Juste pour rester éveillé. C'était la dernière fois, je me l'étais promis.

Il ricana avec ironie. Tous les deux savaient que les promesses d'un accro ne valaient rien.

– La banque a refusé et je savais que j'allais tout perdre. J'étais en route vers la maison… la dernière soirée que je pourrais passer dans ma maison, avec Lily et tout ce avec quoi j'avais grandi, avant que le shérif vienne délivrer les papiers. Puis Sam m'a fait signe sur le bord de la route. Il m'a parlé d'un mec qu'il avait vu prendre des photos de Josh.

– Alors, cette partie-là était vraie. Damian Wright avait réellement pris Josh pour cible.

Il acquiesça.

– J'avais entendu parler des gamins qu'il avait tués dans le Nord. J'ai immédiatement appelé le Bureau régional du FBI à Albany. Ils m'ont mis sur la ligne spéciale des forces de l'ordre, où j'ai laissé les renseignements de Sam, mais personne n'a voulu me parler ou me dire quoi que ce soit. Ils devaient penser que c'était encore un plouc de flic qui essayait d'attirer l'attention.

Caitlyn recollait les morceaux.

– C'est comme ça que Logan a su pour Sam. L'équipe d'intervention recevait des centaines de témoignages par jour. La seule façon d'en garder une trace était de tous les étiqueter avec les informations de carte grise du témoin. Quand il les a examinés, il a dû voir la photo du permis de conduire de Sam et le reconnaître.

Hal haussa les épaules, le dos voûté.

– Tout ce que je savais, c'était que c'était une journée de merde. L'idée qu'un malade pervers vienne dans ma ville et puisse penser s'en tirer… Je ne me rappelle pas avoir jamais été si en colère.

Il changea de position sur le lit et serra fort l'oreiller de Lily contre sa poitrine.

– J'en ai repris. Je suis resté debout toute la nuit et j'ai pu localiser Damian Wright, mais il n'était plus dans sa chambre de motel quand j'y suis arrivé. Je ne pouvais penser à rien d'autre qu'à ce monstre, là, dehors, les mains autour du cou d'un petit garçon. C'était hors de ma juridiction et je n'avais pas de mandat, mais j'avais besoin de le trouver, alors j'ai fouillé sa chambre. Je n'ai pu trouver que sa carte mémoire. Il avait dû la faire tomber, j'imagine. Une toute petite chose, mais quand je suis rentré à Hopewell et que je l'ai mise sur l'ordinateur, ça m'a rendu malade. Elle était remplie de moments de bonheurs volés. Avec le gosse de Sam, au milieu de tout ça.

– Tu t'es lancé à sa poursuite tout seul ?

– Non. J'étais sur le point d'appeler le shérif et la Police d'État mais, avant que j'en aie l'occasion, Leo Richland a débarqué, m'a jeté son badge fédéral à la figure, et a martelé qu'il était le responsable de l'enquête. Il m'a obligé à l'amener à la maison de Sam, puis m'a laissé dans la voiture comme si je n'étais qu'une sorte de chauffeur pendant qu'il y entrait pour interroger Sam.

– Assis là dans la voiture, sous le soleil brûlant, je suis tombé de fatigue. Pour la première fois depuis trois nuits et quatre jours, je me suis endormi. Des heures plus tard – le soleil s'était presque couché –, Leo a cogné violemment à ma fenêtre, le visage couvert de sang. Il criait et hurlait. Il m'a dit que Wright avait tiré sur Sam, qu'il avait tué et emmené Josh et qu'il avait frappé Leo à la tête, l'avait laissé pour mort.

– Merde, souffla Caitlyn en s'affaissant contre la commode.

La souffrance perçait dans la voix de Hal, mais elle ne s'approcha pas de lui. Elle le croyait… mais ne lui faisait pas confiance.

– Leo m'a sorti de la voiture avant même que j'aie pu songer à appeler des renforts… Je tombais toujours de fatigue, j'avais l'esprit embrouillé par l'épuisement et le besoin de sommeil. Il m'a amené à l'endroit où on avait tiré sur Sam. Tout ce sang, je me suis dit que nous n'avions aucune chance de retrouver des survivants. Il voulait suivre la piste du sang, mais il m'entraînait vers celle de Sam. Je lui ai dit qu'il fallait qu'on retrouve Damian et Josh, alors j'ai fait demi-tour et, quand j'ai trouvé le Tigrou de Josh, j'ai voulu poursuivre dans cette direction.

» J'ai honte de le dire, mais il m'a eu par surprise. Il a pris mon arme, a insisté pour que nous suivions la piste de Sam, même si elle allait dans la direction opposée. Je lui ai expliqué que Sam avait tellement perdu de sang qu'il en était probablement devenu fou, qu'il ne savait plus où il allait, que notre priorité était de sauver Josh.

Hal poussa un soupir, le regard plongé dans les ombres amassées dans le coin opposé de la pièce.

» C'est là qu'il m'a dit que Josh était déjà mort. Alors nous avons suivi la piste de Sam, mais à ce moment-là, la pluie avait commencé à tomber, et j'ai perdu sa trace. Leo a pété un câble, m'a menacé de mort, m'a même offert dix mille dollars, et j'ai compris qu'un truc clochait, qu'il ne s'agissait pas juste d'un simple U.S. Marshal à la recherche d'un fugitif.

» Je l'ai guidé vers Snakebelly parce que je me disais que Wright y avait peut-être emmené Josh. C'est l'endroit idéal pour se débarrasser d'un cadavre. Quand nous n'avons trouvé personne là-bas, Leo a essayé de me tuer, il disait qu'il devait effacer la moindre preuve qu'il s'était trouvé ici. Je l'ai plaqué au sol et j'ai récupéré mon arme. J'ai tenté de le forcer à me dire ce qu'il se passait réellement, mais il a couru vers moi pour essayer de me pousser dans le vide, et je l'ai abattu.

– Tu as tué Leo Richland ?

Merde, elle allait bel et bien devoir l'arrêter.

Il opina lentement comme s'il était engourdi par le poids de ses actes.

– C'était de la légitime défense, mais oui. Je l'ai tué.

Elle leva son arme, lui fit signe de se redresser.

– Je suis désolée, Hal.

– Je comprends.

Il ne bougea pas quand elle lui prit son arme de service et lui passa ses propres menottes aux poignets. Elle mit la clé dans sa poche et posa son Glock sur la commode, hors de sa portée.

– Tu connais tes droits. Tu veux que je te les dise ?

– Non, non. Je m'en balance. Caitlyn, je t'en prie, écoute-moi. Tu es la seule qui puisse sauver Sarah.

Une fois qu'elle l'eut attaché, elle lui fit signe de continuer.

– OK, dis-moi ce qui s'est passé ensuite. Tu as couvert tes traces ? Tu nous as appelés ?

– Non. Je pense que c'était Logan, qui cherchait des nouvelles de Leo. J'ai fouillé ses poches, j'y ai trouvé plus de liquide encore et en ai déduit que ça ne faisait que commencer, alors j'ai jeté le corps dans le vide et je suis redescendu de la montagne. Il était inutile d'essayer de retrouver la piste de Sam et, depuis le temps, il s'était sûrement vidé de son sang quelque part dans la forêt. Si j'avais appelé des renforts, peut-être les choses auraient-elles été différentes, mais au lieu de ça, je suis allé fouiller la voiture de Leo. J'y ai trouvé cent mille dollars et j'ai su que je pouvais sauver ma maison, mon avenir. Garder en vie le souvenir de Lily.

» C'est là que j'ai trouvé le téléphone et un numéro dont j'ai pu retracer les appels jusqu'à l'organisation de Korsakov. Et le numéro privé de Logan. À partir de là, ce n'était plus difficile de comprendre que Logan travaillait avec Korsakov et que c'était lui qui avait envoyé Leo pour venir chercher Sam.

Elle savait que Logan n'était pas clair, mais travailler pour Korsakov ? Il travaillait sans doute aussi contre le Russe. Logan n'était loyal qu'envers lui-même.

– Logan a juste eu la malchance que Damian Wright tombe sur Sam en premier.

– C'est ce que je me suis dit à l'époque. J'ai abandonné la voiture de Leo à la fourrière à Merrill et, le temps que je revienne, Logan et toi étiez déjà arrivés. J'ai fait semblant de voir la scène de crime pour la première fois : il s'était mis à pleuvoir énormément, l'équipe scientifique n'avait aucune chance, mais je ne supportais pas l'idée que Wright puisse s'en tirer, alors j'ai semé la carte mémoire.

– Et on y a cru.

Il fit une grimace.

– Tu connais la suite. Je n'ai plus touché aux meths ou à une quelconque drogue depuis. Ça n'a bien sûr rien changé pour Sarah. Après avoir compris qui était Korsakov et qui était réellement Sam, je me suis dit qu'il pourrait venir chercher Sarah un jour, alors j'ai essayé de la protéger. (Il leva son regard vers elle, l'air blessé.) Mais j'ai encore échoué. Korsakov est ici. Et il veut Sarah.

– Sarah a disparu.

Il sursauta, déséquilibré par ses mains menottées dans son dos. Elle braqua son arme. Il recula, les yeux grands ouverts.

– Comment ? C'est Korsakov ?

– Elle s'est enfuie. La dernière fois que je l'ai vue, elle se dirigeait vers le haut de la montagne.

Il réfléchit un moment, puis acquiesça.

– Sam. Elle a dû aller retrouver Sam.

Caitlyn le dévisagea.

– Sam est mort.

– Non. Il est vivant. Et quelque part sur Snakehead Mountain.

46

Sam laissa Sarah le précéder. Au lieu de suivre le sentier tortueux, elle prit une direction qui semblait monter tout droit le long de la montagne. Tour à tour, ils traversaient des parcelles de forêt dense, couverts par les ombres, se précipitaient le long de saillies exposées, assommés par le soleil. En son for intérieur, Sam songeait que Sarah avait pris cette route pour qu'il soit tellement essoufflé qu'il lui serait impossible de discuter.

Son flanc le faisait souffrir à chaque pas, ses jambes avaient dépassé le stade de la douleur et étaient devenues du caoutchouc insensible, qu'il bougeait de force. Il finit par simplement s'arrêter et s'effondrer sur une crête battue par le vent, à bout de souffle. Sarah ne s'en rendit pas compte avant de s'être engagée dans le virage suivant. Elle revint alors sur ses pas et se planta au-dessus de lui, les mains sur les hanches.

– Je croyais que tu avais dit que tu étais bûcheron, ou quelque chose comme ça.

– Je travaille dans une scierie, la corrigea-t-il.

Il sortit sa gourde et en prit une profonde gorgée, puis la lui tendit.

– Mais même Superman ne pourrait pas suivre ton rythme quand tu es dans cet état.

Ses yeux s'assombrirent comme un orage et elle le foudroya du regard.

– Superman ne m'aurait pas obligée à me battre pour la vie de mon fils.

Il n'avait pas de réponse à cela. Il secoua ses jambes pour en chasser l'engourdissement, les laissant pendre par-dessus le bord de la falaise. Pour la première fois, il n'avait pas le vertige. Il redoutait tant d'autres choses qu'il en avait oublié sa peur du vide.

Elle garda le silence un moment avant de le rejoindre sur la saillie. Elle déboutonna sa poche de poitrine et en sortit la photo de Josh. Sans un mot, elle la tendit devant eux.

– Hal l'a prise à Logan, dit-elle d'une voix à peine plus forte qu'un murmure. Il me l'a donnée. Il a l'air tellement, tellement heureux.

Son corps tout entier se mit à trembler. Il passa son bras autour de ses épaules et fut surpris qu'elle accepte son contact et le laisse l'attirer contre lui.

– On va y arriver.

Les mots étaient vides de sens et ils en avaient tous les deux conscience, mais il se sentit mieux de les avoir prononcés à voix haute.

Avant qu'elle puisse répondre, le téléphone de Julia vibra dans sa poche. Il décrocha.

– Allô ?

– Sam, l'homme de la situation, comment vas-tu ? Et où es-tu ?

Le ton enjoué d'Alan lui coupa le souffle comme un coup de poing.

– Qui t'a donné ce numéro ? demanda prudemment Sam.

– La belle demoiselle, Miss Julia. Elle profite en ce moment même de notre hospitalité à la cabane du colonel. Logan te passe le bonjour, d'ailleurs.

– Si tu oses lui faire du mal…

Sarah tira sur sa main, écartant le téléphone de son oreille pour pouvoir écouter aussi.

– Ça ne dépend que de toi, non ? J'imagine que Sarah est avec toi, alors pas de bêtises. Je veux vous voir tous les deux ici avant la tombée de la nuit. N'apportez rien, si ce n'est les vêtements que vous avez sur le dos. Puis, Logan et toi irez faire un tour en voiture, en bas de la montagne, pendant que je m'occuperai de ces dames.

– Non. Je n'irai nulle part avant que tu aies laissé repartir Julia et Sarah.

Le rire d'Alan lui répondit.

JD et le colonel passaient devant le *Rockslide*, en direction du centre gouvernemental, quand le père de JD sortit du café.

– Où est-ce que vous allez, tous les deux ? Pourquoi vous êtes si pressés ?

– Il faut qu'on parle à Hal, dit le colonel, à bout de souffle. Personne ne répond au commissariat.

JD ne dit rien, mais se mit à courir, distançant les deux hommes.

– Attends, l'appela son père. JD, je suis venu m'excuser pour tout à l'heure.

À la surprise de JD, son père le rattrapa et cala son pas sur le sien.

– Pourquoi avez-vous besoin de la police ? Que se passe-t-il ?

– Ils ont Julia, dit JD, hors d'haleine.

– Qui ?

– Ceux qui ont tué le gars dans la montagne, qui qu'ils soient.

George Dolan trébucha sur le bord du trottoir. JD, les poumons en feu, saisit la porte du commissariat et l'ouvrit à la volée.

Vide.

Mis à part la femme du colonel enfermée dans la cellule.

47

Grigor se lécha les lèvres après son délicieux dîner, un reste de pâtes fourni par Sarah Durandt. Sa cuisine était bien fournie, et elle possédait une admirable collection de couverts usés mais bien aiguisés, ainsi qu'une cache d'équipement d'alpinisme qui offrait une myriade de possibilités.

Alexi et Max l'informaient des déplacements de tout le monde, via les caméras qu'ils avaient placées en ville et la lunette du fusil d'Alexi. Aucun signe de Sarah ou de Stan… *si* Stan était encore en vie, mais Grigor pensait qu'il pouvait bien l'être. Ça lui semblait logique, comme si c'était le destin, que Stan et lui se retrouvent. L'univers s'alignait, retrouvait son équilibre, Grigor libre et Stan à sa merci.

La rouquine était toujours avec Waverly. L'anonyme qu'ils avaient tué avait été découvert dans la montagne, mais ça n'avait aucune importance. Max avait sécurisé le centre gouvernemental. Ils contrôlaient la route qui permettait d'entrer et de sortir de la ville. Dès qu'il en donnerait l'ordre, ils couperaient les communications.

Mis à part ça, la bourgade était calme. *Pas pour longtemps,* se dit-il en faisant bon usage des cartes de Sarah. Incendie, inondation, famine… Il ne pourrait peut-être pas créer cette dernière, mais il pouvait à coup sûr orchestrer les deux premières.

Il utilisa un crayon rouge vif qu'il avait pris dans une caisse à jouets du gamin pour marquer quatre endroits sur la carte. Satisfait de son travail, il la plia et la glissa dans sa poche.

Juste au moment où Max revenait.

– C'est bon ?

Max acquiesça et tendit une petite radio à Grigor.

– Il n'y a plus de courant. J'ai envoyé un message d'urgence à toute la ville et j'ai mis en place un couvre-feu. Les rues sont calmes.

Grigor gloussa.

– Elles ne le seront pas pour longtemps. Retournons discuter avec le chef Waverly et notre rouquine. J'ai le pressentiment qu'ils pourraient avoir quelques réponses intéressantes à nous donner.

– Nous devons faire ce qu'il nous demande, insista Sam tandis qu'ils parcouraient la dernière centaine de mètres qui les séparait de la cabane du colonel.

Sarah l'ignorait et essayait de trouver une solution alternative. Elle voulait tellement arrêter Alan et Logan qu'elle imaginait des plans plus fantasques que le plus délirant des scénarios hollywoodiens.

Une fois n'est pas coutume, Sam avait été la voix de la raison, trouvant les failles de chacune de ses idées.

– Comment peux-tu être si calme ? dit-elle sèchement.

– Josh est en sécurité. Si je leur donne leur argent, Julia et toi serez en sécurité aussi, dit-il d'un ton assuré. C'est tout ce qui m'intéresse, désormais.

Elle s'arrêta d'un coup et lui saisit le bras.

– Tu ferais bien de t'intéresser à autre chose. Tu ferais vraiment bien de t'intéresser à sortir de ça vivant. (Elle chassa les larmes qui se pressaient malgré elle contre ses paupières, tandis qu'il la regardait d'un air désolé.) Merde ! Sam Durandt, tu n'as pas intérêt à m'abandonner, pas après toute la merde que tu m'as fait traverser. Il va me falloir une vie entière pour te faire payer l'enfer que j'ai dû vivre et je veux que tu en subisses la moindre minute.

Il rejeta la tête en arrière et se mit à rire.

– Voilà la Sarah que je connais. Tu sais me faire des offres que je ne peux pas refuser.

– Si tu ne veux pas te battre pour moi, alors bats-toi pour ton fils. Pour revoir Josh.

– Je me bats déjà pour Josh, dit-il, son index lui caressant la joue, essuyant l'unique larme qui s'était échappée. Et pour toi. Peu importe ce qu'il arrive, promets-moi que tu t'en souviendras. Tu pourras peut-être dire à Josh que son vieux père n'était pas aussi méchant que tout le monde le raconte.

Il la laissa, passa devant les deux voitures et son pick-up, en direction de la cabane. Sarah lui courut après.

– Sam, non ! Attends !

La porte de la cabane s'ouvrit et Alan sortit, braquant son arme vers eux.

– Pile à l'heure. Entrez.

48

– Sors-moi d'ici ! hurla la femme du colonel à JD.

– Que s'est-il passé ? lui demanda le père de l'adolescent en accourant, suivi du colonel.

– Un homme, je ne l'avais jamais vu, il est entré dans le bureau, il a pointé une arme sur moi et il m'a enfermée ici.

– Où est-il ? lui demanda le colonel.

– Je ne sais pas. Il est parti. Il a probablement cambriolé le bureau. Et moi qui pensais que nous serions plus en sécurité à côté de la police.

– Ne t'en fais pas, on va te faire sortir.

Le colonel saisit un trousseau de clés sur un crochet derrière le bureau de Hal. Une minute plus tard, Victoria était libre.

– Je vais aller chercher Hal.

JD tira sur la porte du bureau, impatient de trouver de l'aide pour Julia. Elle grinça mais ne bougea pas d'un quart de millimètre.

– C'est coincé.

– Qu'est-ce qui ne va pas, mon garçon ? demanda le colonel.

– C'est la porte. Elle est fermée à clé…

JD la secoua pour le lui montrer.

– C'est ridicule, dit la femme du colonel. Il n'y a aucun verrou sur cette porte. Ce sont les normes incendie.

Elle s'avança, les hommes cédant la place à son petit mètre cinquante, et saisit la poignée de la porte. Elle ne céda pas pour elle non plus.

– On va simplement sortir de l'autre côté, dit son père en se dirigeant vers la porte d'entrée, qu'il poussa. Elle est fermée à clé, elle aussi.

– Non. Elle se ferme de l'intérieur, fit remarquer le colonel.

Les deux hommes s'appuyèrent de tout leur poids contre la porte. Sans résultat.

Elle n'avait pas de fenêtre, aussi rejoignirent-ils JD et Victoria à celle du bureau, se tordant le cou pour regarder par la vitre.

– On dirait une barre ou je ne sais pas quoi. Une de ces cales, comme en ont les policiers.

– Comme un sabot de voiture ? demanda JD.

Le colonel acquiesça.

– Qui pourrait bien vouloir nous enfermer ?

– Cet homme. Il doit toujours être dehors. Appelez Hal. C'est pour ça qu'on le paie, lui ordonna Victoria.

Le père de JD était le plus près du téléphone. Il mit le combiné contre son oreille.

– C'est coupé. (Il attrapa la radio, appuya sur le bouton.) Rien.

Ses mots jaillissaient, comme de l'eau sous pression. Il s'assit dans le siège de Hal et alluma l'ordinateur.

– Il ne marche pas non plus.

Puis les lumières s'éteignirent.

– Pas de panique, dit Victoria. Le bâtiment a un générateur de secours. Il devrait se mettre en marche d'une minute à l'autre.

Ils restèrent immobiles, le silence à peine troublé par le son de leur respiration dans la petite pièce caverneuse. Pour la première fois, JD remarqua qu'il n'y avait aucune fenêtre donnant sur l'extérieur. Comment Hal pouvait-il supporter de travailler ici ?

– Le générateur aurait déjà dû démarrer, dit le colonel.

JD le sentit l'effleurer alors qu'il traversait la pièce à tâtons.

Le bruit de la chair cognant sur un objet dur résonna.

– Putain ! marmonna-t-il.

Une chaise dérapa dans la pièce, puis le faisceau d'une lampe torche fit le tour de la pièce, frappant leur visage d'une lumière éblouissante.

– Quelqu'un a un téléphone portable ? demanda JD.

Il avait donné le sien à Julia, qui se trouvait toujours sur l'aire de pique-nique où il l'avait laissée. Julia. Ça faisait des heures qu'il ne l'avait pas vue, il avait pu arriver n'importe quoi.

– Il faut qu'on appelle la police d'État. Le FBI. Quelqu'un.

Les deux hommes le regardèrent comme s'il était devenu fou. Son père refusait d'avoir un téléphone portable, mis à part dans son camion de livraison, en cas d'urgence. Et pourquoi le colonel en aurait-il eu un, puisque toute la ville venait à lui pour colporter les ragots ?

Ils se tournèrent vers Victoria. Un pli apparut sur son front.

– Il est dans mon sac à main, dit-elle en appuyant son visage contre la vitre, plongeant son regard dans le bureau enténébré.

– Derrière le comptoir.

– Ce n'est pas grave, dit le père de JD en se penchant sur le tiroir du bas du bureau. Je crois que j'ai trouvé…

– Ne touchez pas à ça ! aboya le colonel.

– La vache, qu'est-ce que c'est ? On dirait une… (Le père de JD s'écarta d'un bond du bureau, horrifié.) Une… Mais c'est impossible.

– Si. C'est une bombe.

Caitlyn cligna des yeux.

– Sam est vivant ? Et Josh ?

– Il va bien, dit Hal. Je ne connais pas tous les détails, mais j'imagine que c'est Sam qui a frappé Leo à la tête avant de s'échapper avec Josh. Il a dû comprendre que Leo était venu pour le tuer, et qu'il avait été envoyé par Korsakov.

– Alors, Damian Wright n'a jamais été sur cette montagne.

– Non. Je pense qu'il s'est rendu compte que j'avais volé sa carte mémoire et qu'il s'est enfui. Ça n'a pas d'importance. Tout ce qui compte, c'est qu'on arrête Korsakov.

– Avant qu'il fasse quoi ? demanda-t-elle, toujours sous le choc de la découverte que Sam et Josh étaient en vie.

– Pas grand-chose, dit Korsakov en entrant dans la pièce, accompagné d'un homme armé d'un mitrailleur MP5 dirigé vers la poitrine de Caitlyn. Exploser le barrage, brûler la ville, écorcher vives quelques personnes. (Le Russe lui fit un large sourire, levant son propre pistolet, un semi-automatique.) Peut-être vous la première, rouquine. Je ne tolère pas les menteurs.

– Je vous interdis de la toucher.

Hal se précipita sur le Russe, mais le deuxième homme pivota pour le menacer de son MP5.

– Lâche ton arme, ordonna Korsakov à Caitlyn.

Ni Hal ni Caitlyn ne bougèrent. Malheureusement, la pièce était assez petite pour que son homme de main puisse facilement les tenir tous les deux en joue depuis le seuil.

– Très bien. Utilisons la manière forte.

Korsakov se glissa entre Hal et Caitlyn, prenant soin de rester en dehors de la ligne de mire de son homme, et prit le Glock de Caitlyn. Elle pensa à lui tirer dessus, mais il ne lui en donna pas l'occasion : elle n'y serait pas parvenue sans causer la mort de Hal à coup sûr. Le Russe les fouilla tous les deux, prenant son temps avec Caitlyn. Hal grognait pratiquement quand il en eut finit avec elle.

– Tu aurais pu me dire que tu étais avec les Fédéraux, rouquine, dit Korsakov en tournant les pages des permis de Caitlyn. Agent spécial supérieur. De Quantico. J'imagine que je devrais être impressionné.

– Mes renforts seront bientôt là, improvisa Caitlyn, espérant ne pas signer leur arrêt de mort en le poussant à bout. Vous aurez peut-être le temps de vous échapper si vous partez maintenant.

Le Russe se mit à rire. C'était un son qui, bien qu'étrangement mélodieux, donnait la chair de poule. Ou peut-être n'était-ce pas son rire. Peut-être était-ce son regard sombre, sans vie, posé lourdement sur elle.

– Partir ? Mais pourquoi ferais-je cela ? Je commence juste à m'amuser.

Sarah suivit les hommes dans la cabane. À l'intérieur, aucune lumière, à part la lueur de l'unique lanterne Coleman et celle du soleil couchant. Julia était recroquevillée dans un coin, en pleurs.

Sarah s'accroupit pour se mettre à la hauteur de l'adolescente.

– Ça va ?

Julia acquiesça, les joues couvertes de larmes, et jeta ses bras autour de Sarah, la serrant si fort qu'elle pouvait à peine respirer.

– Vous lui avez fait du mal ? demanda Sam.

– Détends-toi, on ne l'a pas touchée. C'est une bonne chose que nous l'ayons trouvée, nous, et pas le Russe, répondit Logan.

Sarah regarda par-dessus l'épaule de Julia. Logan serrait le bras de Sam et se mit à le pousser vers la porte. Sam se braqua contre lui, les poings serrés.

– Je n'irai nulle part tant que tu ne les auras pas laissées partir. Elles ne sont pas une menace pour toi. Il leur faudra toute la nuit pour redescendre de la montagne.

Alan rejoignit Sarah, lui caressant les cheveux comme si elle était un animal de compagnie. Si Julia ne l'avait pas tenue si fort contre elle, Sarah lui aurait volontiers brisé la main. Puis lui aurait enfoncé les yeux dans le crâne et mis un bon coup de genou dans l'entrejambe.

– Je ne vais pas prendre le risque de me faire avoir, dit Alan. Allez, sors d'ici. Si l'argent n'est pas sur mon compte d'ici demain matin, je les tuerai toutes les deux.

Sa voix était normale, c'était impressionnant. Ils avaient tous l'air si normal, si rationnels, comme s'ils parlaient des cours de la bourse.

– Laisse-les et viens avec nous.

Sam fit une dernière tentative, le regard ancré à celui de Sarah.

– Comment peux-tu être sûr que Logan ne va pas prendre l'argent et s'enfuir ?

Alan rit et le visage de Logan rougeoya de rage.

– Il pensait le pouvoir, mais pas d'inquiétude. Logan ne va pas me trahir. Pas à moins de vouloir fuir Korsakov pour le reste de sa vie. Ou pourrir en prison. S'il ne revient pas, je ferai bon usage de toutes les preuves que j'ai récoltées.

Il releva Sarah. Julia la lâcha à contrecœur, restant par terre.

– Vas-y. Sarah et moi avons beaucoup de choses à… (Il sourit à Sarah et celle-ci sentit son estomac se soulever de dégoût.) … discuter. En privé.

Sarah retint sa respiration, s'efforçant de rester calme.

– Vas-y, Sam. Souviens-toi de ce que je t'ai dit.

Sam lui sourit à moitié, d'un air triste.

– Tes lèvres me promettent une chance dans la vie.

La chanson qu'il n'avait pas finie deux ans plus tôt. Elle ouvrit la bouche pour lui en dire plus, mais c'était trop tard. Il était parti.

49

Grigor observa les deux agents des forces de l'ordre devant lui. Il avait remarqué la façon dont Hal Waverly s'était déplacé pour protéger Caitlyn, bien qu'il soit menotté. Il aurait souhaité avoir plus de temps, mais son plan était minuté. Cependant, il n'y avait aucune raison de ne pas s'amuser un peu.

Il ne lui faudrait pas longtemps pour briser le chef. Encore moins ici, dans cette pièce.

– Alors, c'est toi qui as tué Leo Richland, dit-il.

Waverly se redressa, surpris.

– Je t'en prie. Je t'ai dit que j'aurais les yeux et les oreilles sur toi. Tu ne pensais tout de même pas que j'allais te faire confiance pour suivre les ordres, si ?

Ah ! cela fit réagir Caitlyn.

– Hal, de quoi parle-t-il ?

– Dis-lui, Hal. Tu lui as déjà raconté la partie la plus difficile, la façon tu as trahi ta femme pour faire ton devoir, puis trahi ton meilleur ami pour de l'argent. N'est-il pas évident que trahir ta ville était la suite la plus logique ?

– Je n'ai pas… C'est faux.

Le visage de Wavelry rougit alors qu'il tentait de se défendre en balbutiant. Il prit une profonde inspiration, fixa son attention sur Caitlyn.

– Je l'ai fait pour protéger Sarah. Ils sont venus me voir il y a quelques mois, pour me demander de garder un œil sur Sarah, de les tenir informés de ses déplacements. Puis, ces dernières semaines, ils sont venus se promener en ville la nuit…

– Les lumières dont les gamins parlaient.

– Voilà. Je savais qu'ils préparaient un gros coup… On ne fait pas un tel repérage pour kidnapper une femme. J'ai appris qu'il sortait de prison.

Waverly désigna Grigor d'un coup de menton. Celui-ci se contenta de sourire, satisfait que le chef soit trop intimidé pour dire son nom.

– J'ai lu son dossier, ce dont il était accusé. Je n'allais pas laisser ça arriver, pas ici, pas aux personnes auxquelles je tiens. J'allais donner ma démission au conseil municipal, tuer les Russes moi-même, s'il le fallait. Une fois que Sarah aurait été en sécurité. Alors, je me suis arrangé pour qu'elle s'en aille.

– Et encore une fois, tu as échoué.

– Elle est partie, vous ne la trouverez jamais.

– C'est vrai. Tu l'as dit. Dans la montagne. Pour rejoindre Stan.

C'était la partie préférée de Grigor. Bien sûr, que Stan était encore vivant. C'était leur destin, de se retrouver. Et Grigor avait hâte. Une fois que la ville serait sous son contrôle, il aurait tout le temps du monde pour apprendre à Stan et à sa femme ce que le corps humain pouvait endurer avant que l'esprit lâche.

– Mon Stan. Toujours vivant après toutes ces années. Qui m'attendait bien sagement.

– Mais ils sont partis, protesta Caitlyn.

Il lui restait encore de l'énergie pour se battre. Ce n'était pas le cas du chef.

– Vous feriez bien de décamper avant que les choses empirent.

– Ne me sous-estimez pas, dit-il sèchement. Stan et Sarah paieront tous les deux. Mais d'abord, il y a certaines choses pour lesquelles j'ai besoin de l'aide du chef. Mettons-nous à l'aise. (Ses yeux se posèrent sur les lanières du lit.) Caitlyn, sur le lit. Hal, assieds-toi par terre.

Ils résistèrent tous les deux mais, entre l'obéissance et une balle dans le crâne, le choix était vite fait. Un instant, Caitlyn pensa préférer la mort si elle pouvait entraîner Grigor avec elle. Mais Max savait ce qu'il faisait et, avant qu'elle ait pu tenter sa chance, il l'avait allongée sur le dos sur le lit, les poignets prisonniers des lanières de cuir.

– Ça ne te rappelle pas quelqu'un, Hal ? demanda Grigor.

Waverly pâlit, comprenant enfin le plan de Grigor.

– Ta pauvre Lily. Rendue folle de douleur, et pourtant tu l'as laissée seule. Tu l'as abandonnée pour faire ton devoir.

Grigor claqua la langue en s'avançant vers la tête du lit et sortit la lame de son couteau, la plaçant sur la joue de Caitlyn, la pointe dirigée vers son œil. Il était assez près pour compter les taches de rousseur sur sa peau crémeuse, sentir la palpitation de son pouls. Elle ne tressaillit pas. Au lieu de cela, elle ralentit sa respiration, lui rendit son regard. Peu de gens en avaient le courage.

Il se rappela la manière dont elle lui avait tenu tête la première fois qu'ils s'étaient rencontrés à l'extérieur de la maison de Sarah. Il allait prendre du plaisir à la briser.

Mais là, tout de suite, il manquait de temps. Il ramena lentement son regard sur Hal.

– Montre-lui nos jouets, Max.

Max attrapa le petit sac en toile et en sortit une des charges Semtex.

– Max et Alexi en ont placé d'autres dans une sélection d'endroits importants du coin. Y compris quatre au pied du barrage, une dans votre centre gouvernemental, et quelques autres. (Grigor releva sa manche pour leur montrer les fils branchés à un moniteur de rythme cardiaque sur son poignet.) S'il m'arrive quoi que ce soit, elles explosent toutes. (Il secoua son bras pour faire redescendre sa manche.) Mais en attendant, nous pouvons nous amuser un peu. Hal, tu te souviens du prix à payer si tu ne joues pas. Tu n'as pas fait ton choix tout à l'heure, mais maintenant, tu vas le faire. Faisons-nous exploser l'une des charges ou faisons-nous hurler la charmante Caitlyn, comme notre chère Lily ?

– Non, Hal, dit Caitlyn.

Grigor glissa son couteau contre ses lèvres, appuyant assez pour que le sang coule si elle essayait de parler.

– Chut… C'est à Hal de jouer. Ne t'inquiète pas, ce sera très bientôt ton tour.

– Je ne vais pas… Je ne peux pas…

Le regard de Hal fit le tour de la pièce comme un animal enragé tournant en rond dans sa cage.

– Bien sûr que si, tu le peux. Tu dois juste prendre une décision. Qui vas-tu trahir ? Ta ville ou ta copine ?

Des perles de sueur apparurent sur le front de Hal. Grigor aurait aimé prolonger sa souffrance, mais il avait un horaire à respecter.

– Et si je la faisais crier ?

D'un rapide coup de couteau, il traça une ligne le long du torse de Caitlyn. Il évita son visage : ce serait pour plus tard, bien plus tard. S'il lui restait du temps.

Elle tenta de retenir son cri de douleur, mais tressaillit quand même suffisamment pour secouer le petit lit en cuivre. Grigor passa son doigt sur le sang jaillissant de la coupure. Il le leva vers le mur au-dessus du lit, dessinant un cœur sous le dessin de la femme qui sautait et du serpent qu'avait tracé Lily.

– Vas-tu la laisser mourir ? Pour quoi ? Pour une ville qui ne sait pas apprécier tout ce que tu fais pour elle, une ville qui t'a volé tes derniers moments avec ta femme, qui t'a volé ta vie ? Regarde la vérité en face, Hal. Tu vas mourir ici mais, tout ce dont ils se souviendront, c'est que tu les as trahis.

– Non. Je n'ai jamais…

– Si. Si, tu l'as fait. Si tu n'avais pas été là, je ne serais jamais venu à Hopewell. C'est toi qui as appelé le FBI, il y a deux ans. Tu as laissé rôder mes hommes, il y a deux mois. C'est toi qui es responsable de toutes les morts et de toute la destruction qui ne va pas tarder à s'abattre. C'est toi, Hal. Vas-tu aussi laisser mourir Caitlyn ?

– Vous la tuerez de toute façon.

Ah, la dernière ligne de résistance.

– Bien sûr que oui. Mais il y a de bonnes façons de mourir. Et il y a de très, très mauvaises façons de mourir.

Il trancha la peau de Caitlyn à nouveau, ajoutant deux lignes à la première verticale. Un K.

Cette fois, un léger gémissement s'échappa de la mâchoire serrée de Caitlyn. Très bas, mais assez fort pour faire tomber Hal à genoux.

– Allez-y. Faites exploser la ville. Mais laissez-la partir, sanglota pratiquement l'homme.

– Tu fais le bon choix, Hal.

Grigor fit un signe de tête à Max, qui contacta Alexi par la radio. De courtes secondes plus tard, une explosion tonitruante secoua la maison.

Sam voulait sortir sans regarder en arrière. Ç'aurait été plus facile pour tout le monde. Il en était incapable. Il trébucha sur le pas de la porte et tourna la tête, regarda derrière lui.

Il se figea, incapable de se libérer de la vision de Sarah. Ses yeux brillaient de défi, jusqu'à ce que son regard rencontre celui de Sam.

Il sentit son sang battre dans son cou, il aurait hurlé s'il avait pu respirer. Dans les yeux de Sarah, il vit se briser son cœur, vit qu'elle aussi savait qu'ils ne survivraient pas à cette journée. Mais ensuite, elle sourit. Ce n'était pas son sourire plus brillant que le soleil qui l'avait conquis la première fois. Non, c'était un de ses demi-sourires en coin qui lui disaient « Hé, c'est le monde réel, faut t'y faire. » Elle le lui adressait pour qu'il sache qu'elle avait foi en lui. Qu'elle savait que s'il y avait un moyen de s'assurer que Julia et elle sortent vivantes de cet enfer, il le trouverait.

Son visage devint blanc comme un linge. Comment pouvait-elle placer ses espoirs en lui ? Un perdant paumé, qu'on aurait dû retrouver noyé sur une plage de Santa Monica des années auparavant ?

Il lui fit un minuscule signe de tête. Pour qu'elle sache qu'il avait compris. Il sortit et disparut de son champ de vision.

Dès qu'il posa le pied sur la terre dure du parking, un plan commença à se former dans son esprit. Il arrondit ses lèvres et siffla un petit air qu'il avait appelé « Le Guide de la conduite bourrée pour les idiots » en marchant d'un pas nonchalant vers la Taurus de Logan, son plan continuant à se développer.

C'était une mission suicide, mais ça ferait gagner à Sarah le temps dont elle avait besoin. D'après la lueur dans ses yeux, il était certain qu'elle avait elle-même un plan qui mijotait. Il reconnaissait bien là sa femme. Elle n'arrêtait jamais de penser à des façons d'arranger les choses et jamais, jamais elle n'abandonnait. Même quand il s'agissait d'un incurable feignant des plages comme lui.

Il tendit la main vers la portière de la voiture de Logan, côté conducteur.

– Non, dit Logan en secouant son pistolet. On va prendre le pick-up. C'est toi qui conduis.

Ça, *c'est certain.* Sam se força à baisser la tête pour que Logan ne voie pas le large sourire qu'il ne pouvait contenir. Il voûta les épaules, sa chansonnette tournant toujours dans sa tête alors qu'il ouvrait la portière du tout-terrain et grimpait sur le siège, les ressorts grinçant sous son poids.

Désolé, ma vieille amie, pensa-t-il à l'attention de la Ford Ranger. *Nous avons passé de bons moments, mais c'est la fin du voyage.*

Pour l'un de nous, en tout cas. Logan ouvrit brutalement la portière et arracha le siège rehausseur de Josh, le jetant violemment par terre.

– Qu'est-ce que c'est que ça ? demanda-t-il en se tordant le cou pour regarder dans le petit compartiment derrière les sièges.

– Ma guitare. Tu veux que je la sorte pour toi ?

– Laisse-la, dit-il en se hissant sur le siège passager et en claquant la portière.

Il ne prit pas la peine de boucler sa ceinture de sécurité et se tourna pour garder son pistolet dirigé vers Sam.

– Tu veux te faire passer pour un cow-boy, avec ton pick-up et ta guitare ? Tu veux cacher au reste du monde qui tu es vraiment ? Un menteur et un voleur.

Comme Sam ne répondait pas, Logan lui fit signe de démarrer. Sam engagea la marche arrière pour faire demi-tour, évitant de peu les souches cernant la petite clairière, et la Ford descendit en cahotant la route de poussière creusée d'ornières.

– Qu'est-ce qu'Alan a sur toi ? demanda Sam en accélérant.

– Easton va se prendre une balle s'il ne fait pas gaffe. (Logan se tordit le cou pour regarder par le pare-brise les épaisses broussailles fouetter les flancs du pick-up.) C'est un idiot. Il voit cent millions de dollars et il ne pense qu'aux merdes qu'il va pouvoir s'acheter avec. Une nouvelle voiture. Un bateau. Imbécile. L'argent, c'est le pouvoir. Le contrôle. Avec de l'argent, on peut tout s'acheter… et tout le monde.

– Tu n'as pas pu m'acheter, moi, le contredit Sam.

– C'est la raison pour laquelle on ne peut pas te laisser vivre. Tu pourrais vendre la mèche à Korsakov. (Il se tourna vers Sam avec un sourire révélant des dents aussi tordues que la route forestière sur laquelle ils roulaient.) Mais je vais te laisser décider où et comment tu veux mourir.

Sam passa une vitesse, le pick-up grognant en réponse. Il appuya sur l'accélérateur, prenant le premier virage si vite que les pneus dérapèrent presque par-dessus bord. Tout ce qu'il y avait de ce côté de la route était un énorme tas de rien. C'était le but, non ?

– Vous n'avez pas vraiment l'intention de laisser Sarah et Julia partir, n'est-ce pas ? demanda Sam. Elles en savent trop.

– Oh, on va les laisser partir, dit Logan. C'est promis. Seulement, je ne te garantis pas que Korsakov ne leur tombera pas dessus pour en faire un exemple. (Il changea de position pour se pencher vers Sam.) Alors, qu'est-ce que tu choisis ? Une balle dans la tête ? Ou dans le cœur ?

Un virage de plus et Sam repéra l'endroit auquel il avait pensé. Il poussa le moteur à fond, écrasant l'accélérateur comme pour percer un trou dans le plancher. Logan fut projeté au fond de son siège quand ils furent précipités par-dessus le bord de la route et quittèrent le flanc de la montagne.

– Et si je ne choisis ni l'un ni l'autre ?

50

Alan se retourna vers elles, son pistolet tendu droit devant lui. Julia. Sarah devait se concentrer sur elle, faire tout ce qu'il fallait pour qu'elle s'en sorte vivante. Quel qu'en soit le prix.

Alan vint tout à côté de Sarah, le visage plus sérieux qu'elle ne l'avait jamais vu. Elle avait été aveugle à tant de choses, ces deux dernières années. Elle recula, laissant Julia dans le coin, jusqu'à buter contre le mur près de la cheminée.

L'unique lumière de la lanterne, tremblotante, jetait des ombres fantomatiques sur les bois accrochés à côté du foyer. Elle se rappela à quel point le colonel avait été fier d'elle. Ce daim avait été sa première prise, elle l'avait tué en quatre coups de feu. Elle avait poli et aiguisé ces bois elle-même, les avait montés sur un solide bloc de chêne et accrochés avec fierté sous les yeux du colonel. Maintenant, c'était elle qui était piégée comme une biche dans l'angle de tir d'un chasseur.

Un vent froid passa par la porte toujours ouverte, comme pour la tenter.

À sa surprise, Alan sortit un petit transmetteur radio.

– Ils arrivent, annonça-t-il. J'ai la femme.

Elle ne pouvait pas entendre la réponse, mais elle n'en avait pas besoin.

– Tu trahis Logan. Tu es avec le Russe.

– Maintenant, oui. Je me suis rendu compte que Sam avait raison : Korsakov ne cesserait jamais, même dans les flammes de l'enfer, de poursuivre quiconque se dresserait entre lui et son argent ou ton mari. Avec ce marché, j'aurai au moins une partie de l'argent et je pourrai vivre sans avoir à surveiller mes arrières.

Il s'approcha d'elle, les yeux brillants.

– Ne m'approche pas, dit-elle de toute sa rage.

– Écoute-moi, Sarah. C'est notre dernière chance.

– Tu m'as menti. Pendant deux ans, tu m'as laissée croire que Sam et Josh étaient morts.

– Je pensais qu'ils l'étaient.

– Tu n'as jamais songé qu'à l'argent, pas vrai ? Je n'ai jamais été rien d'autre pour toi qu'un bon gros carnet de chèques.

– Ma chérie, ce n'est pas vrai. Au début, peut-être, oui, je l'admets. Mais tu dois me croire. Je suis revenu pour toi. Toi et moi. Nous allons rouler loin de cette montagne, prendre notre argent, et vivre heureux jusqu'à la fin de nos jours. Ensemble.

Il s'arrêta à quelques centimètres d'elle, son regard glissant de ses yeux à ses lèvres, puis sur ses seins. Elle passa son poids d'un pied à l'autre, une main derrière elle, agrippée au mur.

– Et Sam ?

– Sam est un homme mort. Tu le sais.

Alan glissa le canon de son pistolet sur son ventre. Ses muscles se contractèrent, essayant de se soustraire à sa caresse toxique. Son sourire s'élargit, son regard fixé sur ses yeux tandis que le pistolet se faufilait sous son tee-shirt, caressant sa peau nue. Le métal était froid, rugueux. Il grimpa, vint se poser entre ses seins.

– Et Julia, persista-t-elle. Tu la laisseras partir ?

Il soupira mais ne regarda pas une fois dans la direction de Julia.

– Bien sûr. De toute évidence. Tout ce que tu voudras.

Menteur. Il ne pouvait pas se permettre de laisser des témoins vivants. Il la croyait assez stupide pour ne pas l'avoir compris. Il pensait pouvoir la séduire en lui promettant de l'argent et la liberté. Il leva sa main libre pour écarter les cheveux de son visage et Sarah vit sa chance.

Elle ne le quitta pas du regard, et ouvrit les lèvres, l'émoustillant en y passant la langue. Le corps d'Alan se tendit d'envie. Elle retint sa respiration en se penchant en avant, tournant la tête pour approcher sa bouche de la sienne.

Puis elle plongea les bois aiguisés comme des lames de rasoir dans son flanc, les tordant vers le haut, l'embrochant.

Son cri déchira l'air.

– Cours, Julia ! hurla-t-elle, gardant les bois serrés dans ses mains.

Le pistolet tomba par terre quand il essaya d'écarter Sarah. Elle ne vit pas où, n'avait d'yeux que pour Julia, qui courait à toutes jambes vers un endroit sûr.

Alan s'effondra, lui arrachant les bois des doigts.

– Espèce de… salope…, grogna-t-il en se tenant le flanc.

Sarah n'attendit pas. Elle courut vers la porte. Elle devait rattraper Julia. Et retrouver Sam.

– Qu'avez-vous fait ? demanda Caitlyn tandis que la secousse faisait trembler la maison.

Il lui fallut toute la force de sa volonté pour ne pas se débattre contre les lanières qui l'attachaient au lit. Elle savait que ce serait inutile. La force physique ne l'aiderait pas à remporter cette bataille.

– Détends-toi, jolie rouquine.

Korsakov lui écarta les cheveux du visage. Délicatement, comme si elle était une enfant. Elle lutta pour ne pas se soustraire à sa caresse.

– Ce n'était que la tour téléphonique. Je ne veux pas que les gens appellent à l'aide et gâchent notre partie. On en viendra au barrage très vite.

– C'est votre idée d'une partie de jeu ? Appuyer sur un bouton et faire exploser un barrage, tuer des centaines de personnes ? (Elle leva lentement les yeux au ciel.) Je vous croyais plus inventif que ça, Korsakov.

L'expression de son visage ne changea pas quand il serra ses joues dans une main et plaça son poignet contre sa gorge, pour l'étouffer.

– Je suis un artiste. Je ne m'attends pas à ce que quelqu'un comme toi puisse apprécier l'étendue de ce que je peux inventer.

Elle se libéra d'un coup de tête, son visage brûlant de douleur.

– J'ai lu votre dossier. Je pense que vous vous êtes ramolli en prison. Toutes ces années enfermé, à vous reposer sur quelqu'un d'autre pour faire votre travail, à appuyer sur des petits boutons de loin. N'avez-vous pas envie de vous salir les mains de nouveau, Korsakov ?

Il se redressa, les bras écartés.

– Ceci est mon chef-d'œuvre. Immortalisé pour que toute l'éternité puisse témoigner de mon génie.

Elle insista, tentant de trouver une faille dans son délire psychotique.

– Mais même quand vous aurez fait sauter le barrage, ça ne durera pas. Pas autant que vous le voulez. Vous aurez tout au plus un jour ou deux avant que les hélicoptères commencent à atterrir, avec la police d'État et la Garde Nationale. Même si vous coupez le courant et le réseau téléphonique, ils en entendront parler. Et vous serez soit arrêté, soit tué, avant d'avoir eu le temps d'en profiter. De créer une véritable œuvre d'art. Une création visionnaire.

Il pencha son visage sur le côté, son attention portée uniquement sur ses mots.

– Que proposes-tu ?

Elle inspira profondément.

– Partez maintenant. Emmenez-moi avec vous. Allons dans un endroit plus intime. Un endroit plus sûr. Où vous aurez tout le temps du monde.

Il regarda ailleurs. L'avait-elle perdu ?

– Pensez à tous les fantasmes dont vous avez rempli votre tête pendant ces sept longues années passées en prison, Grigor. Vous avez eu des rêves, des projets. Vous ne voulez sûrement pas gâcher votre unique chance de les réaliser ? Si vous restez ici, vous serez arrêté ou tué et votre vision mourra avec vous. (Elle baissa la voix en un séduisant murmure.) Vous savez que j'ai raison. Allons-nous-en. Maintenant. Avant qu'il soit trop tard.

Il se pencha en arrière, son regard brillant d'impatience. Elle l'avait eu.

– Libère-la, Max. On s'en va.

Caitlyn se concentra sur de profondes inspirations alors que Korsakov s'écartait pour laisser la place à Max de lui retirer les lanières. Il détacha sa main gauche, puis se pencha vers sa main droite. Dès qu'elle sentit la dernière boucle se desserrer, elle se jeta de tout son poids contre son dos, plongeant son poing dans la région exposée de ses reins, et bondit sur ses pieds.

Hal saisit l'occasion pour asséner un coup de tête à Korsakov, le projetant au sol. Caitlyn se jeta sur les Glock sur la commode, en prit un et se retourna pour viser le Russe. Son partenaire avait roulé sur ses genoux, prêt à sauter sur Caitlyn, mais Korsakov lui fit signe de reculer.

Puis il se mit à rire.

– Belle tentative, agent spécial. Mais tu as oublié une chose. (Il releva sa manche.) Tout ce que j'ai à faire, c'est appuyer sur ce bouton pour que cette ville et ceux qui s'y trouvent meurent.

Elle se figea. Merde ! il avait raison. Elle avait espéré l'assommer, donner à Hal le temps d'aller chercher de l'aide, mais elle n'avait pas la moindre chance.

Il lui fit un sourire moqueur avec des dents trop blanches et des yeux morts.

– Donne le pistolet à Max.

Elle n'avait pas le choix. Le tuer revenait à tuer tout le monde en ville. Non qu'elle ne fût tentée quand même. Max se redressa et lui arracha l'arme de la main.

– Je pense que tu avais raison à propos d'une chose, Caitlyn, dit Korsakov alors qu'il se relevait et lissait les plis de son costume. Je pourrais avoir besoin de quitter la ville plus tôt que prévu. Mais je ne t'emmènerai pas. Tu es bien trop dangereuse. Sans doute la plus dangereuse en ville. Après moi.

Il fit un signe de tête à Max, qui la poussa par la porte et dans l'entrée. Korsakov les suivit avec Hal.

– Où est-ce que vous nous emmenez ? demanda Hal.

– Pas très loin. Juste de l'autre côté de la route, à la rivière. Je pensais mettre en scène la légende indienne préférée de ta femme.

Juste avant que le dernier pneu quitte le sol, Sam tourna violemment le volant et le pick-up pivota, s'envolant dans les airs.

– Fils de pute !

Logan tira, la balle s'écrasant dans le pare-brise. L'avant du tout-terrain s'écrasa côté passager dans le tronc d'un tsuga de deux cents ans. La ceinture de sécurité serra Sam si fort qu'il crut qu'elle allait le couper en deux. Puis le blanc envahit son champ de vision quand l'airbag lui explosa au visage, le repoussant contre son siège.

Logan fut projeté contre le pare-brise qui explosa sous le choc. Son pied se coinça dans le tableau de bord, l'envoyant rouler sur le côté et la tête la première dans l'arbre.

Les roues du pick-up s'écrasèrent sur le sol. Il atterrit sur le côté, à un angle de trente degrés. L'arbre jaillissait au milieu du capot comme un ornement disgracieux et Logan était coincé entre deux siècles de bois et une tonne d'acier.

Le sang battait aux oreilles de Sam, en proie au vertige. Qui ne s'améliora pas quand il se cogna la tête sur le volant, sous l'airbag dégonflé. Il plissa les yeux puis les rouvrit. Du sang lui coulait dans les yeux, mais il y voyait clair. Assez clair pour distinguer le corps de Logan, semblable à une poupée de chiffons, tordu selon des angles contre nature, la jambe coincée dans le tableau de bord presque arrachée.

Sam déglutit avec difficulté pour lutter contre la nausée. Dieu merci, le pantalon de Logan était encore relativement intact et il n'y avait que peu de sang. À l'idée de ce qui se trouvait dessous, Sam sentait son estomac se retourner.

Il détourna le visage et passa les dégâts en revue. Ses mains étaient serrées autour du volant comme s'il avait voulu l'étrangler.

Il s'appliqua à se détendre pour relâcher sa prise. Quand il ouvrit les mains, ses doigts restèrent obstinément repliés et la douleur gronda dans ses poignets. L'atmosphère était étrangement calme et silencieuse, comme si la forêt retenait son souffle, attendant de voir ce qui se passerait ensuite.

Sa poitrine lui faisait mal comme s'il avait reçu un coup de sabot, et il ne sentait plus du tout son pied droit. Était-il passé à travers le plancher comme il l'avait imaginé ? Peut-être se trouvait-il trente mètres au-dessus d'eux, au bord de la route ?

Eh bien, ce n'était peut-être pas une si bonne idée que ça.

Il ignorait combien de temps exactement il était resté étendu là, à essayer de se souvenir comment respirer, mais cela dura assez pour que les dernières lueurs du jour disparaissent derrière l'horizon. De pâles rayons de lune filtraient à travers les branches, suffisamment pour le convaincre qu'il était toujours en vie.

Concentre-toi, Sam. Alan a toujours Sarah.

Cette pensée lui éclaircit l'esprit. Il pesa de tout son poids contre la portière. Au début, elle ne bougea pas puis, lentement, avec un grincement de métal frottant contre le métal, elle s'ouvrit d'un centimètre. Il s'affaissa sur son siège, à bout de souffle, trempé de sueur. Il ne sentait toujours pas son pied droit, mais la douleur qui montait du reste de son corps compensait largement.

Il prit une profonde inspiration et réessaya. Cette fois, la porte se débloqua d'un coup. Il s'affala presque hors du pick-up. Son pied le retint.

– Sainte mère de Dieu !

Son cri résonna dans la nuit. Personne ne sembla s'en soucier. Aussi fort qu'il puisse crier, son pied criait plus fort encore. Seigneur ! il aurait préféré le couper que subir cela. Un os grinçait contre un autre, lui envoyant des ondes de choc dans le corps.

Il était vraiment sur le point de vomir. Il s'accrocha à la portière et se hissa sur son siège, relâchant la pression sur sa jambe piégée. Mais une fois réveillée, la douleur ne voulait plus se taire. Il enroula ses doigts autour de sa cuisse pour essayer en vain de stabiliser sa jambe, de la libérer, ou de l'arracher complètement… N'importe quoi pour arrêter la douleur.

Une puissante lumière l'éblouit. Il leva les mains pour s'en protéger.

– Sam ? Ça va ?

Sarah. C'était Sarah. Sam n'essaya pas de retenir les larmes de joie qui le submergèrent. Il se racla la gorge, se passa une main sur le visage et retint son souffle alors qu'elle se frayait un chemin dans les buissons jusqu'à son pick-up. Sa lampe torche s'agitait dans le noir, éclairant Logan, ou ce qu'il restait, puis Sam, puis au-dessus avant de revenir à lui.

– Tu vas bien ? lui demanda-t-il quand elle l'eut rejoint.

– Ça va. Julia nous attend dans la voiture. J'ai volé celle de Logan, dit-elle avec une pointe de fierté dans la voix.

Puis son visage s'assombrit.

– Et Alan ?

Elle se pencha au-dessus de lui pour examiner la situation de plus près.

– Tiens moi ça.

Elle lui tendit la lampe torche. Elle se pencha en avant, ses doigts tâtant délicatement sa jambe.

– Je crois que je l'ai peut-être tué.

Sa voix était neutre et il ne posa pas plus de questions. Elle secoua quelque chose et il se mordit la lèvre pour retenir un cri de douleur. Elle tourna la tête pour le regarder.

– Ton pied est pris sous la pédale de l'accélérateur. Ça saigne et c'est sans doute cassé. Je peux le faire sortir si je le tords sur le côté… mais ça va faire mal.

Il prit une profonde inspiration entre ses dents serrées.

– Vas-y.

51

Korsakov et Max les firent sortir de la maison et descendre le long de l'allée jusqu'au croisement avec la route de terre qui montait dans la montagne. Le soleil s'était couché, mais des rubans rouge et orange coloraient toujours le ciel au-dessus des monts à l'ouest. Le son des cascades en aval couvrait tout le reste.

Max poussa Caitlyn et Hal sur le petit quai surplombant les eaux plus calmes du torrent. Mais il était facile d'apercevoir de là l'écume qui dansait sur les rochers au-dessus des cascades.

– Hal a eu l'occasion de faire son choix, dit Korsakov.

Il se pressa derrière Caitlyn, la poussant face à Hal.

– Maintenant, c'est ton tour.

Il glissa ses mains sur ses hanches puis les leva, dirigeant les bras de Caitlyn vers l'avant, les enroulant autour du torse de Hal.

– Scotche-les sous les siennes, dit-il à Max.

Ils furent bientôt attachés ensemble, les poignets de Caitlyn plaquées sur les reins de Hal, celles de Hal toujours menottées derrière lui.

– Maintenant, scotche-lui les chevilles, dit Korsakov en désignant Hal d'un signe de tête.

Hal pencha la tête en avant, sa bouche à côté de l'oreille de Caitlyn.

– Je suis tellement désolé, chuchota-t-il. Tout est ma faute.

Elle n'avait rien à répondre à cela. Il avait fait tous les mauvais choix pour les bonnes raisons. Il avait essayé de rester loyal à la fois à sa femme et à son métier, il avait essayé de sauver sa maison, de protéger Sarah.

Mettant ses émotions de côté, elle essaya de se concentrer sur leur problème actuel. Il n'était pas difficile de voir ce que Korsakov entendait par son choix : Hal serait son lest. Si elle se libérait, il se noierait. Si elle ne le faisait pas, ils mourraient tous les deux.

À moins de trouver un moyen de les libérer tous les deux. Elle avait toujours la clé des menottes dans sa poche. Peut-être pouvait-elle se libérer, puis libérer Hal.

Elle respira profondément, jusqu'à ce que Max ait fini son travail et se relève.

– Jette-les à l'eau, ordonna le Russe.

Max fit quelques pas en arrière pour se donner de l'élan puis fonça, projetant Hal et Caitlyn par-dessus le bord du promontoire.

Caitlyn laissa presque échapper l'air qu'elle avait si désespérément tenté de retenir pendant leur chute quand ils percutèrent la surface. Le torrent était froid, incroyablement froid. L'eau noire les avala rapidement, l'infime éclat rouge rubis du soleil couchant encore visible au-dessus d'eux.

Il y avait peu de remous mais le courant était tout de même puissant, et les emporta en aval tandis qu'elle essayait de se faufiler hors des bras de Hal. Il ne résistait pas. Il faisait même de son mieux pour l'aider, comme s'il avait accepté son destin.

Elle aurait voulu trouver un moyen de lui dire de s'accrocher, qu'elle avait un plan. Elle étira les bras le plus loin possible au-dessus des siens, et les ramena au-dessus de sa tête tandis qu'il était entraîné vers le fond. Ils se cognèrent contre des rochers et un tronc immergé qui les ralentirent un moment, alors que la rivière tentait de les tirer vers les chutes. Elle crocheta sa jambe sous le bras de Hal, pour ne pas le perdre à jamais dans l'eau sombre.

La clé était dans sa poche avant, mais le jean mouillé et ses mains scotchées l'une contre l'autre ne lui facilitaient pas la tâche. Sa hanche heurta violemment un rocher et elle faillit perdre Hal. Puis ses doigts se refermèrent sur la clé.

Les poumons brûlants, son cerveau privé d'oxygène envoyant danser de petits éclats de lumière devant ses yeux, elle agrippa la clé et chercha à tâtons le bras de Hal. Son poids poussa contre elle comme s'il essayait de l'écarter.

Ils atteignirent les rapides. Hal fut précipité contre un rocher, qui le retint alors même que Caitlyn devait se battre contre le courant. Elle pressa son visage contre le sien, qu'elle discernait à peine, et lui mit la clé sous les yeux. Il fallait juste qu'il se tourne suffisamment pour qu'elle puisse atteindre ses poignets.

Elle luttait pour ne pas avaler d'eau, les poumons contractés sous l'effort. Elle ne s'en sortirait pas, lui murmurait la voix de la trahison. Non. Elle allait le sauver. Elle devait le sauver.

Elle le tira par le bras, résistant contre le courant. Elle sentit le métal des menottes. Elle y était presque…

La clé glissa contre le bracelet et échappa à ses doigts engourdis. Hal croisa son regard, ses yeux étant la seule chose qu'elle pouvait voir dans l'eau noire qui essayait de les entraîner.

Il pressa ses lèvres contre les siennes, forçant en elle ce qui lui restait d'air. Puis il secoua la tête d'un air désolé et s'écarta, poussant contre le rocher avec ses jambes, la projetant vers la surface alors même que l'eau l'entraînait vers le fond.

Elle creva la surface et avala une grande gorgée d'air. Les rapides l'entraînèrent de nouveau vers le fond mais elle se débattit, inspirant encore. Hal ! Où était-il ? Elle se tourna de tous les côtés, le cherchant frénétiquement.

Il avait disparu. Il s'était sacrifié pour la sauver.

Elle n'avait pas l'intention de le laisser mourir en vain. Le rugissement des chutes enflait, couvrant le moindre son, même les battements paniqués de son cœur.

Le courant la fit basculer la tête en bas une fois de plus. Un autre enchevêtrement de troncs d'arbres l'attrapa. Un reflet rouge brillait sous d'elle… Était-ce la surface ? Ou sa vue qui se troublait par manque d'oxygène ?

Elle fut submergée par l'envie d'expirer, de relâcher ce qui lui restait d'air, de laisser l'eau gagner.

L'idée lui procurait une sensation de paix, de calme.

Caitlyn s'écarta d'un coup de pied du tronc d'arbre et lutta pour rejoindre l'éclat rouge qui s'assombrissait. Ses jambes ne pouvaient qu'à peine bouger contre le courant, ses bras étaient ballotés par l'eau tourbillonnante et sa poitrine, sur le point d'exploser.

La tache rouge s'assombrissait encore, s'éloignant de plus en plus. La panique la saisit et elle battit plus fort des jambes, dans une ultime tentative.

Son esprit se troubla, elle ne sentait plus ses bras ni ses jambes. Elle flottait, flottait dans l'espace. Était-ce ce que son père avait éprouvé dans ce dernier instant avant que le cerveau s'éteigne ?

Son corps heurta un rocher plat, mettant son dos à vif. Elle s'écarta, tenta de reprendre sa respiration, avala de l'eau, s'étouffa et hoqueta en se hissant vers la surface. Sa tête jaillit du torrent et elle avala de l'air frais.

Après plusieurs profondes inspirations, elle fut capable de se concentrer, de regarder autour d'elle. Son pied était coincé sous un rocher incliné, la prenant au piège. Heureusement, parce qu'elle se trouvait dans un autre tourbillon juste au-dessus des chutes. L'écume des eaux tumultueuses emplissait l'air d'étincelles lumineuses brillant dans le clair de lune.

Elle leva la tête, regarda vers la berge. Personne. Korsakov et son homme de main étaient partis. Aucun signe de Hal. Elle cligna des yeux pour en chasser l'eau et les leva vers le visage de la lune bleue, qui flottait si bas qu'elle était certaine de pouvoir tendre la main et la toucher.

Elle devait se débrouiller seule. Seule, sans arme, et à moitié noyée. Mais il n'y avait personne d'autre pour arrêter le Russe et sauver la ville.

52

Sarah se tordit le cou pour regarder son mari. La lumière vive de la lampe torche gravait des crevasses de souffrance dans son visage. Et elle était sur le point de lui en causer davantage.

Soudain, elle prit conscience que sa colère avait disparu. Sam avait fait des erreurs. Beaucoup d'erreurs. Mais c'était un autre homme désormais, et tout ce qu'il avait fait ces deux dernières années était motivé par l'espoir de les protéger, Josh et elle. Elle ne lui avait pas complètement pardonné, elle n'en serait peut-être jamais capable, mais elle commençait à le comprendre.

Elle prit sa main dans la sienne et la serra fort.

– Je t'aime, Monsieur le Musicien.

Il écarquilla les yeux, stupéfait. Elle saisit cette occasion pour dégager sa jambe d'un mouvement ferme et rapide.

Son cri résonna dans l'habitacle. Son visage blêmit et il lui serra la main si fort qu'elle ne la sentait plus. Puis il la relâcha et s'affaissa en arrière.

– Tu sais comment t'y prendre avec un blessé.

– Ça a marché, non ?

Elle se tourna pour examiner sa cheville. Celle-ci était déjà enflée, violette, et la peau était arrachée, le sang s'écoulant en plusieurs endroits. Mais elle était en un seul morceau.

– Viens, je vais te sortir de là.

Avec l'aide de Sarah, Sam finit par s'extraire du pick-up. Il ne pouvait pas exercer la moindre pression sur sa jambe, aussi s'appuyait-il sur elle.

– Attends, dit-elle en lui confiant la lampe torche.

Elle se pencha dans le pick-up et attrapa son étui à guitare, le fit passer par-dessus le siège et le posa sur son épaule.

Sam la saisit par la taille, la tira vers lui et l'embrassa à pleine bouche.

– Allez. Julia nous attend.

Elle l'aida à descendre le flanc de la montagne jusqu'à la voiture. Le pick-up était sorti de la route en haut d'un virage en épingle et avait atterri non loin de la ligne droite en aval, leur épargnant de gravir le dévers.

Julia attendait, cachée dans des buissons au bord de la route. Elle en sortit d'un bond pour aider Sarah à soutenir Sam le reste du chemin jusqu'à la voiture. Sarah s'apprêtait à jeter la guitare sur la banquette arrière, quand les phares d'une voiture scintillèrent entre les arbres un virage au-dessus d'eux. Alan. Qui venait s'occuper d'eux.

– Julia, tu sais conduire ?

– Non, madame.

– Très bien, monte à l'arrière, ordonna-t-elle, tentant d'ignorer la peur qui lui nouait la gorge. Sam, prends le volant.

Sam se raidit derrière elle, se tordit le cou pour regarder la lumière des phares.

– Non. C'est moi qu'il veut.

– Écoute-moi. Tu peux conduire. Sors Julia d'ici. (Elle le poussa fermement sur le siège conducteur.) Je vais m'occuper d'Alan.

– Comment ? demanda Sam en glissant avec précaution sa jambe blessée derrière le volant.

Sarah posa l'étui de la guitare contre la voiture et ouvrit la petite poche qui était cousue dessus.

– Avec l'aide de l'obscurité et de la forêt. (Elle sortit un paquet de cordes.) Et de ça. Maintenant, vas-y. Si ça marche, je vous retrouverai au *Rockslide*.

– Non. Je ne t'abandonnerai pas. Pas une nouvelle fois. Je t'attends.

Les phares au-dessus d'eux se déplaçaient lentement mais sûrement dans leur direction. Comme si l'homme derrière le volant avait du mal à manœuvrer la voiture. Elle espérait qu'il aurait encore plus de mal à marcher.

Sam attrapa Sarah par la ceinture, la tirant dans l'habitacle pour lui donner un rapide baiser.

– Tu pensais vraiment ce que tu as dit ?

– Je t'aimerai toujours. Tu es le père de mon fils, dit-elle. Ça ne veut pas dire que je t'apprécie tout le temps. Ou que je t'ai complètement pardonné. Pas encore.

Elle claqua la portière avant qu'il puisse lui arracher davantage de confessions.

– N'allume pas les phares pour qu'il ne te voie pas. Maintenant, vas-y !

La Taurus passa devant elle, phares éteints, le moteur ronronnant. Sam laissait la voiture descendre doucement sur la route. Elle eut envie de leur courir après, de sauter dans le véhicule et de lui dire de conduire aussi vite qu'il le pouvait.

Au lieu de cela, elle déchira le paquet de cordes de guitare, en sortit la plus longue et l'enroula autour de sa main. La morsure du métal contre sa peau sortit Sam et Josh de son esprit et elle étudia son plan. Elle devait en finir, maintenant, ce soir.

Fini de s'enfuir, fini de se cacher. Elle ne pouvait pas laisser Alan quitter cette montagne en vie.

La lumière des phares s'abattit sur elle. Sarah s'élança le long de la route. La voiture derrière elle accéléra, se dirigeant vers elle. Elle regarda par-dessus son épaule et vit Alan, voûté au-dessus du volant, le visage plein de haine.

Bien. C'était elle qu'il visait. Pas Sam ni Julia.

Elle sentait l'odeur du gaz d'échappement, le grondement du moteur qui fonçait sur elle. Au dernier moment, elle bondit hors de la route et sauta dans les buissons. Alan freina, envoyant le véhicule en tête-à-queue. Celui-ci sortit de la route en dérapant et s'arrêta à quinze mètres d'elle, deux roues mordant sur le bas-côté.

Alan ouvrit la portière et sortit en titubant. Il avait retiré sa veste. Sa chemise blanche était trempée de sang, mais elle ne l'avait visiblement pas blessé aussi sérieusement qu'elle l'avait espéré. Il avait perdu sa cravate et les cheveux dressés sur la tête comme un homme des bois.

– Sarah ! l'appela-t-il dans la nuit, brandissant un pistolet. Sors, Sarah ! Je ne te ferai aucun mal si tu me donnes ce que je veux.

Sa voix était doucereuse mais la lueur de son regard était meurtrière. Les doigts de Sarah se resserrèrent sur la corde de guitare. Elle avait enfin découvert quelque chose qui comptait plus que l'argent pour Alan Easton.

La tuer.

Elle sortit de sa cachette, faisant assez de bruit dans les buissons pour réveiller les morts. *Pardon, colonel,* pensa-t-elle en continuant à laisser des traces de son passage qu'une grand-mère aveugle aurait pu suivre. Ou un avocat de la ville.

Elle savait exactement où elle devait aller. Snakebelly. Ne s'était-il vraiment écoulé que deux nuits depuis qu'elle avait campé sur la saillie, rêvant de princesses indiennes et de Sam ? Les pas d'Alan brisaient le silence de la nuit, suivant sa piste.

Elle accéléra le pas jusqu'à l'endroit où elle avait ancré sa corde d'escalade après qu'ils eurent récupéré le corps de Leo Richland dans Snakebelly. Bien, elle était toujours là. Elle la tira et en enroula une bonne longueur. Elle passa rapidement un harnais improvisé autour de ses hanches.

Étirant la corde de guitare, elle en attacha une boucle autour d'un jeune arbre à ras du sol et garda l'autre bout dans sa main. Elle s'accroupit dans l'ombre d'un rocher et attendit.

– Sarah, ne rends pas les choses plus difficiles qu'elles ne le sont déjà. Maintenant, sors comme une gentille fille. Tu sais que je vais finir par te trouver. Toi, ou Julia. (Il pénétra dans la petite clairière.) Tu n'as nulle part où aller.

Il balaya l'air de sa main armée, grimaçant dans le clair de lune alors qu'il surveillait les ombres. Il n'y avait qu'un endroit assez grand pour qu'elle s'y cache. Il dirigea son arme directement vers elle.

– Sors, Sarah. C'est fini.

Il s'avança, à seulement cinq pas du bord.

Il fit un autre pas, leva son pistolet. Et tira.

Sarah sursauta quand le coup de feu déchira la nuit. La balle frappa le rocher au-dessus de sa tête, la couvrant d'éclats de granit.

– Tout de suite, Sarah ! ordonna-t-il d'une voix victorieuse en faisant un pas de plus dans sa direction.

Elle se leva, la main dans le dos. Il la regarda d'un air mauvais, son pistolet centré sur sa poitrine.

– En voilà, une gentille fille.

Il fit un dernier pas. Il se tenait désormais face à elle, la touchait presque. Sa respiration était rauque, sa poitrine se soulevait sous l'effet de l'adrénaline et de l'effort.

– Maintenant je comprends pourquoi les gens chassent. Le frisson de la poursuite. C'est enivrant.

Le blanc de ses yeux brillait dans le clair de lune. Sarah se tint immobile, attendant de saisir sa chance. L'abysse attendait, à moins de trente centimètres.

Il lui donna un petit coup avec son pistolet :

– Tu as été une vilaine fille, murmura-t-il. Tu vas payer pour ce que tu as fait.

Sarah se força à le regarder dans les yeux.

– C'est ça, compte là-dessus.

La claque qu'il lui asséna la fit basculer contre le bord du rocher, mais lui donna l'élan dont elle avait besoin. Elle l'attrapa par la ceinture et pivota pour se jeter contre lui, serrant violemment la corde de guitare de son autre main. Au début, il la laissa se servir de son poids pour se lever.

Il ne comprit que trop tard qu'elle le faisait basculer par-dessus le bord de la falaise. Il se prit le pied dans la corde de guitare, la main qui serrait son pistolet s'éleva vers son visage, claquant contre sa joue.

La corde entama la main de Sarah, mais elle refusa de la lâcher. Elle le bouscula, usant de tout son poids, de tout son corps, le poussant dans le vide. Il trébucha, dans une ultime tentative pour retrouver son équilibre. L'espace d'un instant figé, le visage de Sarah fut à quelques centimètres du sien. La bouche d'Alan était grande ouverte, mais aucun son ne s'en échappait. Juste un souffle, quand il la saisit.

Elle tomba dans le vide avec lui, la corde de guitare lui glissant enfin des doigts.

53

Conduire avec la jambe raide, en utilisant son pied gauche, était pénible. Mais rien de comparable à l'instant où il avait cessé de voir Sarah dans le rétroviseur. C'était comme s'il avait perdu une partie de lui-même.

Papa ? Il pouvait imaginer la voix de Josh s'il revenait sans Sarah. *Pourquoi maman n'a pas pu rester avec nous ? Elle ne voulait pas rentrer à la maison ?*

D'accord, il s'était trompé. Maintenant, il savait vraiment ce que c'était que souffrir… Songer à devoir briser le cœur de son fils.

Sam ne pourrait pas vraiment en vouloir à Josh s'il ne lui pardonnait jamais. Tout comme il ne pouvait pas en vouloir à Sarah. Il avait vraiment tout foutu en l'air.

Mais si Sarah revenait, ils pourraient repartir de zéro. Sans Korsakov, sans Alan… juste Josh, Sam et elle. Une famille. De nouveau.

– Ça va, derrière, Julia ? demanda-t-il, essayant de repousser ses craintes lugubres.

Sarah, morte.

– O-oui, monsieur, dit elle d'une voix étouffée par les larmes.

– On va s'en sortir. D'accord ?

Puis il se souvint qu'il avait toujours son téléphone portable. Il le sortit de sa poche et le lui tendit sur la banquette arrière.

– Pourquoi n'appelles-tu pas tes parents, pour leur dire que tu vas bien ?

Elle prit le téléphone. Il ralentit en approchant d'un virage en épingle et prit le risque d'allumer les phares. Ils n'étaient plus très loin.

– Je ne peux pas. Il n'y a pas de réseau, répondit Julia en s'adossant à son siège, sa voix à présent plus normale.

– Ce n'est pas grave. On y est presque.

Sarah et Alan tombèrent ensemble dans l'obscurité, à toute vitesse. La chute lui souleva le cœur. Soudain, sa corde se tendit et mit fin à l'insoutenable.

Alan plongea devant elle et elle entendait encore ses cris bien après l'avoir perdu de vue.

Sarah resta pendue au bout de sa corde un long moment avant de pouvoir reprendre sa respiration. Puis elle balança son poids en avant, poussant contre la surface rocheuse, jusqu'à trouver une prise sous ses pieds. Elle se stabilisa et entama la montée.

Enfin, Sarah parvint à rejoindre la Volvo. Elle se mit au volant et roula vers le bas la montagne. Elle peinait à conduire tant ses mains étaient écorchées par la corde de guitare et l'escalade. Mais à part cela, elle était en un seul morceau.

Elle fit rouler ses épaules, s'autorisant un moment de relâche pour la première fois depuis des jours. Sam était en sécurité, Josh était en sécurité, ils allaient y arriver…

La silhouette d'une femme sortit soudain des ombres. Sarah écrasa le frein, la voiture dérapant hors de la route terreuse. Elle sentit la pédale de frein bondir sous son pied alors qu'elle se battait avec le volant pour essayer d'empêcher la voiture de quitter le flanc de la montagne.

La voiture finit par s'arrêter à quelques centimètres de la femme. Celle-ci n'eut pas l'air de le remarquer et se précipita côté conducteur pour tambouriner sur la portière d'une main.

C'était Caitlyn. La voiture se balançait sous la force de ses coups. Elle avait l'air folle, ses cheveux mouillés volant dans toutes les directions, ses vêtements trempés lui collant à la peau. Son visage était blanc dans le clair de lune, un œil tellement enflé qu'il en était presque fermé, du sang étalé sur sa joue et sa poitrine.

– Laissez-moi entrer ! Agent Fédéral !

Sarah baissa sa vitre.

– Caitlyn, c'est moi. Que s'est-il passé ?

Caitlyn se laissa tomber contre la voiture, sa poitrine se soulevant alors qu'elle respirait à pleins poumons.

– Hal Waverly. Il est mort. Le Russe… il faut qu'on l'arrête.

– Korsakov ?

– Il faut qu'on aille en ville. Il a des bombes. Il va faire exploser le barrage !

54

Sam se gara sur le bord du trottoir devant le *Rockslide*. Julia sortit d'un bond, manifestement impatiente de laisser ses aventures derrière elle. Il hésita à rester assis là, à attendre Sarah. Son pied le faisait tant souffrir qu'il s'était presque tranché la langue pour ne pas crier.

La lumière s'alluma dans l'habitacle quand Julia ouvrit la portière. Il fut surpris par la flaque de sang dans laquelle sa jambe baignait. Au moindre mouvement, du sang jaillissait de sa chaussette.

– Monsieur Durandt, je crois que vous avez besoin du docteur Hedeger, dit Julia en se penchant à l'intérieur pour regarder Sam et sa jambe. Je vais le chercher.

– Aide-moi d'abord à rentrer dans le café, dit Sam. Le colonel pourra m'aider à me bander le pied pour arrêter l'hémorragie jusqu'à l'arrivée du médecin.

Elle opina et contourna la voiture en courant pour le soutenir et l'aider à glisser de son siège. Dès que sa jambe se balança jusqu'au sol, la souffrance fusa. Son estomac se retourna et il crut s'évanouir. Il s'appuya lourdement sur Julia, remerciant la force de sa jeunesse, et elle le traîna quasiment vers le café.

Toute la ville était dans le noir, réalisa-t-il. Mais à l'intérieur du *Rockslide*, il y avait de la lumière... Pas autant que d'habitude, juste quelques lampes branchées au générateur de secours. Le colonel était de ceux qui tenaient à être toujours prêt à toute éventualité. Sam tituba quand Julia le relâcha un instant pour lui ouvrir la porte.

– Encore un tout petit effort, dit-elle.

Sam acquiesça, concentré sur le linoléum noir et blanc sous ses pieds. Des taches de sang coulaient sur la surface brillante sous son pied.

– Bonsoir, Stan, lui dit une voix échappée de ses plus sombres cauchemars.

Sam leva soudainement la tête et Julia s'arrêta d'un coup.

– Je savais que si j'attendais patiemment, tôt ou tard nous finirions par nous retrouver.

Grigor Korsakov sortit du box où il s'était assis dans le coin du café le plus éloigné. Sam avait du mal à garder la tête assez haute pour regarder le Russe dans les yeux. Il chancela et, si Julia n'avait pas été là, il serait tombé. Il la lâcha quand même, déroulant ses bras d'autour de son corps.

– Va-t'en, lui murmura-t-il. Cours. Tout de suite.

Sarah roulait comme un bolide sur la route de terre. Elles arrivèrent au croisement de la route du lac. Hopewell était à droite, la route qui menait au barrage, à gauche.

Une route menait à Sam. L'autre, à une mort probable… et une chance de sauver la vie de tous ceux qui étaient en ville.

– Qu'est-ce que vous attendez ? demanda Caitlyn en tournant le volant avec sa bonne main. Allez-y.

Sarah tourna le volant dans la direction du barrage. Pour la première fois, elle comprenait l'horrible décision qu'avait dû prendre Sam, cette fameuse nuit, deux ans auparavant. Blessé, presque mort, il avait quand même trouvé la force de quitter la montagne et d'emmener Josh dans un endroit sûr.

Elle appuya sur l'accélérateur et arrosa la route de graviers derrière elle, qui crissèrent sous le châssis. Caitlyn n'arrêtait pas de parler, lui répétant pour la quatrième fois les instructions pour désamorcer une bombe, comme si, plus elle parlait, moins elles risqueraient de mourir ce soir.

Ce qu'elles savaient toutes les deux être un mensonge.

– Il utilise des détonateurs radio télécommandés. Il a appelé quelqu'un d'autre qui, d'après moi, a la cible en vue. Il suffit d'une étincelle d'électricité sur le détonateur et…

Elle jeta ses mains en l'air pour se faire comprendre.

– Le côté sud-ouest du barrage, dit Sarah. Il y a une tour d'incendie. D'en haut, on peut voir le réservoir tout entier et la plus grande partie de la ville. Il aurait vue sur tout.

– L'endroit parfait. Il sera là, dit gravement Caitlyn. Vous vous chargerez de ces bombes, il y en avait quatre sur la carte. J'occuperai l'homme de Korsakov aussi longtemps que possible. Il ne fera pas exploser le barrage : pas à moins de vouloir se lancer dans une mission suicide. Ça vous fera gagner du temps.

Sarah fit tressauter la Volvo sur la piste de terre.

– Arrêtez-vous là, lui ordonna Caitlyn. Éteignez les phares.

Elles ralentirent et s'arrêtèrent derrière la cabane du garde-chasse, cachée sous les épais branchages.

Caitlyn tendit le bras pour éteindre la lampe à l'intérieur de la voiture.

– Ouvrez le coffre.

Sarah tira le loquet, grimaçant au bruit qu'il émit. Caitlyn sortit de la voiture et réapparut un instant plus tard, armée d'un court pied-de-biche aux deux côtés entaillés en V.

– Attendez que je me sois suffisamment éloignée, puis glissez-vous jusqu'au mur du barrage, occupez-vous des bombes.

L'agent du FBI se glissa dans la végétation et se serra dans les ombres du barrage pour se faufiler jusqu'à la tour d'incendie, de l'autre côté. Quand elle eut atteint l'autre extrémité du barrage, Sarah sortit de la voiture et la suivit. Elle commença de l'autre côté, cherchant dans le noir jusqu'à trouver la première bombe.

Ils n'avaient même pas essayé de les camoufler. C'était un tas de briques couleur argile, avec plusieurs fils branchés à un récepteur électronique et à deux détonateurs. Sarah tendit la main, puis l'écarta soudain en s'apercevant qu'elle tremblait.

Elle relâcha sa respiration en un soupir et elle se sentit étourdie. Elle n'avait qu'à enlever les détonateurs. Si Korsakov déclenchait la bombe, les détonateurs exploseraient quand même, mais ne feraient pas de sérieux dégâts. Tant que Sarah n'en avait pas un à la main à ce moment-là.

Elle plissa les yeux, vérifiant une seconde fois où les détonateurs étaient insérés. *C'est du gâteau. Il suffit de tirer légèrement et…* Elle s'assit, la bombe dans la main.

C'était plus facile encore que dans ses rêves. De nouveau capable de respirer, elle jeta le détonateur aussi loin qu'elle en était capable. Il atterrit dans l'herbe avec un bruit sourd. Elle fit de même avec le deuxième.

Elle se baissa dans le noir à la recherche de la bombe suivante. Une de moins, encore trois.

55

Sam bondit en avant pour empêcher Korsakov de viser Julia. Le Russe sourit simplement et se déporta sur sa gauche, son pistolet pointé directement sur la jeune fille. Elle s'était ruée vers la porte, mais s'était arrêtée en comprenant qu'elle n'y parviendrait pas avant de se faire tirer dessus.

– En voilà, une fille intelligente, dit Korsakov. Une amie à toi ?

– Elle me filait juste un coup de main, dit Sam d'une voix détachée en s'effondrant contre le comptoir à côté de la caisse. Laisse-la partir.

Il réalisa son erreur dès que les mots eurent franchi ses lèvres. Korsakov haussa un sourcil.

– Tu me donnes des ordres, maintenant, Stan ? (De l'index, il fit signe à Julia de s'approcher.) Viens par ici, ma petite. Mets-toi à l'aise. On en a pour un petit moment.

– Pourquoi ? dit Sam, alors que Julia faisait un pas hésitant, avant de s'arrêter à nouveau. Tu ne préfères pas quitter la ville avant que les flics arrivent ? N'importe qui pourrait passer devant ces fenêtres, te voir avec une arme et les appeler.

– Non, désolé. La ville n'a plus de courant. Mis à part le générateur ici. Oh ! et le chef de la police a instauré un couvre-feu, il a interdit à quiconque de prendre la route pendant l'état d'urgence. Du moins, c'est ce que pensent les bons citoyens d'Hopewell. (Il frissonna de délice.) Tous au chaud dans leur lit, inconscients qu'ils ne reverront probablement jamais la lumière du jour. Pas une fois que j'aurai fait sauter le barrage, en tout cas. (Il leva une petite radio.) Mais nous avons le temps. (Il sourit à Julia.) Assez de temps pour faire connaissance...

Julia croisa les bras, cachant ses seins au regard lubrique et avide du Russe. Pendant que Korsakov la lorgnait, le poing de Sam se serra autour d'un distributeur de serviettes.

Il le lança violemment sur Korsakov.

– Cours, Julia!

Le Russe fit feu, touchant Sam à sa jambe blessée. Il se retourna pour tirer à nouveau, mais Julia était trop rapide: elle s'était précipitée vers la porte et avait disparu dans la nuit.

Sam s'agrippa au comptoir, luttant pour rester debout. Il ne sentait rien: la douleur de sa cheville cassée le submergeait déjà tout entier. Du sang imbiba son jean en bas de sa cuisse. Et tout d'un coup, il ne savait plus où étaient le haut et le bas. Il s'effondra lentement sur le sol.

– Voilà qui était stupide, Stan, dit Korsakov en s'approchant de lui et en plaçant un pied chaussé de cuir Italien sur sa blessure, appuyant à la fois pour arrêter le sang et lui infliger le plus de souffrance possible. Comme toujours, tu as opté pour la solution de facilité. Tu t'es dit que j'allais te tuer rapidement, que tu aurais une mort agréable. (Il s'accroupit jusqu'à ce que Sam ne puisse plus rien voir d'autre que son visage.) Désolé, mon vieil ami. Ce n'est pas ce que j'ai prévu pour toi. (Il s'interrompit, jetant un coup d'œil par la fenêtre comme s'il s'attendait à ce que quelqu'un d'autre y apparaisse.) Ni pour ta jolie femme. Elle devrait bientôt nous rejoindre. Si Alan tient parole. Et ensuite, on fera péter la baraque. (Il rit doucement.) Littéralement.

Caitlyn avait des courbatures de la tête aux pieds, la souffrance qui irradiait son corps la consumait tout entière alors qu'elle se hissait sur les marches qui menaient au sommet de la tour, haute de trois étages. Même respirer lui faisait mal, elle en déduisait donc qu'elle s'était fêlé quelques côtes. Et elle ne parvenait pas à lever son bras gauche plus haut que sa taille, elle pouvait ajouter à cela une fracture de la clavicule ou une épaule déboîtée.

La seule partie de son corps qui ne lui faisait pas mal était sa tête. Elle avait quelques bleus et bosses, mais pas de mal de tête et surtout pas de migraine rouleau compresseur. Par le passé, l'effort et la fatigue avaient été les premiers déclencheurs, mais elle n'avait presque pas eu mal de la journée.

Allez comprendre. Elle saisit la rampe de bois couverte d'échardes et se hissa sur la marche suivante, ses pieds nus bien à plat contre le bois rugueux. Elle essayait de ne pas regarder en bas, où les ténèbres dévoraient tout, mis à part la cascade de clair de lune sur les eaux du réservoir. Le bruit des chutes était plus fort ici et la vieille tour d'incendie en tremblait tout entière.

Elle se demanda si le corps de Hal finirait dans les filets qui filtraient le réservoir. Elle ferma les yeux un moment, incapable de chasser la dernière image de son visage tourné vers elle. Il avait eu l'air serein. Pour la première fois depuis qu'elle l'avait rencontré.

Elle fit le tour du dernier palier et monta les dernières marches menant à la plateforme au sommet, se déplaçant en silence. Une jeune femme était recroquevillée dans un coin, les poignets et chevilles liés avec du scotch de déménagement, un bâillon enfoncé dans la bouche. Elle leva les yeux vers Caitlyn et se pressa en arrière, comme si elle voulait passer à travers la paroi de bois grossièrement taillé.

Caitlyn secoua la tête et mit un doigt sur ses lèvres. La fille opina puis fit un signe de tête vers le pont d'observation, au-delà de la portion abritée de la tour. Caitlyn s'accroupit pour rester sous les fenêtres et avança jusqu'à la porte d'en face. Elle était ouverte. Derrière, un homme avait installé une chaise et une table sur laquelle il avait posé un fusil à lunette, un télescope et une radio. Il regardait dans le télescope, dirigé de l'autre côté de la crête en direction du commissariat.

– Lance le compte à rebours, dit la voix de Korsakov dans la radio.

L'homme était trop loin pour que Caitlyn puisse l'empêcher de changer d'ondes sur la radio et d'appuyer sur un bouton. Mais il dut lui tourner le dos durant un instant précieux. Un instant suffisant pour qu'elle se relève, s'élance et lui assène un bon coup pied de biche sur la tête.

La barre en acier rebondit sur son crâne avec un bruit sourd satisfaisant. À sa grande surprise, il ne s'évanouit pas. Il se tourna vers elle et se leva, repoussant sa chaise sur le côté. Il avait un pistolet dans un holster accroché sous son bras gauche, mais ne chercha pas à le saisir. À en juger à l'expression de son visage, il ne la considérait pas comme une très grosse menace.

Elle allait y remédier. Caitlyn le frappa de nouveau, cette fois à hauteur du genou. Elle sentit l'os se briser et il chancela contre la rambarde, mais il tendit la main et l'attrapa en tombant, la coinçant sous son corps. Quelque chose éclata dans sa cheville et elle hurla de douleur.

Elle tituba, glissant presque par-dessus la rambarde. Il se jeta en avant, la plaquant si violemment que ses dents s'entrechoquèrent. Le mouvement lui donna l'occasion dont elle avait besoin pour attraper son arme.

Caitlyn tira à bout portant, la détonation assourdissante à si peu de distance. Il leva le bras, prêt à la pousser par-dessus bord. Elle tira encore, deux fois, touchant la cage thoracique. Il trébucha, à quelques centimètres d'elle et de la rambarde.

Elle tira encore et il disparut dans le vide.

Une lumière vive éclaira le ciel, un millier de feux d'artifice explosant en même temps. Une bourrasque les frappa, suivie d'un bruit plus violent que le cri d'une furie. La tour trembla sur ses fondations. Caitlyn tendit le bras et s'agrippa à la rambarde alors que la nuit s'embrasait.

56

L'explosion toute proche secoua le bâtiment entier. Le père de JD et le colonel furent pris d'une panique silencieuse. Il leur fallut vingt minutes pour ouvrir l'armurerie, et ils la trouvèrent vide.

– Qu'est-ce qui a explosé ? demanda JD, frustré de ne pas pouvoir sortir pour venir en aide à Julia.

Était-elle proche de l'explosion ? Peut-être les terroristes l'avaient-ils utilisée comme une bombe humaine, comme dans les films.

– Pas le barrage, ou nous pourrions le sentir et l'entendre, dit le père de JD.

– Sans doute la tour téléphonique ou la route de la ville, dit le colonel. Ce sont les points faibles dans nos défenses.

La femme de colonel frappait toujours la fenêtre de la porte intérieure avec une matraque, mais ses efforts ne servaient qu'à leur donner l'impression d'être enfermés à l'intérieur d'un tambour.

– Probablement à l'épreuve des balles, dit le colonel.

Mais cela ne l'empêcha pas de détruire une chaise avec le père de JD et d'en utiliser les pieds pour tenter de déloger la fenêtre.

JD resta à l'écart, derrière le bureau, le seul endroit où se mettre. Il jeta un coup d'œil à la bombe dans le tiroir. Elle avait un nœud complexe de fils et de composants électriques, comme l'intérieur d'un jeu vidéo. Soudain, l'un des écrans s'alluma.

– Papa ? appela-t-il, criant pour se faire entendre par-dessus leurs tambourinements. Hé !

Les adultes s'arrêtèrent tous et le regardèrent.

– C'est en train de faire un genre de compte à rebours, dit JD, surpris par le calme dans sa voix.

Il savait qu'il avait peur mais, d'une certaine manière, il ne pouvait plus le sentir. C'était comme s'il flottait, prêt à accepter tout ce qui pouvait se passer par la suite.

– Laisse-moi voir, dit Victoria. Oh, Seigneur ! Ça décompte des secondes.

– Combien ? demanda le colonel.

– Quatre-vingt-douze, quatre-vingt-onze…

– JD, écarte-toi de là, lui dit son père en le tirant en arrière. Là, mets-toi sous la couchette, ça t'abritera.

– Et toi, Papa ?

– Ne t'occupe pas de moi, mets-toi là-dessous, c'est tout. Je vais te couvrir avec le matelas.

– Toi aussi, Victoria, ordonna le colonel.

– Non. Où tu iras, j'irai.

– Victoria !

Il était évident qu'un malheureux matelas de cinq centimètres n'allait pas arrêter une bombe et JD n'avait pas l'intention d'aller se cacher sous un lit comme un bébé. Il se tint à côté de son père en lui prenant la main.

– Je suis très bien ici, Papa.

– Je ne t'ai jamais dit à quel point j'étais fier de toi, mon fils.

JD leva les yeux pour voir des larmes briller sur les joues de son père. Avant qu'il ait pu répondre quoi que ce soit, un coup résonna contre la porte.

Elle s'ouvrit et Julia était là.

– Qu'est-ce qu'il se passe ? demanda-t-elle, le sabot à la main.

JD lui saisit le bras et la tira à l'écart.

– Cours.

Ils dévalèrent tous les deux la colline à toutes jambes, suivis de près par les trois adultes.

Sarah regarda d'un air hébété le détonateur dans sa main. Avait-elle fait ça ? se demanda-t-elle alors que de la poussière et du gravier pleuvaient sur elle. Devant elle, le barrage trembla mais ne se brisa pas. De la lumière flamboyait dans le ciel plus loin au nord.

En ville. Quelque chose en ville avait explosé.

Elle secoua la tête en essayant de ne pas penser à Sam, Julia et au colonel au café. Sa vue s'assombrit. Elle se sentit défaillir un moment, comme si tout son sang avait quitté son corps. Elle se secoua violemment. Elle n'avait pas de temps pour ça. Elle avait encore une bombe à trouver et à désamorcer.

Avant que la même chose se produise ici.

Sam sentit le sol se soulever sous lui et sa tête exploser. Non, ce n'était pas sa tête, réalisa-t-il alors que des couverts et des verres s'écrasaient au sol autour de lui, le saupoudrant d'éclats. Korsakov fut projeté en arrière, atterrissant sur le dos, se cognant le crâne contre l'un des box. Sam eut tout juste le temps de rouler sur lui-même et de s'abriter la tête avant que la baie vitrée explose. Une bourrasque balaya le café, faisant valser les tabourets. L'explosion ricocha dans l'arrière-salle et plusieurs tables furent renversées. Sam ne pouvait rien entendre par-dessus le rugissement au-dessus de sa tête.

Le vent et le silence retombèrent. Une des tables du box s'était retournée par-dessus Korsakov. Elle ne le ralentirait pas beaucoup, mais peut-être suffisamment.

Sam fit abstraction de la douleur qui lui transperçait la jambe et se traîna sur le sol couvert de débris. Le pistolet de Korsakov se trouvait à quelques dizaines de centimètres. Le Russe bougeait déjà, se débattant pour se débarrasser de la table sur sa poitrine. Il vit ce que Sam était en train de faire et un sourire épouvantable passa sur son visage, éclairé de semi-ombres tremblantes par la dernière lampe à néon, qui pendait au-dessus de leur tête.

– Oups. On dirait qu'on l'a mal calibrée, celle-là.

Korsakov grogna et souleva la table. Il roula et tendit rapidement une main vers le pistolet que Sam luttait pour atteindre.

Sam se propulsa aussi fort qu'il le put, glissant dans son propre sang, et attrapa le pistolet.

Le rire de Korsakov résonna dans le cerveau tambourinant de Sam.

– Vas-y, le provoqua-t-il. Tire. Si tu en es capable.

Sam se balança pour se redresser.

– Sans problème, dit-il en levant l'arme.

Le sourire de Korsakov s'étira.

– Enfin, en réalité il y a deux très gros problèmes. (Il se rassit.) Ça, ce n'était qu'une seule bombe. S'il m'arrive quoi que ce soit, toute la ville explose.

Sam ignora les mots du Russe, enroulant son doigt autour de la détente.

– Vous bluffez.

Korsakov rit.

– Dans ce cas-là, alors, il reste la raison numéro 2.

Une longue ombre s'étira sur Sam. Le canon dur et froid d'un pistolet se posa sur le côté de son crâne.

– Qu'est-ce que tu choisis, Stan ? Nous mourons tous les deux ou nous vivons tous les deux ?

57

Sarah arracha le détonateur de la dernière bombe et courut au pied de la tour.

– Est-ce que ça va ? cria-t-elle.

– Ça va, haleta Caitlyn.

– Sam est en ville, il faut que je le retrouve, que j'aille chercher de l'aide.

Caitlyn apparut sur la plateforme du haut en boitant et en se tenant le bras. Elle tomba sur les marches comme si sa jambe ne la portait plus.

– Allez-y. Je vous retarderais.

Sarah hésita.

– Vous êtes sûre ?

– Allez-y. Allez retrouver votre mari. Je serai juste derrière vous. Tenez. (Caitlyn lui jeta un pistolet semi-automatique, suivi du magasin de munitions, qui atterrirent bruyamment à côté d'elle.) Soyez prudente.

Sarah récupéra le pistolet, mit le magasin dans le compartiment, et courut vers la Volvo.

– Je vous enverrai de l'aide, cria-t-elle par-dessus son épaule.

Caitlyn ne lui fit qu'un faible signe de la main.

Sarah fut soulagée de constater que l'explosion n'avait pas abîmé la voiture. Le moteur démarra doucement. Elle le fit rugir et revint par la route de terre jusqu'en ville. Elle fut surprise de trouver les rues vides et relativement dégagées. Des boîtes aux lettres et poubelles étaient renversées au milieu d'éclats de verre brisé, quelques bardeaux étaient tombés de l'église en face du *Rockslide*. Mis à part ses fenêtres brisées, le café semblait intact.

Elle lâcha un soupir de soulagement. Ses phares éclairèrent un mur de fumée plus loin dans la rue, où le centre gouvernemental se trouvait. Ou s'était trouvé.

Le shérif avait réagi avec rapidité. Une Tahoe aux gyrophares rouges et bleus était garée devant le café. Elle se rangea à côté. Un homme aidait quelqu'un à l'intérieur du *Rockslide* tandis qu'un autre se relevait seul en titubant.

L'homme appuyé sur le policier à la solide stature était Sam. Elle sortit de la voiture et courut sur les débris de verre jusqu'à la porte. Alors, elle vit les armes.

Aucun des deux hommes ne portait d'uniforme. Ils avaient des costumes. L'un d'eux appuyait le canon de son arme sur la nuque de Sam pendant que l'autre, celui qui se redressait, avait un pistolet pointé sur lui. Sam perdit l'équilibre, tombant presque au sol, et le premier homme baissa son arme pour le rattraper et tirer sur ses pieds. Son cri de douleur lui arracha le cœur, mais l'autre homme dans le café ne fit que rire.

Sarah n'avait jamais tiré sur personne, elle n'avait jamais été au combat, mais toutes les histoires de vétéran du colonel lui traversèrent l'esprit à toute vitesse. « *C'est comme être en transe,* lui avait-il dit la seule fois où ils en avaient sérieusement parlé, quand elle était une petite fille. *Tu ne te rends même pas compte que tu tires sur des gens. Tu fais juste tout ce que tu peux pour rester en vie et protéger les tiens.* »

Elle leva son arme et tira sur l'homme qui tenait Sam, le touchant en pleine poitrine alors qu'il se retournait pour lui faire face.

– Lâchez votre arme, hurla-t-elle à l'autre homme.

Il la visa, il avait un bon angle de tir.

Sam bondit en avant et se jeta sur l'homme. Ils tombèrent sur le sol. L'homme tira un coup de feu. Sarah sentit un courant d'air quand la balle la frôla.

Sam essaya de faire rouler son poids sur l'homme. Il y avait du sang partout, les deux assaillants glissaient dedans alors qu'ils se battaient pour reprendre le dessus. L'homme au pistolet essaya de viser Sam, bloquant le moindre tir que Sarah aurait pu faire.

– Sam, bouge ! hurla-t-elle. Je l'ai !

Au lieu de rouler à l'écart, Sam prit l'inconnu par le col et lui emboutit la tête sur le bord d'un banc derrière eux. Au début, l'homme se débattit, tentant de briser l'étreinte de Sam. Sam ne le lâcha pas. Il continua à lui cogner et cogner la tête contre le banc, jusqu'à ce que le pistolet tombe par terre et que ses yeux roulent dans leurs orbites.

Sarah courut vers lui, écartant le pistolet d'un coup de pied.

– C'est bon, Sam. Arrête.

Sam prit une profonde inspiration, son souffle raclant dans sa gorge en un sifflement maladif, et s'apprêta à assommer l'inconnu contre le banc une fois de plus.

– Il a une bombe. Un détonateur, sur le poignet.

Sarah s'agenouilla à côté de Sam, passa ses bras autour de lui.

– Chut, souffla-t-elle à son oreille. Tout va bien. Tu peux le lâcher, maintenant.

Il laissa l'homme tomber sur le sol, inconscient. Puis Sam s'effondra dans les bras de Sarah. Elle le serra fort, le soutenant.

– J'ai essayé, sanglota-t-il. J'ai fait tout ce que j'ai pu…

Ses yeux se fermèrent et il s'effondra.

24 DÉCEMBRE 2007

Six mois plus tard

58

Le 24 décembre

J'entends toujours les cris d'Alan, parfois je ne suis même pas endormie. Quand je les entends, je monte dans la chambre de Josh et je le regarde dormir. Il n'a pas fait de cauchemars depuis des mois, il dort si profondément et si paisiblement que même son propre ronflement ne le réveille pas.

Comme son père.

Quand je rêve vraiment, je vois le visage de Damian Wright, et cet horrible sourire qu'il m'a fait juste avant de mourir. Comme s'il avait pitié de moi, comme s'il avait su ce qui allait arriver. Il ouvre la bouche et c'est le cri d'Alan que j'entends. Ce qui me fait le plus peur, c'est que je ne me sens pas coupable d'avoir tué Alan ou cet autre homme… J'ai pris deux vies cette nuit-là, ne devrais-je pas ressentir autre chose que du soulagement ? Que de la joie en voyant Josh et Sam en vie et en un seul morceau ?

Je me dis que je ne suis pas le monstre qu'était Damian, que je ne ressemble en rien à Alan. Le colonel et moi avons fait de longues promenades, maintenant que la saison de la chasse est ouverte. Nous n'avons toujours pas tiré sur quoi que ce soit ou même visé une proie, nous nous sommes contentés de les traquer et de les regarder.

Parfois, on discute... Pour la première fois, il m'a dit la vérité sur sa guerre. Peut-être qu'un jour, je serai prête à lui parler de la mienne.
Sam dit que je gâte trop Josh, mais...

Sarah posa son stylo et son journal quand le téléphone sonna de nouveau. Elle regarda par la porte de sa chambre. Sam et Josh étaient dans la cuisine en train de décorer des cookies en sucre. Il sonna une troisième fois. Elle leva les yeux au ciel et décrocha le combiné.

– Sarah ? C'est Caitlyn. Pardon de te déranger pendant les fêtes.

Sarah se tendit mais la voix de Caitlyn était enjouée. Elle se força à prendre une profonde inspiration et desserra ses doigts sur le téléphone.

– Bonjour, Caitlyn. Joyeux Noël. Il y a de la neige, chez toi ?

– Non, mais j'ai entendu dire que vous aviez été ensevelis. Écoute, je voulais juste que tu saches... Korsakov est mort.

– Quoi ? Comment ?

– Sa propre famille s'en est chargée. Le bruit a couru qu'il voulait négocier, vu qu'il risquait la peine de mort pour le meurtre de Hal. Ils l'avaient déjà quasiment déshérité quand il a perdu tout cet argent il y a sept ans, mais j'imagine que c'était la goutte de trop.

Le regard de Sarah fit le tour de la pièce. Rien n'avait changé. Mais tout avait changé.

– Alors, on n'a pas à s'inquiéter... Je veux dire, ils ne vont pas...

– Non, vous êtes hors de danger, tu peux être tranquille.

Sarah se laissa tomber sur le bord de son lit. Elle soupira.

– Eh bien... Merci, Caitlyn. C'est le meilleur cadeau de Noël que quiconque pouvait nous faire.

– Je t'en prie, ça me fait vraiment plaisir.

Sarah réfléchit un instant en silence.

– Caitlyn, ça t'arrive de rêver ? De cette nuit ? De Hal ?

Le soupir de Caitlyn crachota sur la ligne.

– Je suis désolée, je n'aurais pas dû te demander ça...

– Oui, ça m'arrive, lui répondit calmement Caitlyn. Ça s'arrange. Ce n'est pas vraiment quelque chose qu'on oublie en une nuit.

Sarah traversa la pièce et ferma la porte.

– C'est ce que je pensais. Mais Sam, il ne rêve pas, pas depuis qu'il est revenu de l'hôpital.

– Sam et toi dormez de nouveau ensemble ? dit Caitlyn, surprise.

– Non, il dort toujours dans son bureau. Mais parfois, j'ai besoin de savoir qu'il est là, alors j'entre et je le regarde. (Elle s'appuya contre sa commode en scrutant son visage dans le miroir.) Est-ce que je suis folle ?

– Tu n'es pas folle, Sarah. Pour toi, le cauchemar a commencé l'été dernier. Pour Sam et Josh, il était enfin fini. Ils sont de retour à la maison, sains et saufs. Enfin, à part les broches dans la cheville de Sam. Et puis, je crois que c'est différent pour les garçons. Ils ne se soucient pas autant que nous de ce qui aurait pu se passer ou de ce que l'on aurait dû faire.

– J'ai été si bête de faire confiance à Alan.

– Non. Tu as été humaine. (Sa voix prit un ton enjoué.) Alors ! Quand vas-tu offrir un peu de répit à Sam, lui pardonner ? Après tout, combien de fois ce gars a-t-il risqué sa vie, a-t-il manqué de mourir, pour Josh et toi ?

– Tu n'as pas d'enfants, tu ne peux pas comprendre. Ce qu'il a fait...

Sarah ne finit pas sa phrase. Elle utilisait le même argument depuis six mois. Les mots n'avaient plus autant d'impact qu'auparavant. Elle changea de sujet.

– Je n'arrive toujours pas à croire que je n'ai pas pu voir ce qui n'allait pas chez Hal. Comment j'ai pu rater ça ?

– Ne te blâme plus pour ça. Plus d'un tiers des accros aux meths sont des professionnels qui ont un boulot stable. Y compris des enseignants, des avocats, des médecins, et des représentants de l'ordre.

– En parlant de médecins, comment ça va, entre toi et ton neurochirurgien ?

– Neuroradiologue, corrigea Caitlyn. Ça va bien.

Sarah pouvait entendre un sourire dans sa voix et en déduisit que le médecin qui avait sauvé la vie de Caitlyn en diagnostiquant le vaisseau sanguin endommagé causant ses migraines se trouvait à côté d'elle.

– Comment se débrouille Sam, comme prof de musique? demanda Caitlyn.

– C'est comme s'il était né pour ça. (La voix de Sarah s'éclaircit.) Tu devrais le voir avec ces gamins. Et il adore jouer au Père Noël, distribuer l'argent que le gouvernement lui a donné aux victimes de Katrina, au Centre national pour les enfants disparus et exploités, et tant d'autres. Un vrai gosse. Et devine quoi ? Il a enfin vendu une chanson !

– Sérieusement ? Laquelle ?

– Celle sur laquelle il travaillait quand il est parti. Il l'a vendue à un feuilleton télévisé, qui passe surtout en journée.

– Je ne te retiens pas plus longtemps. Embrasse Josh de ma part, tu veux bien ?

– Merci, Caitlyn. Joyeux Noël.

Sarah raccrocha et jeta un autre coup d'œil dans le miroir. Un grand sourire lui fendait le visage. Elle dévisagea son reflet, se rendant compte que ce n'était pas la mort de Korsakov qui avait amené cette lueur de joie dans ses yeux. C'était arrivé quand elle avait parlé à Caitlyn de Sam : c'était le même sentiment léger qu'elle avait éprouvé sept ans plus tôt, quand elle était tombée amoureuse de lui pour la première fois.

Ridicule. Elle saisit sa brosse, releva ses cheveux en queue-de-cheval, et la reposa sur la commode. Et comprit qu'il manquait quelque chose. Perplexe, elle sortit de sa chambre et rejoignit Sam et Josh dans la cuisine. Comme d'habitude, ils avaient réussi à mettre plus de glaçage et d'éclats de sucre par terre et sur eux-mêmes que sur les cookies. La bouche de Josh était cerclée de rose et il léchait le glaçage sur son doigt.

– Josh, es-tu allé dans ma chambre ? demanda-t-elle. C'est toi qui as pris ma petite boîte à bijoux sur la commode ?

Il gloussa et secoua sa tête de droite à gauche.

– C'est moi, dit Sam.

Le rire de Josh monta quand Sam se tourna vers lui et plaça un doigt sur ses lèvres. À l'évidence, ils partageaient un secret.

– Je ne pensais pas que tu t'en apercevrais si vite. Voilà.

Il mit la main dans sa poche et sortit la petite boîte en velours noir.

Sarah les regarda l'un et l'autre, tous les deux souriants comme des idiots. Ils se ressemblaient tellement, avec leurs cheveux noirs et leurs yeux sombres plissés de plaisir.

– Qu'est-ce qu'il y a ? demanda-t-elle en prenant la boîte.

Puis elle l'ouvrit. Niché à l'intérieur se trouvait un diamant étincelant serti sur une bague de fiançailles. Sarah sentit sa mâchoire béer de surprise.

– Je t'avais promis de t'en acheter une vraie dès que je vendrais ma première chanson, dit Sam, la surprenant davantage en se mettant à genoux et en lui prenant la main. La seule question est, la porteras-tu ? Sarah Godwin, veux-tu m'épouser ? Encore une fois ?

Sa voix trembla et Sarah vit de la peur dans ses yeux. Elle le regarda un long moment en essayant de déterminer ses propres émotions.

Josh brisa le charme solennel.

Il se jeta en riant dans leurs bras à tous les deux. Sam se leva, soulevant Josh avec lui, le prenant en sandwich dans son type de câlin favori. Une chaleur apaisante s'installa dans le cœur Sarah alors qu'elle serrait ses deux hommes contre elle. Elle ne les considérerait plus jamais comme acquis, ne les négligerait plus jamais.

Josh gloussa entre eux quand Sarah se pencha en avant et embrassa Sam.

– Je suis déjà ta femme, répondit-elle à Sam. Pour toujours.

Achevé d'imprimer en mai 2014
N° d'impression 1402.0141
Dépôt légal, juin 2014
Imprimé en France
37072005-4